평생에 한 번은 꼭 삼국지를 읽어라

평생에 한 번은 꼭 삼국지를 읽어라

지은이 · 나관중 | **편역** · 박상진
펴낸이 · 오광수 외 1인 | **펴낸곳** · 주변인의길
편집 · 김창숙, 박희진
주소 · 서울시 용산구 한강대로 76길 11-12 5층 501호
TEL · (02) 3275-1339 | **FAX** · (02) 3275-1340 | **출판등록** · 제 2016-000037호

jinsungok@empas.com

초판 1쇄 인쇄일 · 2016년 8월 31일 | **초판 3쇄 발행일** · 2023년 7월 25일

ISBN 978—89—93536—47—8 (03820)

*도서출판 꿈과희망은 주변인의 길의 계열사입니다.
*책값은 뒤표지에 있습니다. 잘못된 책은 바꾸어 드립니다.

三國志

평생에 한 번은 꼭 삼국지를 읽어라

나관중 지음 | 박상진 편역

주변인의길

등장인물

유비 자는 현덕. 관우, 장비와 도원결의를 맺고 맏형이 된다. 한나라 황실의 종친으로 의롭고 덕이 많은 인물이다. 제갈량을 군사로 삼아 촉한을 세우고 황제가 된다.

관우 자는 운장. 도원결의 형제 가운데 둘째. 한 때 탁현의 훈장이었으나 황건적의 난이 일어나자 유비와 뜻을 같이 한다. 큰 전투마다 선봉에 나서 용맹을 떨친다.

장비 자는 익덕. 도원결의 형제 가운데 막내. 연나라 출신으로, 의롭고 용맹한 인물이다. 그러나 급한 성격과 술버릇 때문에 큰 일을 그르치곤 한다.

조조 자는 맹덕. 공정하고 지략이 뛰어난 인물이다. 황건적의 난과 동탁의 폭정에 맞서 이름을 떨친다. 위나라의 왕이 되어 삼국을 통일하는 기반을 마련한다.

손권 자는 중모. 손견의 아들이자 손책의 동생으로 강동 오나라의 황제가 되어 삼국시대를 연다. 한 때는 촉과 한 때는 위와 제휴를 맺는 외교력을 선보인다.

동탁 자는 중영. 십상시(후한 말 영제 때 조정을 장악했던 환관 10여 명)가 난을 일으키자 낙양을 점령한다. 소제를 폐하고 진류왕을 헌제로 옹립한 뒤 황제의 권한을 빼앗아 폭정을 펼친다. 동맹군이 쳐들어오자 도성을 장안으로 옮긴다.

여포 자는 봉선. 양아버지였던 정원을 죽이고 동탁의 양아들이 되었으나 왕윤과 초선의 계책에 빠져 동탁마저 죽인다. 누구도 따를 수 없는 용맹을 지녔으나 지략이 딸리는 인물이다.

제갈량 자는 공명. 삼고초려로 유비의 군사가 된다. 유비와 유선을 도와 촉한을 세우고 승상이 되어 삼국통일을 위해 매진한다.

사마의 자는 중달. 위의 모사로 제갈량을 견제함으로써 위를 강성하게 한다. 군권을 장악해 사마씨에 의한 삼국통일의 기반을 닦는다.

조운 자는 자룡. 백전백승의 명장으로 대의를 추구한다. 원래 원소 휘하의 장수였으나 공손찬의 소개로 만난 유비의 품성에 반해 유비를 따른다.

차
례

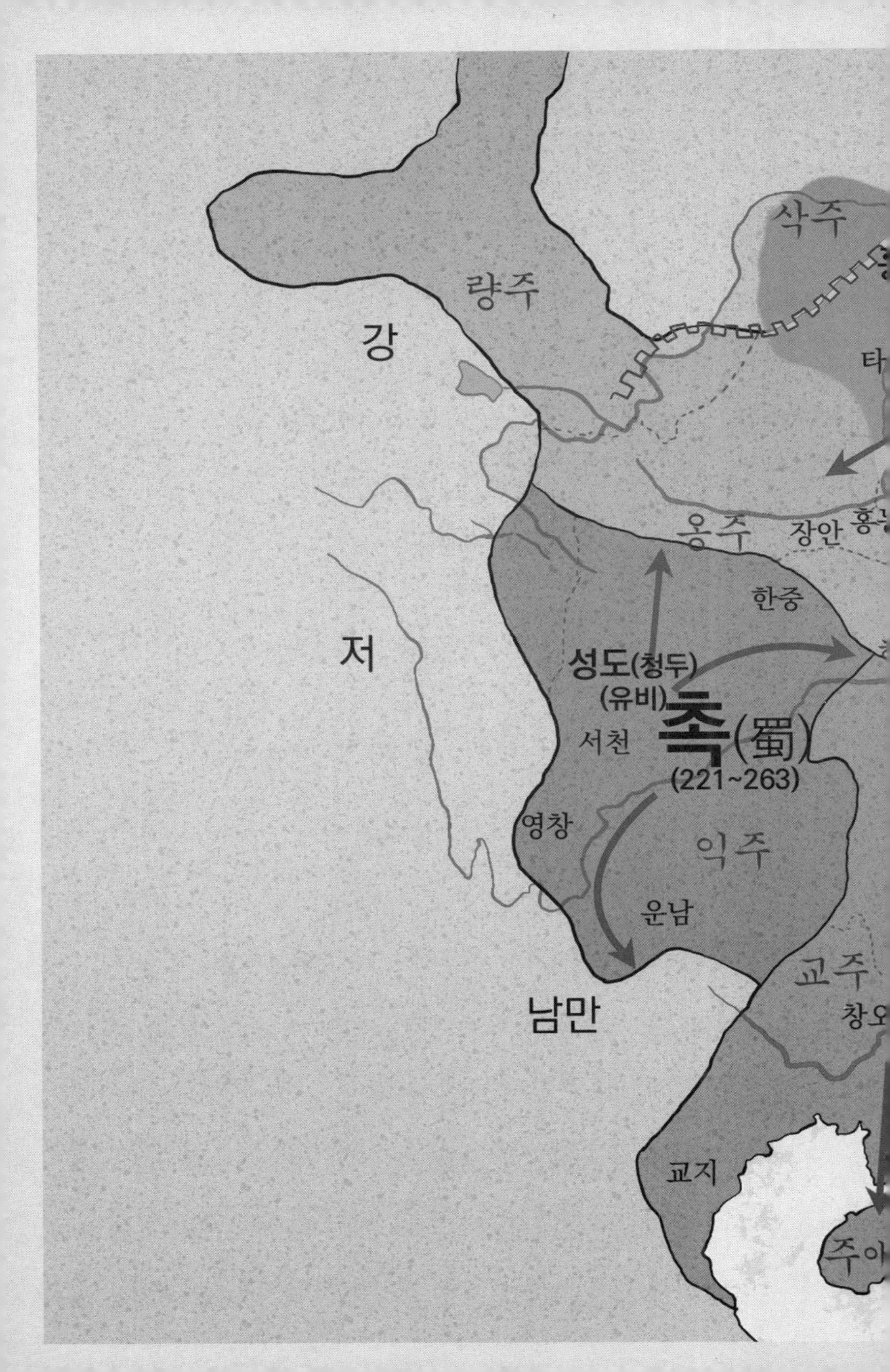
삭주
량주
강
타
옹주
장안
한중
저
성도(청두)
(유비)
촉(蜀)
(221~263)
서천
영창
익주
운남
교주
남만
창오
교지

부여
오환
요동
고구려
유주
계(북경)
동해
위(魏)
(220~265)
백제
기주
황하강
청주
신라
황해
연주
가야
관도
서주
허도
(허창)
예주
건업(남경)
(손권)
양쯔강
적벽
회계
오(吳)
양주
(222~280)
동중국해
건안
이주

❋ 도원결의

⚽ • • • • • • •

중국에 세워진 첫 번째 왕조인 은나라는 주나라에게 멸망하고 또 일곱 나라로 나뉘어 서로 다투다가 기원전 221년에 진나라가 천하를 통일하였다. 진시황 사후 항우의 초나라와 유방의 한나라가 천하를 놓고 다투다가 유방이 이겨 한제국이 세워졌다.

영원할 것 같던 한제국은 2백 년이 흐른 후 차츰 쇠락의 길을 걷더니 왕망이 세운 신나라에게 무너지고, 이도 잠시 신나라도 후한의 광무제에게 나라를 넘기고 말았다. 그로부터 2백 년 후 후한의 헌제 때에 이르러 천하가 다시 셋으로 나뉘었고 패권을 다투는 삼국시대가 열리게 되었다.

후한이 기운 것은 환제와 영제 두 임금 때부터였다. 환제는 외척들이 득세해 권세를 휘두르자 환관의 힘을 빌려 외척을 몰아냈다. 그러나 외척이 제거되자 세상은 환관들의 세상으로 변하고 말았다. 이미 국운이 쇠할 대로 쇠해져 여기저기서 호족들이 발호하고 있는 가운데 후한의 환제가 죽자 나이 어린 영제가 황제에 즉위했다.

이미 실권을 잡아 국정을 좌지우지하던 환관과 외척들의 권세는 날로 커졌고, 썩은 조정과 탐관오리들의 등쌀에 백성들의 원성은 사뭇 높아만 갔다.

세상이 어지럽고 민심이 흉흉해지자 백성을 구한다는 명분을 앞세워 더 큰 혼란이 야기되기도 했다.

자칭 '태평도인'이라 칭하는 장각은 어떤 노인에게서 천서인 태평요술서를 받은 이후 비를 부르고, 바람을 일으키고, 병자를 치유하는 등의 큰 능력을 발휘하게 되었다며 태평도를 확산시켰다.

장각과 장보, 장량 형제는 종교적인 색채에 덧붙여 백성들이 잘 사는 나라를 만들겠다고 설파했다. 그 세력은 점차 커져 수십만 명의 인파가 태평도의 이름 아래 몰려들었다.

장각 형제들은 휘하의 무리들을 36방으로 나누고, 노란 수건을 쓰도록 했다. 노란 수건을 쓴 이들이 전국에서 노략질에 나서자 황건적이라는 이름이 붙게 되었다.

장각은 조정의 환관에게 뇌물을 바치고 때가 되면 환관이 궁의 문을 열게 하여 반역을 꾀하고자 했다. 마침내 모사일이 정해져 장각은 수하를 그 환관에게 보내 사실을 알리고자 했으나 믿었던 수하가 배신을 하고 전모를 고변하는 일이 일어났다.

장각은 모든 것이 탄로난 것을 알게 되자 계획보다 앞서 군사를 일으킬 수밖에 없었다. 조정에서는 상금을 걸고 장각 형제를 비롯한 황건적 토벌에 나섰지만 일부 백성들에게나마 희망을 주고 있는 황건적의 세력은 쉽게 진정될 기미가 보이지 않았다.

몇 해 전, 궁궐 대들보에서 푸른 구렁이 한 마리가 용상으로 떨어져 황제와 신하들을 놀라게 한 사건이 있었다. 구렁이는 곧 사라졌으나 요란한 천둥소리와 우박비가 한동안 지속돼 많은 피해가 났다.

푸른 구렁이는 후한을 말하는 것으로 이미 그 권세가 떨어져 버렸으며, 이제 노란 하늘이 열릴 것이라는 소문이 파다해졌고 노란 수건을 머리에 두른 황건적의 기세도 더욱 등등해졌다.

유주에도 황건적의 무리가 밀려왔다. 유주 태수 유언은 교위 추정의 의견에 따라 방을 내걸고 황건적에 맞서 싸울 의병 모집에 나섰다.

어느덧 탁현 땅에도 방이 나붙었다. 이때 벽에 붙어 있는 방문을 향해 눈을 떼지 못하는 청년이 있었다.

청년의 성은 유, 이름은 비, 자는 현덕. 탁현 누상촌에 사는 유비는 홀어머니를 모시고 살았다. 집안이 기울어 짚신을 삼고 돗자리를 짜서 생계를 유지했으나 한나라 황제였던 효경황제의 후손으로 중산정왕 유승의 피를 받았으니 황실의 종친이다.

그는 노식을 스승으로 삼아 공부했고, 공손찬과는 동문이었다. 노식은 공직에 나가기에 이르러 유비가 정현을 스승으로 삼아 뜻을 키우기를 기대했다. 그러나 유비는 뜻한 바가 있어 누상촌에 머물고 있었다.

"아아!"

유비는 방을 보고 깊은 한숨을 내쉬었다.

이때 뒤에서 누군가 크게 소리쳤다.

"나라를 위해 싸우려 하지 않고 웬 탄식이오?"

유비가 깜짝 놀라 뒤를 돌아보니 8척 장신에 호랑이 수염을 한 남자가 서 있었다. 유비는 언뜻 보기에도 상대가 범상치 않은 사람임을 짐작할 수 있었다.

"공은 뉘시오?"

"나는 장비라 하오. 그대가 범부로 보이지 않았는데 방을 보고 무슨 생각을 하셨소? 방문을 보면서 탄식하는 것이 예사롭지가 않습니다."

그의 성은 장, 이름은 비, 자는 익덕인데, 탁군에 살면서 약간의 전답을 부치고, 술과 돼지를 잡아 팔고 살지만 장사보다는 천하의 호걸과 사귀는 것을 좋아하는 대장부였다.

유비는 본심을 말하기에 조심스러웠으나 이내 장비의 사람됨을 파악하고 속내를 밝혔다.

"나는 누상촌에 사는 유비요. 황실의 종친으로 황건적의 발호가 심상치 않으니 어찌 짚신을 삼고 돗자리나 짜며 지낼 수 있겠소. 하지만 홀어머니를 모시며 가난하게 사는 형편이라 힘이 없으니 한숨만 쉴 수밖에."

"유형! 이제야 보람이 있는 일을 할 수 있겠습니다. 내가 미약하나마 힘이 될 수 있을 터이니 뜻을 모아봅시다."

유비와 장비는 의기투합해 주막에 들어가 자리를 잡았다.

이때 주막 안으로 들어와 호기롭게 술을 시키는 사내가 있었다.

"여기 술 좀 주시오. 술 한 잔 마시고 의병에 참가해야겠소."

사내는 그야말로 장부의 체격으로 수염은 두 자가 넘어 가슴을 덮고 있었다. 안색은 대춧빛인데 봉황의 눈에 눈꼬리는 치켜 올라갔고 키가 9척이나 되는 늠름한 체구를 갖고 있었다.

유비가 그 사내에게 자리에 함께 앉기를 청했다.

"내 이름은 관우입니다. 탁현에서 훈장 노릇을 하고 있는데 황건적이 몰려온다기에 백성과 나라를 구하고자 나서려고 합니다."

그의 성은 관, 이름은 우, 자는 운장. 관우는 하동 혜량현에 살았으나 백성을 괴롭히는 벼슬아치를 때려 눕히고 강호를 떠돌다 이곳 탁현까지 오게 되었다. 어려서 공자와 맹자의 학문을 배워 고서에도 밝았으나 무관 가문 출신이라 무예도 깊었다.

"우리도 지금 뜻을 하나로 했소. 이렇게 만난 것도 하늘의 뜻이니 반갑기 이를 데 없습니다."

유비가 관우의 손을 덥석 잡았다.

거나하게 술기운이 오르자 장비가 형제의 연을 맺자고 제안을 하기에 이르렀다.

"마침 내 집 뒤뜰에 복숭아꽃이 만발했으니 내일 아침 하늘에 고하고 형제의 의를 맺는 게 어떻겠소?"

이견이 있을 수 없었다. 나이는 관우가 가장 많았으나 관우는 유비가 큰형이 되어야 한다는 뜻을 표했다.

"큰 일을 하는 데는 우두머리가 있어야 합니다. 황실의 종친이자 식견을 두루 갖추었으니 유형이 큰형이 되는 게 좋겠습니다."

다음날 아침, 약속대로 유비와 관우가 장비의 집에 도착했다.

세 사람은 복숭아밭에 엎드려 형제의 의를 맺는 제사를 지냈다.

큰형이 되는 유비가 먼저 하늘에 맹세를 고했다.

"유비, 관우, 장비 세 사람은 비록 성이 다르나 이 시간부터 형제가 되었습니다. 이제 힘을 합하여 나라를 구하고 백성을 편안하게 하고자 합니다. 같은 해, 같은 달, 같은 날에 태어나지는 못했으되 우리가 같은 해, 같은 달, 같은 날에 죽게 해주시고, 우리 가운데 형제의 의를 저버리는 자가 없도록 해주십시오."

삼형제는 제사를 마치고, 서로 형제의 예를 올렸다.

❋ 황건적 토벌

❀ • • • • • • •

형제의 의를 맺은 세 사람은 의병 모집에 나섰다.

유비의 스승 노식의 제자들을 비롯해 인근의 장정들이 속속 모여들었다. 며칠 후에는 놀랍게도 수백 명의 군사가 되었다. 문제는 식량과 말과 무기였다. 각자 내놓은 재물로는 군량을 충족하기도 어려웠다. 타고 싸울 말이 없는 것이 더 큰 문제였다.

어느 날 의병 하나가 큰 소리로 말떼가 지나간다고 외쳤다.

"수십 필의 말이 고개를 넘고 있습니다."

세 사람이 내다보니 그야말로 말떼가 틀림없었다.

말을 얻고자 주인을 찾아보니 마침 유비가 잘 알고 있는 상인 장세평이었다.

"이 말들을 어디에 쓰려고 몰고 가시는 것이오?"

"원래 다른 지역에 팔려고 나섰으나 전국이 어수선해 오도 가도 못하는 상황입니다."

이에 유비가 의병을 위해 말들이 필요하다고 간곡히 요청했다.

장세평은 기꺼이 이에 응했다.

"직접 싸우지는 못하지만 재물이나마 나라를 위해 쓰인다면 큰 기쁨이 되겠습니다."

장세평은 말 외에도 좋은 쇠 1천 근과 금은 500냥까지 군자금으로 내놓았다. 유비는 크게 감격해 하며 감사를 표했다.

"반드시 황건적을 토벌해 대인의 은혜에 보답하겠습니다."

의병들 또한 감사를 표하는 한편, 사기가 충천하였다. 유비는 즉시 솜씨 좋은 대장장이를 불러 세 사람의 무기와 장정들의 투구, 칼 등을 만들도록 했다.

유비는 원래 가지고 있던 검에 더해 또 하나의 검을, 관우는 무게 80근에 칼자루가 10자나 되는 청룡언월도를, 장비는 1장 8척의 창을 만들어 지녔다.

군자금이 넉넉해지자 의병은 단숨에 5백여 명에 이르렀고, 무기마저 잘 정비되어 어느 군대와 비교해도 뒤지지 않을 수준이 되었다.

어느 정도의 훈련을 마치자 유비는 군사들을 이끌고 유주 태수 유언에게로 갔다. 유언이 크게 기뻐하며 유비, 관우, 장비 세 사람을 불러들여 인사를 나누었다.

"이름이 무엇인가?"

"유비라고 하옵니다."

"그래?"

유언이 따져보니 유비가 한나라 황실 종친으로 조카뻘이 되어 더욱 기뻐했다.

"조카가 이렇게 와주니 천군만마가 온 듯 든든하네."

유언은 유비가 큰 공을 세우기를 독려하며 잔치를 베풀어 환대했다.

유비가 유주에 도착하고 며칠이 지나지 않아 황건적의 두목 정원지가 이끄는 5만여 명의 황건적이 탁현으로 몰려왔다.

유언은 교위 추정으로 하여금 유비를 비롯해 삼형제가 선봉에 나서도록 했다. 유비는 5백 명의 군사를 이끌고 탁현 대흥산으로 달려가 황건적을 마주했다.

먼저 황건적의 부장 등무와 장비가 맞붙었다. 싸움을 못해 몸이 근질거

렸던 장비의 창은 단숨에 등무의 가슴을 뚫었다. 적장 정원지는 크게 놀라 직접 말을 몰고 달려나갔다. 그러나 관우의 청룡도가 번쩍하더니 이미 정원지의 몸이 두 동강이 나버렸다.

황건적들은 기세에 눌려 달아나기에 바빴다.

"저놈들을 살려보내지 마라."

유비의 명이 떨어지기 무섭게 군사들이 황건적을 뒤쫓았다. 대부분의 황건적들이 싸우기를 포기하고 항복했다. 대승이었다.

첫 전투에서 대승을 거두자 유언은 친히 잔치를 베풀어 유비의 공을 치하했다.

이튿날은 청주성이 황건적에 포위돼 있다는 다급한 연락을 받았다.

유비는 적은 수의 군사로 적군을 물리치기에 부족하다고 판단하고 추정이 이끄는 관군과 함께 매복작전을 펴 적을 대패시킨 후 청주성의 관군을 구해내는 데 성공했다.

유비는 청주성을 구한 후 유주를 떠나 광종현으로 떠나기로 결정했다. 스승 노식이 광종현에서 중랑장으로 황건적의 우두머리인 장각과 싸우고 있다는 소식을 들었기 때문이다.

유비군이 광종현 진영에 도착하자 노식이 크게 반겼다.

"두 아우와 함께 스승님을 돕고자 왔습니다."

"아우라니? 너는 외아들이 아니었더냐?"

"나라가 어려움에 처해 큰뜻을 품고 의형제를 맺었습니다."

유비는 노식에게 도원결의를 맺게 된 정황을 상세히 설명했다.

장각을 포위하고 지구전을 벌이고 있던 노식은 유비를 영천에 보내기로 했다.

"황보숭, 주전 장군이 영천에서 장각의 아우 장보, 장량과 대치하고 있다. 1천여 명의 관군을 이끌고 그들을 도와주시게."

유비는 즉시 군사들을 이끌고 영천군으로 향했다.

한편 황보숭, 주전은 영천군의 한 초원에서 진을 치고 있는 황건적의 장보, 장량 형제를 패퇴시킬 대책을 논의 중이었다.

"마침 바람이 일어 적진으로 불고 있으니 화공이 제격일 듯 싶소."

"좋은 생각입니다. 마침 별자리를 보니 새벽에는 바람이 적진 쪽으로 불 것이고 더욱 세질 것 같습니다."

황보숭, 주전은 병사들에게 풀다발 하나씩을 나눠주고 새벽까지 기다리게 했다. 이윽고 새벽이 되어 예상대로 바람이 세졌다.

"불을 붙여라!"

군사들이 한꺼번에 불을 붙이니 불길이 초원을 타고 적에게 쏜살같이 번져나갔다.

잠결에 사방에서 불이 일자 황건적들은 혼비백산이 되었다. 장보, 장량도 즉시 말을 잡아타고 도망치기에 이르렀고, 패잔병의 무리는 이미 전열이 무너져버렸다.

이들이 간신히 퇴로를 잡았을 때 설상가상으로 멀리서 황실의 붉은 깃발을 한 군대가 달려오고 있었다.

군대의 중심에 말을 타고 우뚝 선 자는 키가 크고 수염이 길었으며, 눈은 가늘었다. 기병도위 조조였다.

조조군을 맞은 장보, 장량 형제는 더 이상 싸울 기력이 남아 있지 않았다. 간신히 목숨만을 구해 달아났다. 조조군은 운 좋게 황건적 1만여 명의 목을 베는 대승을 거두었다.

조조는 패국의 초현 사람으로, 아버지 조숭은 환관의 양자였다. 돈구의 현령이었던 조조는 황건적의 난이 발발하자 기병도위가 되어 황건적 토벌에 나섰던 것이다. 조조는 어려서부터 사냥과 춤을 좋아했다. 또 지략이 남달리 뛰어났다. 조조가 어렸을 때 누군가가 조조의 지략을 보고 다음과 같이 말했다.

"앞으로 나라가 크게 어지러워질 것이니, 저 아이는 난세의 영웅이 될 것이다."

조조는 나이 20살에 첫 관직에 올랐고, 낙양의 북도위가 되어 공정함으로 이름을 떨쳤다. 법을 어기는 자는 신분에 상관없이 엄하게 다스렸기 때문이다.

하루는 당시 권세 있는 환관 건석의 아저씨뻘 되는 사람이 궁중 출입의 법도를 어겼다. 사람들은 조카의 세도로 보아 그가 큰 벌을 받지 않을 것이라 생각했다. 그러나 조조가 법대로 엄하게 다스리자 이후 감히 법을 어기는 사람이 없었다.

이윽고 유비가 영천군에 도착해 황보숭, 주전 장군을 만났으나 이미 황건적은 패퇴하고, 장량, 장보 형제도 달아난 뒤였다.

"장보와 장량은 목숨만 건져 달아났으니 장각을 찾아갔을 것입니다. 노식 장군을 도와야 하겠습니다."

황보숭과 주전은 유비가 다시 광종현으로 가 노식을 도와줄 것을 청했다.

사정이 이렇게 되었으니 유비로서도 선택의 여지가 없었다. 즉시 왔던 길로 되돌아 나섰다. 반쯤 돌아갔을 때 멀리 죄인을 압송하는 수레가 보였다. 수레가 가까워지자 죄수가 눈에 들어왔다.

"아니 스승님 아니십니까? 어찌된 일입니까?"

압송되는 죄인은 바로 노식이었다. 노식은 눈을 지그시 감았다.

노식이 장각을 포위해 거의 잡았다고 생각했을 때였다. 갑자기 좌우사방에서 광풍이 몰아치더니 장각은 온데간데없었다. 장각의 술법에 걸린 것이었다.

조정에서는 대치가 길어지고 싸움이 지지부진해지자 좌풍이란 환관으로 하여금 시찰을 보냈다.

"그는 오자마자 뇌물부터 요구했네. 군량도 넉넉하지 않아 뇌물을 줄 수 없다고 거절했지. 좌풍은 돌아가서 내가 싸우지 않고 성만 높이 쌓고 있다고 보고했다 하네. 그래서 황제께서는 중랑장 동탁 장군을 보내와 나 대신 군사를 맡게 하셨다네."
노식의 말이 끝나자마자 노발대발한 것은 장비였다. 그는 창을 꺼내들었다.
"내 저놈들을 죽이고 장군을 구해야겠소. 간신들의 모함에 충신이 잡혀가도록 할 수는 없습니다."
유비가 장비를 가로막고 나섰다.
"경거망동하지 말고 그 창을 거두라. 조정에도 올바른 사람이 있을 테니 간신들의 흉계를 두고 보지만은 않을 것이야."
장비는 분을 삭이지 못했으나 어쩔 도리가 없었다.
"스승님 부디 옥체 보존하십시오."
"내 걱정은 말고 뜻한 바를 이루게나."
노식을 태운 수레가 지나가자 관망중이던 관우가 비로소 말문을 열었다.
"형님! 노식 장군이 잡혀갔으니 광종현에 간들 우리가 의지할 데가 없어졌습니다. 차라리 탁현으로 돌아가심이 어떻겠습니까?"
유비도 관우의 말이 옳다고 여겼다.
"그래, 탁현으로 돌아가 후일을 기약하세."
탁현으로 기수를 돌린 지 몇 날, 유비군이 휴식을 취하고 있을 때 산 너머로 커다란 함성이 울렸다. 정찰을 다녀온 병사가 호들갑스럽게 막사로 뛰어 들어왔다.
"황건적입니다. 천공장군(천공장군은 장각, 지공장군은 장보, 인공장군은 장량)이라 쓰인 깃발을 앞세운 황건적들이 관군을 쫓고 있습니다."
"천공장군이라면 장각이 아닌가?"
유비가 관우에게 물었다.
"장각이 틀림없습니다."
"어서 가서 그들을 치도록 하세."
그들은 서둘러 말을 몰았다.

"이놈들! 여기 유비가 왔다."

유비, 관우, 장비 삼형제가 선봉에서 적진으로 돌진했다.

관군과의 전투에 몰두해 있던 황건적들은 난 데 없는 유비군의 공격에 협공을 당하는 꼴이 되어 퇴로를 열고 달아났다.

전투가 끝나고 유비는 관군의 장수를 만나러 갔다. 장수는 노식 장군을 대신해 부임한 중랑장 동탁이었다.

"그대들이 아니면 큰일 날 뻔했소. 어느 군에 속한 장수이시오?"

"저희는 탁현에서 올라온 의병들입니다. 저는 유비라고 하옵고 이들은 저의 의형제인 관우와 장비라 합니다."

"의병이라고? 알았다. 그만 물러가라."

동탁은 이내 그 자리를 떴다.

동탁이 의병이라는 말에 거만하게 돌변하자 역시 성질 급한 장비가 조용히 넘어가지 않았다.

"내 은혜를 모르는 저놈의 목을 베어버리겠다."

유비와 관우의 만류로 동탁에게 달려들지는 않았으나 장비는 여전히 못마땅해 했다.

"형님들, 나는 이 자리에 더는 남아 있을 수 없소. 형님들이 싫다면 나 혼자라도 여길 떠나야겠소."

"혼자 가긴 어딜 간단 말인가? 우리 삼형제는 살아도 같이 살고 죽어도 같이 죽기로 했으니 함께 가도록 하세."

유비는 장비의 뜻에 따라 동탁의 진영을 떠나 주전에게 의탁하기로 결정했다.

이튿날, 유비의 군대가 주전의 진영에 도착했다. 주전은 이들을 반갑게 맞았다. 이때 주전은 장보와, 황보숭은 장각, 장량과 각각 대치하고 있었다. 주전이 상대하고 있는 장보는 8만 명의 군사를 거느리고 있어 그 세력이 만만치 않았다.

유비가 먼저 장보에게 싸움을 걸었다. 장보는 부장 고승을 내보내 싸움에 응했으나 상대가 되지 않았다.

"흐얏!"

말을 타고 달려나간 장비가 창을 한 번 휘두르자 고승은 말에서 거꾸러졌다. 승기를 잡은 유비군은 적진을 향해 돌진했다. 부장이 황망하게 당한 황건적의 졸개들은 오합지졸이었다.

장보는 전술로써는 이길 수 없다는 것을 깨닫고 칼로 땅을 짚은 채 주문을 외기 시작했다. 갑자기 바람이 일더니 검은 구름 속에서 한 떼의 군사가 쏟아져 내려왔다.

"퇴각하라!"

유비가 깜짝 놀라 퇴각을 명했으나 군사들이 너무 놀라 혼비백산한 모습이었다. 간신히 수습해 본영으로 돌아왔으나 사기가 떨어져 말이 아니었다.

첫 날 술법으로 재미를 본 장보는 둘째 날 싸움에서도 주술을 폈다. 장보가 주문을 외자 전날과 마찬가지로 바람이 일고, 검은 구름 안에서 군사들이 내려와 유비의 군대를 쫓아 나섰다.

하지만 유비와 주전은 이미 장보의 술법을 깰 방법을 깨치고 전의를 불태우고 있었다. 유비가 한참을 쫓겨 달아났을 때였다.

"부어라!"

낭떠러지 위에서 관우가 명을 내리자 유비를 쫓던 장보의 군대 머리 위로 돼지, 염소, 개의 피가 쏟아져 내렸다. 그러자 지금까지 유비를 쫓던 군사와 말들이 순식간에 종이인형으로 변해 땅에 떨어졌다.

이윽고 바람과 구름도 걷혀 술법이 깨진 것을 알게 된 황건적들이 뒤로 물러나려고 했다. 하지만 뒤에는 이미 낭떠러지에서 내려온 관우와 장비가 버티고 있었다.

앞으로는 유비, 뒤로는 관우, 장비에게 갇힌 황건적들은 손 한번 써보지 못한 채 칼을 맞고 쓰러지는 신세가 되었다.

'앗! 장보다.'

한참 싸우던 유비는 '지공장군' 이라 쓰인 깃발을 발견했다. 유비가 쏜 화살은 장보의 팔에 맞았다. 장보는 화살을 맞은 채 본진인 양성으로 달아났다.

주전은 양성을 포위했으나 장보가 방어만 할 뿐 더는 나와서 싸우려 하지 않아 지리한 대치가 이어졌다.

한편 황보숭은 연일 승전을 거듭함으로써 동탁이 맡고 있는 자리를 대신하게 되었다.

황보숭이 부임했을 때 이미 장각은 죽은 후였고, 장량이 군사를 이끌고 있었다. 황보숭은 여러 차례 싸운 끝에 장량의 목을 베고, 이미 죽은 장각의 무덤을 파헤쳐 역시 목을 벴다.

그 공으로 황보숭은 거기장군이 되었고, 기주의 목으로 부임했다. 모함을 받아 영어의 몸이 되었던 노식은 '공이 크고 죄가 없다' 는 황보숭의 주청이 받아들여져 중랑장으로 복직했다. 황보숭의 선봉으로 활약한 조조도 공을 인정받아 제남 땅의 수령에 임명되었다.

이처럼 기세를 떨친 황보숭의 소식을 들은 주전은 우리도 뒤질 수 없다며 양성 공격에 더욱 박차를 가했다.

마침내 황건적의 장수 엄정이 장보의 목을 베고 항복함으로써 황건적을 이끈 장각, 장보, 장량 형제의 시대가 막을 내렸다.

주전은 승전을 선언했으나 한충, 조홍, 손중을 위시한 수만 명의 황건적 잔당들이 여전히 양성을 점령하고 있었다.

조정에서는 주전에게 황건정 잔당을 토벌하라는 명을 내렸다. 주전과 유비는 협공으로 우선 한충의 군대를 토벌할 수 있었다. 하지만 조홍과 손중은 쉽게 굴복하지 않았다.

이때 주전을 찾아온 장수가 있었으니 오군의 손견이었다. 손견은 '손자병법' 으로 유명한 손자의 후손으로, 불의를 보면 참지 못하는 성격을 지녔으며 그 용맹이 이미 널리 알려져 있었다.

손견은 황건적이 민심을 어지럽히자 1천 5백 명의 의병을 조직해 주전을 도우려고 온 것이다. 관군은 손견의 지원으로 사기가 크게 올랐다.

주전은 손견에게 남문을, 유비에게 북문을 맡기고 자신은 서문을 지켰다.

남문에서는 손견의 일격으로 조홍의 목이 달아났고, 북문에서는 유비의 화살이 손중의 가슴을 꿰뚫었다. 주전은 패퇴하는 황건적의 잔당을 쫓아 수만 명을 죽이는 전과를 올렸다.

주전은 공을 인정받아 거기장군에 올랐고, 하남의 윤(尹. 태수 밑에 있는 장군)이 되었다. 손견은 별군사마가 되었다.

그러나 주전의 주청에도 불구하고 유비는 아무런 상도 받지 못했다가, 한참 뒤에야 겨우 안희현의 현위라는 낮은 직책을 맡게 되었다.

안희현 현위에 부임한 지 4개월여가 지나 유비가 관리로써 인정을 받고 있을 무렵이었다.

지방의 감찰관리가 지나는 길에 안희현에 들러 유비를 찾았다. 유비는 정중히 맞았으나 감찰관리는 거만하기 이를 데 없었다. 그는 말 위에 앉은 채로 유비의 인사를 받았고, 대면하는 자리에서도 상석에 앉아 유비를 하대했다.

"유 현위는 어디 출신이오?"

"저는 중산정왕의 후손으로 탁현에서 왔습니다. 황건적을 토벌하는데 미약하나마 공을 세웠고, 현위의 직책을 맡아 소임을 다하고 있습니다."

그러자 감찰관리가 크게 호통을 쳤다.

"네가 황족이라 칭하며 거짓으로 공을 세운 놈이구나. 조정에서는 너처럼 거짓으로 벼슬한 사람을 가려내고자 하니 내가 상부에 보고하겠다."

유비가 제대로 대꾸도 못하고 돌아와 노심초사하고 있는데 수하의 관리가 감찰관리가 한 말의 뜻을 파악해 알려주었다.

"뇌물을 달라는 말입니다."

뇌물로 쓸 만큼 재물이 넉넉하지도 못했거니와 뇌물을 써야 할 이유도 없었기에 유비는 심각하게 생각하지 않고 무시했다.

그러자 감찰관리는 더욱 횡포해졌다. 관아의 관리와 백성들을 잡아가두고 유비의 비리를 고변하지 않는다며 매질까지 했다. 감찰관리의 오만함에 화가 나 술을 마신 장비가 이런 사실을 알게 되자 더욱 화가 치밀어 올랐다.

장비가 감찰관리의 숙소로 들어서며 소리쳤다.

"이 도둑놈아, 내가 누군지 아느냐?"

장비는 감찰관리를 끌어내 말을 매는 말뚝에 묶고 버드나무 가지를 꺾어 사정없이 내리쳤다. 장비가 매질하는 소리와 비명 소리가 현청의 유비에게까지 들렸다.

"이게 무슨 일이냐?"

"큰일 났습니다. 장 장군께서 감찰관리를 매질하고 있습니다."

유비가 달려가 보니 감찰관리는 이미 초주검이 되어 있었다. 유비는 급히 장비를 말리고 그를 풀어주었다.

달아난 감찰관리는 상부에 이 사실을 고했고, 유비 형제들은 죄를 짓고 쫓기는 형국이 되었다. 유비는 대주 땅의 유희에게 의탁해 몸을 숨겼다.

한편 황건적이 과거의 일이 되자 황보숭, 주전도 권력 실세인 환관들에게 뇌물을 바치지 않았다가 모함을 받아 벼슬이 낮아졌다.

십상시의 난

❀ • • • • • • •

후한의 법도에 따르면 환관은 중상시가 되고 나서 정사에 참여할 수 있었다. 원래 중상시는 4명을 두게 되어 있었으나 영제 때에 이르러 그 수가 10명으로 늘었다. 십상시(건석, 봉서, 장양, 조충, 하운, 곽승, 단규, 후람, 조절, 정광 등 10명의 환관)라 불리는 이들 환관들은 간사한 말로 황제를 에워싸고 절대권력을 행사했다.

황건적의 발호로 잠시 숨을 고르던 십상시들은 세상이 조용해지자 다시 무소불위의 권력을 휘둘렀다. 조정에 충신이 떠나고 국정이 이들 십상시에게 농단되면서 곳곳에서 민란이 발생하고 도적떼가 들끓었다. 장사에서는 구성이라는 자가, 어양에서는 장순과 장거라는 형제가 민란을 일으켰다. 십상시들은 자신들의 권력을 빼앗길까 싶어 민란이 발생한 사실까지도 황제에게 숨겼다.

어느 날, 영제가 후원에서 십상시들과 연회를 열고 있을 때였다. 간의 대부 유도가 황제에게 엎드려 울며 고했다.

"요즘 사방에서 도적떼들이 들끓고 있습니다. 이는 관직을 팔고 백성들에게 도둑질을 일삼는 저 십상시 때문입니다."

이에 환관들도 울며 황제 앞에 꿇어 엎드렸다.

"저희가 목숨을 보존하여 고향으로 돌아가고 싶습니다. 재산은 모두 바칠 터이니 군비에 보태 쓰시옵소서."

영제는 이미 십상시의 간언에 빠져 사리분별 능력을 잃고 있었다. 오히려 유도를 끌어내 참하라 명했다.

이 장면을 보고 있던 진탐이라는 대신이 나섰다.

"백성들이 모두 저 십상시의 고기를 씹고 싶어하는데 어찌 폐하께서는 저들을 부모처럼 대하시나이까?"

"듣기 싫다. 저놈을 유도와 함께 하옥하라."

십상시는 그날 밤 손을 써 황제의 명에 의해 옥에 갇힌 유도와 진탐을 죽여버렸다. 그리고 비로소 민란 해결에 나섰다. 손견에게는 장사 태수를 맡겨 구성을 진압하게 하고, 유주 목사 유우로 하여금 장순, 장거 형제를 토벌하게 했다. 손견은 달포 남짓한 기간에 구성의 목을 베고 난을 진압하여 그 공로로 오정후에 봉해졌다.

유비 형제가 몸을 의탁한 유희는 유주 목사 유우에게 유비 형제를 추천해 공을 세우도록 했다. 유비 형제는 유우를 도와 유주 땅을 평정했다. 유우의 선정으로 곧 민심이 잡혔다.

그러자 민란을 일으킨 자들 사이에서 내분이 일어났다. 장순이 부하의 손에 목이 달아났고, 장거는 자살함으로써 이들 형제의 난이 토벌되었다.

유비는 관리를 폭행한 죄를 사면 받고, 별부사마라는 직책을 맡아 평원 땅 현령으로 부임하게 되었다.

서기 189년 여름, 낙양궁.

"하진을 들라 하라!"

오랜 병마와 싸우다 죽음을 앞둔 영제가 대장군 하진을 찾았다.

영제는 하황후와의 사이에 변 황자를 두고 있었으며, 후궁 왕미인에게서 협 황자를 두었다. 이제 죽음에 임박한 영제가 하진과 함께 후사를 논하려는 것이었다.

하황후의 오빠 하진은 본래 백정이었다. 뛰어난 미인인 누이동생이 궁녀에서 황후가 되자 영제의 곁에서 신임을 얻었다. 변 황자가 태어난 이후에는 대장군 벼슬까지 얻게 되었다. 하황후는 시기심으로 왕미인을 살해했고, 협 황자는 동태후의 보호 아래 자랐다. 동태후는 영제의 어머니로, 해독정후 유장의 아내였다. 환제가 자식이 없어 5촌 조카인 유장의 아들을 양자로 삼아 제위를 이었으니 그가 바로 영제다.

하진이 궁문에 다다랐다. 반은이라는 장수가 그를 가로막았다.

"궁에 들어가시면 안 됩니다. 건석 등이 대감을 죽이려 합니다."

사실 이날 하진을 궁에 들이게 한 것은 십상시 중의 하나인 건석이었다. 건석은 영제가 협 황자로 하여금 제위를 잇고 싶어 한다는 것을 간파하고 먼저 하진을 죽여야 한다고 주청했던 것이다. 십상시의 흉계를 눈치 챈 하진은 조정 대신들을 집으로 불러 모아 십상시를 제거하기 위한 논의에 들어갔다.

"십상시들의 세력이 조정 곳곳에 미치지 않는 곳이 없습니다. 일이 잘못되면 죽음을 면치 못할 것입니다."

전군교위 조조가 반대의 뜻을 표했다.

"젊은 자네가 어찌 조정의 큰일을 안다고 나서는 게야?"

하진의 호통에 누구도 쉽게 말문을 열지 못하고 있는데 궁에서 황제가 승하했다는 소식을 전해왔다. 예상보다 상황이 급박해졌다. 속히 대책을 세우지 않으면 황제의 자리를 빼앗길 뿐더러 십상시의 반격이 있을 것이었다.

이때 사례교위로 있는 원소가 나섰다.

"제게 군사 5천 명만 주십시오. 제가 새로운 황제를 모시고 환관들을 모조리 쓸어버리겠습니다."

원소는 사도 원봉의 아들로 명문가의 자손이었다. 하진은 5천 명의 군사를 거느린 원소를 대동하고 궁으로 들어가 변 황자를 황제의 자리에 앉혔다. 문무백관의 만세 속에 소제의 즉위식이 이뤄졌다.

중상시 건석은 궐내 정원에 숨었으나 역시 십상시 가운데 하나인 곽승에게 살해당했다. 원소는 십상시를 모두 처치해야 한다고 주장했지만 하진은 생각이 달랐다. 정권을 안정시켜야 하고, 자신도 환관들과 결탁해서 정권을 잡았기 때문에 환관을 모두 없앨 필요는 없다고 생각했다. 결국 건석의 일족을 멸하는 것으로 거사를 마무리했다. 동태후는 장양 등 잔여 십상시들과 모의해 협 황자를 진류왕에 봉하는 한편 직접 정사에 참여했다. 그러나 하황후와 권력싸움에 밀려 마침내는 하진에 의해 독살당하고 말았다.

동태후를 부추겨 권력을 움켜쥐려 했던 십상시들은 하황후의 남동생 하묘와 어울려 위기를 벗어났다. 하지만 십상시들은 권력의 끈을 놓을 수 없었다. 하진이 동태후를 독살했다는 소문을 퍼트리며 하진을 칠 기회를 노렸다.

원소는 하진에게 이 사실을 전하며 십상시를 소탕해야 한다고 촉구했다. 하진은 쉽게 결정하지 못했다.

그런데 이날 원소와 하진의 대화가 하진의 집에 있던 사람에 의해 십상시 중 한 명인 장양에게 전해졌다. 장양은 하묘에게 먼저 손을 써서 하황후에게 목숨을 구했다. 하황후의 반대로 하진은 십상시를 제거하는 일에 더욱 주저하게 되었다.

원소가 새로운 제안을 했다.

"전국의 영웅들을 모으면 명분을 갖춰 십상시를 쓸어버릴 수 있습니다."

그러자 조조가 반대하고 나섰다.

"이 일은 손바닥 뒤집기보다 쉬운 일이오. 마음만 먹으면 처리할 수 있는 일을 어찌 세상에 소문을 내어 그르치려 하시오."

하진은 조조의 반대에도 불구하고 함께 힘을 모아 십상시를 제거하자는 밀서를 각 지역으로 보냈다. 서량의 자사로 있던 동탁은 밀서를 받고 쾌재를 불렀다. 동탁은 일찍이 변방의 장수로 그 이름을 드높였으나 황건적의 난에서는 패전을 거듭해 벌을 받을 위기에 처하기도 했다. 그는 십상시에게 뇌물을 주고 벌을 면한 후 서량의 자사가 되어 20만 대군을 거느리자 내심 야심을 키우고 있었다.

동탁은 밀서에 동조의 뜻을 전했다.

"동탁은 겉 다르고 속 다른 사람입니다. 그가 궁에 들어오면 재앙이 올 것입니다."

노식을 비롯해 하진의 주변 사람들은 동탁이 상경하지 못하도록 해야 한다고 하진에게 충고했다. 그러나 하진은 동탁을 대수롭지 않게 생각해 조치를 취하지 않았고, 동탁은 군사를 이끌고 낙양으로 향했다.

동탁의 움직임을 보고 십상시들은 하황후를 사주해 하진을 궁으로 불러들여 살해했다.

이에 원소와 원소의 동생 원술, 조조는 궁으로 들어가 십상시를 비롯한 환관들을 모두 죽여 버렸다. 환관의 가족들 역시 화를 피하지 못했다. 하묘 역시 뇌물을 받고 하진을 십상시에게 넘겼다는 이유로 칼을 맞았다.

한편 십상시 가운데 장양과 단규는 소제와 동생 진류왕(유협. 후한의 마지막 황제(효헌왕제)가 됨)을 끌고 북망산으로 달아났다. 그러나 추격을 받자 장양은 강에 몸을 던져 자결했고, 단규는 도망치다가 목이 달아났다. 소제와 진류왕은 인근 농가로 몸을 피해 달아났다가 원소의 일행을 만나 궁으로 향했다.

환궁하는 도중에 동탁의 군대가 황제의 행렬을 가로막았다.

그러자 떨고 있는 소제를 대신해 어린 진류왕이 나섰다.

"너는 누구냐?"

"서량 자사 동탁입니다. 어가를 호위하러 왔습니다."

"그럼 황제가 여기 계신데 어찌 말에서 내리지 않느냐?"

이에 동탁이 황급히 말에서 내려 황제를 알현했다. 그의 시선은 줄곧 진류왕을 향해 있었다.

'어린 나이에 영특하기 이를 데가 없구나! 황제의 자질을 지녔어!'

동탁의 호위를 받으며 소제와 진류왕은 무사히 환궁했다.

죽은 하진을 대신해 권력을 잡은 동탁은 곧 야심을 드러냈다. 그는 대신들을 잔치에 초대해 의견을 물었다.

"지금의 황제를 폐하고 진류왕을 새 황제로 모시고자 하는데 어떠하시오?"

아무도 말을 못하고 눈치만 보고 있었다.

이때 형주 자사 정원이 반대하고 나섰다.

"지금의 황제가 아무 허물이 없는데 어찌 폐하려고 한다는 말이냐? 네가 엉뚱한 생각을 하는 것이 아니냐?"

이에 동탁이 화를 내며 소리쳤다.

"나를 따르는 자 살고, 거역하면 죽는다."

동탁은 칼을 빼 들고 정원을 베려 했다. 이 모습을 보던 동탁의 모사 이유가 동탁을 급히 만류했다.

정원의 뒤에 범상치 않은 인물이 동탁을 노려보고 있었기 때문이다. 창을 들고 늠름하게 서 있는 자는 정원의 양자 여포였다.

정원이 자리를 떴으나 새 황제의 옹립 문제는 더 이상 논의되지 못했다.

이튿날, 정원이 군대를 이끌고 동탁에게 싸움을 걸어 왔다. 동탁이 이에 맞서 진을 쳤으나 여포가 진영을 휘젓고 정원이 군사를 일으키니 동탁의 군대는 전열이 흩어져버렸다.

동탁의 군대는 한참을 퇴각해 전열을 정비해야만 했다.

"여포가 우리 편이 되면 천하에 두려울 것이 없겠다."

동탁의 탄식을 들은 호분중랑장 이숙이 동탁 앞에 나섰다.

"제가 여포를 설득해 보겠습니다. 저와 여포는 동향 출신인데, 그는 용맹하나 꾀가 없고 이익 앞에서는 의리도 없는 사람입니다. 제가 말로써 여포를 항복시켜보겠습니다."

동탁이 매우 기뻐하며 물었다.

"무슨 수로 설득할 것인가?"

"대감께 적토마라는 명마가 있다 하니, 그 말과 금은보화를 여포에게 준다 하면 그를 우리 편으로 만들 수 있을 것입니다."

적토마는 하루에 천리를 간다는 말로, 물을 건너고 산을 오르는데 평지 달리듯 해 동탁이 매우 아꼈다.

동탁이 이유에게 의견을 묻자 이유가 대답했다.

"천하를 얻으려 하는데 말 한 마리가 아까우십니까?"

동탁은 적토마는 물론 황금 1천 냥과 구슬, 옥대를 예물로 삼아 이숙을 여포에게 보냈다.

이숙이 여포에게 찾아가 적토마를 보이니 여포가 크게 놀랐다. 과연 온몸이 숯불처럼 빨간 것이 그 풍채가 예사말이 아니었다. 여포가 이숙에게 술을 내며 속내를 나타냈다.

"정원을 아버지로 모시고 있으나, 마음이 내켜서가 아니라 달리 대안이 없기 때문이네. 좋은 주인이 있으면 신명을 다할 것을……."

이에 이숙이 동탁이 준 황금과 구슬, 옥대를 내놓았다.

"동탁 장군께서 자네를 마음에 두고 계시네. 저 적토마도 자네를 위한 것일세."

여포는 마음이 움직여 동탁에게 보답할 길을 찾았다.

"내 동탁 장군에게 투항할 것이나 공을 세우지 못하고 찾아 뵐 일이 걱정이네."

"공을 세우는 것은 쉬운 일이 아닌가?"

여포는 굳게 입을 다물었다.

그날 저녁 여포는 정원의 숙소로 침입해 정원의 목을 베었다. 그리고 이튿날 일찍이 정원의 목을 들고 동탁에게로 가서 예를 올렸다.

"대감이 마다 않는다면 대감의 양아들이 되겠습니다."

동탁은 그 자리에서 여포를 양자로 삼았다. 동탁은 더 이상 무서울 것이 없었다. 동탁의 곁에는 항상 여포가 따랐다.

동탁은 다시 문무백관을 소집해 황제를 폐하고, 진류왕을 새 황제로 옹립할 것을 주창했다.

그런데 이번에는 원소가 반대하고 나섰다.

"네가 적자를 폐하고 서자로 황제를 세우려 하니 반역이 아닐 수 없다."

동탁은 원소가 괘씸했으나 원씨 가의 세력 또한 무시할 수 없어 싸움은 피했다.

원소 역시 동탁의 방자한 꼴이 보기 싫어 조회에 참석하지 않겠다고 결심하고 기주로 돌아가버렸다. 그러자 대세는 기울고 말았다. 나이 아홉 살의 새 황제, 헌제가 등극한 것이다. 폐위된 소제는 홍농왕이라 칭하고 어머니 하태후, 중전 당비와 함께 영난궁에 갇히게 되었다.

"덕망 있는 원소가 반란을 일으키면 천하의 영웅들이 들고 일어날 것입니다."

이유의 의견에 따라 동탁은 원소를 발해 태수로 임명했다.

동탁은 스스로 정승이 되어 왕보다 높은 권세를 누렸다.

오래지 않아 하태후는 누각 아래로 떨어뜨려 죽이고, 당비는 목을 졸라 죽게 했으며, 홍농왕은 독주를 먹여 살해했다.

동탁은 점차 포악해졌다. 용상에서 잠을 자고, 마음에 드는 궁녀들을 욕보였다. 무고한 양민을 학살하고 반역을 진압했다고 자랑하기도 했다.

발해 태수가 된 원소는 동탁의 실정에 분을 삭이지 못해 사도 왕윤에게 밀서를 보냈다. 시기를 보아 동탁을 몰아내고 황실을 바로잡자는 내용이었다.

어느 날, 왕윤은 기회를 보아 옛 신하들을 모았다.

"오늘이 내 생일이니 술자리나 같이 합시다."

사람들이 모이고 술이 몇 잔 돌자 왕윤이 갑자기 큰소리로 통곡했다.

"왜 그러십니까? 대감!"

"사실은 오늘 내 생일이 아니오. 동탁이 의심할까 봐 거짓으로 생일인 체 한 것이오. 동탁이 황제를 속이고 권력을 휘둘러 지금 나라의 운명이 풍전등화요. 한 고조께서 진나라를 무찌르고 초나라를 멸망시켜 천하를 평정했는데 오늘날까지 잘 버텨온 이 나라가 동탁 때문에 망해가고 있소. 그래서

울고 있는 것이오."

왕윤의 말에 모두들 슬퍼하며 더러는 같이 눈물을 흘렸다. 이때 표기 교위 조조가 손뼉을 치며 비웃었다.

"대신들이 밤새 울어봐야 동탁이 죽기라도 한단 말이오?"

왕윤이 이 모습에 화가 나 조조를 꾸짖었다.

"네 조상이 한나라의 녹을 먹었는데 어찌 우리를 비웃느냐?"

조조는 동탁을 죽일 아무런 계책도 없는데 울기만 해 웃었다며 다시 정색을 했다.

"동탁의 머리를 베어 도성 성문 위에 매달겠습니다."

"무슨 수라도 있소?"

"요즘 제가 동탁을 섬기는 것은 우선 신임을 얻은 후 기회를 보기 위함이오. 사도께서 보검을 가지고 계신다 하니 제게 빌려주시면 동탁을 죽이겠습니다."

왕윤은 조조에게 칼을 내주었다.

이튿날 조조는 칼을 차고 동탁에게 찾아갔다. 동탁은 앉아 있고, 여포가 옆에 서 있었다. 동탁이 조조를 맞았다.

"어찌 이리 늦었는가?"

"제 말이 시원찮습니다."

조조의 대답을 들은 동탁이 여포에게 일렀다.

"서량에서 바쳐온 말이 있으니 좋은 놈으로 한 필 골라 조조에게 주도록 해라."

여포가 말을 고르기 위해 밖으로 나가자 조조가 기회를 보았다.

마침 동탁이 드러눕더니 얼굴을 반대편으로 돌렸다.

'드디어 동탁을 저 세상으로 보내는구나'

조조가 칼을 빼들어 동탁을 노려보는 순간 동탁이 얼굴을 돌렸다.

"무슨 짓이냐?"

거울 속에 조조의 모습이 비친 것이었다.

이때 여포가 말을 끌고 왔다.

"제가 보검 한 자루를 구해 승상께 바치고자 합니다."

동탁이 칼을 받아 보니 과연 보검이었다.

"좋은 칼이구나!"

동탁은 칼을 여포에게 건넸다.

"잘 보관해라."

조조는 칼집을 여포에게 건넸다. 그리고 분위기를 반전시키기 위해 화제를 돌렸다.

"말을 한 번 타 보겠습니다."

조조는 말에 올라타자 그 길로 달아나버렸다. 동탁과 여포는 조조의 행동이 심히 수상하다고 생각했다. 여포가 사람을 통해 알아보니 조조는 집에 가지 않고 행방을 감춘 것으로 드러났다.

"조조가 승상을 해하려 한 것이 틀림없습니다."

"으음."

동탁은 조조의 얼굴을 그려 각 지역에 붙이고 조조를 체포하도록 했다.

조조는 고향 초현으로 말을 몰아가다 중모현에 달했을 때 검문을 당했다. 군사는 조조를 수상히 여겨 현령에게 데리고 갔다. 현령은 쉽게 조조를 알아보았다. 이미 조조의 얼굴 그림이 도달해 있었기 때문이다. 현령은 조조를 옥에 가두었다가 밤이 되자 후원으로 불러들였다.

"동탁이 널 신임하고 있다던데 왜 그런 마음을 먹었느냐?"

조조가 대답했다.

"제비나 참새 따위가 어찌 봉황의 뜻을 알겠소? 어서 나를 도성으로 보내 상금 탈 궁리나 하시오."

현령이 진지하게 말했다.

"나를 잘못 보았소. 나는 아직 참다운 주인을 만나지 못한 처지요."

그제야 조조도 허심탄회하게 속내를 드러냈다.

"나는 조상 대대로 한나라의 녹을 먹은 사람이오. 이제 동탁을 죽여 나라를 구하려고 했을 뿐이오."

현령이 조조를 상석에 모셨다.

"나는 진궁이라 합니다. 그대의 충성에 감복했습니다. 이제 관직을 버리고 그대를 따르겠습니다."

조조와 진궁은 그날 밤으로 고을을 떠났다. 그들은 사흘 밤낮을 말을 달려 성고라는 곳에 닿았다. 조조가 인근 숲을 가리키며 말했다.

"저곳에 여백사라는 분이 사시오. 그분은 내 아버지와 의형제를 맺은 분이니 그 집에서 묵어 갑시다."

여백사의 집에 도착하니 여백사가 놀랍다는 듯 조조를 맞았다.

"자네를 체포하려는 손이 예까지 미쳐 있네. 자네 아버지도 진류로 피했고. 어떻게 여기로 왔는가?"

조조가 그간의 사정을 설명하자 여백사가 진궁에게 절을 올렸다. 진궁이 아니었으면 조조는 물론 조씨 일가가 화를 입었을 것이기 때문에 사의를 표한 것이다.

여백사는 마을에 나가서 좋은 술을 구해오겠다며 조조 일행을 남겨두고 집을 떠났다.

그런데 잠시 후 집 후원에서 칼을 가는 소리가 들리는 것이 아닌가?

의심이 난 조조가 진궁에게 속삭였다.

"여백사가 집을 나간 게 수상하지 않소?"

그러자 진궁도 의심이 갔다. 두 사람은 조용히 후원으로 나가 사람들의 동정을 살폈다.

"묶은 후 죽이는 게 좋겠어."

대화 내용이 자신들을 죽이려는 것이 틀림없었다.

깊이 생각할 겨를도 없이 조조와 진궁은 칼을 빼들어 대여섯 명의 사람

들을 베어버렸다. 그러고 나서 잠시 후 부엌에서 돼지가 꿀꿀거리는 소리가 들려왔다. 여백사가 손님들을 대접하기 위해 돼지를 잡으려고 했던 것이었다.

진궁은 죄 없는 사람들을 죽인 것을 알고 탄식했다. 그러나 이미 끝난 일이었다. 두 사람은 그 즉시 말을 타고 집을 나섰다.

얼마를 달려가는데 길 저쪽에서 여백사가 안장에 술병을 매단 채 나귀를 타고 돌아오고 있었다.

"집에서 쉬지 않고 어디를 가는 것인가?"

"쫓기는 몸이니 한 곳에 오래 머물 수 없습니다."

"내 자네들을 위해 돼지를 잡았으니 오늘 하루라도 묵어가게나. 어서 말을 돌리시게."

"아닙니다. 이대로 가는 편이 낫겠습니다."

조조가 고집하니 여백사도 더 이상 권하지 않고 집으로 향했다. 조조와 진궁이 여백사와 헤어져 말을 몰고 가던 중 갑자기 조조가 말머리를 돌려 여백사를 불렀다. 여백사가 조조의 마음이 변한 것으로 알고 반가워하는데 조조는 칼을 빼들어 단칼에 여백사를 죽여 버렸다.

너무나 순식간에 일어난 일이라 진궁이 말릴 틈도 없었다.

"조공! 이게 무슨 짓이오?"

"여백사가 돌아가 집안 상황을 보면 우리를 관에 고발할 것이오. 화를 미연에 방지한 것뿐이오."

진궁은 더 이상 할 말을 잃었다. 더 이상 조조가 한나라의 앞날을 걱정하는 의인이라는 생각이 들지 않았다.

그날 밤, 조조와 진궁은 여각에서 같은 방을 잡았다. 조조는 먼저 잠이 들었으나, 자리에 누운 진궁은 잠을 이루지 못했다. 진궁은 조조를 죽일까 하다가 마음을 고쳐먹었다.

'나는 나라를 위해 조조를 따라 왔다. 조조 하나를 죽이는 일이 나라를 위한 길은 아니지 않은가?'

진궁은 그 길로 조조를 떠나 스스로의 길을 나섰다.

다음 날 아침, 조조는 진궁이 자신을 떠난 것을 알았다.

'진궁이 어제 나의 행동이 의롭지 못하다고 생각해 떠났구나.'

조조는 기분이 상한 채 여각을 나서 아버지 조숭이 있는 고향으로 말을 달렸다.

조조의 격문

⁂ • • • • • • •

조조는 보름 만에 고향인 하남의 진류 땅에 도착했다. 그리고 아버지 조승에게 동탁을 몰아내기 위해 의병을 모집하겠다는 뜻을 밝혔다.

조승은 그 지방의 부자인 위홍에게 조조를 소개시켰다. 조조는 위홍에게서 조조를 돕겠다는 약속을 받아냈다. 조조는 '충의' 라는 글자로 깃발을 만들고 의병을 모집했다. 곧 내노라 하는 장정들이 몰려들었다.

양평 위나라 출신의 악진, 산양 거록 땅의 이전, 조조의 친척뻘 되는 하후돈과 하후연, 조조의 사촌인 조인과 조홍이 그의 휘하에 자리를 잡았다.

부대의 진용을 갖춘 조조는 각 고을로 동탁의 죄를 묻기 위해 '군사를 일으킨다' 는 격문을 보냈다. 각지의 영웅들이 조조의 격문에 호응했다. 조조는 이들 영웅들의 군사로 17진을 구성했다.

후장군 남양 태수 원술, 기주 자사 한복, 예주 자사 공주, 연주 자사 유대, 하내 태수 왕광, 진류 태수 장막, 동군 태수 교모, 산양 태수 원유, 제북의 상 포신, 북해 태수 공융, 광릉 태수 장초, 서주 자사 도겸, 서량 태수 마등, 북평 태수 공손찬, 상당 태수 장양, 오정후 장사 태수 손견, 기향후 발해 태수 원소가 각 진을 이끌고 있었다.

유비, 관우, 장비도 유비의 동문인 공손찬의 부대에 편입해 의병에 가담했다. 마침내 군사를 모으니 2백여 리나 늘어선 장병의 수가 수십만 명에 이르렀다. 조조는 소와 말을 잡고 단을 쌓아 제를 올렸다. 이날 원소가 제후들의 추대를 받아 맹주가 되었다. 원소는 원술에게 군량을 맡기는 등 체계를 잡았다.

이제 선봉을 세워 낙양(뤄양) 사수관을 치는 일만 남았다. 장사 태수 손견이 앞으로 나섰다.

"내가 선봉이 되겠소."

원소가 이를 받아들이니 손견이 먼저 군사를 몰아 사수관으로 출발했다.

동탁은 승상이 된 후 자기를 치기 위해 의병이 동맹군을 맺어 거병을 하는 것도 모른 채 매일같이 잔치를 열어 권세를 누리고 있었다. 아무런 대비 없이 사수관으로부터 제후들이 쳐들어온다는 급보를 받게 된 동탁은 걱정이 앞섰다.

"아버님께서는 걱정하지 마십시오. 이 여포가 저들의 목을 베어 도성 문에 걸어놓겠습니다."

여포가 자신 있게 나서자 동탁이 그제야 여포의 존재를 깨닫고 안도의 한숨을 내쉬었다.

이때 이를 바라보던 누군가가 참견했다.

"닭을 잡는 데 소 잡는 칼을 쓰려 하시오? 여포 장군께서 나설 일이 아닌 것 같습니다. 제가 그들의 목을 잘라 오겠습니다."

9척 장신에 체격이 남다른 화웅이었다. 동탁은 화웅에게 5만 명의 군사를 주어 사수관으로 출전케 했다.

화웅은 동맹군의 선봉 손견이 도착하기 전에 사수관에 먼저 닿았다.

제북상 포신의 동생 포충이 손견보다 사수관에 먼저 도착해 화웅에게 싸움을 걸었다. 포신이 손견에게 공을 빼앗길까 두려워 동생을 시켜 선수를 치도록 한 것이었다.

그러나 포충은 화웅의 적수가 아니었다. 화웅의 단칼에 포충의 목이 날아가 버렸다. 그제야 손견이 정보, 황개, 한당, 조무 등의 장수를 이끌고 사수관에 도착했다.

싸움이 붙어 정보의 창이 화웅의 부장 호진을 찔렀다. 손견은 그 기세를 몰아 사수관으로 진격했다. 그러나 관문 위에서 화살과 돌이 빗발쳐오자 일단 뒤로 물러서 본대가 오기를 기다리기로 했다.

손견은 군량을 담당하는 원술에게 사람을 보내 군량을 청했다. 이때 원술의 부하 하나가 원술에게 넌지시 말했다.

"손견은 강동(양쯔강(장강)의 동쪽으로 오나라를 뜻하는데, 특히 바다와 이어져 있는 오군, 회계군, 단양군(임해군)을 말한다.)의 호랑이입니다. 손견이 동탁을 죽이면 늑대 대신 호랑이와 맞서는 형국이 될 것입니다."

부하의 의견이 그럴 듯하다고 생각한 원술은 군량 보내는 것을 차일피일 미뤘다. 그러자 먹을 것이 모자란 손견의 군대는 사기가 말이 아니었다.

이 소식은 첩자를 통해 화웅에게 전해졌다. 화웅이 손견의 부대를 기습하니 손견의 군사들은 제대로 싸워보지도 못하고 쓰러져갔다. 손견이 위기에 처하자 그의 장수 조무가 손견의 붉은 두건을 대신 쓰고 죽음으로 길을 열어줌으로써 손견은 포위망을 뚫고 간신히 목숨을 구했다.

손견의 패전 소식을 들은 원소는 크게 놀라 제후들을 모았다. 원소가 대책을 물었으나 대답하는 사람이 없었다. 원소가 다시 좌중을 둘러보니 공손찬 뒤에 세 사람이 서 있는데 마치 사람들을 비웃는 듯했다.

"공의 뒤에 있는 사람들은 누구요?"

원소가 공손찬에게 묻자 공손찬이 유비를 소개했다.

"이 사람은 어릴 적 동문수학한 유비라고 하오."

그러자 조조가 기억을 더듬어 유비의 이름을 떠올렸다.

"황건적의 난에 공을 세운 그 유현덕이오?"

공손찬이 유비를 대신해 답했다.

"그렇소. 더욱이 유공은 황실과 종친이오."

공손찬은 유비의 집안 내력까지 소상히 설명했다. 이에 원소는 황실의 종친인 유비가 자리에 앉을 수 있도록 했다. 이때 군사 하나가 들어와 상황을 전했다. 화웅이 사수관에서 내려와 장대 끝에 손견의 붉은 두건을 매달고 조롱하고 있다는 것이었다.

원소가 말문을 열었다.

"누가 나가서 그를 대적할 것이오?"

"제가 한 번 싸워보겠습니다."

원술의 등 뒤에서 유섭이라는 장수가 나섰다. 그러나 유섭은 화웅과 3합만에 목이 달아났다. 이어 기주 자사 한복의 휘하에 있는 장수 반봉이 나섰으나 수 차례 싸움만에 목이 잘렸다. 그제야 진중 장수들의 얼굴이 굳어졌다.

원소가 나지막이 탄식했다.

"나의 장수 안량, 문추 가운데 하나만 있었어도 화웅 따위를 겁내지는 않았을 것이오."

이때 관우가 소리치며 나섰다.

"제가 화웅의 목을 베어 바치겠습니다."

원소가 그가 누구냐고 묻자 공손찬이 유비의 동생이라고 설명했다.

"지금 무슨 벼슬을 하는가?"

"유현덕 밑에서 마궁수로 있습니다."

이 말을 들은 원술이 크게 꾸짖었다.

"네가 제후들 중에 장수가 없다고 깔보는 것이냐? 마궁수 주제에 어찌 감히 나서느냐?"

조조가 원술을 가로막았다.

"행색을 보니 쉽게 물러날 것 같지는 않소. 한 번 출전시켜 봅시다."

조조는 친히 관우에게 따뜻한 술을 한 잔 따라주었다.

"내 이 술은 저놈의 목을 베고 와서 마시겠소."

관우는 이 한 마디를 내던진 채 말을 달려 나갔다. 싸움을 알리는 북소리가 전장을 울렸다.

오래지 않아 관우가 돌아왔다. 화웅의 목이 관우의 손에 들려 있었다. 관우는 화웅의 목을 땅바닥에 내던지고 조조가 따라준 술을 단숨에 비웠다. 술에는 아직도 온기가 남아 있었다.

그러자 장비가 나섰다.

"형님이 화웅의 목을 거두었으니 어서 가서 동탁을 사로잡아야 하지 않겠소?"

원술이 다시 나서 장비를 꾸짖었다.

"현령의 졸개가 주제를 모르고 감히 나서느냐?"

조조가 관우와 장비를 두둔했으나 원술은 노기를 풀지 않았다. 공손찬도 유비 형제들을 데리고 자리를 떴다. 조조는 어쩔 수 없이 원술을 달래는 한편 공손찬과 함께 돌아간 유비 형제에게 술과 고기를 보내 위로했다.

한편 화웅이 죽었다는 소식은 곧 동탁에게 전해졌다. 동탁의 모사 이유는 태부 원외를 먼저 제거하라고 동탁에게 청했다.

"원외는 원소의 아저씨뻘 됩니다. 원외와 원소가 내통하면 일을 수습하기 어려울 것입니다."

동탁은 이유의 말이 옳다고 여기고 원외를 죽여버렸다. 이어 이각, 곽사에게 5만 명의 군사를 주어 사수관을 지키게 했다. 동탁 자신은 15만 명의 군사를 이끌고 낙양에서 멀리 떨어진 호뢰관으로 갔다. 호뢰관에 도착한 동탁은 여포에게 3만 명의 군사를 주어 관문을 지키게 했다.

원소는 이에 맞서 동맹군의 8제후를 호뢰관으로 보냈다. 여포가 이들을 맞았다. 여포는 화려한 비단옷에 갑옷을 입고 활과 화살통을 어깨에 멨는데, 창을 든 채 적토마를 타고 있었다. 과연 '장수는 여포요, 말은 적토마'라는 말 그대로였다.

동맹군은 여포를 상대해 싸웠으나 여포의 기세에 눌려 여러 장수를 잃었다. 8제후가 한꺼번에 상대하자 여포가 잠시 물러났으나 이내 다시 동맹군을 공격해 왔다. 이에 공손찬이 여포에 맞서 싸웠으나 수합을 버티지 못하고 말을 돌려 달아날 수밖에 없었다.

여포가 적토마를 달려 거의 공손찬을 잡았다 싶을 때 큰 소리로 외치며 달려드는 장수가 있었다.

"아버지를 셋이나 둔 놈아! 이 장비의 창을 받아라."

여포가 화가 나 공손찬을 달아나게 두고 장비에게 달려갔으니, 50여 합을 싸우도록 승부가 나지 않았다. 보다 못한 관우가 장비를 도와 수십여 합을 싸웠으나 여포는 쉽게 꺾이지 않았다. 마침내 유비마저 나서 쌍칼로 맞서니 세 사람을 상대할 수 없는지라 여포가 말을 몰아 본진으로 돌아갔다. 믿었던 여포마저 패하니 동탁의 근심이 클 수밖에 없었다.

동탁은 그나마 사사로이 원수진 일이 없는 손견에게 회유책을 쓰기로 했다. 동탁은 이각을 보내 손견과 사돈을 맺겠다며 회유하려 하였으나 동탁 같은 그릇과 함께 할 손견이 아니었다. 손견은 과감히 동탁의 제안을 거절했다.

수세에 몰린 동탁과 이유는 제후들의 공격을 잠시 피하는 것이 옳다는 생각에 낙양을 버리고 장안으로 천도하기로 결정했다. 동탁은 천도를 반대하는 신하들을 참하게 하고, 군비를 마련하기 위해 낙양의 부자들을 죽여 그들의 재산을 빼앗았다. 동탁은 또 여포를 시켜 옛 황제와 황후의 능을 파헤쳐 보물을 파내게 했다.

마침내 이각과 곽사가 앞장서 낙양의 백성들을 몰아 장안으로 향했다. 동탁은 낙양을 떠나기에 앞서 백성들이 떠난 낙양에 불을 지르게 했다. 궁궐과 민가에 불이 붙어 낙양은 순식간에 불바다가 되었다.

이에 사수관을 지키던 장수가 손견에게 사수관을 바쳤다. 또 유비, 관우, 장비가 호뢰관을 치니 드디어 낙양이 동맹군의 손에 떨어졌다.

낙양에 먼저 입성한 손견은 우선 궁궐의 불을 끄게 했다. 이어 나머지 제후들이 차례로 낙양에 당도했다. 조조는 원소와 제후들에게 곧바로 동탁을 쫓아 나서야 한다고 설득했으나 아무도 호응하는 사람이 없었다.

원소도 조조의 뜻에 반대했다.

"군사들이 지쳐 있으니 지금은 서두를 일이 아니오."

'이런 놈들과 상대하느니 차라리 내 스스로 일을 마무리 지으리라.'

조조는 그 즉시 부장들과 1만여 명의 군사를 이끌고 동탁의 뒤를 쫓았다. 그러나 동탁은 이미 동맹군의 추격을 예상하고 철저히 준비하고 있었다. 맞서 싸울 준비는 물론이거니와 동맹군이 패퇴했을 때를 대비, 후미에 서영이 이끄는 군사들을 매복시켜둔 것이다.

적은 수의 병력으로 동탁의 대군을 상대한 조조는 제대로 싸워보지도 못하고 많은 희생을 치른 채 달아나야 했다. 밤이 되어 조조가 패잔병을 모아 밥을 짓고 있는데 설상가상으로 매복병들이 커다란 함성과 함께 몰려들었다.

예상치 못한 습격에 조조도 놀라 말을 타고 달아나는데 서영이 쏜 화살이 조조의 어깨에 와 박혔다. 조조는 그대로 말을 달려 달아나려 했다. 그러나 매복해 있던 두 병사가 창으로 조조의 말을 찌르니 조조가 말에서 떨어졌다. 두 병사는 즉시 조조에게 달려들었다.

"이놈들!"

이때 뒤에서 큰 외침과 동시에 번쩍 하고 칼이 춤을 추니 병사들이 그 자리에 쓰러졌다. 조조의 사촌 조홍이 조조를 도운 것이었다.

조조와 조홍은 다른 병사들을 피해 달아났으나 앞에 큰 강이 가로막고 있었다. 조홍은 조조를 업고 강을 건너 조조의 목숨을 구했다. 적병들이 활을 쏘아댔으나 강을 넘지는 못했다. 조조와 조홍이 밤새 몇 십 리를 달려 잠깐 숨을 고르는데 또다시 서영의 군사들이 함성을 지르며 이들을 쫓아왔다. 그 순간 하후돈과 하후연이 나타나 적을 쫓아버렸다. 이어 조인, 이전, 악진 등이 연이어 당도하니 조조가 비로소 안도의 숨을 내쉬었다. 그러나 조조에게는 5백여 명의 군사가 남아 있을 뿐이었다.

한편 나머지 제후들은 낙양 여기저기에 흩어져 막사를 세웠다. 밤이 되었으나 손견은 잠을 이루지 못한 채 황조의 몰락을 생각하고 있었다. 그때 병사 하나가 손견에게 괴이한 일을 알렸다.

"우물에서 5색의 빛이 올라오고 있습니다."

손견이 우물을 퍼내게 하니 한 궁녀의 시신이 목에 비단 주머니를 건 채 올려졌다. 그 비단 주머니는 황금 자물쇠가 채워진 옥새가 들어 있는 상자를 싸고 있었다. 옥새를 꺼내 보니 다섯 마리의 용이 조각돼 있는데, 바닥에는 하늘의 명을 받아 영원히 번창하라는 글(수명우천 기수영창 受命于天 其壽永昌)이 새겨져 있었다.

손견은 휘하의 정보에게 옥새에 대해 묻자 정보가 옥새에 얽힌 사연을 자세히 설명했다.

"이 옥새는 진시황에 의해 만들어졌고, 진시황이 죽자 시황제의 아들이 한 고조에게 바쳤습니다. 한때 역적이 도발해 잠시 황실을 떠났으나 광무제가 다시 찾은 후 황제들에게 전해져 왔습니다. 이제 주공께서 옥새를 얻었으니 강동으로 돌아가 큰일을 도모하셔야 할 줄 압니다."

손견은 정보의 말대로 낙양을 떠나기로 했다. 그는 옥새를 얻은 일이 밖에 새나가지 않도록 부하들의 입단속을 했다.

그러나 이렇게 큰 일이 드러나지 않을 수 없었다. 손견의 부하 하나가 원소의 힘을 빌어 출세의 길을 열고자 일의 전모를 원소에게 고하고 말았다.

이튿날, 손견이 원소에게 거짓으로 병이 났다하며 고향으로 돌아가겠다고 청했다. 그러자 원소가 옥새를 내놓으라고 손견을 추궁했다. 손견이 옥새는 모르는 일이라며 계속 시미치를 떼자 원소는 전날 일을 밀고한 병사를 불러냈다.

손견은 부하를 보자 모든 전모가 드러난 것을 알고 칼을 빼들어 그 병사를 죽이려고 했다. 그러자 원소가 손견을 꾸짖었다.

"네가 이놈을 죽이려고 하는 것을 보니 나를 속인 게 틀림이 없구나."

분위기가 험악해지자 원소 휘하의 안량, 문추와 손견 휘하의 정보, 황개가 한꺼번에 칼을 빼들었다. 그러자 제후들이 서둘러 원소와 손견을 말렸다. 손견은 그 길로 옥새를 가지고 낙양을 떠나버렸다.

원소는 손견이 돌아간 것을 알고 크게 노했다. 곧 형주 자사 유표에게 편지를 써 손견이 돌아가는 길목을 지켜 싸울 것을 청했다.

유표는 산양군 고평 땅 사람으로 황실의 종친이었다. 그는 아무리 난세라 해도 정도를 지켜야 한다고 주장하는 이름난 청류파 7인의 친구들과 더불어 강하의 8명사(강하팔준-유표, 범방, 범강, 공욱, 단부, 잠경, 진상, 장검)로 이름을 날리고 있었다.

이윽고 손견이 형주 땅을 지나갈 때 유표가 괴월, 채모 등 부장으로 하여금 군사를 이끌어 손견을 포위했다.

손견은 정보, 황개 등 부하들의 도움을 받아 간신히 퇴로를 열고 강동으로 돌아갈 수 있었다. 손견은 이 전투에서 군사의 반을 잃어 유표에 대해 큰 원한을 품게 되었다.

유표가 손견을 맞아 싸우고 있는 사이 조조는 패잔병을 이끌고 낙양으로 돌아와 원소를 만났다. 조조가 원소를 비롯해 제후들에게 동탁을 토벌하는 계책을 내놓았으나 아무도 이에 동조하는 이가 없었다.

'아! 이들과는 큰일을 이루기가 어렵겠구나!'

조조는 실망해 군사를 거느리고 양주 땅으로 떠나버리고 말았다. 이러한 형국을 보고 공손찬은 원소가 큰 그릇이 아니라는 판단이 들었다. 공손찬은 유비, 관우, 장비에게 함께 돌아가자고 청했다. 그리하여 공손찬은 북평으로, 유비는 평원으로 각기 길을 떠났다.

이러한 와중에 낙양에서는 군량 문제로 내분이 일어나 연주 태수 유대가 동군 태수 교모를 죽이는 일이 벌어졌다.

제후들 간 분위기가 서먹해지자 원소도 낙양을 떠나 하내군으로 향했다. 어느덧 원소도 군량이 부족해졌다. 기주 자사 한복이 이를 알고 원소에게 군량을 보내주었다. 그러자 오히려 원소의 모사 봉기가 원소에게 기주를 빼앗자고 선동했다.

"어찌 천하대장부가 남이 도와주는 곡식으로 연명할 수 있겠습니까? 기주 땅은 곡식이 많이 나고 물자도 풍부하니, 공이 후일을 도모하기에 적합한 곳입니다."

그러자 원소도 귀가 솔깃해졌다.

"기주를 손에 넣을 방법이 있겠는가?"

봉기는 모사답게 구체적인 방법을 내놓았다. 봉기의 제안대로 원소는 기주를 탐내고 있는 북평의 공손찬에게 먼저 기주를 치면 협공하겠다는 뜻을 전했다. 공손찬이 이에 화답해 기주를 공략했다.

일은 봉기의 뜻대로 진척됐다. 원소의 계략을 알 리 없는 한복이 공손찬이 공격해 오자 원소에게 도움을 청한 것이다. 원소는 이윽고 기주로 들어와 한복의 자리를 차지해버렸다. 한복은 그제야 원소에게 속은 것을 알았지만 사태는 이미 돌이킬 수 없었다. 그는 진류 태수 장막에게 가 몸을 의탁했다.

공손찬은 원소에게 약속한 기주의 절반을 요구했다. 원소가 땅을 내줄 리가 만무했다. 원소는 사자로 온 공손찬의 동생 공손월을 죽여 버렸다.

공손찬은 화가 나 군사를 일으켰고 원소가 이에 맞서 양 진영이 반하의 다리에서 대치했다.

공손찬이 다리 위로 나가 싸움을 거니 원소의 장수 문추가 나가 상대했다. 싸움에 있어서는 문추가 기량이 나았다. 몇 합을 싸우다가 공손찬이 뒤로 물러서니 문추가 공손찬의 진영을 유린했다. 마침내 문추의 창이 공손찬을 노리게 되었다. 순간 한 젊은 장수가 갑자기 나서더니 문추를 막아섰다.

문추와 젊은 장수는 수십 합을 싸워도 승부가 나지 않았다. 마침내 공손찬의 군사들이 전열을 가다듬자 문추가 자신의 진영으로 돌아갔다.

공손찬은 안도하며 소년 장수를 불렀다.

"그대는 누구인가?"

"저는 조운이라 합니다. 자는 자룡으로, 상산의 진정 땅 사람입니다."

조운은 원래 원소의 부하였다. 그러나 원소가 나라를 이끌 큰 그릇이 되지 못한다는 판단에 공손찬을 따르게 된 것이었다.

이튿날 싸움에서 조운은 적진을 향해 말을 몰아 원소군의 선봉장을 쓰러뜨렸다. 이에 공손찬의 군사들의 사기가 올라 총공세를 펴니 원소군이 상대하지 못하고 뒤로 물러났다.

그러나 이내 원소가 직접 대군을 이끌고 밀고 올라가자 조운이 공손찬과 함께 밀리는 형국이 되었다.

이때 산 저쪽에서 함성이 일며 군사들이 나타났다. 유비, 관우, 장비가 평원에서 공손찬을 도우러 온 것이었다. 이들이 가세하자 전세가 뒤집어졌다. 원소는 반하 다리 건너편으로 물러났고, 양 진영은 다시 다리를 사이에 두고 대치하게 되었다.

전투가 소강상태에 이르자 유비와 조운은 공손찬의 소개로 인사를 나누었다. 유비와 조운은 무언지 모를 운명적인 느낌으로 서로를 마주 보았다.

이후 공손찬과 원소는 한 달 남짓 대치를 이어갔다. 이 소식을 들은 장안의 동탁이 이들을 화해시키기 위해 칙사를 보냈다. 공손찬과 원소는 칙사를 환대하고 강화를 맺었다.

마침내 공손찬이 북평으로 돌아갈 때가 되어 유비와 조운도 후일을 기약하며 이별의 인사를 나누었다. 유비는 평원으로 돌아와 공손찬의 상소에 따라 평원군의 상으로 봉해졌다.

원소가 공손찬의 양해 아래 기주를 차지하게 되었다는 소식을 접한 동생 원술은 원소에게 말 1천 필을 보내달라고 청했다. 그러나 원소는 이를 거절했다. 이에 원술은 원소에게 나쁜 감정을 가지게 되었다.

원소로부터 거절을 당한 원술은 이번에는 형주 자사 유표에게 군량미 20만 섬을 빌려 달라고 청했다. 유표 역시 원술의 청을 거절했다. 원술은 유표에게도 앙심을 품었다. 원술은 생각 끝에 강동의 손견을 끌어 들였다. 원술은 손견에게 원소와 유표가 연대해 강동을 치려 하고 있으나 자기와 손잡

고 원소와 유표를 먼저 치자고 제안하였다. 이긴 후에 손견은 형주 땅을, 자기는 기주 땅을 빼앗아 나눠 갖자는 것이었다.

손견은 원술의 제안을 받자 쾌재를 불렀다.

'내 낙양을 떠나올 때 유표 놈이 한 짓을 되갚아 주리라.'

손견은 곧 군사를 이끌고 형주 땅으로 향했다. 이에 강동의 분위기를 접한 유표도 군사를 모아 손견의 공격에 맞설 준비를 갖추었다. 손견은 큰아들 손책과 함께 직접 형주의 번성을 쳤다. 번성은 유표의 장수 황조가 지키고 있었다.

손견의 군사들이 배에 타고 번성 가까이 근접했다가 다시 빠지기를 사흘 동안 반복하자 황조의 진영에서 쏜 화살 10만 개가 모두 손견의 차지가 되었다. 이 화살로 번성을 공격하니 황조가 버티지 못하고 등성으로 도망쳤다. 황조는 패전을 만회하고자 성밖을 나와 손견에게 맞섰으나 그 선봉이 무너지자 간신히 목숨만을 보존한 채 유표가 있는 양양으로 갔다.

마침내 손견은 한수까지 진격해 양양을 포위하기에 이르렀다. 유표는 황조가 크게 패했다는 사실에 놀라 손견과 직접 맞서 싸우기를 피하고 유인책을 쓰기로 했다. 유표의 모사 괴양은 장수 여공에게 손견을 유인할 계책을 전했다.

여공은 그날 밤 5백여 명의 군사를 이끌고 성밖을 나가 현산으로 갔다. 그리고 계책대로 군사를 매복했다. 수백 명의 군사가 성을 나갔다는 소식을 들은 손견은 기병 3십여 명만을 이끌고 여공을 쫓아 나섰다. 여공은 손견에 맞서 싸우는 척하면서 달아나 손견을 현산 깊숙이 유인하는 데 성공했다.

어느새 여공이 온데간데없어지자 손견은 어리둥절해 산을 내려오려고 했다. 그때 갑자기 징소리가 나더니 산 위에서 큰 돌덩어리들이 굴러 내려왔다. 숲에서는 화살이 빗발치듯했다.

결국 손견은 날아온 돌과 화살에 맞아 죽고 말았다. 이때 손견의 나이 37세였다.

"포를 쏴라."

여공의 명에 따라 포성이 울리자 유표군은 양양의 성문을 열고 물밀듯 나와 강동의 군사들 사이를 휘저었다. 전투 와중에 황조가 손견의 장수 황개에게 사로잡혔다. 여공 역시 정보의 창에 찔려 죽고 말았다. 손견이 죽었다는 사실은 다음 날 아침에야 손책에게 알려졌다. 손책은 부친의 죽음에 목놓아 울었다.

손책은 유표에게 사자를 보내 손견의 시신을 청했다.

유표는 손견의 시신과 황조를 맞교환하게 하는 한편 손책이 즉시 형주를 떠나 다시 침범하지 못하도록 일렀다.

강동으로 돌아온 손책은 손견을 장사지내는 한편 세상의 현자들을 모아 극진히 대접했다. 곧 손책의 이름이 세상에 널리 알려지게 되었다.

동탁의 죽음

❀ · · · · · ·

손견이 죽었다는 소식은 곧 장안에도 전해졌다. 동탁은 그 소식을 듣고 손뼉을 치며 기뻐했다.

"이렇게 다행일 수가. 큰 걱정을 덜었구나."

동탁은 자신을 견제할 적수가 사라졌다는 판단이 서자 더욱 의기양양해졌다. 태사의 자리에 올라 자신을 상보라 칭하도록 하는 한편 장안성에서 멀리 떨어진 곳에 궁궐을 능가하는 미오성을 짓고 사치를 일삼았다. 동탁은 성격조차 날로 포악해져 갔다.

동탁은 미오성에 머물면서 보름에 한 번 또는 한 달에 한 번 장안으로 들어왔다. 동탁이 장안을 들어오고 나갈 때는 장막을 세우고 잔치를 벌였다.

어느 날, 여느 때처럼 동탁이 장막을 치고 술자리를 마련했을 때였다. 마침 이 자리로 포로들이 압송되어 왔다. 동탁은 그 자리에서 사지를 끊고 눈알을 파게 하는 등 갖가지 고문으로 포로들을 죽이게 했다. 곧 그들의 울부짖는 소리가 하늘을 찔렀고, 대신들은 겁에 질려 떨었으나 동탁은 태연히 술을 마시며 웃었다.

또 하루는 동탁이 궁에서 잔치를 벌였을 때였다. 여포가 동탁에게 가까이 다가가 무언가를 알렸다. 그러자 동탁이 사공 장온을 노려보며 여포에게 말했다.

"장온을 끌어내어 당장 처단하라."

그러자 여포가 장온을 끌어내 데려갔다. 이내 잔치는 어수선해지고 대신들 사이에 공포가 엄습했다. 얼마 지나지 않아 여포가 쟁반을 받쳐 들고 들어왔다. 쟁반 위에는 장온의 머리가 놓여 있었다.

동탁이 웃으며 놀란 얼굴을 한 대신들에게 말했다.

"놀랄 것 없소. 이놈이 원술과 내통해 나를 죽이려 해서 그랬소. 다행히 원술이 보낸 편지가 여포에게 전달되어 내가 알게 돼 참한 것이오."

그 누구도 동탁의 말에 토를 달지 않았다.

잔치는 끝이 났다. 사도 왕윤은 집에 돌아왔으나 낮에 있었던 일이 여전히 끔찍스럽게 머리 한 구석을 차지하고 있었다. 왕윤의 입에서는 절로 탄식이 흘러 나왔다.

왕윤이 잠을 이루지 못하고 후원을 거닐고 있는데 정자 뒤쪽에서 한숨소리가 들려왔다. 왕윤이 의아해 가까이 다가가 보니 초선이 있었다.

초선은 어려서 왕윤의 집에 들어와 노래와 춤을 배웠다. 비록 신분이 낮았으나 그의 재주를 아껴 왕윤은 친딸처럼 초선을 대했다. 초선은 어느덧 16세의 처녀가 되어 있었다.

"여기서 무엇하고 있느냐?"

왕윤의 물음에 초선이 조심스럽게 대답했다.

"요즘 대감의 얼굴에 항상 근심이 있어 나라에 큰일이 있다고 짐작하고 있습니다. 그런데 오늘은 대감이 더 걱정이 많으시니 저도 모르게 탄식이 흘러나왔습니다. 제가 대감의 큰 은혜를 입어 넘치는 대우를 받았으니, 이제 대감께 도움이 될 수 있는 일이 있으면 목숨을 아끼지 않겠습니다."

왕윤은 초선의 말에 감격해 하다 머리속을 스치는 생각이 있어 절로 무릎을 쳤다.

"네가 할 일이 있으니 나를 따르라."

초선과 별당에 마주한 왕윤은 초선과 대사를 도모했다.

"동탁이 황제의 자리를 노리고 있으나 누구 하나 말릴 만한 사람이 없다. 또한 동탁을 없애고자 해도 옆에 양자 여포가 지키고 있어 쉽게 접근할 수도 없구나. 다행히 동탁과 여포가 둘 다 여색을 탐하니 내 너로 하여금 연환계를 쓰고자 한다."

"연환계라 하시면?"

"연환계는 자신의 능력을 스스로 옭아매도록 만드는 교묘한 계책이다. 먼저 너를 여포에게 시집보낸다 한 후 동탁에게 바칠 것이다. 너는 동탁과 여포 사이를 오가며 여포가 동탁을 죽이게 하면 된다. 할 수 있겠느냐?"

"제가 어찌 마다하겠습니까?"

며칠 뒤, 왕윤은 구슬을 박은 금관을 만들게 하여 여포에게 보냈다. 그러자 여포가 기뻐하며 고맙다는 뜻을 전하기 위해 직접 왕윤의 집에 찾아왔다. 왕윤은 술상을 차리고 여포를 극진히 대했다.

어느덧 술이 거나해지자 왕윤은 초선을 불렀다.

"초선이를 들라 하라."

화려하게 차려입은 초선이 들어오자 미색에 취한 여포가 초선에게서 눈을 떼지 못했다. 왕윤은 여포에게 초선을 자신의 딸이라 소개하고 여포에게 술을 따르게 했다. 여포는 다소곳이 술을 따르는 초선에게 마음을 빼앗겨버렸다. 때가 되었음을 알아챈 왕윤이 여포에게 작심한 듯 말했다.

"내 이 아이를 장군의 첩으로 삼고자 합니다. 청을 받아주시오."

이 말을 들은 여포의 눈이 휘둥그레졌다. 여포는 왕윤에게 거듭 감사를 표했다. 왕윤은 여포가 확신할 수 있도록 다시 한 번 약조했다.

"가까운 길일을 잡아 이 아이를 장군에게 보내겠습니다."

그로부터 또 며칠이 지나 왕윤이 이번에는 동탁을 집으로 초대했다.

왕윤은 아랫사람의 예를 차리며 깍듯이 동탁을 영접했다.

이내 잔칫상에 마주한 왕윤은 동탁을 칭송했다.

"태사의 덕은 어느 누구도 따를 수 없을 만큼 높습니다."

기분이 한껏 좋아진 동탁은 마음을 터놓고 왕윤을 대했다. 격의가 없어지자 술자리가 길어졌다. 왕윤은 초선을 불렀다.

"쓸 만한 기녀가 있으니 그 재주를 보시지요."

초선이 나와 춤을 추자 여포가 그랬던 것처럼 동탁도 초선에게 한 눈에 반했다. 초선과 몇 마디를 주고받은 후 마침내 본색을 드러냈다.

"선녀가 따로 없구나. 네가 선녀로다."

그러자 왕윤이 거침없이 동탁의 기분을 맞추었다.

"이 아이를 태사께 드리겠습니다."

동탁은 마음이 흡족해 이를 받아들였다.

"이 은혜를 어찌 갚아야 할지 모르겠소."

동탁은 이날로 초선을 자신의 거처로 데려갔다.

얼마 지나지 않아 초선이 동탁에게 간 사실을 안 여포가 왕윤을 찾아와 따졌다.

"대감께서는 초선이를 내게 주신다 하시더니 어찌 태사께 보냈소? 나를 놀리는 것이오?"

왕윤은 시치미를 뚝 뗐다.

"오해가 있는 것 같으시오. 태사께서 초선이를 데려다 장군과 연을 맺어주겠다 해서 보냈으니 좋은 소식이 있을 것입니다."

여포는 왕윤이 거짓말을 한다고 전혀 의심하지 못했다.

"제가 앞뒤를 모르고 경거망동했습니다. 용서하시오."

여포는 왕윤의 말대로 동탁이 자신과 초선을 맺어줄 것으로 믿고 며칠을 기다렸으나 아무 소식이 없었다. 그러다 동탁이 초선을 가로챈 것을 알게 되었다. 여포는 왕윤이 자신을 속인 것을 몰랐기 때문에 동탁에 대한 원망이 생겼다.

그러던 어느 날, 여포가 동탁의 후원에서 초선과 마주 대하게 되었다. 초선은 변명인 듯한 말투로 여포에게 그간의 사정을 거짓으로 고했다.

“저는 장군과 평생을 같이 하려 했는데 태사가 저를 탐했습니다. 진작 죽어야 했으나 장군께 이 말은 전해야 할 것 같아서…….”

초선은 말을 마치기도 전에 연못으로 뛰어들 자세였다. 여포는 초선을 말리며 동탁에 대한 복수를 다짐했다.

이때 동탁이 집으로 돌아와 초선을 찾았다.

“초선은 어디 있느냐?”

“뒤뜰에 있을 것입니다.”

동탁이 뒤뜰로 나가 보니 여포와 초선이 다정하게 있는 게 보였다. 동탁은 화가 나 옆에 있던 창을 여포에게 던졌다. 그러나 창은 여포를 맞추지 못했고, 여포는 달아나고 말았다. 동탁은 곧 초선을 데리고 미오성으로 가버렸다.

여포는 동탁을 피해 왕윤을 찾아갔다.

왕윤은 그간의 사정을 몰랐던 것처럼 여포를 위로했다.

“태사가 장군에게 어찌 그런 짓을 할 수가 있소.”

왕윤은 여포의 속내에 있던 분노를 끄집어냈다. 마침내 여포는 왕윤에게 동탁을 죽이겠다고 다짐했다.

왕윤과 여포는 황제가 부른다고 속여 동탁을 황제가 있는 장안으로 불러들이기로 했다. 동탁에게 보낼 사자는 여포가 정원을 죽이고 동탁의 양자가 되도록 모사한 이숙으로 정해졌다. 이숙은 동탁을 도와주었는데도 높은 벼슬을 하지 못해 동탁에게 앙심을 품고 있었다.

미오성에 간 이숙은 동탁에게 황제의 칙서를 내보였다.

“황제께서 태사께 황제의 자리를 물려주려 하시오.”

동탁은 사자로 온 사람이 자신이 믿고 있는 이숙인지라 추호도 의심하지 않았다.

“그래 의식은 준비되고 있느냐?”

“예, 사도 왕윤이 예를 준비하고 있습니다. 태사께서 입성하시면 마무리되어 있을 것입니다.”

동탁은 당장 황제가 된 것처럼 기뻐하며 장안으로 향했다. 동탁이 장안에 입성하니 문무백관이 동탁을 맞았다. 동탁이 수레를 타고 궐문으로 들어가자 기다리고 있던 왕윤이 동탁을 향해 소리쳤다.

"역적이 여기 왔다."

말이 끝나자마자 여기저기서 1백여 명의 무사가 뛰어나와 동탁을 창으로 찔렀다. 동탁은 갑옷을 입어 크게 다치지는 않았으나 팔꿈치에 부상을 입고 말에서 떨어졌다. 동탁은 여포를 찾았다.

"내 아들 여포는 어디 있느냐?"

여포가 수레 뒤에서 동탁에게 달려들었다.

"역적 동탁은 어명을 받으라."

여포가 창으로 동탁의 목을 찌르자 기다렸다는 듯 이숙이 동탁의 목을 베어버렸다.

여포는 조서를 들어 보이며 어명을 받들어 동탁을 죽였다고 크게 외쳤다. 이에 문무백관이 만세를 부르며 동탁의 죽음을 기뻐했다.

잠시 후에는 동탁의 모사 이유가 끌려와 참수를 당했다.

동탁의 휘하에 있던 이각, 곽사, 장제, 번조는 동탁이 죽었다는 소식을 듣자 미오성을 버리고 섬서 땅으로 달아났다. 그들은 장안에 사람을 보내 용서를 구하고자 했다. 그러나 왕윤이 이를 받아주지 않았다.

이각과 나머지 장수들은 용서를 받지 못했으니 죽음을 면치 못하겠다는 생각이 들어 달아나려 했다. 그러자 모사 가후가 나섰다.

"이곳 사람들을 적당히 속여 장안으로 쳐들어갑시다. 실패하면 그때 도망쳐도 늦지 않을 것이오."

이각 등은 가후의 말이 옳다고 여겨 거짓 소문을 냈다. 섬서 땅이 동탁의 근거지였기 때문에 왕윤이 섬서의 백성들을 모두 몰살하려 한다는 소문이 퍼졌다. 곧 백성들이 동요했다. 며칠이 지나지 않아 10만 명이 넘는 장병이 몰려들었다.

왕윤은 이각 등이 10만 명의 병력을 이끌고 장안으로 몰려온다는 소식에 노심초사했다.

여포가 왕윤을 안심시키며 출전에 나섰다.

여포는 이숙을 대동하고 전장으로 갔다. 이숙은 첫 싸움에서 적의 선봉에 패해 많은 병력을 잃었다. 그러자 여포는 죄를 물어 이숙의 목을 베어버렸다.

이숙을 첫 싸움에서 물리쳤지만 이각에게 여포는 쉬운 상대가 아니었다. 여포에게 대패한 이각의 군대는 작은 산 하나에 올라 간신히 전열을 가다듬었다.

이각은 여포의 지략이 뛰어나지 못하다는 것을 파악하고, 곽사와 군사를 나누어 여포 군대의 선봉과 후미를 교대로 공략했다. 다만 피해가 날 것을 우려해 공격하다 못이기는 척 도망치는 전술을 썼다. 이각의 예상대로 여포는 갈팡질팡했다. 여포가 이각을 쫓으면 이각이 물러설 때 곽사가 후미에서 공략하고, 다시 곽사를 쫓으면 곽사가 도망치고 이각이 공격에 나섰다.

여포가 이각과 곽사의 사이에서 이렇듯 싸우기를 며칠, 그 사이에 장제와 번조의 군사가 여포에게 들키지 않고 장안으로 가 도성을 위협했다. 장제와 번조는 장안성을 지키던 장수였기 때문에 장안성의 약점을 알고 그곳을 이용해 위협할 수 있었다.

이 소식을 들은 여포는 서둘러 장안으로 향했으나 이각, 곽사의 군대에게 추격을 받아 상당한 군마를 잃어야 했다.

여포는 많은 희생을 감수하면서까지 신속히 장안에 도착했다. 그러나 이미 장안성은 장제와 번조가 이끄는 많은 군사들에게 포위되어 있었다. 여포가 이를 뚫기 위해 군사들을 다그쳤지만 오히려 여포를 두려워한 군사들이 적에 투항해 버리기까지 했다.

여포가 며칠을 허비하는 사이 장안성 안에서 동탁의 잔당들이 성문을 열고 반란군들을 불러들였다. 전세는 이미 여포가 손을 쓸 수 있는 상황을 넘어서 이각에게 기울고 있었다.

여포는 장안을 포기하기로 하고, 원술에게로 향했다. 결국 이각의 군사들이 장안성으로 들어가 헌제를 에워쌌다. 왕윤은 죄 없는 동탁을 속여 죽인 죄를 묻는 이각과 곽사에게 목이 달아났다.

이각과 곽사, 장제, 번조는 황제를 위협해 각각 대장군과 제후의 관직을 받았다. 이들은 동탁과 마찬가지로 허수아비 황제를 뒤에 두고 권력을 휘둘렀다.

서량 태수 마등과 병주 자사 한수는 이각과 곽사의 폭거를 그대로 두고 볼 수 없어 10만 명의 군사를 이끌고 장안으로 쳐들어왔다.

이각이 군사를 보내 이들을 대적했으나 마등의 아들 마초가 선봉에서 적장의 목을 베어 버림으로써 사기가 더욱 충천해졌다.

마등과 한수의 기세가 만만치 않다는 것을 알게 된 이각은 모사 가후의 뜻을 받아들여 성채를 지키며 싸우지 않았다. 그러자 채 두 달이 되지 않아 서량군의 군량이 떨어졌다. 할 수 없이 마등은 퇴각하기로 결정했다. 이각은 장제와 번조를 시켜 이들을 뒤쫓아 전쟁을 승리로 이끌었다. 이후 이각과 곽사는 한동안 견고한 권력을 유지하게 되었다.

❋ 서주를 얻은 유비

⊛ · · · · · · ·

조정이 평안해지는 듯했으나 청주 땅에서 황건적의 잔당들이 발호하는 일이 벌어졌다. 이에 조정의 중책을 맡고 있던 주전이 나서 조조를 천거했다.

동군 태수로 있던 조조는 연주의 목이 되어 제북의 상인 포신과 함께 황건적 토벌에 나섰다. 그러나 포신은 서둘러 적진 깊숙이 들어갔다가 죽고 말았다. 조조는 황건적을 쫓아 제북에 이르렀다. 마침내 황건적들은 조조를 상대할 수 없음을 깨닫고 항복해 왔다. 항복한 병사가 30만 명이나 되었고, 그 지역에 사는 사람들이 100만 명이나 되었다. 조조는 그 중에 날쌘 사람들을 뽑아 청주병을 조직했다.

조조가 황건적 토벌을 알리자 조정에서는 진동장군(반란군 진압을 주 임무로 하는 장군직으로, 진서·진남·진북장군이 있다.)이라는 칭호를 내렸다. 조조는 널리 인재를 구했다. 순욱을 비롯해 공달로 세상에 알려진 순욱의 조카 순유, 정욱, 곽가 등이 조조에게 와 모사가 되었다. 또 모개, 우금, 전위 등이 합류해 군사 일을 맡았다.

조조는 산동 일대에 세력을 떨치자, 진류 땅으로 사람을 보내 부친 조숭을 모셔오도록 했다.

조숭은 조조의 동생 조덕 등 집안 식구 40여 명과 그밖에 100여 명을 거느리고 연주로 향했다. 그런데 재산이 많아 100여 대의 수레에 나눠 실을 정도였다.

이들 일행이 서주를 지날 때였다. 서주 자사 도겸이 직접 마중을 나가 조숭 일행을 정중히 맞았다. 도겸은 조조와 친분을 맺고 싶었다. 이틀 동안 이들을 극진히 대접하고, 이들이 떠날 때에 이르러 부하장수 장개에게 군사 500명을 주고 호위하게 했다.

이들이 어느 곳에 이르렀을 때 갑자기 장대비가 쏟아졌다. 이들은 오래된 절에서 하루를 묵기로 했다.

장개의 군사들은 옷이 젖어 불평을 늘어놓았다. 황건적의 잔당으로, 도겸에게 의탁해 살아남았던 장개는 이런 불평 속에서 갑자기 조숭의 재물에 욕심이 났다. 100여 대의 수레에 있는 재물이면 남부럽지 않게 살 수 있을 것이었다. 장개 일당은 조조의 일족을 모두 죽이고 재물을 빼앗아 산으로 들어가 버렸다.

조숭과 조덕을 비롯해 가족이 몰살당했다는 소식을 들은 조조는 분노했다.

'도겸이 군사를 딸려 보내 가족들이 모두 죽게 된 것이다.'

조조의 분노가 도겸과 서주에게로 향했다. 조조는 전쟁을 알렸다.

"도겸이 아버님을 돌아가시게 했다. 내 지금 당장 서주를 치겠다."

조조는 순욱 등에게 3만 명의 군사를 주어 본거지를 지키게 했다. 자신은 나머지 군사를 모두 이끌고 서주로 진격했다. 조조는 부장들에게 서주의 백성들을 모두 죽여 원수를 갚으라고 명했다. 조조가 지나간 자리에는 주검이 즐비했다. 심지어는 무덤까지 파헤쳤다.

도겸도 싸움을 피할 수 없는 형국이 되었다. 도겸은 직접 군사를 이끌고 출전했다. 도겸이 보니 조조군이 하얀 옷을 입었는지라 들판에 서리가 내린 듯했다. 조조군의 영내에 세운 깃발에는 '원수를 갚아 한을 푼다'는 글귀가 씌어 있었다.

조조가 먼저 도겸을 꾸짖었다.

"내 가족을 죽게 했으니 각오하거라."

도겸은 변명을 해야만 했다.

"나는 공과 친하게 지내려 했을 뿐이오. 장개놈이 악한 마음을 써 일이 그렇게 된 것이지 내가 의도했던 바는 아니오."

조조는 도겸의 변명에 오히려 분노가 치밀어 올랐다.

"부친을 살해한 늙은 놈이 말이 많구나. 당장 가서 저놈을 잡아와라!"

조조의 호령을 신호로 양쪽 군사들이 어우러져 싸우려는데 갑자기 회오리바람이 일었다. 모래와 돌이 바람을 따라 같이 일어나니 양 진영이 더 이상 싸우지 못하고 물러났다.

도겸은 싸울 뜻을 접었다. 싸우면 싸울수록 피해만 늘어날 뿐이었다. 그는 부하들을 불러 모아 조조에게 항복할 뜻을 전했다.

부하들 가운데 미축이 나와 도겸을 말렸다. 미축은 도겸이 서주를 잘 다스려 백성들의 신망이 두터우니 조조의 군사가 아무리 많아도 쉽게 성을 함락시킬 수 없을 것이라고 설득했다. 그리고 자신에게 계책이 있다며 도겸을 안심시켰다.

"북해의 공융과 청주의 전해에게 구원을 청하시면 반드시 응할 것입니다. 제가 직접 나서 보겠습니다."

도겸은 구원을 청하는 편지를 써서 진등을 청주로, 미축을 북해로 보냈다.

북해 태수 공융은 공자의 20대 손으로, 사람을 좋아하고 선정을 펼쳐 민심을 얻고 있었다. 공융은 더욱이 도겸과 친분이 두터워 미축이 사자로 오자 따뜻이 맞았다. 그는 먼저 조조를 설득해 보겠다며 조조에게 편지를 보냈다.

공융과 미축이 조조의 회신을 기다리고 있을 때, 황건적의 잔당이 수만 명의 군사를 이끌고 북해로 쳐들어왔다. 황건적들이 북해군의 풍부한 식량을 노린 것이었다. 그들은 얼마 지나지 않아 북해성을 포위하기에 이르렀다.

공융이 성을 둘러싼 적들을 내려다보며 대책을 생각하고 있을 때였다.

한 장수가 말을 탄 채 창을 휘두르며 포위를 뚫고 성문 앞으로 돌진했다.

그는 태사자라는 젊은 장수였다. 공융은 태사자가 호걸이라는 소문을 듣고 그가 집을 떠나 있는 동안 그의 모친에게 공을 들여왔던 터라 기쁨이 말할 수 없이 컸다.

공융은 성을 포위하고 있는 황건적의 무리를 뚫고 원병을 청할 적임자로 태사자를 택했다.

"여기서 멀지 않은 평원 땅에 유비 공이 계시네. 이 편지를 가지고 가서 유공을 만나면 반드시 도움을 줄 것이야."

태사자는 성에 들어올 때와 마찬가지로 창을 휘두르며 길을 열고 성을 나섰다.

태사자는 여러 날 말을 달려 마침내 평원 땅에서 유비를 만났다.

"북해 태수님의 서찰을 가지고 왔습니다."

유비는 편지를 읽고 나자 오히려 공융에게 고마운 마음이 되었다.

'공융은 이 유비를 알아주는구나.'

유비는 관우, 장비와 함께 군사 3천 명을 이끌고 북해군을 향해 출발했다.

황건적의 선봉은 유비의 군사가 3천 명에 불과한 것을 보고 그만 방심하고 말았다. 직접 나선 적장을 관우가 상대하니 수합을 싸우지 못하고 목이 떨어져버렸다.

적장을 잃은 황건적은 오합지졸이었다. 관우와 장비, 그리고 태사자가 더불어 황건적을 치니 군사들이 낙엽 떨어지듯 쓰러져 갔다.

마침내 황건적은 패퇴해 달아났고, 공융이 정중히 유비를 성안으로 맞아들였다. 이어 잔치가 벌어졌고, 이 자리에서 공융은 미축을 유비에게 소개하며 서주의 상황을 전했다.

"조조의 부친이 죽자 조조가 오해하여 서주를 침범했다 합니다. 나와 함께 서주로 가서 자사 도겸을 돕지 않겠소?"

유비는 잠시 머뭇거렸다. 3천 명의 적은 군사로는 제대로 돕지도 못하고 패전의 멍에만 쓸 수 있었기 때문이었다. 그러나 이내 명분을 좇아 참전을 결정했다.

"좋소. 내 공손찬에게서 군사를 빌려 서주를 돕겠소."

유비는 공손찬에게 가서 내막을 말했다. 공손찬은 조운에게 2천 명의 군사를 주어 유비를 따르게 했다.

이때 북해 공융의 군사와 더불어 청주에서도 청주 자사 전해가 구원병을 이끌고 서주로 달려왔다. 공융과 전해가 조조와 대치하고 있는 사이 유비는 장비와 함께 길을 열고 서주성으로 들어갔다.

도겸은 유비를 보자 그 인물이 어느 제후에 못지않음을 알게 되었다. 도겸은 유비에게 서주 자사 자리를 물려주겠다는 뜻을 밝혔다. 유비는 극구 사양했고, 도겸은 먼저 조조와의 싸움에 집중하기로 했다.

유비도 조조와의 싸움은 득이 될 것이 없다는 것을 알고 있었다. 유비는 편지를 써서 조조에게 보내 화해를 권했다.

조조는 유비의 편지를 받아 보았으나 편지 한 장으로 쉽게 녹아 없어질 분노가 아니었다. 오히려 유비마저 밉보여 사자를 죽이려 하였다. 그러자 조조의 모사 곽가가 조조를 진정시켰다.

조조가 다시 서주를 공략하기 위해 모의하고 있을 때, 본거지 연주가 여포의 공격을 받았다는 전갈을 받았다.

여포는 이각, 곽사에게 쫓겨 원술에게 몸을 의탁하려 했으나 여포를 믿지 못한 원술이 받아들이지 않았다. 여포는 잠시 원소에게 의지했다가 진류 태수 장막의 휘하에 들어가 조조가 자리를 비우자 연주를 공략한 것이었다. 장막과 여포는 복양까지 점령해 버렸다.

'이것 낭패로군! 여기서 싸우고 있다가 연주를 빼앗기면 돌아갈 곳조차 없어지는 것 아닌가?'

조조는 유비에게 화해에 응한다는 편지를 써서 보내고 급히 연주로 말을 달렸다.

조조군이 물러나자 도겸은 유비의 덕택이라고 생각했다. 유비에게 서주를 물려주고 싶은 생각이 더욱 간절해졌다.

도겸은 서주 구원에 나선 공융, 전해, 유비 형제를 불러 잔치를 벌였다. 잔치가 끝날 무렵 도겸은 유비를 상석에 앉힌 후 사람들에게 자신의 뜻을 밝혔다.

"나는 이미 늙었소. 내 두 자식도 국가의 중책을 맡을 만한 인물이 되지 못하오. 여기 유공은 황실의 종친으로 덕이 크니 유공이 서주를 맡아 다스렸으면 하는 생각이오."

그러나 유비는 대의명분을 걱정했다.

"내가 서주를 도우러 왔는데 서주를 차지하게 되면 세상 사람들이 나를 의리 없다 비웃을 것이오."

그러자 미축과 진등, 공융까지 나서 유비가 서주를 맡아도 문제될 것이 없다고 설득에 나섰다. 그러나 유비는 번복하려고 하지 않았다.

도겸은 유비의 마음을 돌릴 수 없음을 깨닫고 다만 자기 곁에 머물러 있어 달라고 설득했다.

"정 그렇다면 어쩔 수 없지요. 여기서 멀지 않은 곳에 소패라는 작은 성이 있으니 유공이 그곳에 머물면서 서주를 지켜주었으면 하오."

유비도 차마 그 청마저 거절하지는 못했다. 유비는 관우와 장비를 대동하고 소패성으로 가기로 했다. 유비와 조운은 다시 한 번 아쉬움을 달래며 이별을 맞아야 했으나, 그 정이 더욱 깊어졌다.

한편 연주로 돌아간 조조는 복양에 이르러 여포와 맞섰다. 여포의 진영에는 조조를 섬기려다 떠났던 진궁이 모사로 있었다. 여포는 진궁의 반대에도 아랑곳하지 않고 연주성을 부하에게 맡긴 채 직접 조조와 싸우겠다며 복양까지 왔다.

여포의 자신감대로 조조군은 여포군과 싸웠으나 패해 달아나기 급급했다. 조조마저 목숨을 빼앗길 위기에 처했다가 장수 전위의 도움으로 간신히 위기를 모면할 수 있었다.

여포 자신은 지략이 밝지 못했으나 진궁은 뛰어난 수단을 발휘했다. 조조를 복양성으로 유인해 거의 조조를 사로잡는가 싶었으나 조조는 화상만을 입고 탈출했다. 조조는 자신의 어려움을 역이용해 자신이 화상을 입어 죽었다는 소문을 퍼뜨렸다. 그러자 여포가 이를 확인하러 나섰다가 오히려 포위를 당해 많은 군사를 잃고 말았다.

이후 양 진영이 서로 싸우기를 꺼려 전투는 소강상태가 되었다. 그 해 메뚜기 떼가 창궐해 물가가 비싸졌다. 조조군과 여포군도 이내 군량을 마련하기에 바빠져 대치를 풀고 휴전에 들어갔다.

서주에서는 도겸의 병세가 심상치 않게 되었다. 도겸은 이번에는 반드시 서주를 유비에게 물려줘야 하는 상황이 되고 말았다. 도겸은 소패성으로 사람을 보내 유비를 불렀다.

"서주를 받아주시오. 그래야 내가 편안히 눈을 감겠소."

유비는 혼자서는 서주를 다스릴 능력이 되지 않는다며 다시 사양했다. 도겸은 유비에게 북해 출신의 손건을 소개시켜주는 한편 미축에게 유비를 잘 섬기라 당부하고 숨을 거두었다.

유비는 도겸의 죽음을 맞았으나 서주 자사가 되기를 마다하고 있었다. 그러자 서주 백성들이 유비에게 몰려와 엎드려 울며 유비가 서주를 맡아주기를 간청했다.

마침내 유비는 당분간 서주를 맡기로 했다. 도겸의 유언대로 손건과 미축을 보좌로 두고 진등을 참모로 삼았다. 또 소패에 있던 군사를 서주성으로 불러들여 질서를 잡고, 예를 다해 도겸의 장례를 치렀다.

조조는 서주의 소식을 듣고 크게 분노했다.

'내가 아직 아버님의 원수를 갚지 못했거늘 유비라는 놈은 화살 하나도 쏘지 않고 서주를 차지해 버리다니? 유비를 먼저 죽이고 도겸의 시체를 찢어 아버님의 원한을 씻어드리겠다.'

조조는 당장 서주를 공격하고 싶었으나 군량 마련이 과제였다. 조조는 먼저 진나라를 공격해 굴복시키는 한편 여남, 영천 지역에서 활동하던 황건적 잔당을 토벌해 군량을 확보했다. 황건적과 싸우던 중 조조는 일가친척을 모아 용맹스럽게 황건적과 대항하고 있던 허저를 부하 장수로 삼았다.

한편 여포가 연주성을 지키도록 지시한 설난과 이봉은 성밖에서 노략질을 일삼느라 성을 자주 비웠다. 황건적의 잔당을 토벌하고 견성으로 돌아온 조조에게 하후돈과 조인이 이 사실을 고했다. 조조에게는 서주를 치는 것도 중요했지만 연주성을 되찾아 본거지를 확립하는 게 우선이었다.

조조는 즉시 군사를 이끌고 연주를 공격했다. 얼마 전 조조의 부하가 되었던 허저가 선봉에 섰다. 순식간에 허저가 이봉의 목을 베자 곧 연주성이 함락되었다.

'여포를 내 땅에서 내쫓을 때가 왔도다.'

연주성을 되찾은 조조는 기세를 몰아 복양에 있는 여포를 향해 군사를 이끌었다.

여포는 조조의 대군을 맞아 직접 선봉에 섰다. 조조군에서는 허저가 나와 여포와 맞섰는데 수십 합을 싸워도 승부가 나지 않았다. 조조의 명을 받은 전위가 허저를 도왔으나 여전히 여포를 대적하기 어려웠다. 마침내 하후돈과 하후연, 이전과 악진이 여포를 협공하자 6명의 장수를 상대하기 어려운지라 여포는 말머리를 돌려 달아나고 말았다.

여포가 성으로 들어서려 하는데 성문이 굳게 닫힌 채 열리지 않았다. 성 안에 있던 사람들이 조조의 편을 들어 버린 것이었다.

여포는 정도 땅으로 도망쳤다. 기회를 놓칠 조조가 아니었다. 정도까지 여포를 쫓아 공격하니 마침내 여포는 정도성을 버리고 달아나는 신세가 되었다. 이로써 조조는 여포에게 빼앗겼던 옛 본거지를 다시 찾는 것은 물론 산동 일대를 점령해 맹주의 입지를 굳히게 되었다.

장비의 술버릇

❁ • • • • • • •

정도성에서마저 쫓겨난 여포는 유비에게 몸을 의탁하기로 했다. 그는 진궁과 더불어 패잔병을 수습해 서주로 갔다.

주위의 반대에도 불구하고 유비는 여포를 받아들였다.

"여포가 조조와 싸우지 않았으면 지금 서주는 조조의 손에 쑥대밭이 되었을 것이오."

여포가 유비에게 인사를 올리자 유비가 불쑥 여포에게 서주 태수 자리를 내주겠다고 제안했다.

여포는 아무렇지도 않게 유비가 내놓은 관인을 받으려다 유비 뒤에서 자신을 노려보고 있는 관우와 장비를 보자 마음을 고쳐먹었다.

"나는 기껏 장수일 뿐이오. 한 고을을 다스릴 인물이 되지 못합니다."

분위기가 심상치 않음을 깨달은 진궁도 나서서 유비를 말렸다. 유비는 그제야 관인을 거둬들였다. 여포는 이튿날 소패성에 자리를 잡았다.

한편 조정에서는 황제의 권위를 침탈한 이각과 곽사의 사이가 틀어져버렸다. 이각은 황제를 동탁이 거처하던 미오성에 가두어 버렸고, 곽사는 대신들을 볼모로 붙잡아 이각과 맞섰다.

이에 이각과 곽사의 대치가 수십일 동안 계속되자 섬서에 머물고 있던 장제가 나섰다. 내분으로 세력이 약해진 이각과 곽사는 장제의 뜻에 따를 수밖에 없었다. 장제는 두 사람을 화해시키려 하는 한편 황제를 어디로 모실 것인지를 고민했다. 장안은 이미 처참하게 파괴되어 돌이킬 수 없었다. 장제는 고민 끝에 헌제께 낙양과 가까운 홍농으로 거동하시기를 청했다.

"짐은 동도(東都. 낙양)를 그리워한 지 오래되었소. 이 기회에 돌아갈 수 있다니 참으로 다행이오."

황제를 태운 어가가 홍농으로 떠났다.

한편 곽사는 화해하는 척하면서 장제를 속여 넘기고 황제를 미오성으로 끌고 가려고 했다. 그런데 황제의 수레가 떠났다는 소식을 듣고 곽사는 이각의 손에서 벗어난 헌제의 신변을 확보하고자 뒤를 쫓았다. 그러나 이각의 부하였으나 이각의 전횡이 못마땅해 모반을 일으켰던 양봉과 헌제의 외척인 동승이 곽사의 군사에 맞서 헌제의 어가를 지켰다. 헌제는 곽사의 추격에서 벗어나 홍농으로 가던 길을 계속했다.

헌제를 놓친 이각과 곽사는 그제야 의기투합했다. 두 사람은 황제를 죽인 후 세상을 차지하기로 하고 헌제를 쫓았다.

헌제 일행은 간신히 홍농에 닿았으나 이각과 곽사에게서 안전할 수 없었다.

헌제는 우여곡절 끝에 낙양으로 갔다. 그러나 이미 낙양은 동탁이 천도를 감행할 때의 그 낙양이 아니었다. 오랜 흉년으로 백성들이 뿔뿔이 흩어졌고, 버려져 있던 성인지라 궁궐의 위엄도 갖추지 못한 상태였다. 헌제는 주위의 의견에 따라 조조를 불러들이기로 했다.

'드디어 세상을 얻을 기회가 왔구나.'

조조는 즉시 군사를 일으켜 낙양으로 향했다. 그러나 조조가 낙양에 이르기도 전에 이각과 곽사가 군사를 일으켜 낙양을 덮칠 기세였다.

헌제는 조조가 있는 산동으로 피하기 위해 길을 나섰다가 곧 조조의 군사를 만나 낙양으로 귀환했다.

천하를 도모하는 조조에게 이각과 곽사는 상대가 되지 않았다. 허저가 선봉에 나서 적장의 목을 베고 조조가 직접 나서 대군을 지휘하니 몇날이 지나지 않아 이각의 군사들은 대패하고 말았다. 이각과 곽사는 쫓겨 달아나 산 속으로 들어가 버렸고, 마침내 조조가 대권을 거머쥐게 되었다.

조조는 헌제로 하여금 천도를 하도록 했다.

"낙양은 황폐했고 식량을 구하기도 어렵습니다. 허도는 모든 것이 갖춰져 있으니 허도로 도읍을 옮기심이 마땅한 줄 아뢰오."

헌제가 윤허하니, 조조가 군사를 이끌고 황제의 어가를 호위해 낙양을 떠나 허도에 도읍을 정했다. 조조는 스스로 대장군 무평후가 되어 정사를 주도했다.

조조는 천하를 차지했으나 서주의 유비와 유비에게 의탁해 소패에 있는 여포가 걱정이 되었다. 조조는 휘하의 사람들을 모아 놓고 유비와 여포의 일을 논의했다.

허저가 대군을 이끌고 가 유비와 여포의 목을 베겠다고 나섰다. 그러자 모사 순욱이 허저를 말리며 조조에게 계책을 말했다.

"유비는 도겸이 죽어 스스로 서주의 목이 되었으니 황제의 조서를 내려 유비에게 서주의 목을 제수하고, 그 대신 여포의 목을 베게 하십시오."

"옳거니!"

조조는 순욱의 의견을 따라 황제에게 청해 유비를 서주의 목으로 삼는다는 칙명을 내렸다. 또 유비에게 비밀 편지를 보내 여포를 치도록 했다.

황제의 사자를 맞은 유비는 자신이 정식으로 서주의 목이 되자 반가웠으나 여포를 죽여야 하는 일은 썩 내키지 않았다.

유비는 관우, 장비를 비롯해 수하들을 불러 물었다.

"여포의 목을 베라 하니 어떻게 하면 좋겠소?"

성질이 급한 장비가 찬성하고 나섰다.

"형님, 주저할 일이 아니오. 그깟 배신자 여포의 목을 베어 버립시다."

유비는 신중했다.

"여포는 나에게 몸을 의탁했는데 그를 죽이는 것은 대의에 맞지 않는다."

그러나 장비는 여포를 죽여야 한다고 거듭 주장했다.

이튿날 유비는 여포에게 전후 사정을 알려주었다. 여포는 유비가 보여준 비밀 편지를 읽고 조조를 원망했다.

"이는 조조가 우리를 갈라놓기 위해 벌인 일이 틀림없소."

유비는 여포를 안심시켰다.

"나도 알고 있소. 나는 공에게 해가 되는 일은 하지 않을 것입니다."

여포는 울면서 유비에게 감사했다.

허도로 돌아온 사자를 통해 조조는 유비가 여포를 죽이지 않았다는 것을 알게 되었다. 조조는 순욱을 불러 이 사실을 전했다. 순욱은 다른 계책을 내놓았다.

"유비에게 밀서를 내려 원술을 치게 하십시오. 그리고 원술에게는 유비가 쳐들어올 것이라는 사실을 미리 알려 대비케 하면 됩니다. 그러면 유비와 원술이 서로 싸우게 되고, 여포도 유비를 배반하게 될 것입니다."

조조가 생각하기에 이번에도 그럴 듯했다. 순욱의 계책대로 유비와 원술에게 각각 사자를 보냈다.

원술을 치라는 명을 받은 유비는 이번에도 조조의 계략임을 알아챘다. 그러나 황제의 명령이니 어쩔 수 없이 군사를 동원했다. 마침내 출전하게 되었으나 서주를 지키는 일이 중요했다.

"누가 남아서 이곳 서주를 지키겠느냐?"

장비가 선뜻 나섰다.

"이 장비가 서주를 지키리다."

유비와 관우는 장비의 술버릇이 걱정이 되었다.

"장비는 술버릇이 있으니 혼자 남겨두기가 어렵구나."

그러자 장비가 철석같이 약속했다.

"내 형님들이 돌아오실 때까지는 술을 마시지 않겠습니다. 걱정하지 마

시오."

유비와 관우는 장비에게 술을 마시지 말 것을 재차 당부하고 길을 나섰다. 그러나 술을 좋아하는 장비는 유비가 떠나고 며칠 지나지 않아 잔치를 열었다.

"오늘만 술을 마시고 술을 마시지 않을 터이니 마음껏 즐겨라."

장비는 술잔을 돌리며 잔치를 주도했다. 그런데 옛 도겸의 신하 가운데 조표가 장비가 주는 술잔을 거부했다. 조표는 여포의 장인이기도 했다. 화가 난 장비는 조표가 술을 마다하는 것이 불만인데다 여포에게도 감정이 좋지 않았기 때문에 매를 들어 조표를 마구 때렸다.

원래 장비에게는 술에 취하면 사람을 때리는 나쁜 버릇이 있었다. 유비와 관우가 출전에 앞서 장비에게 술을 금하라 명한 것도 장비의 이러한 술버릇 때문이었다.

잔치가 끝이 났지만 조표는 분이 풀리지 않았다.

'내 장비 이놈을 혼내주겠다.'

조표는 편지를 써 소패에 있는 여포에게 보냈다. 유비가 원술을 치기 위해 서주를 떠났고, 장비가 성을 지키고 있으나 술에 취해 있으니 서주를 차지할 절호의 기회라는 내용이었다.

여포는 날이 채 밝기 전에 군사를 일으켰다. 여포가 서주성을 공격하자 장비는 술이 덜 깨어 간신히 성문을 열고 빠져나오기 급급했다.

여포는 서주성을 점령했으나 미처 피하지 못한 유비의 가족을 극진히 대우했다.

한편 유비는 원술의 군대와 싸워 승승장구하고 있었다. 원술의 선봉에 있던 기영이 후퇴를 거듭해 강어귀에 진을 치고 유비군을 기습하는 게 고작이었다. 그러나 유비로서도 쉽게 원술의 본진에 들어갈 수는 없어 기영과 대치하고 있었다.

이때 장비가 군사 몇 명만을 이끌고 유비에게 왔다. 유비는 장비를 보고 놀랐다.

"성을 지켜야 할 네가 어찌 여기에 있느냐?"

장비는 잔치를 벌여 술을 마셨던 것부터 여포가 쳐들어오기까지의 상황을 모두 설명했다.

"죽을죄를 지었습니다."

장비는 울부짖으며 칼로 자신의 목을 찌르려 했다. 유비가 서둘러 칼을 빼앗으며 장비를 나무랐다.

"예로부터 형제는 손발과 같고 처자식은 옷과 같다고 했다. 옷은 기워 입을 수 있지만 손발은 잘리면 붙일 수 없지 않느냐? 우리가 도원에서 형제를 맺었으니 어찌 너를 잃을 수 있겠느냐?"

유비와 관우, 장비는 함께 울음을 터뜨리고 말았다.

유비와 대적하고 있던 원술에게도 여포가 서주를 빼앗았다는 소식이 전해졌다. 원술은 여포에게 사람을 보내 군량과 재물을 줄 테니 같이 유비를 치자고 꾀었다.

재물에 눈이 어두워진 여포는 부하 장수에게 군사 5만 명을 주고 유비의 후미를 치도록 했다. 그러자 유비가 기영과의 대치를 풀고 물러났다. 여포는 원술에게 약속대로 군량과 재물을 달라고 요구했다. 원술은 다른 핑계를 대며 약속을 지키지 않으려고 했다.

여포는 원술에게 속았음을 깨닫고 유비와 화친하기로 했다. 유비는 여포의 편지를 받고 곧 서주로 돌아왔다.

유비는 서주를 빼앗은 여포에게 오히려 가족을 돌봐주어 고맙다고 인사했다.

여포는 장비가 술을 먹고 행패를 부려 성에 들어와 지키게 되었다고 변명했다.

유비는 깨끗이 서주성을 포기했다.

"내 일찍이 공에게 서주를 맡아 달라 하지 않았습니까?"

관우와 장비가 불만이 없을 수 없었다. 유비는 동생들에게 하늘이 기회를 주실 때까지 기다리자고 타일렀다. 유비 형제는 군사를 이끌고 소패에 자리를 잡았다.

'소패왕' 손책

❀ • • • • • • •

원술은 여포를 이용해 유비를 쫓아낸 후 잔치를 베풀었다. 이때 여강 태수 육강과 싸워 이긴 손책이 돌아와 원술에게 인사를 올렸다.

손책은 아버지 손견이 전사하자 강동에서 널리 인재를 구하며 이름을 떨치고 있었다. 그러나 당시 서주 목사 도겸과 손책의 외숙뻘인 단양 태수 오경의 사이가 나빠 자주 침입을 받았다. 이에 손책은 어머니와 처자식을 곡아 땅으로 이주시키고, 자신은 원술에게 의탁했다.

손책의 재주를 높이 산 원술은 여강 태수 육강을 치게 했고, 손책이 그 소임을 다하고 돌아온 것이었다. 원술은 손책을 크게 칭찬했으나 손책을 대하는 태도는 여느 때와 같이 오만하기 그지없었다.

잔치가 끝나고 집으로 돌아온 손책은 밤이 늦도록 잠자리에 들지 못했다. 달 밝은 밤 후원을 거닐고 있자니 눈물까지 났다.

'아버지는 당대의 영웅이셨건만 지금 내 꼴은 무언가?'

손책이 번민하고 있는 것을 지난 날 손견의 부하였던 주치가 보게 되었다.

"무슨 일이 있습니까? 아버님께서 살아계실 때에도 제게 많은 것을 묻지 않으셨습니까? 걱정거리가 있으면 말씀해 주시지요."

손책은 주치에게 원술에게 얹혀사는 비굴함과 손견의 뒤를 잇고자 하는 큰뜻을 밝혔다. 주치는 손책에게 명쾌하게 답했다.

"그리 걱정만 해서 되겠소? 원술에게 군사를 빌려 외숙을 구하러 간다하고 군사를 일으키면 어떻겠습니까?"

마침 강동에 있는 손책의 외숙 오경은 양주 자사 유요의 등쌀에 어려움을 겪고 있었다.

손책이 주치의 의견에 따르겠다는 뜻을 밝혔을 때 원술의 부하인 여범이 나타났다. 여범은 원술과 주치의 대화를 모두 엿듣고 있었다. 그런데 뜻밖에도 여범조차 손책을 돕겠다고 했다.

"나에게 1백 명의 부하가 있습니다. 뜻을 이루는 데 힘을 합치겠습니다."

세 사람이 뜻을 모았으나 원술이 군사를 선뜻 빌려줄 것 같지 않았다. 여범이 걱정하자 손책이 방법을 내놓았다.

"선친께서는 황제의 옥새를 물려주셨습니다. 그걸 원술에게 맡긴다면 틀림없이 군사를 빌려줄 것입니다."

다른 사람들도 원술이 옥새를 탐내고 있는 것을 알고 있었다. 이제 실천만 남은 셈이었다.

이튿날, 손책은 원술에게 갔다.

"제가 아직 아버님의 원수도 갚지 못했사온데 외숙 오경마저 양주 자사 유요에게 핍박을 받고 있다 하옵니다. 또 곡아 땅에 있는 노모와 가족들도 위험하기 그지없습니다. 제게 군사를 빌려주시면 당장 강을 건너가 외숙과 노모를 구하고자 합니다. 다만 주공께서 저를 믿지 못할까 염려가 되어 선친께서 남기신 황제의 옥새를 주공께 맡기겠습니다."

원술은 내색하지 않았지만 옥새를 맡긴다는 말에 귀가 솔깃해졌다.

"나는 그 옥새에 관심이 없다만 네가 돌아올 때까지 잠시 맡아두겠다."

원술은 그렇게 얼버무리고 손책에게 군사 3천 명과 말 500필을 빌려주었다. 원술은 또 손책의 지위가 낮아 군사를 지휘하기 어렵다며 황제에게 주청해 진구장군의 지위를 내리겠다며 호의까지 베풀었다.

손책은 마침내 주치, 여범과 함께 군사를 이끌고 원술의 본거지인 수춘성을 떠나게 되었다. 어느새 손책의 곁에는 손견의 수장들이었던 황개와 한당, 정보가 따르고 있었으니 그 세력이 그 옛날 손견과 견줄 만했다.

손책이 강동을 향해 가고 있을 때, 한 사람이 한 무리의 군사를 이끌고 와 손책에게 인사했다. 손책과 의형제까지 맺을 만큼 친했던 주유였다. 손책은 주유에게 자신이 거사한 것을 알렸다.

주유는 기꺼이 손책과 뜻을 같이 했다. 또 세상을 등지고 은둔해 있는 장소와 장굉을 손책에게 소개시켜 모사로 쓰게 했다.

손책이 상대하려는 유요는 곡아 땅에 있었다. 황실의 종친으로 한때는 양주 자사가 되어 수춘성에 주둔했으나 원술이 침략하자 패퇴한 것이었다.

유요는 손책이 공략해 온다는 소식을 접하고 장영을 내보내 상대하게 했다. 손책이 황개로 하여금 장영과 싸우게 하는데 갑자기 장영의 진영에서 원인 모를 불이 났다. 장영은 화들짝 놀라 말머리를 돌렸고, 손책의 군사들이 진군하니 장영의 부대는 아수라장이 되고 말았다.

마침내 장영은 달아나 버렸고, 4천여 명의 군사들이 손책에게 투항하는 대승을 거두었다. 이때 투항한 자들 가운데 장흠과 주태라는 장수도 포함되어 있었다. 이들은 장영의 휘하에 있었으나 익히 손책의 명성을 듣고 있었다. 장흠과 주태는 손책에게 투항하기 전 공을 세우기 위해 장영이 출전한 사이 불을 질렀던 것이었다.

손책은 이들을 장수로 삼고 여세를 몰아 군사를 전진시켰다. 손책은 마침내 유요가 있는 곡아 땅에 이르러 직접 고개에 올라가 유요의 진지를 살폈다.

손책이 명장이었으나 유요에게는 또한 태사자라는 명장이 있었다. 태사자는 손책이 몇 장수만을 대동하고 고개에 있다는 전갈을 듣자 단신으로 말을 타고 나가 손책과 맞서 싸웠다. 두 장수는 해가 질 무렵까지 싸웠으나 승부가 나지 않았다.

다음날도 두 장수는 선봉에 서서 싸움을 벌였다. 한참을 싸우고 있을때 유요가 갑자기 북을 올려 태사자를 물러나게 했다. 양군이 싸움을 벌이고 있는 동안 주유가 곡아성을 빼앗아 유요가 본거지를 잃게 된 것이었다. 유요와 태사자는 세력을 정비, 말릉을 향해 달아났다.

손책은 말릉성을 공격했으나 말릉성은 설예라는 장수가 지키고 있었고, 유요는 말릉성 대신 우저 땅을 공격해 함락시켰다. 손책은 말을 몰아 우저 땅으로 갔다.

손책이 직접 전장에 나가니 유요의 장수 하나가 달려 나왔다. 손책은 쉽게 그 장수를 사로잡아 옆구리에 끼고 말을 돌려 본영으로 향했다. 그러자 유요의 또 다른 장수 하나가 손책을 향해 달려들었다. 손책 진영의 함성으로 적이 가까이 온 것을 눈치챈 손책은 뒤로 돌아 크게 고함을 쳤다. 손책을 쫓던 상대 장수는 그 소리에 놀라 말에서 떨어져 죽고 말았다. 손책이 본영으로 돌아와 옆구리에 낀 장수를 내려놓으니 그는 이미 죽어 있었다.

한 장수는 옆구리에 끼고 졸라 죽였고, 한 장수는 고함을 질러 죽였다 해서 이후 손책은 그 패기와 용기를 높이 사서 작은 패왕(항우)이란 뜻의 '소패왕' 이라 불리게 되었다.

손책의 활약에 군사들의 사기는 하늘을 찌를 듯했다. 손책은 대승을 거

두었고, 유요는 유표에게 달아나버렸다.

손책은 설예가 버티고 있는 말릉성을 치러 나섰다. 그러나 성 밑까지 달려들었다가 화살에 허벅지를 맞고 말았다. 손책은 오히려 이를 이용해 적을 유인하기로 했다.

"내가 화살에 맞아 죽었다는 소문을 내라."

손책의 병사들이 손책이 죽었다며 통곡하자 설예는 승기를 잡았다고 생각했다. 그날 밤 성문을 열고 나와 손책의 진영을 기습하려 했으나 죽었다던 손책이 나와 소리쳤다.

"손책이 여기 있다."

소패왕이라 불릴 만큼 커다란 손책의 호통에 적들은 모두 무기를 버리고 항복했다. 손책은 말릉성마저 함락시키고 경현 땅으로 갔다. 경현성은 태사자가 지키고 있었다. 손책은 태사자가 도망칠 수 있도록 길을 열어준 뒤 곳곳에 순사를 배치해 태사자가 지치게 만들었다. 태사자가 탄 말이 손책의 군사들이 쳐놓은 줄에 걸려 넘어져 태사자는 사로잡히고 말았다. 이미 한 번의 싸움을 통해 그의 용맹을 알아본 태사자는 손책의 극진한 대우에 손책의 휘하에 들어갔다.

손책은 마침내 강동으로 진출했고, 어질게 군사를 이끌어 민심을 얻었다. 그리고 외숙과 어머니를 비롯해 가족들을 곡아 땅으로 모셨다.

손책은 여세를 몰아 인근 오군 땅으로 쳐들어갔다. 오군을 다스리던 엄백호는 손책에게 패해 달아났으나 회계 태수 왕랑과 힘을 합쳐 손책과 대치했다. 손책이 이들을 성밖으로 유인해 공격하니 상대가 되지 못했다. 엄백호는 달아나다 죽었고, 왕랑은 달아나고 말았다.

손책은 회계성을 점령함으로써 강동 지역을 완전히 평정했다.

손책은 조정과 조조에게 이러한 사실을 알리는 한편 원술에게 사람을 보내 맡겨둔 옥새를 돌려달라고 했다. 그러나 원술은 옥새를 돌려주고 싶지 않았다. 그는 황제가 될 야심에 부풀어 있었다.

❋ 황제를 자칭하는 원술

❀ · · · · · · ·

원술은 수하의 사람들을 불러 모았다.

"손책이 나에게 군사를 빌려 강동을 차지하더니 이제 나에게 맡겼던 옥새를 달라 하오. 이 일을 어떻게 처리하면 좋겠소?"

원술이 묻자 양대장이 대답했다.

"손책은 장강을 배후로 삼아 군사가 잘 훈련되고 많은 군량을 확보하고 있습니다. 지금 손책을 치는 것은 무리입니다. 그러니 먼저 유비를 쳐서 지난 번 쳐들어온 원수를 갚고 손책을 치는 것이 좋겠습니다."

원술에게는 손책 못지않게 유비도 눈엣가시였다.

"유비를 먼저 친다? 그것도 괜찮겠지."

양대장이 구체적으로 계책을 내놓았다.

"이번 기회에 유비를 사로잡을 계책이 있습니다. 유비는 지금 소패성에 머물러 있는데 유비를 치는 것은 쉽습니다. 그러나 서주에 있는 여포가 유비를 돕고 있습니다. 더욱이 여포에게 지난번 약속한 군량과 재물을 주지 않은 것이 걸립니다. 지금이라도 여포에게 식량을 보내고 군사를 일으키지 않도록 하시면 쉽게 유비를 사로잡을 수 있을 것입니다."

원술은 양대장의 제안을 받아들여 즉시 여포에게 20만 섬의 좁쌀을 보냈다. 여포의 일이 마무리되자 원술은 기영에게 10만 명의 군사를 주어 소패성을 치게 했다.

유비는 다급해졌다. 장비는 싸우자고 나섰지만 군사도 군량도 원술의 군대에게 상대가 되지 못했다. 유비는 여포에게 도움을 청했다.

여포는 유비의 편지를 받고 유비를 돕기로 했다.

'원술이 유비를 치고 나면 그 다음에는 나를 잡으려 할 것이다.'

이윽고 기영의 군사가 도착해 진을 쳤고, 유비도 적은 군사를 이끌고 나가 맞섰다. 여포도 군사를 이끌고 나가니 기영이 여포에게 불만을 토로했다.

"우리 주공께서 식량을 보낸 뜻을 알고 있을 터인데 유비를 돕는 것이냐?"

여포는 예상하고 있었다는 듯 태연했다. 여포는 곧 사람을 보내 유비와 기영을 자신의 진영으로 오도록 했다.

유비는 여포의 연락을 받은 후 관우, 장비를 대동하고 여포의 진영으로 갔다. 유비가 여포와 인사를 나누는데 밖에서 기영이 왔다는 보고를 했다.

유비 형제는 깜짝 놀라 자리를 박차고 나가려 했다. 그러자 여포가 유비를 제지하며 말했다.

"의심할 것 없소. 내가 두 사람과 긴히 의논할 일이 있어 같이 불렀소."

유비는 다시 자리에 앉았다. 놀라기는 나중에 들어온 기영도 마찬가지였다. 여포는 똑같이 기영을 제지해 자리에 앉혔다.

여포는 술자리를 마련하고 유비와 기영에게 화해를 권했다.

그러나 원술의 명을 받아온 기영은 쉽게 화해를 받아들일 수 없었다.

"나는 유비를 잡아오라는 명을 받고 온 사람이오. 아무런 수확도 없이 이대로 돌아갈 수는 없소."

옆에서 기영의 말을 듣고 있던 장비가 기어이 칼을 빼들고 기영에게 다그쳤다.

"우리가 비록 군사가 적지만 너희 놈들은 상대가 되지 않는다. 너는 우리 형님 털끝 하나도 건드리지 못할 것이다."

분위기가 험악해지자 관우가 장비를 말렸다.

여포는 분위기를 주도하려는 듯 크게 소리를 질렀다.

"내 창을 가져오라."

이내 여포의 부하가 여포의 창을 가지고 들어왔다. 창이 여포의 손에 쥐어지자 기영은 물론 유비도 얼굴빛이 변했다. 여포가 양쪽을 번갈아 노려보더니 다시 창을 부하에게 들려 보냈다.

"이 창을 저 문 밖에 내다 꽂아라."

문 밖에 창이 세워지자 여포가 제안했다.

"여기서 저 창이 세워진 곳까지 150걸음쯤 될 것이오. 내가 활을 쏘아 단번에 저 창을 맞히면 두 분은 군사를 이끌고 물러나시오. 내가 맞히지 못하면 그때는 싸워도 좋소. 약속을 지키지 않는 쪽이 있으면 내가 반드시 응징할 것이오. 어떻소?"

기영은 한동안 고민에 빠졌다.

'천하의 여포라 하더라도 150걸음 너머의 창을 화살로 맞히는 것은 불가

능하다.'

그는 곧 결정을 내렸다.

"좋소. 여 장군의 뜻에 따르겠소."

유비도 여포가 맞히지 못할 것이라는 생각이 들었다.

'이제 남은 것은 전쟁뿐이구나.'

유비는 절로 한숨을 내쉬었다. 그러나 여포의 제안이 있었고, 기영마저 찬성한 마당에 자신만 반대할 수는 없는 일이었다.

"저도 따르겠습니다."

여포는 화살을 쏘기 전 이미 승부가 끝나기라도 한 것처럼 기영과 유비에게 술을 따라주고 자신도 한 잔을 마셨다. 그리고 이내 활시위를 당겨 화살을 날렸다. 화살은 쨍 소리와 함께 창 끝에 명중했다. 그러자 주위에 있던 군사들이 일제히 환호성을 울렸다. 유비는 이번에는 안도의 한숨을 내쉬었다.

여포는 자랑스럽게 웃으며 양 진영에 대고 큰 소리로 말했다.

"이것은 더 이상 싸우지 말라는 하늘의 뜻이오."

기영은 어쩔 수 없이 승복하고 군사를 물려 원술에게 돌아갔다. 기영에게서 자초지종을 들은 원술은 여포의 뜻에 승복할 수 없었다.

'후하게 곡식까지 보냈건만 나를 배신하다니.'

원술은 직접 가서 여포와 유비를 혼내주겠다는 뜻을 밝혔다. 그러자 기영이 원술을 만류했다.

"여포는 쉬운 상대가 아닙니다. 여포에게는 시집 갈 나이가 된 딸이 하나 있습니다. 마침 주공께서도 아드님이 있으니 여포와 사돈을 맺으시면 주공께 협조할 것입니다."

원술은 성대한 선물을 마련한 후 사람을 여포에게 보내 혼담을 꺼냈다. 여포도 원술의 집안이면 마다할 이유가 없었다. 게다가 혼사를 통해 서주의 안전을 보장받을 수 있을 것이었다. 여포는 정중히 혼담에 응했고, 원술은 다시 예물을 들려 서주로 사람을 보냈다.

여포의 모사 진궁은 여포에게 혼례를 서두르라고 청했다.

"지금 천하의 제후들이 패권을 다투고 있습니다. 좋은 날을 잡아 혼례를 치르려 하면 누군가가 이를 시기하여 따님에게 위해를 가할까 두렵습니다."

여포가 그럴 듯하여 진궁에게 물었다.

"그럼 어떻게 하면 좋겠소?"

진궁은 여포의 딸을 즉시 수춘성으로 보내라고 말했다. 그곳에 머물면서 좋은 날을 잡아 혼례를 올리면 된다는 것이었다. 여포는 그날 밤으로 혼수를 준비해 이튿날 딸을 떠나보냈다.

한편 진등의 아버지 진규는 집에 있다가 여포의 딸 일행이 지나가는 풍악소리를 듣고서야 여포와 원술이 사돈이 되려 한다는 것을 알게 되었다. 진규는 직감적으로 유비가 위험에 처하게 될 것을 알았다. 그는 혼례를 막고자 즉시 여포에게 달려갔다.

"원술이 장군과 혼례를 맺고자 하는 것은 장군을 나서지 못하게 하고 유비공을 치기 위함입니다. 만일 소패성을 원술에게 빼앗기면 서주도 편치 않을 것입니다. 또 원술은 스스로 황제를 칭하려 하니 장군이 원술을 돕게 되면 역적으로 몰리게 될 것입니다."

'아뿔싸!'

여포는 즉시 명을 내려 이미 길을 떠난 딸을 찾아 데려오도록 했다.

이때 부하들이 들어와서 여포에게 고했다.

"저희들이 말을 사러 나갔다가 마침 좋은 말이 있기에 300마리를 사서 돌아오는데 강도를 만나 그 중 150마리를 빼앗겼습니다. 조사해 보니 유비의 동생 장비가 강도인 척하고 말을 빼앗은 것이었습니다."

여포는 화가 나서 즉시 군사를 이끌고 소패성으로 갔다. 유비는 여포가 군사까지 거느리고 나타나자 크게 놀라며 여포를 맞이했다. 여포는 유비를 나무랐다.

"내가 전에 원술의 침략으로부터 너를 구해 줬는데 너는 어찌하여 오히려 나의 말을 훔쳐갔느냐?"

그러나 그 일은 장비가 독단적으로 저지른 일이어서 유비는 영문을 몰랐다.

"나는 말이 부족해서 사람들을 보내 말을 사들였을 뿐 장군의 말을 훔친 일은 없소."

그러자 여포가 거짓말하지 말라며 더욱 유비를 다그쳤다.

그제야 장비가 나서며 소리쳤다.

"그래 내가 말을 빼앗았다. 어쩔 테냐?"

여포가 장비를 욕하자 장비도 지지 않고 여포에게 따졌다.

"그깟 말 몇 마리 빼앗겼다고 이렇게 왔느냐? 너는 우리 형님의 서주까지 가로채지 않았느냐?"

여포는 잔뜩 화가 나 창을 들고 장비에게 달려들었다. 장비도 창을 들고 맞서 싸우니 100합을 싸워도 승부가 나지 않았다.

유비는 장비를 불러 싸움을 그만두게 했다. 그리고 장비를 꾸짖었다.

"네가 말을 훔친 것은 잘못이다."

유비는 여포에게 말을 돌려줄 테니 군사를 물리라고 청했다. 여포는 유비의 청을 받아들이려 했다. 그런데 진궁이 옆에서 여포를 말렸다.

"지금 유비를 죽이지 않으면 앙갚음을 할 것입니다."

여포는 진궁의 말이 옳다고 여겼다. 즉시 명을 내려 군사들이 소패성을 공격하게 했다.

이때 유비의 세력은 여포에게 크게 뒤지고 있었다. 할 수 없이 유비는 성을 버리고 달아나 허도의 조조에게 찾아갔다.

조조는 일부 부하들의 반대에도 아랑곳하지 않고 유비를 반갑게 맞아들였다. 그리고 황제에게 청해 유비를 예주의 목으로 삼았다. 조조는 유비에게 군사 3천 명과 군량 1만 섬을 주어 예주로 보내며 말했다.

"세력을 키워 여포를 치도록 하시오. 공이 움직이면 나도 돕겠소."

예주에 부임한 유비는 여포와 맞설 수 있을 정도로 세력을 키우게 되었다. 곧 조조에게 연락을 취해 여포를 치기로 했다.

이때 이각, 곽사의 무리였던 장제가 죽고, 장제의 조카 장수가 세력을 키워 허도를 침범하려 한다는 소식이 들려왔다. 장수를 진압하기 위해 군사를 일으킨 조조는 유비와 여포의 일이 걱정이 되었다. 조조는 여포에게 높은 벼슬을 주고 유비와 화해하도록 했다.

여포는 조조가 높은 벼슬과 재물을 내리고 편지를 통해 자신을 치켜주자 더 이상 조조와 싸울 생각을 하지 않았다.

이 무렵, 원술은 손책에게 가로챈 옥새를 징표로 삼아 스스로 황제에 올랐다.(197년, 국호를 성(成), 연호를 중씨(仲氏)라고 함) 원술은 제호를 만들어 사용했으며, 원술의 아내를 황후로 삼고 아들은 태자로 책봉했다.

조조의 사자가 여포에게 도착한 이튿날 원술의 사자가 여포에게 도착했다. 그는 혼례를 위해 여포의 딸을 보내라는 뜻을 전했다.

"저희 주공께서 황제의 자리에 올랐소. 그 아드님께서는 태자가 되셨으니, 태자비가 되실 따님을 속히 보내주십시오."

그러자 여포는 원술을 역적이라 칭하며 사자의 목을 베어버렸다. 그리고 진등을 사자로 삼아 조조가 보낸 사자를 따라 허도로 가게 했다. 조조는 진등의 진가를 알아보고 그에게 높은 벼슬을 내려 돌려보냈다.

이 소식을 들은 원술은 분노가 치밀어 올랐다.

'제 자식놈을 며느리로 받아들여 태자비로 삼겠다 했거늘 은혜를 원수로 갚는구나.'

원술은 장훈을 대장으로 삼고, 20만 대군을 일곱으로 나누어 칠로병(七路兵)을 만들어 서주를 치게 했다. 원술도 직접 3만 명의 군사를 이끌고 장훈의 칠로병을 지원하기로 했다.

❋ 여포 죽다

⁂ · · · · · ·

원술의 대군이 쳐들어온다는 전갈에 여포는 놀라서 어찌 해야 할지 몰랐다. 서둘러 모사들과 장수들을 불러 모았다. 그 자리에는 조조로부터 높은 벼슬을 받고 여포에게 충신인 척하고 있는 진규와 진등 부자도 있었다.

마침내 모든 불똥이 진규 부자에게 떨어졌다. 원술과의 혼사를 가로막은 것도 이들이었고, 원술이 원수로 대하는 조조에게 벼슬까지 얻었으니 당연한 귀결인 셈이었다.

여포는 이들 부자를 끌어내려 참수하려 했다.

그러자 진등이 웃으며 여포를 훈계했다.

"장군은 이름 값을 못하시는구려. 뭘 그리 겁을 내시오?"

여포는 진등의 태연함에 이유가 있다고 생각했다.

"그래 원술을 물리칠 방도가 있느냐?"

진등은 여포에게 계책을 전했다.

"원술의 부하 양봉과 한섬은 조정의 신하였으나 조조가 무서워 달아난 자들이오. 지금은 갈 곳이 없어 원술에게 의탁하고 있으나 장군이 그들을 알아준다면 장군편이 되어 원술을 치는 데 도움을 줄 것입니다. 또 유비와 손을 잡고 원술을 치면 반드시 이길 것이오."

여포는 진등이 직접 양봉과 한섬을 설득하도록 편지를 주어 보내고, 조조와 유비에게도 각각 사람을 보냈다. 진등은 하비에서 한섬(제 6로 담당)을 만나 여포의 편지를 전하고 그를 설득하는 데 성공했다.

여포는 군사를 다섯으로 나눠 장훈의 칠로병과 각기 맞서게 했다.

마침내 장훈이 군사를 이끌고 서주성 외곽에 진을 쳤다. 그러나 그날 밤으로 양봉(제 7로 담당)과 한섬이 불을 올려 신호하고 여포의 군사를 불러들였다. 양봉과 한섬이 여포의 군사들과 합류하자 장훈은 제대로 한번 싸워보지도 못하고 패퇴하고 말았다.

여포는 이들을 추격하다가 원술의 본대와 마주쳤다. 원술이 배신자라고 여포를 꾸짖으며 선봉을 내보냈으나 싸운 지 수합 만에 여포가 그 장수를 베어버렸다. 선봉의 어이없는 죽음에 원술은 더 이상 싸울 생각을 하지 못하고 군사를 물렸다.

원술이 한참을 달아나는데 이때 관우의 군사들이 여포를 도우러 오다가 이들과 상대하게 되었다. 원술의 군사들은 이미 여포에게 패퇴한 후라 관우를 보자 도망가기에 급급했다. 원술도 겨우 말을 몰아 회남 땅으로 달아나고 말았다.

여포는 조정에 청해 양봉과 한섬에게 현령의 관직을 내리게 했다. 이들은 임지로 부임했으나 백성들의 재물을 강탈하다 민심을 잃어 유비에게 목을 잘리는 신세가 되었다.

전력에 큰 손실을 입은 원술이었지만 여포를 치는 일을 포기할 수 없었다. 원술은 강동의 손책에게 사람을 보내 군사를 빌리려고 했다.

그러나 손책은 옥새를 돌려받지 못한 일 때문에 원술을 칠 기회를 노리고 있던 때였다. 일언지하에 원술의 청을 거절하고 말았다.

이때 조조는 원술을 치기 위해 손책과 유비, 여포에게 사자를 보냈다. 손책은 원술의 후미를 맡기로 하고, 조조가 유비, 여포와 더불어 수춘성으로 17만 대군을 이끌었다.

원술이 조조의 군사에 맞서 선봉을 내보냈으나 하후돈의 창에 찔려 죽고 말았다. 이후 원술은 성을 지키고 나와 싸우려 하지 않았다.

'수춘성은 쉽게 함락되지 않는다. 우리가 성만 잘 지키고 있으면 조조는 군량이 부족해져 물러날 것이다.'

원술의 계산대로 조조의 군대는 채 몇 달을 버티지 못하고 식량난에 처했다. 조조는 성을 함락시켜야만 하는 절박한 상황이 되었다. 직접 앞에 나아가 성의 장애물을 제거하고 뒤로 물러서는 군사들을 베니 사흘이 채 지나지 않아 성은 함락되었다.

조조는 성안에서 대항하던 장수들을 모조리 목베고 원술이 허도를 모방해 지어 놓은 전각들을 불태웠다. 그러나 원술은 이미 회수를 건너 달아난 후였다.

조조는 회수를 넘어 원술을 치려고 했으나 허도에서 기별이 왔다.

"형주의 유표에게 의탁했던 장수가 다시 세를 키워 남양을 본거지로 난을 일으켰습니다."

조조는 수춘성을 떠나기 전에 여포와 유비를 불러 사이좋게 지내도록 당부했다. 그러나 한편으로는 유비를 따로 불러 후일에 여포를 칠 것이니 잘 준비해두라고 일렀다. 또 손책에게는 장수와 한편인 형주의 유표가 장수를 돕지 못하도록 잘 지키도록 했다.

조조는 급히 군사를 돌려 허도로 갔다가 장수를 치기 위해 남양으로 향했다. 그러나 조조는 첫 싸움에서 대패한 후 한 차례 역습을 통해 다소 만회하는 것으로 아무런 성과도 없이 허도로 돌아왔다. 조조가 없는 틈을 타 원소가 허도를 넘본다는 소식을 접했기 때문이었다.

조조가 급히 허도로 돌아오니 원소는 무슨 일이 있었냐는 듯 공손찬을 치겠다고 했다. 조조는 원소를 대장군으로 삼고 태위 벼슬을 내려 공손찬을 치는 데 전력을 다하게 했다.

조조는 다시 여포에게 관심을 돌렸다. 조조는 유비에게 사자를 보내 여포를 치라는 편지를 보냈다.

유비는 자신의 세력이 미약하니 조조가 여포를 치면 응하겠다는 답을 써서 사자를 돌려보냈다.

그런데 사자가 허도로 돌아가던 중 여포의 모사 진궁에게 붙잡히고 말았다.

여포는 단단히 화가 나 고순과 장요를 선봉으로 삼아 소패성을 치게 했다. 유비는 여포의 군사들이 몰려온다는 소식을 접하고 곧장 조조에게 사람을 보내 서주의 소식을 전하게 했다.

마침내 고순과 장요가 소패성에 이르러 유비와 대치하니 조조에게 갔던 사자가 중간에 붙잡혔음을 알게 되었다. 유비는 조조가 지원해 줄 것을 믿고 소패성에서 나가지 않고 굳게 지키기로 마음먹었다.

유비의 사자를 만난 조조는 이번 기회에 여포를 치기로 하고 하후돈, 하후연 형제에게 5만 명의 군사를 주어 먼저 서주로 떠나게 했다. 이들이 소패성 가까이 도착하자 소패성을 지키고 있던 여포의 군사들이 대치를 풀고 물러났다. 그제야 조조가 지원에 나선 것을 알게 된 유비도 군사를 이끌고 성밖에 나와 진을 쳤다.

하후돈은 직접 선봉에 서서 고순과 상대했다. 수십 합을 싸운 끝에 고순이 말머리를 돌렸다. 하후돈이 고순을 쫓다가 날아오는 화살에 눈을 맞고 말았다. 하후돈은 화살에 꽂혀 있는 눈알을 씹어 먹으며 용맹을 떨쳤으나 곧 패퇴하고 말았다.

하후돈이 물러나자 여포는 고순, 장요와 더불어 곧장 유비군을 공격했다. 유비 형제가 미처 소패성에 들어가기도 전에 여포의 군사가 뒤쫓아 왔기에 유비는 가솔들을 남겨두고 달아나고 말았다. 유비는 그 길로 조조에게 가 몸을 의탁했다.

여포는 유비의 가솔들을 이끌어 서주로 돌아왔으나 조조에게 맞서기 위해 다시 소패로 나갈 참이었다. 진규, 진등 부자가 서주성을 빼앗을 작정을 하고 여포에게 계책을 썼다.

"조조에게 패할 수도 있으니 후일을 위해 장군의 가족들을 하비성으로 대피시키는 것이 좋겠습니다."

여포는 그 말이 옳다고 여겨 가솔을 하비성으로 이동시키고 소패성으로 향했다.

진규는 여포가 서주성으로 돌아올 때 성문을 안 열어주기로 하고, 진등은 여포로부터 도망칠 계책을 세운 대로 실행에 옮겼다. 진등은 여포에게는 소패성을 지키는 손관이 성을 조조에게 바칠 궁리를 하고 있으니 치자고 말하고, 손관에게는 서주가 위험하니 서주로 오라고 여포가 명했다고 거짓말을 했다. 결국 여포와 손관은 칠흑같은 어둠 속에서 같은 편끼리 싸우게 됐고 진등의 신호로 조조가 급습하였다.

여포와 진궁은 진등의 계략에 빠져 다시 서주성으로 돌아오려 했다. 그러나 진규와 미축이 이끄는 군사들이 성문을 굳게 잠그고 위에서 화살을 마구 쏘아댔다. 여포가 크게 놀라 성주가 돌아왔음을 알렸다. 그제야 미축이 나서서 여포를 꾸짖었다.

"여포야, 이 성의 주인은 원래 유비공이시다. 네놈이 성을 빼앗았으니 이제 원래 주인에게 돌려드리려고 한다."

여포는 어쩔 수 없이 소패성으로 향했다. 그런데 소패성으로 가는 중간 지점에서 성을 지키고 있어야 할 고순과 장요를 만났다. 그들도 진등에게 속아 성을 버리고 여포를 찾아 나선 것이었다.

이들이 비로소 진규, 진등 부자에게 크게 속았음을 알게 됐으나 이미 성을 모조리 빼앗긴 뒤였다.

이때 장비가 나타나 이들과 맞섰고 뒤이어 조조의 대군이 몰려들었다. 여포는 조조의 대군과는 상대할 수 없음을 깨닫고 퇴각 명을 내렸다. 여포가 한참을 달아났을 때 이번에는 관우가 창을 들고 나타나 지친 여포를 위협했다. 여포는 지금은 때가 아니라 여겨 관우를 피해 하비성으로 달아나고 말았다.

하비성으로 돌아온 여포에게 의지할 곳은 혼담이 오고 갔던 원술 뿐이었다. 포위망을 뚫고 원술에게 구원을 청하자 원술은 먼저 여포의 딸을 데려오면 돕겠다고 했다. 여포는 직접 딸을 데리고 원술에게 가려 했으나 유비 형제가 길목을 지키고 있어 뜻을 이루지 못했다. 이후 여포는 하비성에서 술을 낙으로 삼았다.

조조는 하비성을 둘러싸고 흐르고 있는 사수와 기수의 물 때문에 쉽게 공략하지 못하고 있었다. 이때 곽가와 순욱이 근심을 덜어버리라는 듯 사수와 기수의 물을 가둬 물길을 돌려버렸다. 이내 하비성은 물에 잠기기 시작했다. 술로 세월을 보내던 여포는 문득 정신을 차렸다. 그리고 성내에 엄한 금주령을 내렸다.

"술을 마시는 자가 있으면 목을 벨 것이다."

그러던 어느 날이었다. 여포의 장수 후성의 부하 하나가 말을 훔쳐다 유비에게 바치려고 성을 나섰다. 후성이 이를 알고 쫓아 나가 그 군사를 죽이고 말을 되찾아 왔다. 후성이 이 사실을 동료 장수들에게 알리자 송헌, 위속 등 다른 장수들이 후성을 축하하고자 모여들었다. 후성은 이들을 접대하기 위해 담가 두었던 술을 마시려다 여포가 내린 금주령이 생각났다. 후성은 술 몇 병을 여포에게 가지고 가 전후 사정을 말했다.

"장군이 금주령을 내렸으니 이렇게 장군께 허락을 받고자 왔습니다."

여포는 후성의 말이 떨어지기 무섭게 성을 내며 후성의 목을 베라 했다. 다른 장수들이 여포에게 간청해 후성은 곤장 50대를 맞고 간신히 풀려 나왔다.

송헌과 위속이 후성의 집에 문안을 가자 후성이 눈물을 흘리며 감사해 했다. 그들이 옆에서 돕지 않았으면 목숨을 잃었을지도 모를 일이었다.

불쑥 송헌이 불만을 털어놓았다.

"여포는 제 처자만 중하고 우리는 쓰레기로 생각하오."

위속은 성이 조조군에 포위당해 있는데 물난리까지 나 죽게 생겼다며 더 큰 걱정을 말했다.

의기투합한 이들은 여포를 잡아 조조에게 바치기로 했다.

후성이 먼저 여포의 적토마를 훔쳐 조조에게 선물로 바치고, 위속과 송헌이 여포를 잡기로 했다. 그날 밤, 후성은 여포의 적토마를 훔쳐 타고 조조의 진영을 향해 달아났다. 마침내 조조에게 가 적토마를 바치고 성내에서 송헌과 위속이 내통한 것을 알려주었다.

이튿날 조조는 군사를 일으켜 하비성을 총 공격했다. 여포가 직접 나가 반나절을 싸우고 나니 그도 사람인지라 지쳐 쉬다가 잠이 들었다. 이때 송헌과 위속이 여포를 결박하고 말았다. 송헌과 위속은 흰 깃발을 흔들며 조조의 진영을 향해 소리쳤다.

"여포를 사로잡았다!"

두 사람은 곧 성문을 활짝 열었고, 조조의 군사들이 물밀듯 들어왔다. 이내 진궁과 고순, 장요도 붙잡혀 조조의 앞에 무릎을 꿇었다.

조조가 먼저 고순을 참하게 하고 진궁을 대했다.

"그동안 잘 지냈느냐?"

진궁은 목숨을 구걸하지 않고 당당하게 맞섰다.

"네가 큰 그릇이 아닌 것을 알고 너를 떠났었다."

"내가 그릇이 크지 않다면 어찌 여포 같은 자를 섬겼느냐?"

"여포는 지혜롭지는 않지만 너처럼 음흉하고 간사하지는 않다. 여포가 내 말을 들었더라면 지금 이런 꼴을 당하지는 않았을 것이다."

"그래 이제 어쩔 셈이냐?"

"목숨을 구걸하는 일은 없을 것이다. 어서 날 죽여라."

조조는 진궁의 목숨만을 살려주고 싶었다. 그러나 진궁은 뜻을 굽히지 않고 형장으로 직접 걸어가 최후를 맞았다.

조조는 아쉬워하며 명을 내렸다.

"진궁의 노모와 가솔들을 편히 모시고, 소홀함이 없도록 하라."

마침내 여포의 차례가 오자 여포는 조조를 돕겠다고 사정하며 목숨을 구걸했다. 조조는 유비의 뜻을 물었다. 유비는 조조를 일깨웠다.

"정원과 동탁이 어떻게 되었습니까?"

여포는 유비를 원망했다.

"내가 활로 창을 쏘아 너를 도왔던 것을 잊었느냐?"

그러자 옆에 묶여 있던 장요가 버럭 고함을 질렀다.

"여포 이놈아! 죽는 것이 그렇게 두려우냐?"

마침내 조조는 여포를 목매달아 죽이게 하고 장요도 참하려 했다. 그러나 유비와 관우가 장요의 사람됨을 알고 조조에게 풀어줄 것을 청했다. 조조도 장요의 재주를 아껴 직접 풀어주고 입고 있던 옷을 벗어 주며 윗자리로 이끌었다.

헌제의 밀서

✿ • • • • • • •

조조는 거기장군(기병을 통솔하는 무관직. 총사령관에 해당하는 대장군 밑에 표기, 거기, 위, 전, 후, 좌, 우의 일곱 장군 중 둘째로 높은 관직) 차주에게 서주를 맡기고 유비와 함께 허도로 개선했다. 조조는 출전했던 장수들에게 공에 합당한 상을 내리고 잔치를 베풀어 위로했다.

조조는 특히 유비에게 공을 들였다. 자신의 거처 가까운 곳에 유비의 집을 마련하고, 황제에게 유비의 공이 크다고 알려 상을 내리도록 주청했다. 조조의 주청을 받고 헌제는 유비를 궁으로 불러들였다.

헌제는 유비가 유씨 성을 가지고 있어 친히 물었다.

“경이 나와 같은 성을 쓰느냐?”

유비가 자신을 소개했다.

“신 유비는 중산정왕 효경황제의 후손으로, 유웅의 손자요 유홍의 아들입니다.”

헌제가 황실의 종친이 된다는 말에 반가워하며 족보를 읽게 했다. 족보를 따져보니 유비가 헌제의 아저씨뻘이었다.

헌제는 유비를 좌장군으로 삼고 의성정후로 봉했다. 또 유비와 숙질의 예를 올리고 깍듯이 황숙이라 칭했다.

이 즈음에 조조는 때를 보아 황제가 될 야심에 사로잡혀 있었다. 조조는 먼저 헌제 주변의 동정을 살펴보고자 사냥대회를 열었다. 조조의 10만 대군이 주변 200리를 막아 사냥터를 만들고, 조조가 직접 헌제를 모셔 사냥터로 향했다.

조조가 심복 장수들로 호위하게 하고 황제와 나란히 말을 타고 가니 문무백관은 멀찍이 뒤를 따랐다. 다만 유비는 황숙의 지위가 있어 관우, 장비를 대동하고 황제 옆을 지킬 수 있었다.

황제의 일행이 사냥터에 도착하자 숲 속에서 토끼 한 마리가 뛰어 나왔다. 헌제는 유비의 솜씨를 보고 싶었다.

"황숙이 쏘아보오."

유비가 능숙한 솜씨로 활을 당겨 쏘니 화살이 토끼의 옆구리에 명중했다. 헌제가 유비를 칭찬하고 있을 때 이번에는 사슴 한 마리가 나타났다. 헌제는 직접 활을 들어 사슴을 향해 쏘았으나 화살은 사슴을 빗나가고 말았다. 헌제가 연달아 3발을 쏘았는데도 사슴을 맞히지 못했다. 그제야 헌제는 조조에게 차례를 넘겼다.

"경이 쏘아보오."

조조는 황제의 활과 화살을 빌려 사슴을 쏘았다. 활시위를 벗어난 금화살이 보기 좋게 날아가 사슴의 등에 박혔다.

멀리 있던 대신들과 군사들은 쓰러진 사슴을 향해 달려갔다. 등에 황제의 금화살이 박혀 있는지라 모두 황제가 쏘아 맞힌 것으로 착각하고 황제를 향하여 환호했다.

"황제 폐하 만세! 만세! 만만세!"

이때 조조가 자신이 사슴을 쏘아 맞혔다는 것을 뽐내듯 황제 앞에 나서 가슴을 활짝 폈다. 사람들이 보기에 조조의 행동은 무례하기 짝이 없었다. 잠시 적막이 감돌았다.

조조의 무례한 행동을 본 관우가 충성심을 발휘해 청룡도를 들고 나서려 했다. 옆에 있던 유비가 관우의 행동을 미리 예상하고 즉시 제지했다.

유비가 분위기를 무마해 사냥은 끝이 났다. 사냥에서 잡은 짐승으로 잔치를 베푼 후 헌제 일행은 허도로 돌아왔다.

허도로 돌아와서도 조조의 무례함은 관우의 뇌리에서 쉽게 지워지지 않았다. 관우는 조조를 죽이려 한 자신을 말린 데 대해 유비를 원망했다. 유비는 자신도 관우와 마찬가지로 분개했음을 숨기지 않았다.

"조조를 베었어야 하는 것도 맞네. 하지만 조조의 10만 군사들이 지키고 있는데 자칫 잘못하면 황제께서 다칠 수도 있었음이야."

사냥터에서 돌아온 헌제는 조조의 무례함에 치를 떨었다. 그러나 조정이 이미 조조의 손에 들어가 있어 달리 손을 쓸 방도가 없었다. 황제가 복황후와 더불어 눈물을 흘리며 서러워하는데 밖에 있던 복황후의 아버지 복완이 이를 듣게 되었다. 복완은 헌제에게 국구이자 거기장군인 동승을 추천했다.

헌제는 동승을 불러 지난 날 자신을 보호해 낙양으로 귀환하게 했던 공을 치하했다. 아울러 동승에게 비단옷과 옥대를 내렸다. 그러나 이는 조조의 눈을 피하기 위함이었다. 옥대 속에는 헌제가 손가락을 깨물어 피로 쓴 밀서가 들어 있었다. 밀서는 조조가 정사를 어지럽히니 그를 쳐 없애 사직을 평안케 하라는 내용이었다.

동승은 다음 날로 헌제에 충성하는 충신들을 찾아 연판장에 서명하게 했다. 동승과 친한 왕자복을 필두로 충즙, 오석, 오자란이 서명했다. 또 사냥터에서 조조의 행동을 보고 분개해 동승을 찾아온 서량 태수 마등이 뜻을 같이 했다.

동승은 마침내 황숙인 유비를 찾아 조조의 무례함을 거론하다가 헌제의 밀서를 내놓았다. 유비는 헌제의 혈서를 보자 조조에 대해 더 큰 분노가 일었다. 이때를 놓치지 않고 동승은 연판장을 품에서 꺼내 유비에게 내밀었다. 동승이 유비에게 서명할 것을 권하자 유비가 기다렸다는 듯 서명했다. 유비의 뜻을 확인한 동승은 이내 돌아갔다.

'때가 되기 전까지 조조의 눈에 띄면 안 된다.'

유비는 자신의 몸을 더욱 낮추며 조심했다. 그는 직접 거름을 주고 물을 주며 농사짓는 일로 하루하루를 보냈다.

조조는 유비를 허도에 잘 묶어두고 있다고 내심 반겼으나 그 속내를 재차 확인하고 싶었다.

어느 날 유비를 거처로 불러 술을 권했다.

"공께서는 직접 농사를 지으신다고요?"

유비가 아무렇지도 않다는 듯 대답했다.

"그저 심심풀이로 하고 있습니다."

조조는 작정한 듯 유비의 그릇을 쟀다. 어느덧 대화의 흐름은 영웅담으로 향하고 있었다. 조조가 다시 작심하고 결론을 내듯 말했다.

"천하에 영웅은 이 조조와 유공뿐이오."

유비는 긴장해 들고 있던 젓가락을 떨어뜨렸다.

'기껏 농사를 지으며 나를 드러내지 않고 있는데 조조는 아직도 나를 경계하고 있구나!'

이때 내리던 비가 거세져 천둥번개를 동반하고 있었다.

"아이구! 천둥소리에 깜짝 놀라 젓가락을 떨어뜨렸소."

유비가 천둥을 핑계 삼아 자신이 속내를 들킬 뻔한 것을 무마하고 소심한 듯 행동했다. 조조는 이런 유비를 보고 마음을 놓았다.

의심을 거둔 조조는 유비와 편안하게 술을 한 잔 하고 싶었다.

이튿날 조조는 다시 술자리를 마련하고 유비를 초대했다. 조조와 유비가 한가로이 술잔을 나누고 있는데 장수 하나가 원소의 진영을 염탐하고 돌아와 고했다.

"원소가 공손찬을 무너뜨렸습니다."

손견은 전날 조조에게 공손찬을 치겠다고 알린 뒤 곧바로 직접 10만 명의 군사를 이끌고 북평으로 향했다. 공손찬은 흑산적에게 구원을 청하려 사자를 보냈으나 중간에 원소군에 사로잡히고 말았다. 원소는 흑산적이 원군을 보내온 것처럼 속여 공손찬의 군대를 성밖으로 유인함으로써 대승을 거두었다. 수습할 수 없을 정도로 큰 패배를 당한 공손찬은 가족을 죽이고 자신도 자살하고 말았다. 기주를 본거지로 삼았던 원소가 북평을 함락시키고 하북을 재패했으니 그 세력이 하늘을 찌를 듯했다.

한편 원소의 동생 원술은 황제를 칭했으나 사치가 심하고 그 다스림이 어질지 못해 백성들의 원성을 사고 있었다. 원술은 마침내 원소에게 옥새를 바치고 의탁하고자 하고 있었다.

조조는 적지 않은 세력을 가지고 있는 공손찬이 원소에게 패했다는 말에 크게 놀랐다. 그러나 더욱 놀란 것은 옆에 있던 유비였다.

'공손찬이 끝내…….'

유비와는 동문이었고, 유비가 곤경에 처할 때마다 믿고 의지하던 공손찬이었다. 그러나 한편으로는 유비에게 기회가 될 수 있었다. 유비는 이 사태를 핑계삼아 조조에게 벗어날 수 있을 것 같았다.

"원소와 원술이 손을 잡으면 그 세력이 막강해 곤경에 처하게 될 것입니다. 원술이 원소에게 가려면 서주를 지나야 하니 제게 군사를 주시면 서주에서 원술을 사로잡아 오겠습니다."

조조는 그 이튿날로 유비에게 5만 명의 군사를 주어 서주로 가게 했다. 마침내 유비는 조조의 손아귀에서 벗어나게 된 것이었다.

유비가 떠나고 나자 잠시 허도를 비웠던 순욱과 곽가가 돌아왔는데 유비가 떠난 사실을 알게 되었다. 이들은 조조에게 유비의 속임수를 전하면서 유비를 놔둬서는 안 된다면서 당장 유비를 불러들여야 한다고 간했다. 조조가 허저를 시켜 유비를 불렀으나 유비는 황제의 명으로 출전했다면서 돌아가지 않았다. 조조는 어쩔 수 없이 유비를 믿어보기로 했다.

서주에 도착한 유비는 서주 자사 차주의 환대를 받았다. 또 수하에 있었던 손건, 미축과 헤어졌던 가족들도 만날 수 있었다.

유비가 만반의 준비를 하고 기다리고 있을 때 기영이 원술군의 선봉에

서서 서주를 지나가려 했다. 장비가 나가 기영을 말에서 떨어뜨리자 원술의 군사들은 너나없이 달아나기 바빴다.

기영이 죽은 것을 안 원술은 직접 군사를 이끌어 유비와 맞섰다. 그러나 이미 훈련이 잘 된 조조의 군사 5만 명을 거느린 유비였다. 게다가 관우와 장비가 용맹을 떨치니 원술이 버티지 못하고 패퇴하고 말았다.

원술은 패잔병 일부만을 이끌고 달아났으나 산적들에게까지 시달릴 정도로 세력이 꺾였다. 심지어 군량이 모자라 굶어 죽는 군사도 부지기수였다. 원술도 제대로 먹지 못해 기가 쇠해지고 처참한 몰골이 되었다,

무더운 한여름이었던 어느 날 원술은 꿀물을 가져오라고 시켰다. 그러자 명을 받은 부하가 당치 않다는 투로 말했다.

"꿀물이 있겠습니까? 먹을 것이 있다면 핏물뿐이오."

원술은 외마디 소리를 지르더니 이내 피를 토하고 쓰러져 죽어버렸다. 원술의 조카 원윤을 비롯해 원술의 가족들은 달아나다가 서구라는 건달에게 잡혀 몰살당했다. 서구는 원윤에게서 옥새를 찾아내 허도로 달려가 조조에게 바쳤다. 이로써 옥새는 조조의 것이 되었다.

유비는 황제와 조조에게 사자를 보내 승전 사실을 알렸다. 한편으로는 함께 허도를 떠나왔던 조조의 장수들을 허도로 돌려보내고 자신은 서주에 남아버렸다.

조조는 자신의 장수들만 돌아오고 유비가 돌아오지 않자 유비의 처세에 속았음을 알게 되었다. 조조는 서주 자사 차주에게 밀서를 보내 유비를 없애도록 명했다.

차주는 진등에게 유비를 제거할 방도를 물었다. 그러나 차주는 진등이 옛 도겸의 부하였음을 간과하고 있었다. 진등은 태연하게 차주에게 방도를 일러주었다.

"유비가 성밖에 자주 나가니 유비가 돌아오기 전에 군사를 매복하고 기다리면 됩니다."

차주는 진등의 의견에 따라 명을 내렸다. 진등은 집으로 돌아와 부친 진규에게 이 사실을 말했다. 진규는 관우와 장비를 만나 진등이 말한 것을 전했다.

그날 밤, 관우와 장비는 서주성 아래로 가 크게 고함을 질렀다.

"성문을 열어라."

"누구냐?"

"조정에서 왔다. 자사께 알려라."

관우와 장비를 비롯해 유비의 군사들은 허도에서 왔기 때문에 조조의 군사들과 복장과 표식이 같았다. 더욱이 밤이어서 상대의 얼굴은 알아볼 수 없었다.

이내 성문이 열리고 차주가 나왔다. 그러자 관우가 달려가 차주의 목을 베어버렸다. 서주성은 다시 유비의 손에 들어오게 되었다.

유비는 조조가 쳐들어올 것에 대비해 원소에게 원군을 청했다. 원소는 조조를 치는 것이 대의명분에 합당하다고 판단해 각 고을에 격문을 돌리는 한편, 군사를 서주로 향하게 했다.

조조는 왕충과 유대를 선봉으로 세워 유비를 치도록 했다. 그러나 대군을 일으키지 않고 조조 자신도 출병하지 않았다. 왕충과 유대는 각각 관우와 장비에게 사로잡히는 신세가 됐다.

유비는 왕충과 유대를 융숭히 대접한 후 조조에게 보내 자신이 조조에게 거역할 뜻이 없음을 전하게 했다. 이후 유비는 조조가 반드시 서주를 다시 공략할 것임을 알고 대비에 만전을 기했다.

한편 허도의 조정에서는 헌제의 밀서를 받은 동승이 유비가 떠난 후에도 거사를 모색했으나 그 방법이 없어 애를 태우고 있었다. 서량 태수 마등도 변방의 일로 돌아간 지 오래였다. 마침내 동승은 속을 끓이다 병이 나버렸다.

황제는 동승이 병이 났다는 소식에 황궁 시의 길평을 보내 치료하게 했다. 동승은 헌제가 믿을 수 있는 마지막 보루가 아니었던가?

길평은 동승을 진맥해 보고 단박에 마음의 병임을 알아챘으나 어디에서 비롯된 것인지는 알지 못했다. 그러나 여러 번 동승의 집을 찾은 결과 그 원인을 알게 되었다. 동승이 잠결에 조조를 죽이는 꿈을 꾸다가 길평이 보는 데서 잠꼬대를 했기 때문이었다. 길평은 동승의 뜻을 확인하고 싶었다.

"조조를 죽이고자 하십니까?"

동승이 화들짝 놀라 대꾸를 하지 못했다.

길평이 다 알고 있다는 듯 동승에게 말했다.

"저는 의원에 불과하지만 또한 한나라의 백성이오. 제가 할 일이 있다면 어떤 고난이 있더라도 감수하겠습니다."

동승은 그래도 믿지 못하겠다는 듯 시치미를 뗐다.

"그게 무슨 말이오?"

그러자 길평이 손가락을 깨물었다. 손가락 끝에서는 핏물이 뚝뚝 떨어졌다. 그러자 동승이 눈물을 흘리며 길평을 의심한 것을 사죄했다.

동승은 길평에게 헌제가 내린 밀서와 연판장을 보여주었다.

"내가 뜻한 바는 있으나 유 황숙이 서주로 가 버렸고, 서량의 마등 태수도 돌아가 버렸으니 어찌 할 바를 모르겠소이다. 아마 그래서 병이 난 듯 싶소."

길평이 고심 끝에 동승에게 말했다.

"제가 그 소임을 할 수 있을 것 같습니다."

그러자 동승의 얼굴에 화색이 돌았다.

"무슨 방법이 있소?"

길평이 계책을 말했다.

"조조는 만성적인 두통을 가지고 있습니다. 제가 그에게 약을 지어주고 있습니다."

길평이 여기까지 말하자 동승이 다음 나올 말이 뻔하다는 듯 말을 막았다.

그러나 이 자리에서 있었던 일을 모두 들은 이가 있었으니 동승의 종인 진경동이었다. 진경동은 동승의 첩과 바람을 피우다가 동승에게 발각되어 곤장을 맞고 냉방에 갇힌 적이 있었다. 그후 진경동은 동승에게 원한을 품고 있었는데 이들의 밀약을 들은 것이다. 진경동은 조조에게 달려가 동승 주변에서 일어나는 일들을 세세히 고해 바쳤다. 조조는 길평까지 관련됐다는 말에 오싹하지 않을 수 없었다.

다음날 조조는 두통이 있다며 길평을 거처로 들게 했다.

'마침내 때가 왔구나.'

길평은 조조가 보는 앞에서 독약을 섞고 약을 끓여 조조에게 올렸다. 그러자 조조는 여느 때와 다르게 길평에게 먼저 먹어보라고 시키는 것이었다. 길평은 모든 것이 발각된 것을 알았다. 약을 들고 조조에게 가까이 가 조조의 귀에 약을 부으려 했다. 그러나 조조가 약을 뿌리쳐 약사발이 날아가고 말았다.

조조는 즉시 길평을 취조하게 하고, 동승의 집을 뒤져 황제의 밀서와 연판장을 손에 넣었다. 길평은 이미 공모자를 대라는 조조의 취조에 스스로 머리를 땅에 찧고 죽은 후였다. 조조는 연판장에 서명한 사람들은 물론 그 일족을 잡아 처형하니 그 수가 700명을 넘었다. 그 안에는 동승의 누이 동귀비도 포함됐다. 동귀비는 이때 뱃속에 헌제의 아이를 가지고 있었다.

조조는 그 일을 문제삼아 황제를 폐하려 하였으나 다른 제후들이 연대할 수 있는 명분을 줄 수 있다는 판단이 서자 후일을 기약했다.

이제 남은 것은 눈엣가시 같은 유비를 치는 일이었다.

삼형제의 수난

❀ • • • • • • •

조조는 직접 20만 대군을 이끌고 서주로 진격했다. 이번에도 유비가 믿을 곳은 원소뿐이었다.

유비는 손건을 사자로 삼아 원소에게 보냈다. 손건이 원소를 찾아 인사하는데 원소의 행색이 크게 수척해 있었다. 원소의 다섯 아들 가운데 원소가 가장 아끼던 막내가 중병에 걸렸기 때문이었다. 손건이 서주의 일을 알렸다.

"지금 조조가 서주를 치기 위해 허도를 비웠습니다. 공께서도 대사를 도모하기에는 지금이 딱 좋은 기회입니다."

그러나 원소는 그 말을 듣는지 마는지 아들 이야기만 했다. 끝내는 군사를 움직일 정신이 없으니 일이 잘못되면 유비가 자신에게 의탁하도록 돕겠다며 손건을 물러가게 했다. 손건은 어쩔 수 없이 홀로 서주로 돌아가야 했다. 손건이 돌아와 원소의 말을 전하자 유비는 탄식했다. 이미 조조의 대군이 서주로 진격한 때였다. 그러자 장비가 작전을 세워 유비를 위로했다.

"조조가 수일을 달려 이곳으로 왔으니 그 군사들이 모두 지쳐 있을 것입니다. 오늘 밤 안으로 그들을 기습하면 적에게 큰 손실을 입힐 수 있을 것이오."

유비는 장비의 의견을 좇아 그날 밤 조조의 진영을 급습하기로 했다.

그런데 이때 조조의 진영에서 이상한 전조가 있었다. 갑자기 세찬 바람이 불더니 깃대 하나가 부러지는 것이 아닌가? 조조는 그냥 넘길 일이 아니라고 생각해 모사 순욱과 상의했다. 순욱은 적의 기습이 있을 징조라며 조조에게 대비할 것을 당부했다.

마침내 그날 밤이 되어 장비가 선봉이 되어 계책을 세웠던 대로 조조의 진영을 기습했다. 유비도 직접 군사를 이끌고 반대편으로 진격했다.

그러나 조조는 이미 진영을 비워두고 사방에 군사를 포진시킨 상태였다. 장비가 속았음을 알고 달아나려 했을 때 사방에서 포위망이 좁혀졌다. 유비군의 군사들은 원술과 싸우기 위해 조조에게서 데려온 그들이었다. 전세가 불리해지자 너나없이 조조군에 투항하고 말았다. 장비는 거의 단신이다시피 포위망을 뚫고 달아나기에 바빴다. 장비는 목숨이라도 구하고자 산속으로 도망쳤다.

유비도 형세는 비슷했다. 적의 대비가 없을 것이라 여기고 조조의 진영에 가까이 이르자 하후돈이 유비를 향해 돌진했다. 뜻밖의 공격에 유비의 군사들은 정신을 차리지 못했다. 유비도 싸울 엄두도 내지 못하고 달아났다.

유비는 소패성으로 돌아가려 했으나 멀리서 보니 이미 불길이 치솟고 있어 단념하고 말았다. 서주성과 하비성으로 가는 길목에도 온통 조조의 군사들이라 갈 곳이 마땅치 않았다.

유비는 마침내 원소의 아들 원담이 자사로 있는 청주로 갔다. 원담은 유비를 환대하는 한편 아버지 원소에게 유비가 온 사실을 알리게 했다. 그리고 곧 군사들로 호위해 유비를 기주로 가게 했다.

유비가 오고 있다는 소식을 접한 원소는 멀리까지 유비를 마중 나왔다. 원소는 아들의 일로 군사를 일으키지 못한 것을 미안해 하며 유비를 반갑게 맞아들였다. 유비는 기주에 거처를 마련했지만 유비, 관우, 장비 삼형제는 뿔뿔이 흩어져버렸다.

조조는 유비와 장비의 손에서 떠난 소패성을 쉽게 손에 넣을 수 있었다.

서주성은 미축이 지키고 있었으나 조조의 상대가 되지 못했다. 오래지 않아 조조와 인연이 있던 진등이 나서 조조에게 투항했다.

이제 남은 것은 관우가 지키고 있는 하비성 뿐이었다. 조조는 군사를 수습해 하비성으로 진격했다.

조조는 이미 반동탁 동맹군 시절부터 관우의 실력을 보아둔 터였다. 힘으로 하비성을 함락시킬 수도 있었지만 관우를 자신의 휘하에 두고 싶은 욕심이 생겼다.

조조는 서주성에 있었던 군사들을 모았다. 이들에게는 서주성에서 도망쳐 하비성으로 온 것처럼 위장하도록 시켰다. 유비가 허도를 떠나올 때 데리고 온 군사들이라서 관우는 의심 없이 이들을 받아들였다.

한편으로 하후돈에게 5천 명의 군사를 주어 관우를 상대하게 했다. 하후돈과 군사들이 하비성 아래까지 가 관우를 모욕하자 관우가 참지 못하고 달려 나왔다. 하후돈은 짐짓 관우에게 상대가 되지 않는 듯 달아났다. 관우가 하후돈을 쫓다 보니 하비성과 점차 멀어지고 말았다.

관우가 성을 지키려고 돌아가려고 했을 때였다. 그때까지 쫓기기만 하던 조조의 군사들이 관우가 돌아갈 길을 막고 관우와 상대하기 시작했다. 관우는 마주해 싸웠으나 대군을 상대하기에는 힘이 부쳤다.

'어서 가서 성이라도 지켜야겠다.'

관우는 도망치듯 말을 달려 가까스로 하비성 근처 야산까지 갔다. 그런데 이때는 관우에게 거짓을 말하고 하비성에 들어갔던 군사들이 조조에게 성문을 열어주어 이미 조조가 성을 차지한 뒤였다. 조조의 명령에 의해 성에서 불길이 일었다. 사정을 모르는 관우는 성 안의 일이 궁금했다. 더욱이 유비의 가족들이 성 안에 있으니 책임감이 막중했다.

'형님 가족들의 생사가 나에게 달려 있다.'

관우는 여러 차례 산을 내려와 하비성을 향해 말을 달렸으나 번번이 조조의 군사들에 막혀 산으로 돌아와야 했다.

어느덧 하루가 지나고 관우가 다시 하비성을 향해 나서려 할 때였다. 관우의 눈에 홀로 산을 오르는 사람이 있었다. 여포의 휘하에 있을 때부터 관우와 교감이 있었던 장요였다.

장요는 조조의 명을 받들어 관우에게 투항하라고 설득했다. 장요의 뜻은 조조의 명에 따르기보다 여포와 함께 사로잡혔을 때 자신의 목숨을 구하기 위해 힘써준 은혜를 갚고자 함이었다.

그러나 예상한 대로 관우는 뜻을 굽히지 않았다.

"죽음이 두려울 것인가? 끝까지 싸울 것이네."

관우의 반응을 예상하지 못한 장요가 아니었다.

"장군이 지금 죽으면 세 가지 죄를 짓는 것입니다. 하나는 장군이 유 황숙, 장비 장군과 의형제를 맺고 한날 한시에 죽기를 맹세했는데 지금 장군이 죽으면 그 맹세를 저버리는 것이오."

관우는 장요의 말을 묵묵히 듣고 있었다. 그러나 눈빛은 많이 누그러져 있었다. 장요는 자신 있게 말을 이어갔다.

"또 하나는 유 황숙께서 그의 가족을 장군에게 맡겼는데 장군이 그들을 돌보지 않고 죽으면 믿음을 저버리는 것이오."

유비의 가족이 언급되자 관우의 입에서는 한숨이 나왔다.

"나머지 하나는 유 황숙을 도와 한나라를 위기에서 구하려고 하지 않으니 충성을 다하지 않는 것이오. 장군이 이런 죄를 짓고 죽는 것을 차마 두고 볼 수 없습니다."

장요의 말은 구구절절하게 관우의 마음속을 헤집었다. 이내 관우는 마음을 추스르고 말했다.

"좋소! 내 항복하리다. 다만 세 가지 조건이 있소."

"그 조건이 무엇이오?"

"첫째는 조조가 아니라 황제께 항복하는 것이고, 둘째는 유 황숙의 가족들을 내가 돌보는 것이오. 셋째는 유 황숙의 거처를 알면 언제라도 내가 그의 가족들을 모시고 형님의 곁으로 가겠다는 조건이오."

장요는 조조에게 관우가 말한 조건을 전하기로 하고 산을 내려갔다.

장요의 말을 들은 조조는 탄복했다.

'역시 관우로다! 이렇듯 위험에 처해서도 의리를 저버리지 않는구나!'

"가서 관우에게 조건을 다 들어주겠다고 하고 데려오게."

관우는 조조의 뜻을 확인하자 산에서 내려와 먼저 유비의 가족들이 무사함을 확인했다. 그리고 조조에게 가 인사했다.

이윽고 조조는 서주를 평정하고 허도로 돌아갔다. 관우도 유비의 가족들을 호위하여 조조와 함께 허도로 갔다. 조조는 관우에게 헌제를 알현하게 했다. 헌제는 관우에게 편장군의 벼슬을 내렸다.

조조의 극진한 대우에도 아랑곳하지 않고 관우는 유비와 만날 날만을 고대하고 있는 것이 확연했다. 그의 하루는 유비의 두 부인인 미부인과 감부인을 보살피는 것이 전부라 해도 과언이 아니었다. 조조는 많은 재물과 미인들을 관우에게 보냈으나 관우는 형수들에게 재물을 맡기고 미인들에게는 형수들을 돌보도록 했다.

아무것도 관우가 탐내는 것이 없음에 조조는 어느 날 관우에게 적토마를 선물했다. 이 적토마는 조조의 아들 조비가 원했는데도 주지 않고 아껴두었던 말이었다. 그제야 관우는 기쁜 내색을 했다.

조조가 이를 보고 쾌재를 불렀다.

'이제야 관우가 나의 정성을 알아주는구나!'

그러나 관우의 한 마디가 순식간에 조조의 입맛을 쓰게 했다.

"이 말이 천리를 가니 형님이 어디에 계신지 알면 단숨에 찾아 뵐 수 있겠습니다."

조조는 이 지경에 이르자 관우를 자신이 붙잡을 수 없다는 것을 수긍하게 되었다. 다만 관우가 조조를 위해 공을 세운 후에야 떠나겠다고 약조한 것으로 한 가닥 위안을 삼았다.

관우의 용맹

❀ • • • • • • •

원소에게 몸을 의탁한 유비는 느느니 한숨이었다. 눈을 감으나 뜨나 가족들과 관우, 장비가 어른거렸다. 보다 못한 원소가 유비를 찾았다.

"공은 늘 우울해 보이오."

유비는 답답함을 하소연했다.

"두 아우는 어디에 있는지조차 알 수 없고, 처자는 역적 조조의 손에 있습니다. 어찌 근심이 되지 않겠습니까?"

유비의 마음을 이미 알고 있었다는 듯 원소가 유비를 달랬다.

"이제 봄이 되었으니 내가 허도로 쳐들어 갈 날이 멀지 않았소. 내 조조를 굴복시키고 공의 가족들을 찾아주겠소."

원소는 부하들을 불러놓고 출병 계획을 밝혔다. 그러자 모사 전풍이 반대했다.

"지난번에는 조조가 허도를 비웠으니 마땅히 군사를 일으킬 만했습니다. 하지만 지금은 조조의 군대가 서주를 점령하고 사기가 높으니 후일을 기약하셔야 됩니다."

그러나 유비와 뜻을 맞춘 원소가 마침내 출병을 선언했다. 원소는 안량을 선봉으로 세워 15만 대군을 백마현으로 향하게 했다. 이 소식은 허도의 조조에게 전해졌다.

조조가 군사를 일으킨다는 소문을 들은 관우가 조조에게 찾아왔다.

"제가 선봉에 서서 군사를 이끌어보겠습니다."

조조는 관우가 공을 세우고 떠날 것이 두려웠다.

"급한 일이 생기면 장군을 찾겠소."

마침내 조조도 원소군에 맞서 15만 대군을 이끌고 백마현의 산 위에 진을 쳤다. 안량의 군사들이 벌판에 주둔하고 있는 것이 내려다보였다.

조조는 전날 여포의 휘하에 있던 송헌에게 안량과 맞서보라며 산을 내려보냈다. 송헌이 호기 있게 나섰으나 수합 만에 안량의 칼에 목이 달아났다. 그러자 송헌과 단짝이던 위속이 비분강개했다.

"내가 나가서 송헌의 원수를 갚겠습니다."

조조가 이를 허락하자 위속은 곧장 말을 달려 안량과 대적했다. 그러나 위속은 송헌보다도 더 허무하게 안량의 제물이 되고 말았다.

그러자 조조의 부하 장수 가운데 내노라하는 서황이 나섰다. 그런 서황도 안량과 맞서 수십 합을 싸우다가 힘에 부쳐 되돌아오고 말았다.

조조군에는 더 이상 안량을 대적할 사람은 없어 보였다. 조조군의 사기가 떨어져 어수선한 분위기로 흘러갈 때였다. 모사 정욱이 조조에게 관우를 추천했다.

"관우라면 능히 안량을 상대할 수 있을 것입니다."

"관우라?"

조조는 한참을 생각하다 기어이 속내를 말했다.

"관우는 공을 세우면 유비에게 돌아가겠다고 했네."

정욱은 이미 계산에 있었다는 듯 거침없이 말했다.

"유비가 살아 있다면 십중팔구는 원소에게 있을 것입니다. 관우가 안량을 죽이면 원소와 유비의 사이가 틀어져 끝내는 원소가 유비를 죽일 것입니다. 유비가 죽으면 관우는 갈 곳이 없어질 것이오."

"그렇구나!"

조조는 관우를 불렀다. 조조가 관우와 함께 원소군을 내려다보니 관우가 별 것 아니라는 듯 자신감을 나타냈다.

"저 장수가 안량이오. 한 번 상대해 보겠소?"

"보니 그리 어려운 상대가 아닙니다."

관우는 적토마에 올라타 청룡도를 쥐고 산 아래를 향해 내달렸다. 이내 관우와 안량이 어우러질 찰나였다. 안량이 채 준비하기도 전에 관우의 청룡도가 안량의 목을 베어버렸다.

조조가 이때를 노려 총 공세를 취하자 원소군의 시체가 산더미를 이루었다. 마침내 전열을 가다듬고 관우가 안량의 목을 조조에게 바쳤다. 조조가 관우의 실력을 칭찬하자 관우는 별안간 장비를 거론했다.

"저의 실력은 동생 장비에 비하면 보잘 것이 없소. 장비는 100만 적군들 사이를 헤집고 들어가 적장의 목을 베는데, 주머니 속 물건 꺼내듯 합니다."

조조는 관우의 말만으로도 장비의 무공을 짐작할 만했다. 이내 휘하의 장수들에게 명했다.

"앞으로 장비라는 장수를 보면 함부로 맞서 싸우지 마라."

한편 안량 휘하에 있던 패잔병들은 달아나는 길목에서 원소를 만났다. 그들은 이구동성으로 말했다.

"붉은 얼굴에 긴 수염이 나고 청룡도를 지닌 장수가 안량 장군의 목을 베었습니다."

원소는 병사들이 말하는 인상착의를 가지고 그가 누군지 알아내고자 했다. 그러자 모사 저수가 관우를 지목했다.

유비의 동생이 안량을 죽였다는 말에 원소는 화가 나 유비를 불렀다.

"공의 동생 관우가 안량을 죽였다고 하오. 어찌 이럴 수가 있소?"

원소는 유비를 데려다 참수하라 명했다. 그러자 유비가 다급하게 원소에게 따졌다.

"아직 관우가 어디로 갔는지 행방을 모르는데 어찌 인상착의만 가지고 관우가 안량 장군을 죽였다 할 것이오? 붉은 얼굴에 긴 수염이 나고 청룡도를 쓰는 사람이 어디 관우 뿐이겠소?"

유비가 정색을 하고 말하자 원소의 우유부단함이 다시 수면 위로 떠올랐다.

"내가 너무 성급했던 것 같소. 미안하게 됐소."

유비에게 사과하는 한편 저수를 꾸짖었다.

"네가 확실하지도 않은 것을 고해 애꿎은 유공에게 실례를 했구나."

이때 문추가 안량의 원수를 갚겠다고 나섰다. 문추는 안량과 비교해 우위를 논하기 어려울 정도로 쌍벽을 이루는 하북의 명장이었다.

원소는 문추에게 10만 명의 군사를 주어 출전하게 했다. 유비가 전장에 나서기를 청하자 원소는 10만 명의 군사 가운데 3만 명을 유비에게 맡기고 문추의 뒤를 따르게 했다.

마침내 문추가 조조의 군사에 맞서 진을 쳤다. 조조는 장요와 서항을 시켜 문추와 싸우게 했다. 그러나 장요의 말이 문추가 쏜 화살에 맞아 장요는 말에서 떨어졌고, 서항은 몇 합 싸우고 나서 달아나고 말았다.

문추가 서항의 뒤를 쫓는데 홀연 적토마를 탄 관우가 문추를 막아섰다. 문추는 관우가 한 수 위임을 알고 말머리를 돌려 달아났다. 그러나 관우가 재빨리 따라붙어 청룡도를 내려치자 문추는 말에서 떨어져 죽고 말았다.

문추가 죽었다는 소식이 문추 뒤를 따르던 유비에게 전해졌다.

"안량 장군을 죽였던 장수가 이번에는 문추 장군을 죽였습니다."

유비는 즉시 진영의 앞으로 나가 조조의 진영을 확인했다. 유비는 관우를 확인할 수 있었다.

'아! 관우가 맞구나! 천지신명이시여! 감사합니다.'

그러나 조조군이 몰려들어 유비와 군사들은 다시 물러서야만 했다.

"관우가 틀림없습니다."

관우가 문추까지 죽였다는 소식을 접한 원소는 진노했다.

'이번에야말로 유비를 죽여 장수들의 원한을 갚아주겠다.'

원소는 유비를 불렀다.

"당장 목을 베라."

유비는 원소를 나무랐다.

"관우를 이용해 공의 군사를 치는 것은 나와 공을 갈라놓기 위한 조조의 술수요. 이제 내가 관우가 있는 곳을 알았으니, 내가 부른다고 하면 관우는 모든 것을 버리고 도망쳐 올 것이오."

관우가 자신의 진영으로 올 수 있다는 말에 원소의 화가 누그러졌다.

"관우가 온다면 안량, 문추에 비할 바가 아니겠지."

원소는 일단 후방으로 물러나 진영을 정비했다. 원소가 물러나자 조조도 하후돈에게 본 진영을 맡기고, 자신은 허도로 돌아갔다.

조조가 승전을 기뻐하며 잔치를 벌이고 있을 때 여남에서 황건적의 잔당 유벽, 공도가 발호했다는 소식이 전해졌다. 관우가 그들을 토벌하겠다며 조조에게 청했다.

조조는 안량, 문추의 전사 이후로 관우에 대한 조급증을 덜어낸 터였다. 거리낌없이 관우에게 5만 명의 군사를 주어 여남 땅으로 향하게 했다.

어느 날 관우의 진영에 적의 첩자로 보이는 사람이 잡혀 들어왔다. 관우가 그를 불러 보니 손건이었다.

손건은 서주에서 조조에게 패한 후 여남 땅으로 달아났다가 유벽의 휘하에 들어가 있었다. 유벽을 제압하기 위해 출전한 장수가 관우라는 소문을 듣고 첩자로 가장해 일부러 잡혀 왔던 터였다. 그런데 이때 관우가 상대하고자 하는 유벽과 공도는 원소와 공조를 이루고 있었다.

관우가 그간의 상황을 말했고, 손건은 유비가 원소의 진영에 있다는 소문을 전해 주었다.

"제가 가서 유벽과 공도에게 장군과 싸우는 척하다가 물러나게 하겠습니다. 장군께서는 허도로 돌아가 황숙 부인들을 모시고 황숙께 가십시오."

관우는 손건과 다시 연락을 취하기로 하고 별 일 없다는 듯 손건을 풀어 주었다.

이튿날, 관우가 군사를 이끌어 유벽, 공도의 군사들과 마주 대했다. 역시 손건이 말한 대로 적들은 싸우는 듯 싶더니 상대가 되지 못하는 것처럼 달아나고 말았다.

관우는 승전의 소식을 갖고 허도로 개선했다. 즉시 두 형수에게 달려가 유비가 살아 있음을 알린 것은 당연했다.

이때 조조도 관우가 유비의 행방을 알고 있음을 눈치챘다. 조조는 장요을 불러 관우의 본심을 떠보게 했다. 관우는 장요에게 유비의 행방을 대강 알고 있다며, 곧 조조에게 인사하고 떠날 뜻을 밝혔다.

한편 유비는 관우에게 보낼 마땅한 사람을 구하지 못해 연락을 취하지 못하고 있었다. 그러던 중 원소의 휘하에 있던 진진이 자청하고 나서자 그에게 편지를 써서 관우에게 보냈다. 관우가 의리를 저버리고 있으니, 부귀영화를 원한다면 유비의 목을 내놓겠다는 내용이었다.

관우는 자신의 거처를 찾아온 진진을 통해 유비의 편지를 받아보았다. 이내 관우는 눈물을 흘리며 진진에게 말했다.

"나는 한시도 형님을 잊은 적이 없소. 다만 형님의 행방을 몰랐을 뿐이라오. 이 편지에 있는 대로 부귀영화를 바라서 이렇게 있었던 것은 아니오."

진진은 다 알고 있다는 듯 관우를 달랬다.

"유 황숙께서는 장군을 기다리시오. 어서 황숙께 가십시다."

그러나 관우는 진진에게 편지를 써주며 나중에 가겠다는 뜻을 밝혔다.

"이곳에 올 때와 마찬가지로 떠날 때도 떳떳하게 가겠소."

관우는 진진을 떠나보내고 두 형수에게 가 진진의 일을 고했다. 그리고 작별인사를 위해 조조의 거처로 갔다. 조조는 장요를 통해 곧 관우가 작별을 고하러 올 것을 알고 있었다. 조조는 어떻게든 관우를 놓치고 싶지 않았다.

'관우는 명분을 아는 자이니 내게 인사하지 않고는 떠나지 않을 것이다.'

조조는 문 밖에 '면회를 받지 않는다'는 패를 걸어두었다. 관우는 할 수 없이 다음에 찾아오기로 하고 발걸음을 돌렸다. 그런데 몇 날을 찾아가도 만나주지 않았다. 관우는 작정하고 장요에게 찾아갔으나 장요 역시 병을 핑계삼으며 관우를 만나지 않았다.

'나를 떠나지 못하게 하려는 것이구나. 그렇지만 형님이 계신 것을 알면서 어떻게 여기 남아 있을 수가 있겠는가?'

관우는 조조에게 그 동안의 은공에 감사하다는 정중한 편지를 한 통 썼다. 또 지금까지 받았던 재물들을 한 곳에 잘 정돈해 쌓아두었다.

마침내 두 형수와 가족들을 수레에 태우고, 자신은 청룡도를 들고 적토마에 올라탔다.

관우가 성문을 나서자 조조에게 보고가 올라갔다. 관우가 남긴 편지를 본 조조는 아쉬움에 한숨을 쉬고야 말았다. 그러자 평소 관우를 못마땅하게 생각하던 장수 채양이 조조에게 말했다.

"제가 군사 3천 명을 이끌고 가서 관우를 잡아오겠습니다."

조조는 오히려 채양을 나무랐다.

"옛 주인을 잊지 않는 것은 당연한 일이다. 게다가 오고 갈 때 명분이 있으니 그를 본받아야 할 것이다."

그러나 관우를 잡아 죽여야 한다는 주장이 거듭 이어졌다. 채양에 이어 모사 정욱이 나섰다.

"그를 분수에 넘치게 후대하셨는데 인사도 하지 않고 떠났으니 무례하기 짝이 없습니다. 또 그가 유비를 따라 원소의 편에 설 것이 분명하니 그를 죽이지 않는 것은 후일의 근심거리가 될 것입니다."

조조는 정욱의 말이 끝나자 관우를 대신해 변명했다.

"관우가 나에게 인사를 하지 않고 떠난 것이 아니라 내가 인사를 받지 않은 것이고, 유비가 있는 곳을 알게 되면 그에게 가도록 하겠다고 이미 약속한 것이니 관우가 그 약속을 지키는 것은 당연하오."

조조는 이어 장요를 불렀다.

"관우와 작별인사를 하겠소. 관우를 따라가 내가 갈 때까지 기다리라고 하시오."

관우는 적토마를 타고 있었으나 수레에 탄 유비의 가족들이 있어 빨리 이동할 수 없었다.

"관공! 관공, 기다리시오."

어느 새 조조의 지시를 받든 장요가 관우 일행을 따라와서 조조의 뜻을 전했다. 관우는 유비 가족들이 탄 수레를 먼저 가도록 하고 장요와 함께 조조를 기다렸다. 그러면서도 다시 한 번 떠나려는 의지를 확고히 했다.

"나를 잡으려 한다면 끝까지 싸울 것이오."

얼마간의 시간이 지나고 관우가 있는 곳에 조조와 여러 명의 장수가 말을 타고 달려왔다. 조조가 관우에게 먼저 말을 건넸다.

"운장은 어찌 그리 서둘러 가시오?"

관우는 말 위에 탄 채 몸을 굽혀 인사했다. 그리고 유비가 하북에 있는 것을 알았으니 약속대로 떠나려 한다는 것과 여러 번 인사를 갔으나 만나지 못해 편지를 써놓고 왔다는 것을 알렸다.

"지난날의 약속을 잊지 마시고 저를 가도록 해주시오."

조조는 헤어질 때가 왔음을 알았다.

"물론이오. 약속대로 보내줄 것이오. 다만 장군이 가는데 인사를 하러 왔을 뿐이오."

그러자 한 장수가 나서서 황금을 담은 소반을 관우에게 내밀었다. 조조가 부연했다.

"노자로 쓰시오. 운장에 대한 내 마음이오."

그러나 관우는 황금을 받지 않고, 공이 있는 군사들에게 나눠주라고 했다. 그러자 조조가 섭섭함을 표하며 비단옷이나마 선물하겠다는 뜻을 전했다. 다른 장수가 말에서 내려 두 손으로 비단옷 한 벌을 관우에게 내밀었다. 관우는 말에서 내리지 않고 청룡도를 뻗어 옷을 받은 후 걸쳐 입었다.

"이만 물러가겠습니다."

관우는 짧은 인사를 마친 후 앞서 간 일행을 향해 말을 달렸다.

관우와 일행은 그날 밤 한 농가에서 머물게 되었다. 집주인은 머리가 하얀 노인이었다. 관우는 집주인과 통성명을 하게 되었다.

"관우라고 합니다."

"안량과 문추를 벤 그 관우 장군이시오?"

"그렇습니다."

"나는 호화라고 하오."

호화는 환제 때 의랑 벼슬을 살다가 낙향한 처지였다. 그의 아들 호반은 형양 태수 왕식의 밑에서 종사로 있었다.

"장군이 내 아들 있는 곳을 지날 것이니 편지를 내 아들에게 전해 주시겠소?"

"그렇게 하겠습니다."

이튿날 관우는 호화의 집을 떠나 동령관에 닿았다. 동령관 관문은 공수가 지키고 있었다.

"장군은 어디로 가시오?"

"유 황숙을 만나러 하북으로 가오."

"하북 땅은 원소의 땅인데 통행증을 받았소?"

"바삐 오느라 통행증은 받지 못했소."

"그럼 허도로 사람을 보내 허락을 받은 후에 통과시켜 드리겠소."

관우는 갈 길이 바빴다. 어서 가서 유비를 봐야만 했고, 꾸물거리다가 조조가 마음을 돌려 먹으면 낭패였다.

서둘러 가야겠다고 우겼으나 공수가 길을 막아서자 상대해 싸울 수밖에 없었다. 관우의 청룡도가 번쩍 하자 공수의 목이 잘리고 말았다. 공수는 500명의 군사를 거느리고 있었으나 공수의 죽음에 맞서 아무도 나서지 못했다. 관우는 동령관을 지나 북쪽으로 길을 재촉했다.

다음 거쳐갈 곳은 낙양이었다. 낙양 태수 한복은 관우가 이미 동령관에서 공수를 죽인 소식을 접하고 있었다. 한복의 휘하에 있던 맹탄이 한복에게 계책을 말했다.

"관우는 안량과 문추를 쉽게 죽였으니 힘으로는 그를 상대할 수 없습니다. 제가 관문 밖에서 싸우는 척하다 그를 유인할 테니 활로 말을 쏘아 사로잡으시오. 관우를 잡아 허도로 보내면 큰 포상을 받을 것이오."

한복이 수긍하자 맹탄은 관문 밖으로 나가 1천 명의 군사를 주둔시켰다. 시간이 지나자 관우가 수레를 호위하고 달려왔다. 맹탄이 길을 막아섰다.

"누구시오?"

"나는 편장군 관우요. 유 황숙을 만나기 위해 하북으로 가고 있소."

맹탄이 다시 통행증을 문제삼자 관우는 싸우는 수밖에 도리가 없었다. 맹탄이 싸우는 척하다 미리 세운 계책대로 달아나려 하는데 관문 앞에 이르러 예상치 못하게 관우에게 따라잡히고 말았다.

"앗!"

외마디 비명과 함께 맹탄은 두 조각이 나고 말았다. 이때 관문 안에서 관우를 향해 활을 당겼다. 화살은 관우의 왼쪽 팔을 파고들었다. 관우는 아무렇지도 않게 활살을 입으로 물어 뽑아내고 관문을 향해 돌진하니 막아설 자가 없었다. 관우는 낙양 태수 한복을 청룡도로 내리쳐 죽여 버렸다.

관우는 그제야 옷을 찢어 화살에 맞은 상처를 동여맸다. 그 길로 낙양 관문을 통과한 관우 일행은 쉬지 않고 달려 기수관에 닿았다. 기수관 관문은 변희가 지키고 있었다. 변희는 관문과 가까운 진국사라는 절에 부하들을 숨겨놓고 관우를 환대하는 척했다.

"장군의 명성은 익히 들어 알고 있습니다. 과거의 인연을 잊지 않고 유황숙을 찾아가시니 그 충절이 대단하시오."

관우는 그간의 행적을 설명하고, 우선 조조에게 미안한 마음을 전했다.

"사정이 어쩔 수 없어 길을 막는 공수와 한복을 죽게 하였습니다."

변희도 어쩔 수 없는 일이 아니냐며 조조에게 잘 말해 주겠다고 약속했다. 그리고 관우를 인도해 진국사로 들어섰다.

진국사에는 관우와 고향이 같은 보정이라는 승려가 있었다. 보정은 관우에게 인사를 하며 눈짓으로 변희의 계략을 알려주었다.

관우는 보정이 마련한 잔칫상 앞에서 변희에게 큰 소리로 꾸짖었다.

"네가 나를 속이려 하느냐?"

계책이 드러난 변희가 부하들에게 명을 내렸다.

"이자를 죽여라!"

숨어 있던 변희의 부하들이 한꺼번에 관우에게 덤벼들었으나 관우가 꺼내 든 칼이 몇 번 춤을 추니 모두 이 세상 사람이 아니었다. 변희는 놀라 달아나다가 뒤돌아서 수합을 싸웠으나 관우가 바꿔 든 창에 기어이 목이 달아나고 말았다.

관우는 가족들이 무사한 것을 확인하고 보정을 찾아 고맙다는 인사를 했다.

기수관 다음은 형양 땅이었다. 형양 태수 왕식은 관우에게 죽은 낙양 태수 한복과 인척간이었다. 왕식은 한복의 원한을 갚고자 관우가 오기를 기다리고 있었다. 마침내 관우가 형양에 도착하자 왕식은 일단 관우를 환대해 숙소로 안내했다. 그리고 종사 호반을 불렀다.

왕식은 호반에게 1천 명의 군사로 관우 일행의 숙소를 에워싸게 했다.

"삼경을 울리는 북소리가 나면 그것을 신호로 관우가 머무는 숙소에 불을 질러라. 한 사람도 살아 나가면 안 된다."

호반은 그날 밤 왕식의 명에 따라 군사를 배치했다. 그런데 호반은 관우의 소문을 익히 들었던지라 관우의 형상을 보고 싶었다. 호반이 넌지시 관우를 보니 붉은 얼굴에 수염이 긴 것이 신선 같다는 느낌을 받았다. 감탄이 절로 나오지 않을 수 없었다.

"아!"

그런데 이 소리가 관우의 귀에 들렸다.

"거기 누구요?"

호반은 무의식 중에 대답했다.

"태수 밑에 있는 종사 호반이라고 합니다."

관우가 그제야 길을 떠난 첫날 묵었던 집주인을 생각해 냈다.

"그럼 호화 노인의 자제요?"

"예, 그렇습니다."

관우는 호화가 준 편지를 아들 호반에게 건넸다. 호반이 받은 편지에는 안부 외에도 관우가 천하의 영웅이자 충신이라는 내용이 들어 있었다.

'이런! 내가 큰 실수를 할 뻔했구나!'

호반은 왕식의 음모와 바깥의 분위기를 관우에게 모두 털어놓았다.

호반은 관우 일행을 인도해 성문 밖으로 나가게 하고 되돌아와 계획에 있었던 대로 관우가 묵었던 숙소에 불을 질렀다.

관우가 서둘러 일행을 독려해 형양 땅을 빠져나가는데 뒤에서 횃불을 든 군사들이 뒤를 쫓고 있었다. 선두에 형양 태수 왕식이 있었다. 관우가 도망친 사실을 안 왕식이 뒤늦게 관우를 추격해 온 것이었다. 그러나 관우가 적토마를 달려 청룡도를 휘두르니 왕식은 두 토막이 나고 말았다.

관우는 형양 땅을 벗어나 마침내 황하(황허강)를 끼고 있는 활주에 도착했다. 황하를 건너면 조조의 손에서 벗어나게 되는 것이었다.

활주 태수 유연은 관우가 안량의 목을 베어 버림으로써 원소의 위협에서 벗어났기 때문에 관우 일행이 오자 반겨 맞이했다.

유연은 관우에게 위해를 가하지는 않았지만 관우가 황하를 건너는데 도움을 주지도 않았다. 나중에라도 조조가 그 사실을 알게 되면 벌을 받을까봐 두려웠기 때문이었다. 다만 길을 일러주는 것으로 관우와의 관계를 접었다.

"황하의 나루터는 하후돈의 장수 진기가 지키고 있습니다. 그런데 쉽게 배를 빌려 타기 어려울 것입니다. 제가 해드릴 수 있는 것은 여기까지입니다."

관우도 쉽지 않을 것이라 짐작하고 있었다. 유연에게 인사하고 나루터로 향했다.

유연의 말대로 황하의 나루터는 진기가 지키고 있었다. 진기는 앞의 관문에서와 마찬가지로 관우에게 통행증을 보여달라고 했다

이내 예의 말다툼이 이어지고, 진기가 칼을 들고 관우에게 달려들었다. 안량, 문추의 목을 벤 관우였다. 하후돈의 부하 장수 정도는 상대가 되지 않았다. 순식간에 진기의 목은 땅에 떨어지고 말았다.

마침내 관우는 두 형수와 가족들을 배에 태워 황하를 건너 조조의 관할에서 벗어났다. 다섯 관문을 지나면서 여섯 장수를 죽인 험난한 여정이었다.

다시 만난 형제들

⁂ · · · · · ·

황하 건너는 원소의 관할에 있었다. 조조로부터 벗어난 관우는 간신히 숨을 돌렸으나 유비를 만나기까지 어떤 역경을 더 헤쳐야 할지 모를 일이었다. 관우는 유비가 거처하고 있다는 원소의 본거지 하북으로 방향을 잡아 길을 재촉했다.

"장군, 잠깐 기다리시오."

관우가 한참 가고 있는데 말발굽 소리와 함께 누군가가 관우를 부르는 소리가 들렸다. 관우가 자세히 보니 손건이었다.

"지난번에는 여남에 계시더니 어찌 여기에 계시오?"

손건은 여남에서부터의 일을 관우에게 차근차근 설명했다.

관우가 허도로 돌아간 뒤에도 손건은 유벽의 휘하에 남았다. 그로부터 얼마 뒤 유벽과 공도는 재차 여남 땅을 점령했다. 손건은 원소와 연대해 조조를 치고자 하북으로 갔다. 그러나 원소의 진영은 부장들과 모사들의 권력 싸움으로 혼란이 극에 달해 있었다. 손건은 유비와 함께 여남 땅으로 돌아갔다가 관우에게 가는 길이었다.

관우는 손건의 안내에 따라 유비가 있는 여남 땅으로 말머리를 돌렸다. 이때 하후돈과 300여 기의 말이 흙먼지를 날리며 관우를 쫓아왔다. 조조는 관우를 보내주었지만, 관우가 관문을 지나며 죽인 장수들의 원한을 갚기 위해 황하를 건너온 것이었다.

조조는 이 같은 일이 일어날 것을 예견하고 장요를 보내 관우가 가는 길을 막지 않도록 일렀다. 하후돈은 조조의 뜻을 거역하지 못하고 돌아갔다.

관우 일행은 여남 땅으로 길을 재촉하던 중 와우산이라는 곳에서 황건적의 잔당인 주창과 배원소를 만났다. 관우의 명성을 익히 들은 바 있는 이들은 휘하의 졸개들을 이끌고 관우의 부하가 되겠다고 청했다. 그런데 유비의 두 부인이 이들과 동행하는 것을 원치 않았다. 그러나 주창과 배원소가 뜻을 굽히지 않아 관우는 고민하다가 주창의 면모가 보통사람이 아니라는 생각에 주창의 부하들은 배원소에게 넘기고 주창만을 데리고 가기로 했다. 배원소는 부하들과 와우산에 머물면서 후일 주창과 합류하기로 했다.

관우 일행이 한참을 더 가다가 망탕산이라는 곳에 이르니 고성이라는 성이 나타났다. 관우는 마을사람으로부터 뜻밖의 소식을 접하게 되었다.

"몇 달 전 장비라는 장수가 군사를 이끌고 와서 관리들을 쫓아내고 저 성을 차지했습니다. 그 장수는 성에서 군사들을 모으고 군량을 비축해 지금은 수천 명의 군사를 거느리고 있답니다. 이곳에서는 아무도 맞설 생각을 하지 않습니다."

관우는 장비가 가까이 있다는 소식에 기쁨을 감추지 못했다. 관우는 손건을 장비에게 보냈다.

"어서 장비에게 가서 우리가 왔다는 것을 알려 두 분 형수님을 모시도록 하게."

손건은 장비를 만나 유비가 여남 땅에 있다는 것과 관우가 형수들과 함께 근처에 있다는 소식을 전했다.

장비는 관우의 소식을 듣자 아무런 말도 없이 창을 들고 말에 올라탔다. 그리고 군사들을 이끌고 성을 나섰다. 손건은 묵묵히 장비의 뒤를 따랐다. 장비는 관우가 있다는 곳으로 말을 몰았다.

관우는 멀리서 장비가 말을 타고 오자 반가움이 앞섰다. 급히 말에 올라

타 장비를 맞으러 갔다. 그러나 장비의 표정은 심상치 않았다.

"네 이놈!"

큰 고함과 함께 장비는 관우를 향해 창을 휘둘렀다. 관우는 간신히 장비의 창을 피했으나 장비는 계속해서 관우를 향해 창을 내둘렀다. 관우는 날카로운 장비의 창을 피하며 장비에게 소리쳤다.

"아우, 왜 이러는가?"

장비는 대수롭지 않다는 듯 대꾸했다.

"너는 의리를 저버린 놈이다."

관우가 장비의 창을 피하며 의형제를 맺은 자기에게 왜 창을 휘두르는지 장비의 뜻을 몰라 연유를 물었다. 장비는 관우가 조조의 곁에 머물면서 벼슬까지 받자 관우가 조조에게 뜻을 굽혀 항복한 것으로 오해했던 것이었다.

"조조에게 붙어 벼슬까지 받았으니 형님을 배반한 것이 아니냐?"

장비는 주체할 수 없이 화를 내며 관우를 상대로 싸우고자 했다.

'그간의 사정을 말해 주어도 이성을 잃은 장비가 믿어줄 것 같지 않구나.'

관우는 형수들이 계신 수레쪽으로 향했다.

"내 말을 믿지 않을 테니 여기 계신 형수님께 그간의 사정을 여쭤보아라."

유비의 부인들은 지금까지의 일을 장비에게 설명했다. 그러나 장비는 형수들의 말조차 믿으려 하지 않았다. 손건도 나서서 관우의 충심을 알렸으나 장비는 손건의 말을 막았다.

"그럴 리 없다. 저놈은 나를 잡으러 온 것이다."

관우는 어이가 없었으나 동생 장비의 오해를 풀어야만 했다.

"억지 부리지 말게나. 동생을 잡으러 왔으면 군사를 거느리고 왔을 것 아닌가?"

이때 관우의 등 뒤로 조조의 장수 채양이 군사들을 이끌고 관우를 쫓아왔다. 관우가 황하 나루터에서 죽인 하후돈의 부하 진기는 채양의 조카였다. 채양은 관우가 조조의 곁에 있을 때부터 못마땅하게 생각하다가 조카

진기까지 죽자 참지 못하고 관우를 쫓아온 것이었다.

장비는 채양과 그의 군사들이 관우를 따르는 것으로 생각했다. 관우가 조금 전 한 말에 답이라도 하듯 조조의 군사들이 몰려오자 장비는 더욱 화가 치밀어 올랐다.

"네 뒤에 있는 것은 군사가 아니냐?"

관우는 그제야 뒤를 돌아보고 채양의 접근을 알게 되었다.

'잘됐다!'

관우는 채양의 목을 베어 결백을 증명하겠다고 장비를 설득했다. 장비는 북을 세 번 치는 동안 채양의 목을 베어오라고 했다.

관우가 채양을 향해 말머리를 돌리니 채양이 어느덧 관우의 눈 앞에 있었다.

"내 조카의 원수놈!"

채양이 먼저 관우를 향해 칼을 휘둘렀다. 그러나 그것이 끝이었다. 관우의 청룡도가 번쩍 하자 채양의 목이 달아나고 말았다. 채양이 데리고 온 군사들은 혼비백산해 도망쳤다.

관우는 도망가는 군사들 가운데 깃발을 든 군사 한 명을 잡아 장비에게 데려왔다. 붙잡혀온 군사는 관우가 조조의 곁에 있게 된 사연부터 관우가 조조를 떠난 이후의 행적까지 장비가 묻는 대로 대답했다.

"형님, 무례를 용서하시오. 조조의 밑에 있다는 소식을 듣고 피가 거꾸로 치솟았습니다."

"아우 마음 충분히 이해하네."

장비는 비로소 오해를 풀고 관우에게 무례를 범한 것에 대해 정중히 사죄했다.

이때 성밖에 10여 명의 군사들이 접근하고 있다는 보고가 장비에게 전해졌다. 장비가 급히 성문으로 가 보니 미축과 미방 형제였다. 이들 형제는 서주를 빼앗긴 후 숨어살다가 우연히 장비의 소식을 듣고 고성으로 달려온 것이었다.

미축과 미방은 장비는 물론 관우와 유비의 두 부인까지 만나게 되자 뛸 듯이 기뻐했다.

장비도 다시 한 번 관우에게 사죄하고 감회에 젖었다. 장비는 이내 잔치를 벌였고, 서로의 지난 이야기로 밤은 깊어만 갔다.

이튿날, 장비는 아침부터 분주했다.

"어서 가서 큰형님을 찾아뵙시다."

관우는 장비를 진정시켰다.

"내가 먼저 가서 형님을 찾아뵐 것이니 동생은 형수님들을 편히 모시게."

관우는 손건과 함께 유비를 찾아 여남으로 향했다. 그러나 유비는 여남 군사들의 세력이 작은 것을 알고 여남을 떠나 기주의 원소에게 돌아간 후였다.

관우와 손건은 하는 수 없이 장비가 있는 고성으로 돌아왔다. 관우는 유비를 찾아 고성으로 모시기로 했다. 장비에게 성을 굳건히 지킬 것을 당부한 관우는 다시 유비를 찾아 나섰다.

이번에도 손건이 관우를 따랐다. 관우는 주창에게 와우산에 있는 배원소와 5백여 명의 군사들을 이끌어 차후 자기를 지원하도록 했다. 주창은 관우의 명을 받들어 배원소가 있는 와우산으로 출발했다.

수일 만에 관우와 손건은 하북 땅에 도착했다. 만일을 대비해 관우는 관정이라는 사람의 집에 머물러 있었고, 손건이 기주성으로 들어갔다.

유비를 만난 손건은 관우와 장비의 소식을 전했다. 유비는 동생들의 소식을 듣고 매우 기뻤지만 기뻐하고만 있을 수는 없었다. 원소의 손에서 벗어나는 일이 쉽지 않기 때문이었다.

지난날 손건과 함께 서주성에 있었던 간옹이 유비와 손건에게 계책을 말했다.

"조조를 치기 위해 형주의 유표와 동맹을 맺고 오겠다고 하면 원소가 황숙을 보내줄 것입니다."

유비는 원소에게 가서 형주로 가기를 청했다. 또 원소가 탐을 내는 관우를 데려온다는 핑계로 손건이 성을 나가도록 했다.

원소는 유비의 뜻을 받아들여 형주행을 허락했다.

잠시 후 간옹은 원소에게 와 유비를 믿을 수 없으니 자신이 함께 가 감시하겠다고 청했다.

마침내 손건이 관우에게 가 먼저 소식을 알렸고, 유비와 간옹이 함께 기주성을 나서 관우가 있는 관정의 집에 도착했다. 관우가 뛰어나와 유비를 맞으니 이내 집은 울음바다로 변하고 말았다.

"형님!"

"동생, 그래 이게 얼마만인가?"

두 형제가 그간의 노고를 위로하고 관정의 집을 나서려 할 때였다. 관정이 자신의 둘째 아들을 관우의 양자로 삼고 싶다고 청했다. 관우는 그 뜻을 받아들여 18살의 늠름한 청년 관평을 양자로 삼았다.

유비와 관우 일행은 관정에게 인사하고 주창과 배원소가 기다릴 와우산으로 향했다.

그런데 유비와 관우가 와우산 인근에 도착하니 주창이 몇십 명의 군사들과 함께 전쟁을 치른 행색을 하고 이들 앞에 나섰다.

관우는 크게 놀라 사유를 물었다.

"무슨 일이냐?"

"날랜 장수 하나가 배원소를 창으로 찔러 죽이고 산채를 차지해 버렸습니다. 제가 싸워보았지만 적수가 되지 못해 상처만 입고 이렇게 도망쳤습니다."

단신으로 산채를 점령한 그 장수는 주창과 배원소의 군사들에게서 항복을 받아 모두 차지해버렸다는 것이었다.

관우는 자신의 군사들을 가로챈 그 장수를 치기 위해 주창을 앞세워 산

채로 향했다. 유비는 관우의 뒤를 좇았다. 관우와 주창이 산채 앞에 다다르니 상대 장수도 달려나와 곧 싸움을 시작할 태세였다.

갑자기 관우의 뒤에서 유비가 큰 소리로 싸움을 말렸다.

"동생, 싸움을 멈추게!"

관우가 의아해 하는데 상대 장수 역시 유비의 소리에 놀라 잠시 주춤거렸다.

유비가 앞으로 나와 상대 장수를 향해 섰다.

"조자룡 장군이 아닌가?"

상대 장수는 공손찬 아래에 있던 조운이었다. 조운은 유비를 알아보고 깍듯이 예를 차렸다.

"황숙님."

유비와 조운은 반가움에 앞서 공손찬에 대한 아쉬움을 달래야 했다.

공손찬이 원소에게 패해 자결한 후 조운은 원소의 휘하에 들기를 거부하고 1대의 군사를 규합해 유비를 찾아 나섰다. 그러나 유비는 조조에게 서주를 빼앗긴 후 원소에게 의탁했던 때였다. 수소문 끝에 조운은 장비의 소문을 듣고 군사들을 이끌고 고성으로 가던 중 와우산에서 황건적의 잔당인 배원소를 만나 싸우게 된 것이었다.

조운은 유비의 휘하에 들기를 청했다.

"부디 황숙께서 저를 이끌어주셨으면 합니다."

마다할 유비가 아니었다. 이미 조운의 실력을 알고도 남음이 있었지만 유비와 막역한 관계에 있던 공손찬의 휘하에 있었기 때문에 선뜻 자기 곁에 두지 못했던 터였다.

"그대가 나를 알아주니 고마울 따름이오. 내 천군만마를 얻은 듯하네."

유비가 관우, 관평, 조운, 손건, 간옹, 주창과 아울러 장비가 있는 고성으로 향하니 그 세력은 서주에서의 그것과 비교해 미약하기 짝이 없었으나 재기를 도모할 수 있는 정도는 되었다.

마침내 장비가 성문을 열고 나와 미축, 미방 형제와 함께 유비 일행을 맞이했다.

"형님! 장비 인사 올립니다."

"동생! 다행히 이렇게 만나는구나!"

한참을 울던 장비가 유비를 성 안으로 모시고 들어가 유비와 두 부인을 상봉시켰다. 또 한 차례 여기저기서 흐느낌이 있은 후 마침내 고성은 기쁨으로 가득 찼다.

유비, 관우, 장비 삼형제와 성 안의 사람들은 큰 잔치를 베풀고 새삼 형제의 정을 확인했다.

며칠 후 고성이 안정을 찾아갈 무렵, 유비는 사람들을 불러 장래의 일을 논했다.

"지난날 헤어졌던 우리가 다시 만났으나 이곳 고성은 큰일을 도모할 수 있는 곳이 되지 못한다."

모두들 고개를 끄덕이는데 여남에서 유벽과 공도가 보낸 사자가 도착했다. 유비가 고성에 왔다는 소식을 들은 유벽과 공도는 유비에게 여남을 맡아달라고 청했다. 유비는 1대의 군사로 고성을 수비하게 하고, 주저없이 여남 땅으로 향했다.

관도대전

유비가 유표에게 동맹 맺으러 간다는 핑계를 대고 떠나 형제들을 만나고, 마침내 여남 땅에 자리를 잡았다는 소식을 들은 원소는 기분이 언짢았다.

'내가 그토록 잘 대해주었건만 나를 속이고 떠나다니.'

원소는 유비에 대한 배신감이 커져 여남을 치고자 했다. 그러나 모사 곽도는 유비를 치기에 앞서 조조에 대한 방비를 서둘러야 한다고 주장했다. 원소는 손책과 연합해 조조에 맞서기로 하고 진진을 사자로 삼아 손책에게 보냈다.

이 무렵 손책은 강동에서 승승장구하며 그 위세를 크게 떨치고 있었다. 동오(오나라, 손오)의 영토가 6군에 이르는 가운데 곡식이 풍족하고 군사들의 사기가 높아 어느덧 조조의 견제를 받을 정도였다.

그러던 어느 날 오군 태수 허공이 조조에게 손책을 맹렬하게 비난하면서 손책을 잡아 없애야 한다는 내용의 편지를 써서 손책을 견제하려 했다. 그러나 사자가 도중에 잡혀 그 편지가 손책의 손에 들어가고 말았다. 이에 손책이 허공을 죽이고 말았다.

허공 휘하의 사람들은 원한을 품고 손책을 죽이려고 했다. 이들은 손책이 사냥하는 날을 잡아 손책을 기습했으나 도리어 손책에게 살해당했다. 그러나 이때 손책도 기습을 당해 중상을 입었고 생명이 위독했다. 뒤늦게 달려온 정보의 도움으로 간신히 목숨을 건졌으나 큰 상처를 입었다.

손책은 안정이 필요했으나 허도를 치고자 하는 의욕이 앞서 있었다. 그러던 차에 원소가 보낸 사자 진진이 손책에게 와서 제휴를 맺고 조조를 치자고 제안한 것이었다.

손책은 크게 기뻐하며 진진을 위해 잔치를 베풀었다. 그런데 잔치 자리에 있던 사람들이 일어나 성을 내려가는 것이 아닌가? 손책이 의아해 옆 사람에게 물었다.

"무슨 일이냐?"

그러자 옆에 있던 사람이 손책에게 이해하지 못할 말을 전했다.

"지금 우길이라는 신선이 지나가고 있습니다. 그래서 사람들이 그에게 절하러 내려간 것입니다."

손책이 그 말을 듣고 내려다보니 휘하의 장수들을 비롯해 많은 백성들이 한 노인 앞에 엎드려 절하고 있었다.

손책은 백성들을 현혹시킨다고 생각해 그 노인을 가리키며 명을 내렸다.

"저놈을 당장 잡아오너라!"

어머니를 비롯해 주위 사람들이 선인을 다치게 해서는 안 된다고 손책에게 간했다. 그러나 손책은 도인 우길을 옥에 가둔 후 그가 도술로 바람과 비를 불러 올 수 있다는 것을 알고 끝내 사람들을 현혹시킨다는 죄를 물어 처형시키고 말았다.

이날 이후로 손책에게 헛것이 보이기 시작했다. 죽은 우길이 밤낮으로 나타나서 손책을 위협하는 것이었다. 손책이 우길에게 모든 정신을 빼앗길수록 분노는 더욱 커져만 갔다.

그러나 손책은 이미 큰 부상을 입어 안정을 취해야 하는 상태였다. 분노는 손책의 병을 심화시켜갔다. 어느 날, 기어이 손책 몸의 상처가 터져버리고 말았다. 손책은 목숨이 다한 것을 알고 동생 손권을 불러앉혔다. 그리고 주위의 부하들에게 선언했다.

"내 동생 권에게 오월 땅을 물려줄 것이니 권이 뜻을 펼칠 수 있도록 잘 받들라!"

손책은 손권에게 어진 사람을 중용하라고 이르는 한편 어려운 일은 주유와 상의하게 했다. 손책은 손권과 아내에게 어머니를 잘 모시도록 유언하고 세상을 떠났다. 소패왕으로 불리며 한 제국의 기틀을 일군 손책의 나이 27세였다.

손책의 뒤를 이은 손권은 손책을 후하게 장사지냈다. 또 손책의 유언대로 주유를 불러 국사를 당부했다. 주유는 손책에게 노숙을 추천했고, 노숙과 함께 제갈근이 모사가 되어 손권을 모셨다. 손권은 동오를 안정적으로 통치하면서 한편으로 황제가 되기 위한 원대한 꿈을 가슴에 품게 되었다.

조조는 손책의 죽음과 손권이 뒤를 이었다는 소식을 듣고 손권을 회계 태수로 봉해 우호를 다졌다.

원소는 손책이 죽고 손권과 조조의 사이가 좋아졌다는 소식을 접하고, 더 이상 기다리지 못하고 조조를 치기 위해 군사를 일으켰다.

이때 원소 휘하의 모사들 사이에 다시 의견이 분분해졌다. 전풍이 아직 군사를 일으킬 때가 아니라고 하자 봉기는 전풍의 뜻이 의심스럽다고 모함했다. 원소는 전풍을 옥에 가두고 70만 대군을 이끌어 출전을 감행했다. 이번에는 저수가 적의 군량이 넉넉하지 못하다는 것을 알고 천천히 싸울 것을 주장하다가 역시 옥에 갇히고 말았다.

원소가 이끄는 70만 대군은 허도로 향하는 길목 양무에 진을 쳤다.

조조는 원소의 군사에 맞서 순욱에게 허도를 지키게 하고 7만 명의 군사를 이끌고 양무로 향했다.

조조는 저수가 파악한 대로 군량이 넉넉하지 못해 속전을 치르기로 했다. 즉시 명을 내려 3천 명의 군사로 원소의 진영을 치게 했으나 몇 배나 많은 군사들에 쫓겨 수십 리 떨어진 관도 땅으로 퇴각했다. 원소군도 조조군을 쫓아 관도 땅으로 진격해 서로 대치하게 되었다.

원소는 많은 병력을 앞세워 수십 개의 흙산을 만들었다. 흙산 위에서 화살을 날리자 조조군은 어찌 할 바를 몰랐다. 조조는 돌을 날리는 장치를 만들어 원소의 군사들이 흙산 위로 올라가지 못하도록 했다.

원소는 흙산이 쓸모가 없어지자 기습을 위해 땅굴을 파들어 갔으나 조조 측에서 미연에 감지하고 이도 막아버렸다.

이렇게 두 달 정도의 시간이 흐르자 조조군의 군량이 바닥을 드러내게 되었다. 조조군의 사기는 점차 떨어지고 있었다. 조조는 허도로 사람을 보내 순욱에게 군량을 청했다. 그런데 조조가 보낸 사람이 원소 휘하의 허유에게 잡히고 말았다.

허유는 편지를 원소에게 보이고 관도를 에돌아 허도를 칠 것을 주장했다.

"지금 조조가 이곳에 나와 우리와 대치하고 있으니 이때 허도로 진격하면 쉽게 점령할 수 있습니다."

그러나 원소는 허유의 말을 무시했다. 게다가 허유를 모함하는 사람의 말만 믿고 오히려 허유가 다른 흉계가 있는 것처럼 대했다. 원소가 자기의 뜻을 받아주지 않자 허유는 어릴 적 조조와의 친분을 생각하고 원소를 떠나 조조에게 항복해 버렸다.

조조가 맨발로 뛰어나와 반기자 허유는 중요한 정보를 주었다.

"원소는 1만여 수레의 식량과 무기를 오소에 두고 있네. 방비가 허술한 편이니까 자네가 기습을 하여 불태운다면 사흘 안에 원소의 군대는 달아날 것이네."

조조는 허유의 계책에 따라 오소 땅에 있는 원소의 군량을 모조리 불살라버렸다.

원소는 조조가 비어 있는 틈을 노렸다. 장합과 고람에게 군사를 주어 적 진영을 공격하도록 했다. 그러나 진영을 지키는 장수들과 군량을 태우고 돌아온 군사들이 힘을 합쳐 싸우니 장합과 고람은 간신히 목숨만을 건져 달아나고 말았다.

그런데 원소 곁에 있던 곽도가 장합과 고람을 모함했다.

"장합과 고람은 조조에게 항복하려는 뜻이 있어 열심히 싸우지 않았습니다."

원소는 그 말을 믿고 장합과 고람을 죽이려 하였다. 이에 배신감을 느낀 장합과 고람은 조조에게 항복하고 말았다. 장합과 고람은 조조군의 선봉이 되어 원소의 진영으로 쳐들어갔다. 원소는 뜻밖의 야습으로 군사의 반 가까이를 잃게 되었다. 게다가 원소는 조조가 퍼뜨린 헛소문을 믿고 군사 10만 명을 둘로 나누어 각기 다른 곳을 지키도록 보내버렸다.

이로써 원소 진영의 병력이 많이 줄어들자 조조가 총 공세를 펼쳤다. 원소는 남은 병력을 모두 잃은 채 겨우 8백여 기병의 호위를 받으며 황하를 건넜다. 원소는 여양에서 군사를 추스른 후 기주로 귀환하고 말았다. 관도대전 이후 원소의 주력 부대는 무너졌다.

한편 원소를 따라 나섰다가 옥에 갇혔던 저수는 조조에게 잡혀 죽음을 맞았고, 원소의 출전을 반대했던 전풍은 봉기의 거듭된 모함을 받아 원소가 귀환하기 전 처형되고 말았다.

원소는 기주로 돌아와 잠시 세자 책봉의 일에 몰두했다. 원소는 셋째 원상을 후계자로 점찍고 있었다. 그런데 원소가 결정을 내리기 전에 마침 장남 원담이 5만 명의 군사를, 차남 원희가 6만 명의 군사를 이끌고 기주로 왔다. 여기에 원소의 조카 고간도 군사 5만 명을 이끌고 왔다.

다시 대군을 거느리게 된 원소는 조조에게 복수하겠다고 작정하고 군사를 일으켰다. 원소는 창정 땅에 진을 쳤다.

이 소식을 들은 조조는 모사 정욱의 의견을 받아들여 십면매복의 전략을 세웠다. 황하에 배수진을 치고 군사를 열로 나눠 매복시킨 것이다.

이날 조조 휘하의 허저는 작전대로 원소 진영으로 쳐들어갔다가 못이기는 척하고 황하까지 퇴각했다. 그러자 때를 놓치지 않고 조조가 명을 내렸다.

"뒤는 황하 강물이다. 죽고 싶지 않으면 나가 싸우라!"

이에 허저가 이끄는 군사들은 갑자기 등을 돌려 깊숙이 들어온 원소군을 상대로 전력을 다했다. 원소의 군사들이 그 기세에 눌려 뒤로 물러서는데 양쪽에서 매복한 군사들이 나타나 쫓기는 군사들을 살육했다. 이러기를 다섯 차례, 10곳에 매복한 군사들이 차례로 나가 쫓기는 적의 후방을 치니 원소의 목숨마저 위태로워졌다. 마침내 원소는 세 아들에 둘러싸여 피를 토하는 지경에 이르렀다.

원소는 간신히 목숨을 건져 가장 아끼는 셋째 원상과 함께 기주로 돌아갔다. 원소는 원상에게 정사를 맡기고 병상에 눕는 신세가 되었다. 다른 사람들은 후일을 도모하며 원담은 청주로, 원희는 유주로, 고간은 병주로 각각 흩어졌다.

원씨가의 멸망

※ · · · · · · ·

관도대전과 창정에서의 전투를 승리로 이끈 조조는 기주로 진격할 것인지를 숙고했다. 그러나 때는 농사철이었다. 조조는 농사철이 끝나기를 기다려 다시 전쟁을 수행하기로 했다. 이렇게 뒷일을 수습하고 있는데 허도를 지키고 있는 순욱이 조조에게 사람을 보내 심상치 않은 보고를 했다.

"여남의 유비가 허도가 비어 있는 틈을 타 유벽과 공도의 군사들을 이끌고 허도로 진격하고 있습니다. 속히 허도로 돌아가셔야 합니다."

원소와의 싸움을 중단하기로 한 마당이라 조조의 분노는 유비에게 향했다.

'드디어 유비가 내게 덤벼드는구나! 이번 기회에 뿌리를 잘라야 한다.'

조조는 일부 군사를 황하 인근에 남겨 원소를 견제하도록 하고 군사를 돌려 여남 땅으로 향했다.

한편 유비는 군사를 이끌고 허도로 향하다 양산에 이르러 조조군이 오고 있다는 소식을 접했다. 유비는 군사를 셋으로 나누어 1대는 자신이 조운과 함께 맡고, 나머지는 관우와 장비에게 맡겨 진을 치게 했다.

수일 후, 조조도 양산에 도착해 유비의 군사와 대치하게 되었다. 유비는 헌제가 동승에게 내렸던 조조를 죽이라는 내용의 밀서를 읽으며 조조를 역적이라 칭했다.

조조는 크게 화를 내며 곧장 싸움을 걸었다. 조조의 선봉에는 허저가 나섰다. 유비는 이에 맞서 조운을 내보냈다. 그러나 수십 합을 싸워도 좀처럼 승부가 나지 않았다.

이때 관우와 장비가 군사를 이끌고 달려와 조조군의 진영을 공격했다. 이를 본 유비도 즉각 조조군의 진영으로 향했다. 유비의 군대가 총공세를 펼치자 오랜 싸움을 마치고 쉬지도 못한 채 달려온 조조의 군사들이 감히 대적하지 못했다. 조조는 군사를 이끌고 멀리 달아나 세를 정비했고, 유비도 군사를 이끌고 본영으로 돌아왔다.

이날 이후 며칠 동안 조조는 유비와 맞서 싸우려 하지 않았다.

유비가 의아하게 생각하고 있는데 잇따라 보고가 들어왔다.

"공도가 군량을 운반해 오다가 조조군에게 포위당했습니다."

"하후돈이 뒤로 돌아가 여남을 공격하고 있습니다."

유비는 그제야 조조가 직접 나서지 않는 이유를 깨달았다.

'여남을 빼앗기면 돌아갈 곳이 없다.'

유비는 장비를 보내 공도를 돕도록 하는 한편 관우에게 군사를 주어 여남을 구하게 했다.

이튿날이 되자 사태가 심상치 않았다. 전날과 마찬가지로 여기저기서 보고가 이어졌다.

"하후돈이 여남성을 손에 넣었습니다. 유벽 장군은 달아났고 관우 장군은 조조군에 포위당했습니다."

"장비 장군이 공도 장군을 구하려다 조조군에 같이 포위당하고 말았습니다."

유비는 상황이 불리해지자 군사를 돌려 후일을 모색하기로 했다. 유비가 조조군의 눈을 피해 달아나다가 어느 산 밑에 이르렀다. 산 위에서 횃불들이 활활 타올랐다. 이내 산 위에서 큰 소리로 유비를 위협했다.

"유비야! 우리가 이미 이곳을 지키고 있었다. 달아날 생각은 마라!"

유비가 머뭇거리며 갈 길을 찾지 못하는데 조운이 그런 유비를 이끌었다.

"이쪽입니다."

조운은 창을 휘두르며 말을 몰아 퇴로를 열었다. 유비도 칼을 휘두르며 조운의 뒤를 따랐다.

이때 뒤에서 허저가 쫓아왔다.

"유비는 게 섰거라!"

유비는 계속 말을 달렸고, 조운이 허저를 상대해 싸웠다. 유비가 목숨을 건져 달아났을 때는 이전이 허저를 도와 조운에게 창을 겨누고 있었다.

유비가 한참을 달려가는데 반대편에서 한 무리의 군사들이 마주보며 오고 있었다. 유비는 잠깐 놀랐으나 이내 안도의 한숨을 내쉬었다. 반대편의 군사들은 여남에서 오는 유벽의 일행이었다. 유벽은 여남에서 쫓겨 달아난 1천여 군사를 거느리고 유비의 가족들을 호위하고 있었다. 손건, 간옹, 미방도 일행에 섞여 있었다.

유비는 이들과 함께 퇴로를 물색해 길을 재촉했다. 그러나 그리 오래지 않아 앞뒤에서 장합과 고람이 각각 공격해 왔다.

'끝이구나.'

유비는 모든 것을 포기하고 스스로 목을 베려고 했다. 유벽은 이런 유비를 제지하며 고람을 향해 돌진했다. 그러나 유벽은 고람의 칼에 목이 달아나고 말았다.

이때 조운이 유비를 돕기 위해 달려왔다. 고람은 조운의 창에 찔려 말에서 떨어져 죽고 말았다. 조운은 이내 장합에게 달려들어 수십 합 만에 쫓아 버렸다.

조운이 유비와 그의 가족들을 보호하고 있는 사이 관우가 관평, 주창과 함께 나타나 퇴로를 뚫었다. 어느 산속에 이르러 유비와 관우는 남은 군사들을 정비해 작게나마 진영을 갖췄다. 유비는 관우를 보내 장비를 찾게 했다. 장비는 공도를 구하러 나갔다가 악진에게 포위당해 있었다. 장비가 나갔을 때 이미 공도는 죽은 후였다. 관우는 장비와 함께 포위를 뚫고 유비에게 돌아왔다.

이로써 유비 삼형제가 다시 모여 전열을 갖추려 할 때 다시 조조의 군사들이 쫓아온다는 보고가 올라왔다. 유비는 가족들을 먼저 보내고 조조군에 맞서 싸웠지만 속수무책으로 물러설 뿐이었다. 유비는 1천여 명의 군사만을 거느린 채 어느 강 언저리까지 쫓겨 달아났다. 그제야 조조는 유비의 뒤를 쫓기를 포기하고 군사를 물렸다.

유비는 참담했다. 유비가 자신의 신세를 한탄하자 모든 장수들은 숙연해졌다.

그때 손건이 형주의 유표에게 의탁할 것을 청했다. 형주의 유표는 유비와 마찬가지로 황실의 종친이었다.

손건은 유비에 앞서 형주로 가 유표를 만났다. 유표는 손건으로부터 유비가 의탁해 온다는 뜻을 전해 듣고 흡족해 했다.

"유공이 나의 동생뻘이라 한 번 만나보려 했는데 이제야 그때가 온 것이오."

그러나 유표의 처남 채모는 유비가 오는 것을 탐탁하지 않게 생각했다. 채모는 유표에게 유비를 받아들이지 말라고 간했다.

"유비는 여포를 따르다가 조조에게 의탁했었고, 한때는 원소에게 의지하기도 했습니다. 그를 받아들이면 뒤탈이 있을까 염려됩니다."

그러나 유표는 유비를 받아들일 뜻이 확고했다. 유표는 반갑게 유비 일행을 맞아들였다.

허도로 돌아간 조조는 이듬해 직접 군사를 일으켜 관도에 진을 쳤다.

'내 이번에는 반드시 원소를 죽이고 기주를 손에 넣으리라.'

조조가 군사를 일으켰다는 보고를 접한 원소는 셋째 아들 원상을 앞세워 조조의 군사와 맞서게 했다. 또 청주의 원담, 유주의 원희, 병주의 고간에게 사람을 보내 군사를 일으키게 했다.

원상은 자신의 힘을 과신했다. 형제들이 군사를 이끌어 지원하러 오기도 전에 홀로 여양 땅에 나아가 조조의 군사와 맞섰다.

조조군에서는 장요가 나와 원상과 마주했다. 원상은 수많은 전투를 치른 장요의 상대가 되지 못했다. 수합 만에 원상은 말을 돌려 달아나기 급급했다. 원상은 패퇴해 그 길로 기주로 돌아갔다.

원상의 패전 소식을 접한 원소는 급기야 병세가 악화됐다. 연거푸 피를 토하더니 쓰러져 죽고 말았다.

원소가 죽자 원소의 모사 심배와 봉기는 원상을 받들어 원소의 뒤를 잇게 했다. 이때부터 원소의 아들들 사이에서 눈에 보이지 않는 권력싸움이 시작되었다.

원소의 큰아들 원담은 군사를 이끌어 출병했으나 동생 원상이 있는 기주성에 들어가지 않고 바깥에 진을 쳤다. 원담은 모사 곽도를 원상에게 보내 모사를 보내달라고 청해 봉기를 여양으로 불러들였다.

조조의 군사들을 쫓아내는 것이 급선무였기 때문에 원담은 성을 나서 조조군과 맞섰다. 그러나 원담 역시 조조군을 상대하기는 무리였다. 여양성으로 패퇴해 원상에게 지원군을 청했다.

원상은 겨우 5천 명의 군사를 보냈으나 그마저도 조조군에게 습격을 당해 전멸하고 말았다. 봉기가 구원병을 청하는 글을 써서 다시 원상에게 보냈다. 원상은 본격적으로 야심을 드러냈다. 원담에게 구원병을 보내는 대신 조조와 연합해 원담을 치려 한 것이다.

그러나 원상의 의도를 원담이 간파해 버렸다. 원담은 원상에게서 데려온 봉기를 처형하고 조조에게 항복하려고 했다.

일이 잘못된 것을 안 원상은 그제야 직접 군사를 거느리고 형 원담을 도우러 나갔다. 형제는 그간의 일은 잊기로 하고 서로 협조해 진을 구축했다. 이어 원희와 고간이 군사를 이끌고 합류하니 조조와 상대할 만했다. 그러나 조조가 총 공세를 펴니 원담 형제는 여양성을 포기하고 기주로 달아나 버렸다. 조조와 그의 모사 곽가는 원담과 원상 사이에 내분이 일어날 것을 간파하고 군사를 돌려 먼저 유비가 의탁해 있는 형주를 치기로 했다.

조조가 군사를 돌린 것을 안 원희와 고간은 각각 유주와 병주로 돌아갔다. 그러나 원담과 원상 사이에는 전운이 감돌았다.

마침내 원담이 먼저 원상을 죽일 계책을 세웠다. 원담은 성밖에 군사를 주둔시키고 원상과 모사 심배를 초대했다. 분위기가 심상치 않자 원상은 즉시 군사를 거느리고 나가 원담과 맞서 싸웠다. 원담은 크게 패해 평원까지 밀려났다.

전열을 가다듬은 원담은 다시 기주로 쳐들어갔으나 이번에도 원상의 상대가 되지 못했다. 원담은 평원성으로 쫓겨 오고야 말았다.

이번에는 원상이 끝을 보려는 듯 평원성을 에워쌌다. 그러자 궁지에 몰린 원담은 사자를 조조에게 보내 항복의 뜻을 전했다. 조조는 형주에서 유비와 대치하려다 원담의 사자를 맞이했다. 조조는 원담, 원상 형제의 내분이 최악에 이르렀음을 알고 다시 군사를 돌렸다.

원담은 조조가 오자 곧 조조에게 항복했다. 원상의 휘하에 있던 여광과 여상 형제도 조조와 원담이 손을 잡은 것을 알고 조조에게 항복해 버렸다. 조조는 이내 모성과 한단을 점령하고 기주로 향했다. 원담을 치기 위해 나섰던 원상은 조조가 기주를 함락시킬 위기에 처하자 군사를 돌릴 수밖에 없었다.

원상이 조조와 맞서고 있을 때 조조는 여광과 여상 형제를 시켜 원상 휘하의 장수 마연, 장의를 항복시켰다. 마연, 장의의 지원을 받지 못한 원상은 조조군의 공격에 속수무책이었다. 패전을 거듭한 끝에 원상은 목숨만 구해 중산으로 달아났다.

조조에게 남은 것은 심배가 지키고 있는 기주성 뿐이었다. 허유가 조조에게 계책을 전했다.

"장하의 물로 공격하면 기주는 금세 함락될 것입니다."

조조가 장하의 물줄기를 돌려 기주성으로 보내자 성에는 물난리가 났다. 군량까지 부족했던 터라 곧 기주성의 문이 열리고, 심배는 붙잡히는 신세가 되고 말았다.

조조는 심배에게 항복을 권했다. 그러나 심배는 살아서나 죽어서나 원씨의 신하임을 주장하며 항복하지 않았다. 끝내 조조는 심배를 참형시켰다.

원담은 원상을 쫓아 중산으로 향했다. 원상은 원담에게 쫓겨 원희가 다스리는 유주로 달아났고, 원담은 원상의 군사들을 항복시켰다. 원담은 조조에게 항복했던 것을 거스르고 기주를 탈환하고자 했다. 그러나 조조와 맞설 세력이 되지 못한다고 판단해 남피 땅으로 물러나고 말았다. 조조는 직접 군사를 이끌고 남피성으로 가 원담과 맞섰다. 마침내 조조의 장수 조홍이 원담을 칼로 찔러 죽였다. 원담의 모사 곽도도 악진의 화살에 맞아 죽고 말았다.

이때 원희의 부장 초촉과 장남이 남피성으로 구원을 왔다가 싸워보지도 않고 항복하는 일이 벌어졌다.

조조는 여세를 몰아 유주에 있는 원희와 원상을 치기로 했다. 이 소식을 들은 원희와 원상은 요서 오환으로 달아나고 말았다. 유주 자사 오환 촉은 조조에게 항복했다.

조조는 이전과 악진, 장연이 선봉으로 나서 고간과 맞서고 있는 병주로 향했다. 병주는 지세가 험해 맞서 싸워서는 함락시키기 어려웠다.

조조는 원상의 휘하에 있던 여광, 여상 형제를 시켜 고간에게 거짓을 말하게 했다.

"우리는 조조에게 항복했는데 조조는 우리를 박대하더이다. 그래서 다시 돌아왔습니다."

고간은 여광과 여상의 말에 따라 조조를 기습하기 위해 나갔다가 미리 준비하고 있던 조조군에 크게 패했다. 고간이 간신히 군사를 수습해 본영으로 돌아가고자 했으나 악진과 이전에게 빼앗긴 후였다.

고간은 흉노족에게 의탁하려고 했다. 그러나 흉노족의 왕자 좌현왕은 조조와 맞서기를 꺼려하며 고간을 냉대했다.

고간은 형주의 유표에게 의탁하러 가던 중 암살당하고 말았다.

조조는 원희와 원상이 숨어 지내는 오환으로 향했다. 오환 땅은 사막지대라서 어려움이 컸다. 조조는 옛 원소의 장수 전주를 길잡이로 삼아 장요와 함께 군사를 이끌었다. 조조군이 백랑산에 이르렀을 때 오환의 족장 묵돌과 원희, 원상 형제가 수만 명의 기병을 이끌고 나타났다.

그러나 오환의 군사들은 군대의 대오를 갖추지 못하고 있었다. 장요가 나서서 공격하니 쉽게 묵돌의 목이 달아났다. 묵돌의 군사들은 모조리 항복했고, 원희와 원상 형제는 요동으로 달아나고 말았다.

조조가 역주로 돌아오니 모사 곽가는 병이 악화돼 죽은 후였다. 곽가는 죽기 전 원희와 원상이 요동으로 달아날 것을 알고 조조에게 계책을 편지로 남겨두었다.

"공손강은 오래 전부터 원씨 일가가 요동을 차지할까 봐 두려워하고 있는데, 원희 형제가 도와 달라고 하니 고민할 것입니다. 만약 우리가 요동을 공격하면 공손강은 어쩔 수 없이 원희, 원상 형제와 서로 힘을 합쳐 맞서 싸우려 할 것입니다."

조조는 곽가의 뜻에 따라 군사를 움직이지 않았다. 그리고 상황은 곽가가 예측한 대로 전개되어 갔다.

원희와 원상 형제를 맞이한 요동 태수 공손강은 병이 났다는 핑계를 대고 그들과 만나려 하지 않았다. 공손강은 조조가 요동을 점령할 뜻이 있는지에 따라 원희 형제의 일을 마무리할 생각이었다. 공손강이 사람을 시켜 알아보니 조조는 요동 땅을 칠 뜻이 없음이 분명했다.

공손강은 원희 형제가 오기 전 모사들과 논의한 대로 원희, 원상 형제의 목을 베어 역주에 주둔해 있는 조조에게 보냈다.

조조가 그제야 숨기고 있던 곽가의 편지를 내보이니 사람들이 감탄했다.

이로써 조조는 하북까지 재패해 그 세력이 하늘을 찌를 듯했다. 이제 군사를 정비해 형주의 유표와 유비를 치는 것이 수순이었다.

서서와 그의 어머니

꒰ • • • • • • •

유비가 유표에게 의탁해 지내던 중에 유표 휘하의 장수 장무와 진손이 강하군에서 반역을 일으켰다. 유비는 이들을 제압하겠다고 청했다. 유표는 3만 명의 군사를 유비에게 내주었다.

유비가 출병해 장무, 진손과 맞섰는데 장무가 탄 말이 유비의 눈에 들어왔다. 유비는 말의 진가를 알아보고 무의식중에 입을 벌려 말했다.

"천리마로다!"

그 말이 떨어지기 무섭게 조운이 달려 나가 장무를 죽이고 장무가 탄 말을 빼앗아 돌아왔다. 이때 진손이 조운을 쫓아 나서니 장비가 달려 나가 진손을 창으로 찔러 말에서 떨어뜨렸다.

장무와 진손이 허무하게 죽자 나머지 군사들은 뿔뿔이 흩어져버렸다. 유비가 개선하자 유표는 기뻐하며 잔치를 베풀었다. 잔치 자리에서 유표는 유비에게 걱정거리를 털어놓았다.

"남방의 남월족이 언제 쳐들어올지 모르겠고, 장로와 손권도 걱정이 되네."

유비는 곧 관우와 장비, 조운을 보내 각각 장로, 남월, 손권을 경계하게 했다. 그런데 유비와 유표의 사이가 좋아질수록 유표의 처남 채모는 안달이 났다. 유표의 부인이자 자신의 누이인 채부인에게 달려가 유표로 하여금 유비를 경계하도록 사주했다.

그날 밤 채부인은 채모가 말한 내용을 유표에게 전했다.

"지금 성 안의 사람들이 유비의 뜻을 따르고 있다 합니다. 유비가 성 안에 있으면 대감께 누를 끼칠까 두렵습니다."

그러나 유표는 유비에 대한 믿음을 버리지 않았다.

"유비는 그럴 사람이 아니오."

이튿날, 유비는 장무로부터 빼앗은 말을 조련하고 있었다. 유표가 유비를 보고 말을 건넸다.

"말이 좋구먼."

그러자 유비는 아무 거리낌 없이 그 말을 유표에게 건넸다.

"장무가 타던 말입니다. 공께서 마음에 들어 하시니 드리겠습니다."

유표가 기뻐하며 말을 타고 숙소로 돌아왔다. 그런데 괴월이 말을 보고 유표에게 말했다.

"이 말을 타시면 안 됩니다."

유표가 의아해 하니 괴월이 말에 대해 설명했다.

눈 아래에 눈물주머니가 있고 이마에 하얀 점이 있는 말은 '적로'라는 말로, 타는 사람에게 위해를 가한다는 것이었다. 괴월은 덧붙여 말했다.

"장무도 이 말 때문에 죽었을 것입니다."

유표의 기분이 개운할 수 없었다.

다음날 유비를 불러 말을 돌려주고 말았다. 또 여러 가지로 유비의 일이 마음에 걸리는지라 유비를 성밖으로 내보내기로 했다.

"양양의 신야현이라는 곳은 곡식이 풍부하니 공이 그곳에서 군사들을 조련하는 데 도움이 될 것이오."

유비는 유표의 속마음을 모른 채 기쁘게 받아들였다.

다음날 유비가 가솔들을 이끌고 신야로 향하는데 유표 휘하의 이적이라는 사람이 말 한 필을 가져와 유비에게 건넸다.

"지금 타신 말을 버리고 이 말을 타시지요."

유비가 그 사유를 묻자 이적은 적로에 대한 이야기를 유비에게 들려주었다. 이적은 전날 괴월이 유표에게 적로에 대해 말하는 것을 옆에서 들었던 터였다.

유비는 이적에게 고맙다는 뜻을 전하면서도 이적이 주는 말은 받지 않았다.

"사람이 죽고 사는 것은 하늘의 뜻이오. 말 한 필이 어찌 하늘의 뜻을 바꿀 수 있겠소."

이적은 유비의 초연함에 감탄하고 존경하는 마음을 갖게 되었다.

유비는 그 길로 신야로 가 본분에 충실했다. 유비의 후덕한 다스림으로 곧 신야 땅은 풍족해졌다.

이듬해에는 감부인이 아들 아두를 낳았다. 훗날 유선이라 이름 붙여질 이 아이를 가졌을 때 감부인은 북두칠성을 삼키는 꿈을 꾸었다. 또 아두가 태어나는 날에 여러 가지 길조가 있어 큰 인물이 태어났다는 기대가 집안을 들뜨게 했다.

이때 유표는 큰아들 유기와 둘째 아들 유종을 두고 후사의 일을 걱정하고 있었다. 기는 전처 진부인에게서 얻었고, 종은 채부인에게서 얻은 아들이었다. 채부인과 채모를 비롯해 채 씨 일가의 세력이 컸기 때문에 유표는 유종에게 후사를 물릴 뜻을 가지고 있었다. 다만 장자로 대를 잇는 전통에 어긋나는 일이 두려울 따름이었다.

어느 날, 유표가 유비를 불러 술자리를 갖던 중 이 일을 의논했다.

"동생은 어떻게 생각하는가?"

유비는 앞뒤를 재지 못하고 원칙에 따라 답했다.

"자고로 큰아들로 후사를 세우지 않으면 큰 혼란을 가져왔습니다. 만일 채 씨의 세력이 걱정이라면 지금부터 조금씩 그 세력을 줄이면 될 것입니다."

유비가 유표에게 하는 말은 병풍 뒤에 숨어 있던 채부인의 귀에도 또렷이 들렸다. 채부인의 마음속에 유비에 대한 원한이 일었다.

'유비를 살려두어서는 종으로 후사를 세울 수가 없겠다.'

그날 밤, 유비는 신야로 돌아가지 않고 여관에 자리를 잡았다. 채부인은 기회다 싶어 채모를 시켜 유비를 죽이라고 지시했다.

그러나 채부인과 채모의 움직임이 이적에게 감지되었다. 이적은 유비에게 달려가 몸을 피하도록 일렀다. 유비는 그 길로 여관을 떠나 신야로 돌아가 목숨을 건졌다.

채부인과 채모는 유비를 죽이는 일을 포기할 수 없었다. 어느 날 채모의 계책에 따라 유비가 유표를 대신해 형주성에서 연회를 주관하게 되었다. 유비는 예전의 일이 떠올라 조운의 호위를 받으며 형주로 갔다.

채모가 조운과 유비를 떨어져 있게 한 후, 유비를 죽이기 위한 만반의 준비를 갖추고 실행만 남겨놓은 때였다.

그러나 이번에도 이적이 넌지시 유비에게 채모의 계책을 알렸다. 유비는 급한 마음에 조운에게도 알리지 않은 채 적로를 타고 성을 빠져나갔다. 한참을 달리니 단계라 불리는, 급류가 흐르는 계곡이 나타났다. 유비는 목숨을 포기하는 심정이 되었다.

'사람의 힘으로 건널 수 있는 곳이 아니다.'

유비가 혹시나 하는 마음에 뒤를 돌아보니 한 떼의 사람들이 멀리서 그를 쫓아오고 있었다. 유비는 어쩔 수 없다 싶어 적로를 타고 계곡 물로 뛰어들었다. 그리고 한 가닥 기적을 바라며 말에게 소리쳤다.

"적로야! 네가 주인을 죽일 것이냐, 살릴 것이냐?"

그러자 유비가 탄 말이 물을 박차고 뛰어 올라 계곡 건너편에 오르는 것이 아닌가? 채모가 건너편에서 유비를 향해 화살을 날렸으나 이미 소용없는 일이었다. 유비는 쏜살같이 말을 달려 그 자리를 떠나버렸다.

조운은 뒤늦게 유비가 말을 타고 성밖으로 달려 나갔다는 소식을 들었을 뿐 유비가 성을 떠난 내막은 알 수가 없었다. 유비가 달려갔다는 방향으로 가 보니 거센 급류가 흐르는 단계뿐인지라 유비의 행방을 찾지 못했다. 조운은 할 수 없이 신야로 돌아갔다.

유비는 말을 달리다 어느 곳에 이르러 한 소년을 지나치게 되었다.

그런데 그 소년이 유비를 알아보았다.

"혹시 유 황숙이 아니신지요?"

유비는 깜짝 놀랐다.

'낯선 시골에 사는 어린아이가 어찌 나를 알아본단 말인가?'

유비가 소년에게 어떻게 자기를 알아보았는지 경위를 물으니 소년의 스승이 평소 유비의 인상착의를 말하며 유비를 당대의 영웅이라 칭송했다는 것이었다.

"스승께서 말씀하신 대로 귀가 크고 팔이 무릎 아래까지 내려오시기에 감히 짐작하였습니다."

유비는 소년의 스승 되는 사람이 궁금해졌다.

"그래 너의 스승은 누구시냐?"

"성함은 사마휘로, 자는 덕조라 합니다. 사람들은 스승님을 수경 선생이라 합니다."

유비가 들어보지 못한 사람이었다. 유비는 수경 선생을 만나기 위해 소년을 앞세워 그의 거처로 갔다.

소년의 안내를 받아 집으로 들어가자 수경 선생은 유비가 올 것을 알고 있었다는 듯 유비를 환대했다. 또 그날 유비가 위험에 처했던 일까지 짐작하고 있었다.

이런 저런 이야기 끝에 수경 선생은 유비에게 인재를 추천했다.

"복룡과 봉추 두 사람 가운데 하나만 얻으셔도 천하를 도모할 만할 것입니다."

"복룡과 봉추는 어디에 사는 누구입니까?"

그러나 수경 선생은 유비의 물음에 답하지 않고 웃기만 할 뿐이었다. 유비는 그날 수경 선생의 집에서 묵었다. 그리고 다음날 수경 선생에게 자신을 도와줄 것을 부탁했다. 그러나 수경 선생은 그 또한 정중히 고사했다.

"오래지 않아 나보다 몇 배 나은 사람이 황숙을 도울 것이오."

유비가 내심 실망하며 수경 선생에게 작별을 고하고 나오는데 조운이 군사를 이끌고 유비를 찾아왔다. 유비는 조운과 함께 신야로 돌아왔다.

유비는 유표에게 손건을 보내 채모의 계책에 의해 자신이 죽을 뻔한 사실을 알렸다. 유표는 채모를 엄히 꾸짖는 한편 장남 유기를 유비에게 보내 미안한 뜻을 전했다. 유비는 유기에게 잔치를 베푼 후 성밖까지 나와 배웅했다. 유비가 배웅을 마치고 돌아올 때 한 사람이 세상을 걱정하는 노래를 부르는데 그 내용이 범상치 않았다. 유비의 뇌리에 수경 선생의 말이 떠올랐다.

'복룡과 봉추 가운데 한 분이 아닐까?'

유비는 그를 거처로 초청했다. 그는 이름을 단복이라고 했다. 단복은 유비가 수경 선생의 집에 머문 날 밤 수경 선생으로부터 유비의 이름을 듣고 신야 땅에 찾아왔다. 그러나 유비를 만날 연줄이 닿지 않아 유비가 지나는 길에서 노래를 불러 자신에게 관심을 돌린 것이었다. 유비는 군사의 일을 묻다가 단복의 해박한 능력에 탄복했다.

"나를 도와 세상이 평안하도록 이끌어주시오."

유비는 단복을 군사로 삼았다.

한편 조조는 본격적으로 형주를 칠 준비에 들어갔다. 대군을 일으키기에 앞서 조인, 이전, 여광과 여상 형제에게 3만 명의 군사를 주어 번성으로 보냈다.

"가서 형주의 상황을 잘 살펴보시오."

몇 달 후, 여광과 여상 형제는 신야현의 유비가 세력을 키우기 전에 공격하기로 했다. 그러나 유비를 과소평가한 것이 화근이었다. 이들은 고작 5천 명의 군사를 이끌고 신야성으로 쳐들어갔다.

먼저 조운이 여광을 상대하니 몇합 만에 여광은 창에 맞고 말에서 떨어졌다. 여상이 남은 군사를 이끌고 달아났다. 그러나 관우를 만나 군사의 절반을 잃고 나서 다시 장비를 만나고 말았다. 장비는 창을 휘둘러 여상을 죽여 버렸다. 남은 군사들은 달아나거나 유비에게 항복했다. 유비가 단복의 작전에 따라 첫 승리를 거둔 것이었다.

화가 난 조인은 나머지 2만 5천 명의 군사를 총 동원, 신야성을 향해 출전했다. 먼저 이전이 선봉에 나서 조운과 맞섰으나 이전은 조운의 상대가 되지 못했다. 이전이 쫓겨 달아나니 조인은 더욱 화가 치밀어 올랐다.

조인은 군사를 여덟으로 나눠 팔문금쇄진(八門金鎖陣. 행성을 연상케 하는 둥근 원 모양의 진으로, 8문 방위, 별자리 모양, 지형 등의 요소로 만든 전투 진법)을 치고 직접 선봉에 나섰다.

그러나 유비에게는 군사 단복이 있었다. 단복의 작전에 따라 조운이 이리 치고, 저리 치니 곧 팔문금쇄진은 기능을 잃어버렸다. 이때 유비가 총 공세를 펴자 조인의 군사들은 달아나기 바빴다.

조인은 패퇴해 군사를 정비했다. 비로소 유비의 부대가 작전에 능하다는 것을 인정하게 되었다.

'누군가가 나의 팔문금쇄진을 알아보고, 또 그 대응책까지 꿰뚫고 있었구나!'

하지만 그대로 패배를 인정하기에는 조인의 자존심이 허락하지 않았다. 조인은 이전의 반대에도 불구하고 그날 밤으로 기습을 감행했다.

단복은 조인의 심성까지 미리 보는 혜안을 가지고 있었다. 조인이 군사를 이끌고 쳐들어오기 무섭게 유비의 진영에서 불길이 일었다. 조인이 작전을 들켰음을 깨닫고 군사를 물리려고 했을 때는 벌써 조운의 살육이 시작되고 있었다.

조인이 하수까지 달아나 강을 건너려 하는데 이번에는 장비가 뒤를 쫓는 것이 아닌가? 조인은 간신히 하수를 건넜으나 많은 군사가 장비가 이끄는 군사들에 의해 주검이 되고 말았다.

조인은 살아남은 군사들을 이끌고 번성으로 갔다. 그러나 번성 성문 위에 관우가 늠름한 자세를 하고 서 있었다. 단복이 조인의 움직임을 알고 관우를 미리 보내 번성을 빼앗은 것이었다.

조인과 이전은 관우의 공격까지 받아 얼마 남지 않은 군사를 이끌고 허도로 돌아가고 말았다. 조인이 돌아가던 중 단복이라는 이름을 알게 된 것이 그나마 수확이었다.

유비가 번성에 입성하니 현령 유필이 유비를 환대했다. 유필은 유비의 종친이었다. 유비는 관우의 반대에도 불구하고 유필의 조카 구봉을 양자로 삼고 유봉이라는 이름을 내렸다. 이내 유비는 번성을 조운에게 맡기고 자신은 신야로 돌아갔다.

조조는 뒤늦게 번성을 빼앗기고 돌아온 조인으로부터 단복이라는 이름을 접하고 모사들을 불러 모았다.

"단복이라는 이름이 내게는 생소하오."

정욱이 조조 앞에 나섰다.

"단복은 가명이고 그의 본명은 서서입니다. 남의 원수를 갚아주려다 사람을 죽이게 되어 숨어 살고 있다 들었습니다. 학문이 남다른 사마휘와도 절친한 사이입니다."

조조는 정욱이 서서의 일을 낱낱이 알고 있자 흥미가 일었다.

"서서의 능력과 그대의 능력을 비교하면 어떻소?"

정욱이 정색을 하고 답했다.

"저의 열 배는 될 것입니다."

그제야 조조는 조인의 패전을 짐작할 수 있었다. 서서라는 사람을 자신이 부리고 싶은 욕심이 생겼다. 조조는 정욱과 더불어 서서를 자기편으로 끌어들일 일을 논했다.

서서에게는 노모가 있는데 홀로 영천에 살고 있었다. 조조는 서서의 어머니를 허도로 모셔 극진히 대접하는 한편 서서를 불러오도록 하는 편지를 써 달라고 요청했다. 그러나 서서의 어머니도 세상일에 명분을 아는 사람이라 조조를 원색적으로 나무랐다.

"유 황숙의 어진 인품이 천하에 떨치고 있으니 내 아들이 그를 섬기고 있다면 주인을 잘 만난 것이다. 너야말로 한나라의 역적이 아니냐?"

조조는 화가 나 서서의 어머니를 죽이려 했다. 그러나 정욱이 조조를 말렸다.

"서서를 불러오기 위해 그의 어머니를 모셨는데, 그의 어머니가 죽으면 서서는 끝까지 유비를 도와 원수를 갚고자 할 것입니다."

정욱은 이후로도 서서의 어머니를 정중히 모시며 여러 날에 걸쳐 글씨체를 받아냈다. 마침내 어느 날에 이르러 정욱은 서서에게 어머니의 가짜 편지를 보내 서서가 어머니에게 오게 했다.

어머니의 편지를 받은 서서는 유비에게 가 자기의 본명은 서서이고, 지금까지 단복으로 행세한 데 대해 사죄하고 어머니에게 돌아갈 뜻을 밝혔다.

유비는 서운했지만 순리에 맞게 처신할 수밖에 없었다. 그날 밤 새워 술을 마시며 서서와 헤어지는 아쉬움을 함께 했고, 다음날 10리까지 나가 서서를 배웅했다. 유비는 그러고도 아쉬움이 남아 또 10리를 따라가 마침내 서서를 보냈다.

서서는 유비와 헤어지기에 앞서 잊고 있었다는 듯 한 사람을 추천했다.

"양양성에서 20리 떨어진 융중 땅에 인재가 있으니 그 사람을 중용하십시오. 그 사람을 얻으면 주나라 문왕이 강태공을 얻은 것이나 한나라 고조가 장자방을 얻은 것과 같을 것입니다."

"그분의 성함이 무엇이오?"

"이름은 제갈량이라 하고, 자는 공명이라 합니다. 와룡강이라는 언덕 아래 살아 와룡 선생이라고도 하지요."

유비는 수경 선생의 말을 떠올렸다.

"전날 수경 선생이 복룡, 봉추 가운데 한 사람을 얻으면 천하를 도모할 만하다고 했는데 공명 선생이 그분들 가운데 한 사람이오?"

서서가 고개를 끄덕이며 대답했다.

"제갈량이 복룡입니다. 봉추는 양양 땅에 사는 방통이라고 합니다."

유비가 위안을 삼는데 서서는 유비에게 인사하고 갈 길을 재촉했다.

허도에 도착한 서서는 조조를 찾아 인사했다. 조조는 서서에게 어머니를 잘 모시도록 하고 자신에게도 가르침을 줄 것을 당부했다.

서서는 즉시 어머니에게 달려갔다. 서서의 어머니는 서서가 받았다는 편지 이야기를 듣자마자 큰 소리로 꾸짖었다.

"네가 유 황숙을 섬긴다 하여 제대로 된 주인을 만났다 하였더니 거짓 편지에 속아 이렇게 달려왔느냐? 참으로 부끄럽고, 조상들 뵐 면목이 없구나."

서서가 부끄러워 차마 어머니를 바라보지 못하는데 어머니는 모습을 감추어버렸다.

잠시 후, 한 사람이 서서에게 황급히 달려왔다.

"공의 어머님께서 목을 매셨습니다."

서서는 허도 남쪽에 어머니를 장사지내고 다시는 병법을 쓰지 않았다. 조조가 보내오는 성의를 물렸음은 물론이었다. 조조는 서서를 부리지 못해 서운했으나 유비 곁에서 서서가 없어진 만큼 자신감을 회복했다. 조조는 겨울이 지나면 유비를 치기로 하고 수군을 조련하기 위해 장하의 물을 돌려 현무지란 연못을 만들도록 지시했다.

삼고초려

유비는 서서가 허도로 떠난 지 며칠 후 제갈량을 찾아 나섰다.

관우와 장비를 대동하고 신야를 떠난 유비는 반나절 만에 융중 와룡강에 위치한 제갈량의 집에 도착했다. 유비가 초려의 사립문을 두드리니 동자 하나가 나와 유비를 맞이했다.

"누구십니까?"

"여기가 공명 선생의 집이냐?"

"그렇습니다."

유비는 자신의 관직을 댔다.

"한나라 좌장군 의성정후 예주목 황숙 유비가 선생을 뵈러 왔다."

동자는 어처구니가 없다는 듯 유비를 향해 말했다.

"그렇게 긴 관직은 외우지 못하겠습니다. 그대로 말씀을 전해야 하는지요?"

유비는 자신이 실수했음을 알고 낯이 뜨거워짐을 느꼈다.

"그냥 유비라는 사람이 왔다고 전하겠느냐?"

그러나 제갈량은 집에 있지 않았다.

"선생님은 출타하셨습니다."

"언제쯤 돌아오시느냐?"

"모르겠습니다. 한 번 출타하시면 어느 때는 3일, 어느 때는 10일 만에 돌아오십니다. 다음에 다시 들러주시지요."

기다려도 만날 수 있을 것 같지 않았다. 유비는 동자에게 자신이 왔었다는 말을 전하게 하고 신야로 돌아갔다.

며칠 후 유비는 다시 관우와 장비를 데리고 와룡강으로 향했다. 때는 겨울인지라 매서운 추위가 몰아쳤고 눈발도 세찼다. 장비는 유비를 따라 나서기는 했지만 시골의 선비 하나를 만나기 위해 추위 속에서 고생하는 것이 불만스러웠다. 장비는 유비의 뒤에서 계속해서 불만을 터뜨렸다. 유비가 그런 장비를 자제시켰다.

"이런 때 찾아가면 나의 성의가 더 잘 전해지지 않겠는가? 동생은 추위가 무서우면 먼저 돌아가게나."

장비는 추위를 무서워한다는 표현에 안색이 변했다.

"제가 이까짓 추위를 무서워하다니요? 형님이 고생하는 것이 보기 싫어 그런 것뿐이오."

유비 일행은 한참만에야 눈길을 헤치고 제갈량의 초려에 닿았다. 유비가 사립문을 두드리자 전의 그 동자가 나와 유비를 맞이했다. 그러나 이번에도 제갈량은 출타하고 집에 없었다. 제갈량의 동생 제갈균이 있어 유비의 뜻을 전한 것이 전부였다.

유비는 아무런 성과 없이 신야로 돌아가야만 했다. 제갈량이 없는 집에서 마냥 기다릴 수만은 없었기 때문이었다.

다시 며칠이 지났다. 유비는 길일을 골라 목욕재계하고 새 옷으로 갈아입었다. 유비가 융중행을 감행하리라고 짐작한 관우, 장비가 유비를 만류했다. 보다 못했는지 관우의 반대에도 힘이 있었다.

"형님이 두 번을 찾아갔으니 예의를 더 갖추기는 어렵습니다. 제갈량이라는 사람은 세상에 이름만 높을 뿐 내세울 것이 없어 형님을 피하는 것이니 이제 공연히 헛걸음하는 것은 그만두시지요."

그러나 좋은 군사를 섬기려는 유비의 의지는 두 사람의 반대를 모은 것보다 확고했다. 유비가 먼저 나서니 관우와 장비도 따라 나서지 않을 수 없었다.

유비가 목욕재계한 효험이 있었는지 그날은 날이 맑았다. 또 융중 와룡강으로 가는 도중에 제갈량의 동생 제갈균을 만나니 일이 잘 풀리는 듯했다. 유비는 반가워하며 제갈량이 집에 있는지 물었다. 제갈균은 바삐 지나가며 답했다.

"오늘은 집에 계실 것입니다."

유비는 그 말을 듣고 반가워 속히 와룡강 제갈량의 초려로 갔다. 사립문을 두드리니 여느 때처럼 동자가 나왔다. 유비가 물었다.

"선생은 계시느냐?"

동자는 조심스럽게 말했다.

"선생님께서는 지금 낮잠을 주무시고 계십니다."

유비는 잠시 기다리겠다고 말했다. 제갈량은 이후로도 한참을 잠에서 깨어나지 않았다. 참지 못한 장비가 버럭 화를 냈다.

"형님이 저렇게 기다리고 있는데 낮잠이나 자고 있다니. 내 이 집에 불을 지르면 깨어나지 않을 수 없을 것이다."

그런 장비를 관우가 말리고 나서 한참이 지나서야 제갈량은 잠에서 깨어났다. 그리고 누운 채 동자에게 물었다.

"손님이 오셨느냐?"

"유비라는 분이 와 계십니다."

제갈량은 그제야 서둘러 일어나 들어가더니 옷을 갈아입고 나타났다. 유비가 언뜻 살펴보니 얼굴이 하얀 것이 신선의 모습이었다.

유비가 먼저 예를 올리니 제갈량도 예를 갖춰 유비를 대했다. 제갈량은 겸양하는 자세인지 세상에 나가고 싶지 않음인지 모르게 자신을 낮췄다.

"한낱 농부에게 어찌 천하의 일을 물으려 하시오?"

그러나 가르침을 바라는 유비의 거듭된 청에 제갈량은 마침내 큰 포부를 설명했다.

"조조가 원소를 물리치고 100만 대군을 이끌어 천하를 호령하고 있으니 지금 조조와 대적하는 것은 불가능합니다. 강동의 손권이 능히 세상을 이끌 만하니 먼저 그와 잘 지내는 것이 우선이오. 강동 못지않게 형주와 익주 또한 세상을 도모할 만한 곳이니 형주와 익주를 먼저 얻은 후 낙양으로 들어가면 한나라를 다시 세울 수 있을 것입니다. 그러면 북쪽의 조조, 남쪽의 손권과 함께 대적할 만할 것이오."

유비가 그 말을 듣고 생각하니 모두 맞는 말이었다. 그러나 마음에 걸리는 일이 있었다.

"선생의 말이 일리가 있으나 형주의 유표와 익주의 유장이 나와 종친인데 두 지역을 취하는 것은 명분에 어긋나는 일이 아니오?"

제갈량은 이미 알고 있었다는 듯 간결하게 대답했다.

"천문을 보니 유표의 명이 얼마 남지 않았더이다. 또 익주의 유장은 그 그릇이 작으니 대세가 기울면 그의 땅은 저절로 황숙의 차지가 될 것입니다."

유비는 삼국을 여는 큰 그림을 얻은지라 제갈량에게 큰절을 올리고 울먹이며 군사가 되어주기를 청했다. 몇 차례 사양하던 제갈량은 유비가 물러설 뜻이 없음을 알고 마침내 유비의 군사가 될 것을 승낙했다.

“황숙께서 저를 버리지 않으면 언제까지나 충성을 다 하겠습니다.”

유비는 감격해 하며 관우와 장비를 불러 제갈량에게 예를 올리게 했다. 유비가 제갈량의 집을 세 번 찾아 그 뜻을 이루니 사람들은 이를 삼고초려라 했다.

유비는 제갈량을 신야로 모셔와 스승의 예로 대했다.

한편 동오의 손권은 아버지 손견과 형 손책의 명성을 넘어설 정도로 그 세력이 커졌다. 손권은 강동 평정을 위해 형주를 손에 넣고자 했다. 그 첫 단계로 장강 하구의 황조를 치기 위해 군사를 일으켰다. 황조가 여러 번 패해 거의 몰락했다고 여겨졌을 때 손권의 장수 능조가 황조의 장수 감녕이 쏜 화살에 맞아 죽고 말았다. 손권은 후일을 기약하며 군사를 이끌고 동오로 돌아갔다.

한편 단양 태수로 있던 손권의 동생 손익이 휘하의 장수들에게 암살당하는 일이 있었다. 또 손권의 어머니 오태부인도 병상에서 깨어나지 못하고 생을 마감했다.

손권은 이 일들을 수습한 후 다시 황조를 치는 일을 도모했다. 이미 겨울이 지나 봄이 되어 있었다. 이때 황조의 장수 감녕이 부당한 대우를 참지 못하고 손권에게 항복하는 일이 벌어졌다. 손권은 감녕을 후대했지만 감녕에게 목숨을 잃은 능조의 아들 능통은 원수를 앞에 두고도 죽이지 못하는 참담함에 빠졌다.

손권은 10만 대군을 일으켜 재차 황조를 치러 나섰고, 마침내 감녕이 쏜 화살이 황조의 등에 박혀 황조는 죽고 말았다. 손권은 황조의 목을 베어 손견에게 제사지냄으로써 지난날 황조에게 죽임을 당한 손견의 원한을 다소나마 갚게 되었다.

손권은 조조의 대군과 대적할 각오를 하고 시상 땅에 진을 쳤다. 손권군의 대도독 주유는 파양호에서 수군 조련에 매진했다.

강동의 소식은 곧 유비와 제갈량에게도 전해졌다.

조조가 이미 현무지에서 수군을 조련 중이었고, 손권도 이에 맞서 수군의 전력 강화를 꾀했으니 장차 큰 일이 닥칠 것이었다.

이때 형주에서 사자가 당도했다.

"자사께서 황숙을 찾아 계십니다."

이미 황조의 죽음을 알고 있는 유비는 유표가 부르는 뜻을 짐작할 수 있었다. 유비는 제갈량에게 대책을 물었다.

"형님께서 손권을 쳐 원수를 갚아 달라 하실 것이니 어찌 하면 좋겠소?"

"그 말에 따르시면 안 됩니다. 무슨 일이 있어도 거절하십시오."

유비가 유표 앞에 가서 절하니 첫 화두는 지난날 채모가 유비를 죽이려 했던 일이었다. 유비가 유표를 대신해 일을 처리하다 달아났었기에 유비가 먼저 유표에게 사죄했다. 유표는 모든 것이 채모의 잘못이라며 유비가 달아난 일에 대해 나무라지 않았다.

대화는 예상대로 손권과 동오의 문제로 이어졌다. 유비는 빈틈을 탄 조조의 침공이 예상된다며 손권을 치는 일이 쉽지 않음을 고했다.

손권의 일에 더해 조조가 언급되자 유표는 체념하는 심정이 되고 말았다.

"동생이 나를 도와주시게. 내가 늙고 병들었으니 내가 죽거든 자네가 형주를 맡아 다스렸으면 하네."

유비는 당치도 않다는 듯 유표의 뜻을 물리게 하고 제갈량과 함께 유표 앞을 물러났다. 유비가 거처를 잡았는데 이번에는 유표의 장남 유기가 찾아왔다.

"계모가 채모와 함께 저를 죽이려 하니 숙부가 살 길을 찾아주세요."

제갈량이 유비를 대신해 유기에게 계책 하나를 알려주었다. 이튿날 유기는 유표에게 가 청을 올렸다.

"제가 장강의 아래쪽으로 가 그곳을 지키겠습니다."

유표가 혼자 결정하지 못하고 유비의 의견을 물었다. 유비는 유기를 강하로 보내는 것이 옳다고 설득했다.

마침내 유기는 군사 3천 명을 거느리고 강하로 떠났고, 유비는 형주의 서쪽과 북쪽을 방어하기로 약조하고 신야로 돌아갔다.

군사로 나선 제갈량

제갈량은 신야로 돌아온 뒤 곧 민병 모집에 들어갔다. 곧 3천 명의 백성이 몰려 유비의 군사가 되었다. 제갈량이 이들을 조련시키니 어느덧 정예군으로 삼을 만했다.

이 무렵 조조는 헌제에게 청해 한나라의 직제를 개편했다. 삼공의 관직을 폐지하는 한편 승상(황제를 보좌하는 최고 관직)과 어사대부(국가의 대사를 맡아보는 최고 관직으로 삼공(태위, 사도, 사공) 중 하나. 사공이라고도 함)를 설치했다. 조조가 승상의 지위에 올랐음은 당연했다.

모든 권력을 손에 넣은 조조에게 남은 일은 형주의 유표에게 의탁한 유비와 강동의 호랑이로 커가고 있는 손권을 굴복시키는 일뿐이었다. 유비와 손권의 힘을 빼앗으면 조조가 힘없는 황제를 폐하고 대업을 이루는데 누구도 반기를 들지 못할 터였다.

아무래도 손권에 비해 유비의 힘은 미약하기 짝이 없었다. 조조에게는 유비를 치는 것이 당연한 수순이었다. 조조는 하후돈에게 10만 명의 군사를 주어 형주로 진격하게 했다.

하후돈이 이끄는 10만 대군이 몰려온다는 소식을 들은 유비는 제갈량을 불렀다.

"군사, 조조의 대군이 오고 있다고 하오."

제갈량은 유비에게 뜻밖의 말을 꺼냈다.

"대군을 막는 것은 그리 어렵지 않으나 관우와 장비가 제 말을 따르지 않을까 우려될 뿐입니다. 제게 주공의 칼과 인장을 주시면 그들을 잘 지휘해 승전고를 올리겠습니다."

유비는 제갈량의 말이 예사롭지 않아 자신의 칼과 인장을 내주었다.

제갈량은 곧 장수들을 소집하고 명령을 내렸다.

"박망성 왼쪽에 예산이 있고, 오른쪽에 안림이라는 숲이 있소. 관우 장군은 군사 1천 명을 거느리고 예산에 매복했다가 적들이 오면 그냥 지나가게 하시오. 적의 군량과 마초는 적들의 후방에 있을 것이니 불길이 오르거든 적 후방에 있는 군량과 마초에 불을 지르도록 하오. 장비 장군은 군사 1천 명을 거느리고 안림에 매복하시오. 마찬가지로 불길이 오르거든 박망성으로 가서 군량과 마초를 저장한 곳에 불을 지르시오. 관평과 유봉 장군은 군사 5백 명을 거느리고 박망파 양쪽에 있다가 적이 오면 불을 지르시오. 조운 장군은 선봉에서 적과 싸우되 지는 척 하고 달아나시오."

제갈량은 막힘이 없이 명령을 내린 후 마지막으로 유비를 보며 지시했다.

"주공은 남은 군사를 이끌어 지원하도록 하시오."

이로써 모두에게 임무를 할당했을 때였다.

관우가 제갈량을 향해 질문을 던졌다.

"우리는 할 일이 있소만 군사는 무엇을 하겠소?"

제갈량은 덤덤히 말했다.

"나는 성을 지킬 것이오."

그러자 장비가 소리 내어 웃으니 제갈량의 영이 서지 않는 듯 보였다.

잠시 숨을 고른 제갈량이 유비의 칼을 빼 들었다.

"주공이 나에게 칼과 인장을 주어 군대를 지휘하도록 했다. 누구든 명을 가벼이 여기면 목을 베겠다."

순간 분위기가 근엄해지자 유비가 나서 제갈량을 지원했다.

"작전은 진영에서 짜지만 승부는 천리 밖에서 난다고 했다. 동생들은 명을 따르도록 하라."

이윽고 관우, 장비를 비롯한 장수들은 군사를 이끌고 제갈량의 지시에 따라 움직였다. 그러나 장수들의 표정에서는 불만과 못미더움이 가시지 않았다. 제갈량은 남아 있는 유비에게 다시 작전을 내렸다.

"박망상 기슭에 진을 치고 있다가 하후돈의 군사가 오면 진지를 버리고 달아나십시오. 그러다 불길이 솟으면 방향을 바꿔 적을 공격하시면 됩니다."

유비마저 성을 떠나자 제갈량은 미축과 미방을 시켜 성을 잘 수비하도록 일렀다. 그러고 나서 벌써 승리가 눈앞에 보이는 듯 손건과 간옹에게 잔치 준비를 시켰다.

마침내 하후돈과 우금, 이전이 10만 대군을 이끌고 형주에 도착했다. 먼발치에 박망산이 보이는데 하후돈을 막는 1대의 군사가 있었다. 제갈량의 지시에 따라 선봉에 선 조운의 군대였다. 조운이 이끄는 기병의 수가 적어 보여 하후돈은 쉽게 생각하고 즉시 공격에 나섰다.

조운은 하후돈이 쫓아 나오자 승부가 되지 않는 듯 달아나기에 바빴다. 하후돈은 마음이 급해졌다. 잡힐 듯, 잡힐 듯하면서도 조운은 어느새 성큼 앞에 달아나 있었다.

부하 하나가 유인책이라고 지적했으나 하후돈은 들은 척도 하지 않았다. 설사 복병이 있다 하더라도 그 세력이 크지 않을 것이라는 믿음 때문이었다.

하후돈은 이윽고 박망파에 이르렀다. 이때 조운의 군사가 지나간 자리로 유비가 군사를 이끌고 나가 하후돈과 맞섰다. 유비 역시 잠깐 대적하는가 싶더니 이내 조운과 마찬가지로 달아나 버렸다. 하후돈은 유비가 복병의 전부라고 착각하고 말았다.

'이 정도 수준이라면 오늘 안으로 신야성을 함락시킬 수 있겠구나.'

하후돈은 더욱 기세를 몰아 달아나는 유비와 조운을 쫓았다.

조운과 유비가 쫓겨 달아나기를 수차례. 날이 저물었는데 달은 구름에 가리우고 바람이 거세졌다. 하후돈이 이끄는 군사들은 어느덧 양쪽이 갈대로 뒤덮인 좁은 길에 들어가 있었다.

하후돈과 함께 출전한 이전과 우금은 염려가 되었다.

"길은 좁고 사방이 온통 갈대니 적이 불이라도 지르면 큰일 아니겠소?"

"나도 그렇게 생각합니다. 내가 가서 장군께 말하리다."

우금이 하후돈에게 급히 말을 달려 위험성을 알렸다. 하후돈은 그제야 깨달은 바가 있어 주위를 둘러봤다. 그리고 전 군을 향해 신속히 명을 내렸다.

"멈추어라!"

그러나 명이 떨어지기 무섭게 사방에서 불길이 치솟았다. 하후돈이 위급함을 알았을 때는 이미 군사들이 동요하고 있었다.

이때 쫓겨 달아나기만 하던 조운이 나타나 군사들 틈을 누비며 창을 휘두르는가 싶더니 관우까지 합류해 여기저기 목 없는 주검이 즐비했다. 후방에서는 적의 군량과 마초에 불을 붙인 장비가 물러서는 하후돈의 군사들을 베기 바빴다. 하후돈은 간신히 일부 군사를 수습해 허도로 돌아가 버렸다.

관우와 장비도 제갈량의 전술에 더 이상 왈가왈부할 수 없게 되었다. 관우와 장비가 신야성으로 향하는데 제갈량이 수레를 탄 채 가까이 오고 있었다. 관우와 장비는 말에서 내려 제갈량 앞에 무릎을 꿇고 엎드렸다. 잠시 후, 유비와 조운, 관평, 유봉도 속속 합류해 이들은 신야성으로 개선했다. 승전의 기쁨도 잠시. 조조와의 싸움은 이제 시작일 뿐이었다. 제갈량이 성에 돌아와 유비에게 말했다.

"하후돈이 패퇴해 허도로 돌아갔으니 조조가 직접 대군을 일으켜 쳐들어올 것이오."

하후돈은 허도로 돌아가 조조에게 벌받기를 청했다. 생각해 보면 하후돈이 적을 얕보지만 않았어도 제갈량의 계책에 대패하지는 않았을 것이었다. 그러나 하후돈은 전장에 서야 할 명장이었다. 조조는 하후돈을 처벌하는 대신 위험을 미리 간파한 우금과 이전에게 상을 내렸다.

조조는 마침내 50만 대군을 일으켜 직접 10만 명의 군사를 맡았다. 또 허저가 선봉을 맡고, 조인과 조홍, 장요와 장합, 하후돈과 하후연, 우금과 이전이 각각 10만 명의 군사를 이끄니 그 세력이 하늘을 찌를 듯했다.

이때 형주의 유표는 병세가 악화돼 유비를 불렀다.

"이제 내가 죽을 때가 된 것 같아. 아들 둘이 있으나 둘 다 내 뒤를 잇기에는 부족함이 많네. 내가 죽거든 동생이 이 형주 땅을 맡아 잘 다스려주게."

유비는 울먹였다. 조조에게 패해 오갈 데 없는 몸을 받아준 것도 모자라 동생처럼 대하고 마침내 자신의 영지까지 물려주려 하는 유표였다.

"형님, 걱정하지 마십시오. 제가 힘껏 조카들을 돕겠습니다."

이로써 유비는 다시 한 번 자신이 형주를 범할 뜻이 없음을 전했다.

이때 조조가 대군을 이끌고 쳐들어온다는 보고가 있었다. 유비는 유표에게 인사하고 신야로 돌아갔다.

유비가 돌아가자 유표는 부하들과 의논해 장남 유기로 하여금 후사를 세울 뜻을 정했다. 그러나 이 소식이 채부인에게 들어가지 않을 리 만무했다. 채부인은 채모와 의논해 사람들의 출입을 막게 했다.

마침 강하를 수비하기 위해 내려갔던 유기가 유표의 병세가 악화되었다는 소식을 듣고 형주로 돌아왔다. 유기 역시 출입이 자유로울 수 없었다. 채모가 유기를 막아서며 말했다.

"강하의 방어가 중요한데 이렇게 오시면 어떻게 합니까? 이럴 때 강동의 손권이라도 쳐들어오면 큰일 아닙니까? 아버님께서 아시면 병환이 더 나빠질까 걱정입니다."

결국 유기는 유표를 만나지 못하고 강하로 내려갔다. 유표는 후사를 세우기 위해 장남을 기다리다가 끝내 숨을 거두고 말았다.

채부인과 채모는 유표의 가짜 유서를 만들고, 채부인의 아들 유종으로 유표의 뒤를 잇게 했다. 이들은 양양에서 유표를 장사지냈으나 유기와 유비에게는 그 사실을 알리지 않았다.

유종이 장사를 마치고 양양에서 머물고 있을 때 조조의 군사가 양양을 향해 몰려온다는 보고가 있었다. 유종은 곧 모사들과 장수들을 불러 대책을 논했다. 그런데 휘하의 사람들이 모두 조조에게 항복할 것을 주장했다. 마침내 유종은 사자를 보내 조조에게 형주의 9군을 바친다는 뜻을 전했다. 조조는 기뻐하며 형주의 통치를 유종에게 계속 맡기기로 했다.

사자가 조조의 뜻을 받아 다시 양양의 유종에게 돌아오는데 그만 관우에게 사로잡히고 말았다. 관우는 유종과 조조의 일을 즉시 유비에게 알렸다.

한편 유기는 채씨 일가와 유종이 자신의 자리를 빼앗은 것을 알고 방법을 모색하고자 이적을 유비에게 보냈다. 유비는 지난날 두 번이나 자신의 생명을 구해준 이적을 보자 반갑게 맞이했다.

이적은 유종과 유기의 일만으로 유비를 찾아왔다가 유종이 형주를 조조에게 바치려 한다는 사실을 알게 되자 형주를 유비가 차지하는 것이 낫다고 판단했다.

"서둘러 양양으로 가서 유종을 체포하고, 채씨 일가를 잡아 죽이면 형주는 황숙의 차지가 될 것입니다."

그러나 유비는 '조카들을 돕겠다'고 한 유표와의 마지막 약속을 상기시키며 이적의 의견을 받아들이지 않았다. 제갈량은 아쉬움이 컸다.

'명분에 집착하는 주공 때문에 쉬운 길을 두고 어려운 길로 돌아가야 하는구나!'

그러나 이미 유비를 위해 세상에 나왔는지라 다음 계책을 세우는 데 여념이 없었다.

제갈량은 신야현에서 화공으로 적의 예봉을 꺾고 번성에 진을 치기로 했다. 이러한 계책을 유비에게 알려 신야의 백성들을 번성으로 대피하게 했다. 그리고 장수들을 불러 영을 내렸다.

"관우 장군은 백하 상류로 가서 흙부대로 물을 막고 매복하시오. 하류에서 시끄러운 소리가 나거든 막았던 물을 트고 내려와 공격하시오. 장비 장군은 박릉 나루터에 매복하시오. 반드시 조조의 군사들이 그곳으로 도망쳐 올 테니 그들을 대적하시오."

제갈량은 막힘이 없었다.

"조운 장군은 군사 3천 명을 이끌고 성 안 집들마다 유황과 염초를 뿌려 둔 후에 동, 서, 남, 북 성문 밖에 매복하시오. 내일 바람이 일기 시작하면 일제히 불화살을 쏘아 불을 지르시오. 미방과 유봉 장군은 군사 2천 명을 이끌고 작미파로 가 주둔하시오. 군사들에게는 붉은 기와 푸른 기를 나눠주었다가 조조의 군사들이 보이면 붉은 기를 든 군사들은 왼쪽으로, 푸른 기를 든 군사들은 오른쪽으로 정렬시키시오. 성에서 불길이 일면 적들을 향해 돌진해 싸우다가 나중에 백하 상류에 가서 관우 장군과 합류하시오."

이미 박망산에서 제갈량의 작전으로 대승을 거둔 바 있는지라 각 장수들은 기세등등하게 길을 나섰다. 제갈량은 유비와 함께 성루에 올라 형세를 살폈다.

마침내 허저가 3천 명의 군사를 이끌고 선봉에 선 가운데, 조인과 조홍이 10만 명의 군사를 거느리고 신야를 향해 들어왔다.

이들이 작미파에 이르러 보니 푸른 기와 붉은 기를 든 군사들이 섞여 있다가 좌우로 흩어졌다. 허저는 복병이 아닌가 의심스러웠다. 허저는 조인에게 가 의견을 구했다. 조인은 복병이 아닐 것이라며 진군하라고 했다. 허저가 작미파를 지나 숲에 도달했는데 군사들이 하나도 보이지 않았다. 그런데 산에서 음악 소리가 들려왔다. 허저가 보니 산꼭대기에서 유비와 제갈량이 술을 마시고 있었다.

'전쟁이 한참인데 저것들은 여유를 부리고 있다니.'

허저는 화가 나 유비와 제갈량을 향해 산을 올랐다. 그런데 산 위에서 통나무와 돌덩이들이 굴러 내려왔다. 한편에서는 군사들의 함성이 울려 퍼졌다.

허저와 조인은 시간이 지체되는 것 같아 신야성을 먼저 공략하기로 했다. 이미 날은 저물어 어두워졌고 바람이 일기 시작했다.

이들이 군사를 이끌고 신야성으로 가니 성문은 활짝 열려 있고 사람 하나도 찾을 수가 없었다. 유비가 성을 버리고 달아난 것으로 짐작한 이들은 각각의 집으로 나뉘어 밥을 지어먹고 그날 밤을 쉬려고 했다.

그때 조운의 군사들이 불화살을 날렸다.

"불이야!"

사방에서 불이 번지니 집안에서 쉬던 군사들은 순식간에 당한 일이라 방어할 준비도 못한 채 정신없이 밖으로 뛰쳐나갔다. 마침 동문에는 불길이 일지 않았기 때문에 모두들 동문으로 나가려다 많은 군사들이 밟혀 죽고, 깔려 죽었다.

이때 조운의 군사들이 달아나는 적을 뒤에서 베니 허저의 군사들은 제대로 한번 싸워보지도 못하고 죽어 나갔다. 간신히 성밖을 빠져나간 군사들은 미방과 유봉이 이끄는 군사들을 만나 죽거나 쫓겨 도망쳐야 했다.

간신히 살아남아 도망친 이들은 백하에 닿았다. 이들이 강물을 마시며 쉬려고 할 때였다. 아래쪽 사람들의 시끄러운 소리를 들은 관우가 강물을 막고 있던 흙 부대를 걷어내 버렸다. 막혀 있던 물이 급류를 이루어 하류로 몰아치니 쉬고 있던 군사들의 상당수가 휩쓸려 내려갔다.

살아남은 군사들은 혼이 달아나는 듯했으나 간신히 물살이 얕은 곳을 찾아 달아났다. 그런데 그곳은 장비가 지키고 있었다. 조인과 허저의 군사들은 더 이상 싸울 의지가 남아 있지 않았다. 발걸음을 빨리 해 도망칠 뿐이었다.

유비의 군사들은 승전의 함성을 울렸다. 그러나 불바다를 이뤘던 신야성으로 돌아갈 수는 없는 노릇이었다. 유비와 군사들은 배를 나눠 타고 백하를 건너 번성으로 들어갔다.

강동을 설득시키다

※ · · · · · ·

달아난 조인과 조홍, 허저는 조조 앞에서 패전을 알렸다. 조조는 유비의 군사 제갈량에 대해 분한 생각을 갖게 되었다. 조조는 전군을 이끌어 신야현으로 가 진을 치고 번성 공격 준비에 들어갔다.

유비는 번성에 군사를 주둔시켰으나 조조군의 침공에 맞서 싸우기에 적합한 곳은 아니라는 생각이 들었다. 언뜻 생각나는 곳이 유종이 있는 양양성이었다. 유비가 양양으로 향하는데 신야의 백성들과 번성의 백성들이 모두 유비를 따랐다.

유비가 양양에 도착해 성문 앞에 이르렀을 때였다. 유비가 온 것을 안 채모와 장윤이 군사들을 시켜 활을 쏘게 했다. 이때 위연이라는 장수가 채모와 장윤을 꾸짖으며 성문을 열고 유비를 들어오게 했다. 이런 위연을 장수 문빙이 막아서니 유비의 등장으로 성 안에서는 내분이 일어나게 되었다.

유비는 다시 발걸음을 돌릴 수밖에 없었다. 제갈량은 유비에게 강릉으로 가도록 했다.

"강릉은 형주에서 중요한 요새입니다."

유비 일행은 강릉을 향해 무거운 발걸음을 옮겼다.

한편 유비를 도왔던 위연은 한참을 싸운 후에 양양을 탈출해 유비를 찾았으나 유비의 행방을 알 수가 없었다. 위연은 장사로 가서 태수 한현에게 몸을 의탁했다.

유비가 강릉으로 향하는 길은 느리기 짝이 없었다. 백성들 사이에 노약자와 아이들이 섞여 있기 때문이었다. 조조가 이미 번성을 점령했다는 소문이 들려오자 유비 휘하의 장수들은 애가 탔다.

마침내 제갈량이 유비를 설득했다.

"주공, 군사들이 먼저 강릉으로 가 후일을 도모해야 합니다."

그러나 유비는 막무가내였다.

"어진 것이 나라의 근간이거늘, 백성들이 나를 따르는데 그 백성들을 내가 버리고 갈 수는 없소."

유비의 뜻이 확고하니 제갈량도 그 말에 따를 수밖에 없었다.

제갈량은 차선으로 관우와 손건을 강하의 유기에게 보내 구원을 청하게 했다. 또 장비에게 3천 명의 군사를 주어 후방을 지키게 했다. 그리고 만일을 대비해 조운을 불렀다.

"장군은 주공의 가족을 잘 모셔야 하오."

제갈량이 임시로 조치를 취하는 동안에도 유비 일행은 하루에 10리를 가는 것이 고작이었다. 이제 곧 조조군에 잡힐 일만 남은 듯했다.

한편 조조는 번성에 입성하자 양양으로 사람을 보내 유종을 불러오게 했다. 그러나 유종은 겁을 내며 조조 만나기를 꺼려 했다. 어쩔 수 없이 채모가 유종 대신 장윤과 함께 번성으로 가 조조를 만났다.

조조는 채모에게 형주, 양양의 사정을 물어보니 채모가 하나도 빠트리지 않고 조조에게 고했다. 조조는 만족해 하며 채모를 수군대독으로, 장윤을 수군부도독으로 삼았다.

'저들이 유비와 손권을 치는 데 유용하리라.'

조조는 지금까지 지상전을 주로 치렀기 때문에 채모와 장윤을 중용한 것이었다. 조조는 채모와 장윤을 돌려보내며 유종을 형주, 양양의 주인으로 삼겠다는 뜻을 다시 한 번 전했다.

다음날, 조조는 양양으로 입성했다.

채부인은 직접 성밖에 나와 유종과 함께 조조에게 인사했다. 채부인은 형주 자사의 인장과 병부를 조조에게 바쳤다. 조조가 유종을 형주와 양양의 주인으로 삼을 것을 두 번이나 약조했던 까닭에 조조의 위신을 세우는 수순일 뿐이었다.

조조는 먼저 유종이 조조에게 항복하도록 권유한 괴월 등의 장수들에게 벼슬을 내렸다. 그런데 조조의 입에서 뜻밖의 말이 흘러나왔다.

"유종을 청주 자사로 삼겠다."

유종이 깜짝 놀라 조조에게 사정했다.

"벼슬은 필요 없으니 제발 아비가 물려주신 땅에 살게 해주시오."

조조는 완강했다.

"청주는 허도와 가까우니 그곳에 있으면 높은 벼슬을 내릴 것이다. 또 이곳에 네가 남아 있으면 네게 위해를 가하는 자가 있을 것이니 청주로 떠나거라."

마침내 유종은 어머니 채부인과 청주 땅으로 길을 떠났다. 조조는 유종이 떠나기 무섭게 우금을 불러 영을 내렸다.

우금은 조조 앞을 물러나오자 군사 수백 명을 이끌고 말을 달려 유종과 채부인을 뒤쫓았다. 마침내 채부인과 유종은 우금의 군사들에게 잡혀 죽고 말았다.

이때 문빙은 조조에게서 주공을 지키지 못했음을 자책하며 숨어 있었다. 조조는 문빙의 충정을 높이 샀다. 그를 강하 태수로 삼았다. 조조는 문빙으로 하여금 길을 안내하게 하고, 5천 명의 군사로 유비를 뒤쫓게 했다.

이때 유비는 느린 행군으로 강릉으로 향하며 유기의 지원군이 오기를 기다렸다. 그러나 구원군은 물론 관우조차 소식이 없었다.

유비는 다시 제갈량을 유기에게 보내기로 했다.

"아무래도 관우 동생이 조카를 설득하지 못한 모양이오. 군사께서 직접 가면 지난날 조카의 목숨을 구해준 인연이 있으니 틀림없이 우릴 도우러

올 것이오.”

제갈량은 유비의 뜻에 따라 군사 5백 명을 거느리고 강하를 향해 떠났다. 유비는 가던 길을 계속했다. 그날 당양 땅에 이르러 진영을 세웠을 때였다. 밤이 깊었는데 조조가 보낸 선발대가 유비군을 따라잡아 공세를 폈다.

짐작은 했으나 그리 빨리 따라잡을 줄 몰랐던 유비는 대책을 세울 수 없었다. 장비의 도움으로 간신히 목숨을 구해 달아나기 무섭게 적장 하나가 막아섰다. 그런데 자세히 보니 유표 휘하에 있던 문빙이었다. 유비는 문빙을 보고 꾸짖었다.

“그대는 신의가 있는 장수로 알았는데 어찌 조조의 졸개가 되었는가?”

그러자 문빙은 부끄러워하며 유비 앞을 떠나버렸다.

새벽녘이 되어 장비가 후방을 방어한 덕에 유비는 간신히 전장을 떠나올 수 있었다. 장비가 장판교를 지켜 유비는 잠깐 숨을 돌렸다. 그러나 유비를 따르던 많은 사람들이 온데간데없이 흩어져버린 후였다. 유비의 가족을 책임지고 있는 조운의 행방도 묘연했다.

조운은 밤중에 갑작스런 기습을 당하자 열심히 창을 휘두르며 적의 목을 벴다. 그런데 어느 순간 보니 유비 가족들의 행방을 알 수가 없었다. 조운은 자기에게 맡겨진 소임을 다하지 못했다는 자책감이 컸다.

‘내 주공의 가족들을 찾지 못하면 돌아가지 않으리라.’

한참을 헤매던 조운은 흩어진 백성들 사이에서 감부인을 찾아냈다. 감부인은 미부인과 아두와 헤어져 혼자서 백성들 틈에 섞여 있었다.

조운이 감부인과 함께 장판교로 향하는데 조조의 장수 순우두가 미축을 사로잡아 가고 있었다. 조운은 창을 휘둘러 순우두를 죽이고 미축을 구해냈다. 조운은 미축과 감부인을 각기 말에 태워 장판교로 호위해 장비에게 인도했다.

조운은 다시 미부인과 아두를 찾아 나섰다. 이때 조운은 조조의 보검 청홍을 들고 있는 장수 하후은을 만나 단칼에 그를 죽이고 청홍을 손에 넣었다. 그리고 수소문 끝에 부상당한 채 어느 담장 아래 쓰러져 아두를 안고 있는 미부인을 찾을 수 있었다.

조운이 미부인을 말에 태워 구하려 하는데 미부인은 말에 타기를 거부했다.

"나는 상처가 심해 같이 가다가는 아두조차 구할 수 없을 것이오."

미부인은 아두를 내려놓고 몸을 돌려 가까이 있는 우물에 몸을 던지고 말았다.

조운은 슬퍼할 겨를도 없이 품속에 아두를 품고 장판교를 향해 말을 달렸다. 조운 홀로 장판교까지 가기에 전장은 넓기만 했다.

먼저 조홍의 휘하 장수 안명이 조운을 향해 달려들었으나 몇 합 싸우지 못하고 조운의 창에 맞아 죽고 말았다.

이어 나타난 장합을 피해 달아난 조운은 마연, 장의, 초촉, 장남 네 명의 장수를 한꺼번에 대적하게 되었다. 조운은 하후은으로부터 빼앗은 보검 청홍을 휘둘러 닥치는 대로 적을 베며 퇴로를 열었다.

조조가 산 위에서 보니 조운의 무공은 신기에 다름 아니었다. 조조가 조홍을 시켜 그 장수가 누구인지 알아보게 했다.

"상산의 조운이라 하더이다."

조조는 조운의 용맹에 반해 그를 사로잡아 자신의 부하로 삼고 싶었다. 조조는 전 군에 명을 내렸다.

"조운이 가거든 활을 쏘지 마라."

이로써 조조가 유비의 아들 아두를 구하는 상황이 벌어지게 되었다.

조운은 화살 하나 날아오지 않는 전장을 달렸다. 장수들을 죽이며 장판교로 향하는데 이번에는 하후돈 휘하의 종진, 종신 형제가 도끼와 창을 휘두르며 조운을 향해 달려들었다.

종진과 종신 형제도 조운의 상대는 아니었다. 먼저 종진을 찔러 죽이고 종신을 베니 청홍검의 단칼에 종신의 몸이 두 쪽으로 갈라지고 말았다. 이때 조운은 장판교 가까이 이르렀는데 조운 역시 사람인지라 지친 기색이 완연했다. 이런 조운을 문빙과 휘하의 군사들이 쫓아왔다. 조운은 더 이상 적군을 상대할 여력이 남아 있지 않음을 깨달았다. 그런데 멀리 장판교 위에 장비가 버티고 서 있는 모습이 눈에 들어왔다.

조운은 장비를 향해 소리쳤다.

"장군, 나를 도와주시오."

그러자 장비가 기세 좋게 말을 타고 나서며 화답했다.

"내가 간다."

장비는 조운을 장판교로 향하게 하고 적을 향해 창을 휘두르며 적을 막았다.

조운은 장판교를 지나 말을 달려가다가 유비를 만났다.

"주공!"

"장군, 무사했구려!"

두 사람은 이내 서로 얼싸안으며 울음을 터뜨렸다.

조운이 미부인이 죽은 사실을 알리자 유비는 물론 주변의 사람들도 숙연해졌다.

마침내 조운은 품에서 아두를 꺼냈다. 아두는 죽은 듯 잠이 들어 있었다. 유비는 아들 아두를 받아 들더니 이내 바닥에 내동댕이쳤다.

"이놈이 명장을 잃게 할 뻔했구나."

조운은 유비가 자신을 생각하는 마음을 알고 감격해 했다.

한편 장판교 건너에서는 장비의 창에 문빙이 거느리고 온 군사들의 목이 사정없이 바닥에 굴러 떨어졌다.

문빙은 조운을 쫓는 것은 물론 장비와 상대하는 것도 단념하고 말을 달려 달아나고 말았다. 이때 조인, 이전, 하후돈, 하후연, 악진, 장요, 장합, 허저 등의 장수들이 장판교로 향했다. 이들은 도중에 문빙을 만나 장판교를 방어하고 있는 장수가 장비라는 사실을 알 수 있었다.

장수들이 장판교 가까이 도착하니 장비가 장판교 위에 눈을 부릅뜬 채 지키고 서 있었다.

장판교를 지키고 있는 장수는 장비 하나였지만 이미 제갈량의 지략을 알고 있는 터여서 조조군의 장수들은 쉽게 공략할 생각을 하지 못했다.

뒤늦게 조조가 그곳에 도착해 장수들을 헤치고 직접 장비를 보기 위해 앞으로 나섰다.

'일전에 관우가 말하기를 장비가 관우 이상의 무공을 지녔다고 했는데.'

조조가 온 것을 안 장비는 조조가 들으란 듯이 고함을 질렀다.

"나는 연나라의 장수 장비다. 누가 나와서 나랑 겨뤄볼 테냐?"

그 소리가 어찌나 컸는지 조조의 대군 사이에서 동요가 일 정도였다. 조조는 장수들을 상대로 일전에 관우가 들려주었던 이야기를 꺼냈다.

"장비는 100만 대군 속에 뛰어 들어 적장 목을 베기를 주머니 속 물건 꺼내듯 한다 하던데……."

그러는 사이 장비가 더욱 소리를 높여 싸움을 청했다.

"나는 연나라 사람 장비다. 누가 나서 싸우겠느냐?"

그때 조조 옆에서 말에 타고 있던 하후걸이 놀라 말에서 떨어져 어이없이 죽고 말았다. 조조 자신도 놀랐거니와 군사들의 동요가 더욱 심해지자 조조는 장비와 싸울 뜻을 접었다.

"돌아가자."

조조의 한 마디가 떨어지기 무섭게 군사들은 줄행랑을 치기 바빴다. 달아나기 급급해 창, 칼을 떨어뜨린 군사의 수가 부지기수였다. 장비가 고함 하나로 조조의 수십만 대군을 무찌른 것이었다.

조조가 돌아간 것을 확인한 장비는 많은 군사가 매복했던 것처럼 행동하던 군사들을 물리고 장판교 다리를 끊어버린 후 유비에게 돌아갔다.

장비의 보고를 듣는 유비는 흐뭇해 했다.

"동생의 고함에 조조의 대군이 물러갔단 말이지? 과연 동생답도다."

그런데 장비가 장판교 다리를 끊었다는 대목에 이르자 유비의 얼굴빛이 노래졌다.

"아아! 동생이 큰 실수를 했구나. 다리를 그대로 지켰어야 했는데, 이제 조조가 속은 것을 알고 뒤쫓아 올 것이다. 어서 이곳을 떠나야겠다."

유비는 남은 군사를 수습해 한진 땅으로 길을 잡았다. 유비의 예상은 빗나가지 않았다.

조조가 장비의 속임수에 놀라 달아나 전열을 가다듬고 보니 자신이 공연히 도망친 것이 아닌가 하는 생각이 들었다. 조조는 장요를 시켜 장판교의 상황을 알아보게 했다. 장요가 장판교에 도착했을 때 이미 다리는 끊겨 있었고 장비의 모습도 보이지 않았다. 장요는 조조에게 정찰한 내용을 보고했다.

"장판교는 이미 끊어져 있었습니다. 장비의 모습도 보이지 않습니다."

조조는 화가 나 견딜 수가 없었다. 즉시 군사들을 동원해 다리가 끊어진 곳에 다리 세 개를 설치하게 했다. 많은 군사들이 움직이자 가교는 쉽게 완공됐다.

유비가 간신히 한진에 도착해 장강 앞에 이르렀을 때 뒤쪽에서 대군의 움직임이 감지됐다. 벌써 조조군이 유비가 있는 곳 가까이 쫓아온 것이었다. 유비는 더 이상 달아날 곳이 없어 보였다. 조조는 명을 내렸다.

"이제 유비는 독 안에 든 쥐다. 절대 빠져나갈 수 없을 것이니 최선을 다해 공격하라."

조조군이 유비를 향해 달려들 때였다. 산 위에서 관우가 청룡도를 들고 적토마를 달려 산을 내려왔다. 관우의 뒤에는 1만 명의 기병이 따르고 있었다. 조조는 관우와 1만 명의 기병을 보자 깜짝 놀라고 말았다.

'또 제갈량의 계략에 넘어갔구나.'

조조는 즉시 퇴각을 명했다.

관우는 조조군을 멀리 쫓아버리고 유비에게 돌아와 인사했다. 유비는 반가운 한편 간신히 목숨을 건진 후라 놀랍기만 했다.

"어찌 된 일인가?"

"유기공이 군사를 빌려주었습니다."

관우는 군사를 거느리고 장판교로 향하다가 그곳 싸움이 끝난 것을 알고 도중에 한진으로 달려왔던 것이었다.

유비 일행은 한진 나루에서 기다리던 배에 올라탔다. 관우는 그제야 미부인이 스스로 목숨을 끊은 사실을 전해들었다.

이때 유기가 군사를 배에 태우고 와서 유비와 합류했다.

"숙부님, 제가 이제야 왔습니다."

유비가 유기를 반갑게 맞이한 후 같은 배에 타고 강하로 향하는데 멀리서 한 떼의 전함이 무리 지어 오는 것이 보였다.

전함들을 보고 놀란 것은 유기였다.

'강하의 군사들은 내가 다 이끌고 왔으니 저것은 손권의 군사이거나 조조의 군대일 것이다.'

순식간의 일이라 유기는 대책을 세우지 못하고 있었다.

어느덧 전함 위에 있는 사람이 눈에 들어왔다. 이번에는 유비가 깜짝 놀랐다.

"아니 공명 군사가 아닌가?"

이윽고 제갈량이 유비 앞에 이르러 그간의 사정을 고했다.

제갈량은 관우를 먼저 보내 유비를 돕게 하고, 유기를 보내 유비를 영접하게 한 후 장강 하구로 갔었다. 그곳에서 제갈량은 군사를 일으켜 뒤늦게 유비와 합류한 것이었다.

제갈량은 유비가 장강 하구에 주둔할 것을 청했다.

"군사를 모으기 위해 하구에 가 보니 성이 견고하고 군량도 풍족했습니다. 주공께서 하구에 주둔하고 유기공이 강하에서 서로 도우면 조조와 대적할 수 있을 것입니다."

유기는 제갈량의 말이 끝나자 자신의 의견을 말했다.

"군사의 말이 옳소. 하지만 숙부께서 일단 강하에서 군사를 정비한 후 하구로 가셔도 늦지는 않을 것이오."

유비는 유기의 말에 따르기로 했다. 하구를 내버려둘 수 없어 관우를 하구로 향하게 한 후 유비 자신은 제갈량, 유기와 함께 강하로 갔다.

조조는 관우에게 쫓겨 달아난 후 더 이상 유비를 쫓는 일을 단념했다. 오히려 유비가 강릉을 선점할 것이 두려워 군사를 이끌고 강릉으로 향했다.

강릉을 지키고 있던 등의와 유선은 이미 채모가 조조에게 항복한 마당인지라 성밖으로 나와 조조군을 맞이했다.

강릉에 입성한 조조는 모사들을 소집했다. 강하로 간 유비가 손권과 손잡으면 남은 두 장애물의 세력이 더욱 커지는 형상일 것이었다.

순유가 대책을 말했다.

"손권에게 사자를 보내 강하를 치게 하십시오. 형주를 나눠 갖고 계속해서 사이좋게 지내자고 하면 협상에 응할 것입니다."

조조는 순유의 의견에 따라 사자를 손권에게 보냈다. 한편으로는 100만 명에 가까운 군사를 일으켜 장강을 따라 배치했다.

한편 동오의 손권은 조조의 기세에 놀라고 있었다. 조조가 군사를 일으켰는가 싶더니 어느새 양양, 번성, 강릉을 차례로 손에 넣었다는 보고가 꼬리를 물고 들어오는 것이었다.

손권은 모사들을 불러들여 대책을 논의했다.

노숙이 앞에 나섰다.

"이웃한 형주는 방비가 튼튼하고 재물이 넉넉해 백성들이 편안하게 살고 있습니다. 우리가 형주를 차지하면 세상을 도모할 수 있을 것입니다. 그런데 유표가 죽고, 유비마저 조조에게 쫓겨 달아났으니 조조를 견제하기 어렵게 되었습니다. 제가 유표를 조문한다는 구실로 강하에 가겠습니다. 유비를 만나 주공과 손잡고 조조를 치자고 하면 유비도 응할 것입니다."

손권은 그 즉시로 노숙을 강하로 보냈다.

유비는 강하에 도착해 제갈량, 유기와 앞일을 논했다. 유비와 제갈량에게도 조조와 맞설 수 있는 방법은 손권과 연대하는 것뿐이었다. 다만 세력이 큰 손권이 유비와 연대해 줄 것인지가 의문이었다.

제갈량이 유비에게 말했다.

"형주와 양양이 쉽게 조조의 손에 들어갔으니 강동의 손권도 편치만은 않을 것입니다. 분명히 사람을 보내 이곳 사정을 알아보려 할 터이니 강동에서 사람이 오면 제가 그를 따라 강동으로 가겠습니다. 가서 손권이 조조와 싸우도록 해보지요."

그로부터 며칠 후, 제갈량의 예상대로 손권의 사자로 노숙이 강하에 왔다. 노숙은 유기에게 들러 유표를 조문하고 유비를 만났다.

유비는 제갈량으로 하여금 노숙과 협상하게 했다. 노숙이 먼저 제갈량에게 예를 갖춰 인사했다.

"선생에 대한 고명은 익히 들어 알고 있으나 이제야 인사를 드립니다. 지금의 세상을 어떻게 보십니까?"

제갈량은 조조의 계책을 다 파악하고 있으나 다만 힘이 없어 강하에 몸을 피하고 있다고 답했다. 노숙이 다시 언제까지 강하에 머무를 것인지를 묻자 제갈량은 곧 강하를 떠나 다른 곳에 의탁할 뜻이 있음을 넌지시 밝혔다. 비로소 노숙은 속에 있는 이야기를 꺼냈다.

"동오는 우리 주공의 어진 처세로 군사는 씩씩하고 생활이 넉넉하니 많은 인재들이 모여 큰 일을 이룰 만합니다. 유 황숙께서 사람을 우리 주공에게 보내시어 뜻을 밝히면 힘을 합하여 조조를 상대하는 것이 가능할 것입니다."

제갈량은 노숙의 뜻이 확고한지를 물었다.

"우리 주공과 손권공께서는 친분이 없는데 사람을 보낸다고 일이 성사되겠습니까?"

"선생의 형님되시는 분이 우리 주공의 모사로 계시는데 선생 만나기를 고대하고 있습니다. 선생이 우리 주공을 만나면 제가 미약한 힘이나마 돕겠습니다."

그제야 제갈량이 유비의 뜻을 물었다. 유비는 짐짓 제갈량을 보내지 않으려는 것처럼 하다가 제갈량의 연이은 청이 있은 후에야 못이기는 척하고 제갈량을 노숙과 동행하게 했다.

제갈량은 노숙과 함께 뱃길에 올라 시상 땅으로 향했다. 시상으로 가는 배 안에서 노숙은 제갈량에게 말했다.

"선생께서 우리 주공을 만나거든 조조군의 수를 있는 그대로 말하지 마십시오."

제갈량이 화답했다.

"저도 그리 생각하고 있었습니다."

일행이 시상에 도착해 노숙이 먼저 손권에게 인사하러 갔다.

이때 손권과의 동맹을 위해 조조가 보낸 사자가 도착해 손권이 부하들을 모아놓고 대책을 의논하고 있었다.

손권이 마침 잘 되었다 싶어 노숙에게 조조가 보낸 편지를 내밀었다.

노숙은 손권의 뜻을 물었다.

"주공의 뜻은 어떠시오?"

"아직 결정한바 없소."

이때 장소가 손권에게 고했다.

"조조가 황제의 이름을 빌려 100만 대군을 이끌고 세상을 평정하고 있으니 그에게 맞서면 황제의 뜻을 거역하는 것이 됩니다. 또 조조가 이미 형주를 차지해 장강을 나누었으니 군사로 대적하기에도 어려울 것입니다. 그러니 조조와 동맹하는 것이 이치에 합당할 것이오."

장소의 말이 끝나자 다른 모사가들이 장소의 뜻에 동의했다.

손권은 묵묵히 듣고 있더니 자리를 떠나버렸다. 노숙이 손권의 뒤를 따라 나갔다. 손권이 노숙에게 물었다.

"장소의 말이 어떻소?"

"다른 사람들은 모두 조조에게 항복해도 되지만 주공께서는 항복해서는 안 됩니다."

"어째서 그렇소?"

"저 같은 사람이야 관직을 물러나 숨어살다가 다시 벼슬길에 나서면 됩니다. 그러나 주공께서 항복하시면 말 한 필과 따르는 자 몇몇이 남는 것이 전부일 것이외다. 지금 항복을 권하는 사람들은 자신들의 생각만 하는 것이니 흔들려서는 안 됩니다."

"참으로 합당한 말이오."

손권은 고작 노숙만이 자신의 뜻과 같음에 절로 한숨이 나왔다. 그러나 노숙이 먼 길을 다녀왔으니 결과를 묻지 않을 수 없었다.

"강하에 다녀온 일은 어찌 되었소? 조조의 세력이 만만치 않을 터인데 대책을 구할 수 있겠소?"

"제가 유비의 군사로 있는 제갈근의 동생 제갈량을 데려왔으니 내일 그를 불러 말씀을 나눠보십시오."

"그렇게 하리다."

다음날 노숙은 제갈량을 손권의 부중으로 데려갔다. 노숙은 손권을 만나기에 앞서 제갈량에게 조조의 세력을 있는 그대로 말하지 말 것을 거듭 당부했다.

제갈량이 손권의 부중에 들어가니 20여 명의 모사들이 그를 지켜보고 있었다. 제갈량은 모사들에게 일일이 인사한 후 자리를 잡았다.

장소는 제갈량을 보고 먼저 기세를 올렸다.

"유 황숙이 선생의 초려를 세 번 찾아가 선생을 군사로 모신 후 고기가 물을 만났다고 기뻐했다 하더이다. 유 황숙이 선생을 만나 단숨에 형주, 양양을 얻을 것 같더니 실상은 조조가 형주, 양양을 차지하고 말았습니다. 어떻게 된 일입니까?"

"형주, 양양을 차지하는 것은 손바닥을 뒤집듯 쉬운 일이나 우리 주공께서 대의와 명분을 중시하는지라 종친이신 유표공과 그 자제들이 주인인 땅을 차지할 수 없어 오늘에 이른 것이오. 둘째 아들 유종공이 교활한 자들에게 속아 조조에게 항복해 조조가 형주, 양양에서 큰 소리를 치고 있으나 나와 우리 주공은 형주, 양양을 되찾을 방안을 이미 마련하였소."

"유 황숙이 신야성과 번성을 근거로 하고 있었는데 선생을 만난 이후로 패전을 거듭해 두 성마저 조조군에 빼앗겼소이다. 유 황숙이 선생을 얻은 이후로 형세가 나빠졌으니 이는 어찌된 연유요?"

"참새가 어찌 봉황의 뜻을 알겠소. 사람이 병을 얻으면 죽을 먹이고 순한 약을 써서 몸을 다스려야 하오. 그런 후에 고기를 먹이고 강한 약을 쓰면 병을 치유할 수 있소. 몸이 약한 환자에게 강한 약을 쓰거나 고기를 먹이면 몸을 상하게 되는 수가 있지요. 우리 주공께서 지난날 여남 땅에서 패해 형주의 자사께 의탁했으니 관우, 장비, 조운이 이끄는 군사가 1천 명에도 이르지 못했소. 이것을 사람으로 치자면 병약한 환자라 할 것이오. 신야는 원래 작은 고을로 군량이 많지 않은데다 군사도 넉넉하지 않으니 오래 머물 생각은 없었소. 그럼에도 불구하고 박망산에서 화공을 써서 하후돈의 10만 대군을 물리쳤으며, 또한 백하의 물로 조인을 혼나게 했으니 이보다 더한 계책은 없을 것이오. 유종공이 조조에게 항복한 것을 우리 주공은 몰랐기에 우리 주공은 형주를 차지하지 못하고 물러섰던 것이며, 백성들이 뒤따라 하루에 10리 밖에 가지 못했어도 죽음을 무릅쓰고 백성들과 함께하시었소. 이 때문에 다 얻은 강릉 땅을 얻지 못한 것이오. 이것이 대의요 명분이외다. 전쟁에 어찌 승리만이 있겠소? 한 고조 황제께서도 패하기를 거듭했으나 한 번 싸워 세상을 얻었으니 황제를 모신 한신 장군 또한 비웃음을 사지 않소. 국가의 대사를 위해서는 오로지 전략이 있어야 하오. 눈앞의 것을 보고 말이 앞서면 일을 당했을 때 하나도 잘하는 것이 없어 웃음거리가 되기 십상이오."

제갈량의 막힘없는 언변에 장소는 입을 굳게 다물었다.

그러자 우번이 장소의 뒤를 이어 말했다.

"지금 조조가 100만 대군을 이끌고 강하를 삼키려 하니 선생은 어떻게 대처할 생각이오?"

"조조는 원소의 개미 같은 군사들과 유표공의 오합지졸을 휘하에 거느리고 있으니 비록 100만 대군이라 하더라도 두려울 것이 없소."

"당양에서 패하여 선생이 구원을 온 것이 아니오? 그런데도 100만 대군이 무섭지 않다고 말하니 이는 거짓말이 아니오?"

"맞소. 우리 주공의 군사만으로는 조조의 100만 대군을 상대하기가 어렵소. 우리 주공께서는 지금 때를 기다리고 있을 뿐이오. 하지만 이곳 강동은 형편이 넉넉하고 군사가 용맹하며 장강이 요새가 되어 방어할 수 있소. 이런 훌륭한 조건을 가진 여러분들이 주공에게 항복을 권하는 것은 천하의 웃음거리가 될 것이오."

우번은 부끄러워 얼굴을 들지 못했다.

설종이 말을 돌려 제갈량에게 조조에 대해 물었다.

"선생은 조조가 어떤 사람이라고 생각하시오?"

"조조는 한나라의 역적이지요."

"틀렸소. 한나라는 하늘이 정한 운이 끝나가고 있소. 지금은 조조가 하늘의 뜻을 얻어 천하의 3분의 2를 차지했으니, 민심도 조조에게 쏠리고 있소. 유황숙이 하늘의 뜻을 모르고 조조와 싸우는 것은 달걀로 바위 치기 격이오."

설종이 말을 마치자 제갈량이 지금까지와 달리 언성을 높여 꾸짖었다.

"무릇 사람의 근본은 충과 효이거늘 어찌 부모도 임금도 없는 듯 말하시오. 그대가 한나라의 신하이면 한나라의 역적을 보고 죽기를 맹세해야지 어찌 조조가 반역을 하는데 분노할 줄을 모르시오. 온 백성이 조조의 행동에 분노하고 있거늘 하늘의 뜻이라고 한단 말이오?"

설종은 입을 닫고 말았다. 제갈량의 서슬에 육종이 마지못해 유비의 태생을 시비 삼아 말했다.

"조조는 정승 조참의 후손이오. 유 황숙은 중산정왕의 후손이라 하나 증거가 없을 뿐더러, 지난날 돗자리를 짜 살았다 하니 조조와 겨룰 수 있겠소?"

"조참이 한나라의 정승이었다면 한나라의 신하였으니 조조가 황위를 찬탈하려는 것은 조상의 이름에 먹칠을 하는 것이오. 우리 주공께서 지난날 황제 앞에 나가니 황제께서 족보를 확인하고 황숙이라 칭하였거늘 어찌 증거가 없다 하시오? 또 한 고조 황제께서는 농민의 아들로 태어나 한나라를 세우셨거늘 돗자리를 짠 과거가 무슨 문제가 되겠소?"

육종이 더 질문을 못하자 엄준과 정덕추가 제갈량의 공부가 어디까지인지를 물었다. 제갈량은 경전을 공부하는 것이 능사가 아니라 현실에 쓸 수 있는 학문이 필요하다고 나무랐다.

이때 밖에서 한 사람이 들어서며 좌중에게 큰 소리로 말했다.

"많은 사람이 공명 선생의 입을 꺾으려 하는 것은 손님에 대한 예의가 아니오. 조조가 대군을 이끌고 가까이 있는데 물리칠 계획은 세우지 않고 입씨름만 하려 하오?"

그는 동오의 군량을 담당하는 황개였다. 황개는 방향을 돌려 제갈량에게 말했다.

"좋은 의견이 있으면 우리 주공께 말씀하실 일이지 이리 말싸움을 하고 계시오?"

"그저 물어보니 대답하였소."

황개와 노숙은 제갈량을 이끌어 손권이 있는 곳으로 향했다. 가는 도중 제갈량은 형 제갈근을 만났다. 제갈량은 손권에게 인사한 후 형을 만나기로 하고 가던 길을 재촉했다.

노숙은 손권이 있는 곳에 가까워지자 한 번 더 제갈량에게 다짐을 주었다.

"제발 조조의 세를 크게 말해서는 안 되오."

제갈량이 손권 앞에 이르러 인사를 올리자 손권도 군사를 모시듯 정중히 인사했다. 제갈량은 먼저 유비의 인사를 전했다.

제갈량은 한 눈에 손권이 예사 인물이 아님을 알아보았다.

'이 사람은 딱 부러진 말로 설득해야 한다.'

노숙의 우려는 현실로 다가왔다. 손권은 조조의 세력이 어느 정도인지 궁금했다.

"선생은 조조군의 수가 얼마나 되는지 아시오?"

"100만 명쯤 될 것입니다."

"선생이 과장하는 것 아니오?"

"과장이 아닙니다. 조조가 연주를 차지했을 때 청주군이 20만 명이었습니다. 또 원소를 물리쳐 얻은 군사가 50만 명에 중원에서 모집한 군사가 50만 명이고, 이번에 형주를 점령해 얻은 군사가 30만 명이니 실상은 150만 명은 되지요. 제가 100만 명이라 말씀드린 것은 강동 분들이 놀랄까 봐 그리 한 것입니다."

제갈량의 대답에 마음이 쓰이는 것은 노숙이었다. 거듭 제갈량에게 당부를 했음에도 제갈량이 자신의 말을 무시하니 결과가 좋지 않을 듯했다. 노숙은 제갈량에게 자제하라는 눈빛을 주었다.

손권은 계속 질문을 던졌다.

"조조 휘하의 장수는 얼마나 되오?"

"2천 명은 될 것입니다."

이쯤 되니 노숙은 제갈량이 하는 대로 내버려 둘 수밖에 없었다.

"조조가 형주를 차지한 이상의 욕심이 있다고 보시오?"

"조조는 지금 장강 일대에 군사를 배치하고 있습니다. 이곳 강동 말고 조조가 도모할 곳이 또 있습니까?"

"조조가 강동을 노리고 있다면 싸워야 하겠소, 말아야 하겠소?"

"조조와 싸워 겨룰 수 없다면 조조에게 항복해 조조를 섬기면 될 것입니다. 동맹하는 척하고 다른 뜻을 가져서도 안 될 것입니다."

"유 황숙은 왜 조조에게 항복하지 않소?"

"우리 주공께서는 황실의 종친이오, 사람들의 존경을 받고 있는데 어떻게 조조 앞에 항복하겠습니까?"

손권은 머리끝까지 화가 났다.

'이놈이 나를 조조에게 항복하라 하면서 유비보다 못한 사람을 만들다니.'

손권은 끝내 자리를 박차고 나가버렸다. 이를 지켜보던 손권의 모사들도 제갈량이 뜻을 이루지 못했다고 결론짓고 끼리끼리 자리를 떠났다.

노숙은 제갈량을 탓했다.

"어찌 우리 주공에게 그리 무례하시었소?"

제갈량은 크게 웃었다.

"내가 조조를 물리칠 계책을 말하려고 했는데 그냥 박차고 일어나더이다."

노숙은 제갈량에게 큰 뜻이 있음을 짐작하고 손권에게 갔다. 노숙은 아직도 화가 나 있는 손권에게 제갈량의 말을 전했다.

손권은 성급했다 싶어 술상을 마련하게 하고 제갈량을 다시 불렀다. 술자리가 무르익자 손권은 제갈량에게 본심을 털어놓았다.

"조조는 평생 동안 여포, 유표, 원소, 원술, 유 황숙, 나를 미워했소. 이제 모두 죽고 유 황숙과 나만 남았소. 나는 유 황숙이 조조를 방어해 줄 수 있을 줄 알았는데 이렇게 되었으니 나 혼자서 어찌 조조와 대적하겠소?"

제갈량도 진심으로 손권을 대했다.

"저희에게는 관우 장군이 이끄는 기병 1만 명이 있고, 유기공이 이끄는 강하의 군사 1만 명이 있습니다. 그런데 우리의 군사들은 날래고, 조조의 군사들은 먼 길을 와 싸우느라 지쳐 있습니다. 또 조조의 북쪽 군대는 수전에 약하고, 형주 군사들은 어쩔 수 없이 조조에게 복종하고 있을 뿐입니다. 공께서 우리 주공과 손을 잡고 조조를 치면 어렵지 않게 조조를 물리칠 수 있을 것입니다."

손권은 가슴 속이 후련해짐을 느꼈다.

"선생은 참된 군사요. 내 반드시 조조와 싸워 그를 쫓아낼 것이오."

손권은 술자리가 파하자 노숙에게 군사를 일으키도록 했다. 그러자 장소를 비롯해 많은 부하들이 몰려와 손권의 결정에 반대하고 나섰다.

결국 손권 휘하의 사람들이 한편은 조조와의 싸움을, 한편은 조조에게 항복을 주장하며 대치하게 되었다. 손권은 답답할 따름이었다. 잠도 못자고 제대로 먹지도 못할 정도였다.

이때 손권은 '나라 안의 일은 장소와 논하고, 나라 밖의 일은 주유와 논하라' 는 어머니의 유언을 떠올렸다. 손권은 파양호에서 수군을 조련하고 있던 주유를 불러들이게 했다. 주유가 시상으로 돌아올 때 노숙이 나가 영접하며 그간의 과정을 모두 말해 주었다. 주유는 노숙에게 제갈량과 만나도록 해달라고 부탁했다.

주유가 노숙과 헤어져 숙소에서 쉬고 있는데 장소, 고옹을 비롯해 조조와의 전쟁을 반대하는 사람들이 주유를 찾아왔다. 이들은 주유가 손권을 설득하여 손권이 조조에게 항복하게 하도록 청했다.

주유가 이들의 의견을 듣고 돌려보내고 나니 이번에는 조조와 싸우겠다는 사람들이 찾아왔다. 정보, 황개, 한당 등 이름난 장수들이었다. 이렇게 번갈아가며 사람들이 주유를 찾으니 주유도 갈피를 잡지 못할 지경이었다.

마침내 저녁이 되어 노숙이 제갈량을 주유의 숙소로 데려왔다. 제갈량이 주유와 인사를 마치자 노숙이 주유에게 물었다.

"사람들의 의견이 분분하니 주공이 장군의 의견에 따르게 될 것입니다. 장군의 뜻은 무엇입니까?"

"조조가 황제를 앞세웠으니 거스를 수 없고, 싸우면 반드시 지게 될 것이오. 항복은 쉬운 일이니 내일 주공께 항복을 권할 생각이오."

그러자 노숙이 뜻밖이라는 듯 주유에게 따져 물었다.

"손책공께서 유언에 나라의 중한 일은 장군과 논하라 하셨거늘 어찌 이런 결정을 하신다는 말이오?"

주유와 노숙이 계속해서 설전을 벌이는데 제갈량은 곁에서 웃기만 할 뿐이었다. 주유는 제갈량의 의견을 듣고 싶었다.

"선생은 왜 웃고만 계시오?"

그러자 제갈량이 뜻밖의 대답을 했다.

"노숙공이 시국을 잘 모르는 듯해서 웃었소. 주유 장군의 말을 들어보니 항복하는 것이 옳소."

당연히 노숙은 제갈량에게 버럭 화를 냈다. 그러자 제갈량이 진지하게 말했다.

"나에게 한 가지 계책이 있으니 두 사람을 배에 태워 조조에게 보내면 조조는 즉각 물러갈 것이오."

주유가 물었다.

"그 두 사람이 누구요?"

"한 사람은 대교요, 다른 사람은 소교입니다."

그러면서 제갈량은 조조가 강동의 대교와 소교를 탐낸다는 시를 들려주었다.

주유는 화를 버럭 냈다. 그리고 제갈량을 향해 따지듯 설명했다.

"선생은 몰라서 그러는 것이오? 대교는 손책공의 부인이고, 소교는 내 아내요."

제갈량은 사실을 알고 있었으면서 몰랐던 것처럼 시치미를 뗐다.

"제가 모르고 실언을 했습니다."

주유는 조조와의 결전을 다짐했다.

"좀 전에 내가 항복하겠다고 한 말은 속내를 알아보기 위한 것이었소. 나는 처음부터 조조와 싸울 생각이었소. 공명 선생은 나를 도와주시오."

이튿날, 손권은 모든 모사와 장수들을 불러 자리했다. 주유는 비로소 자리에 참석해 손권에게 인사했다. 손권은 조조의 편지를 주유에게 읽게 했다. 주유는 편지를 읽는 듯하더니 소리를 높여 조조를 욕했다.

"늙은 놈이 강동을 우습게 아는구나."

손권이 주유의 의견을 묻자 주유는 다른 사람들의 의견을 물었다. 그러자 장소가 그간 누차 들었던 이유를 대며 항복을 주장했다.

장소의 말을 들은 주유는 대뜸 장소의 의견을 묵살하며 항복을 반대하고 나섰다.

"조조는 한나라의 승상이라 하나 사실은 역적이오. 주공께서는 아버님과 형님이 남기신 가업을 이었는데 어찌 조조에게 항복할 수 있겠소? 우리는 군사가 용맹하고 군량이 풍부하나 저들은 지쳐 있고, 군량도 부족할 것이오. 지금이야말로 조조에게 본때를 보여줄 절호의 기회입니다."

주유가 말을 마치자 손권이 자리에서 벌떡 일어났다.

"그대의 의견이 나의 뜻과 같소."

손권은 칼을 빼어 들더니 옆에 놓인 탁자를 잘라버렸다.

"다시 항복이라는 말을 꺼내는 자가 있으면 이 탁자처럼 될 것이오."

손권은 그 자리에서 주유를 대도독, 정보를 부도독, 노숙을 찬군교위로 삼았다. 그리고 탁자를 잘랐던 칼을 주유에게 주어 군령을 세웠다.

적벽대전

주유는 손권의 부중을 나와 제갈량에게 갔다. 그리고 그날 있었던 일을 말하며 제갈량에게 다시 한 번 정중하게 도움을 청했다.

제갈량은 손권의 뜻이 아직 확고하지 않을 것이라며 먼저 손권을 확신시켜야 할 것이라고 조언했다. 제갈량의 말을 듣고 주유는 손권에게 찾아가 의중을 물었다. 제갈량의 말대로 손권은 조조의 세력이 큰 데 대해 불안해하고 있었다.

"우리 군사의 수가 적으니 패할까 걱정이 되오."

주유는 조조의 말을 잘 듣는 군사가 실상은 20, 30만 명에 불과하고, 그들마저도 지쳐 있어 걱정할 정도가 아니라고 설득했다.

손권은 주유의 설득으로 자신감을 회복하고 결전의 의지를 확고히 했다. 손권을 설득하고 나온 주유는 제갈량이 사람의 마음을 꿰뚫어 보는데 놀라는 한편, 제갈량의 능력에 두려움을 느꼈다.

주유는 노숙을 불러오게 했다. 노숙이 연락을 받고 주유에게 찾아오자 주유는 제갈량에 대해 말을 꺼냈다.

"제갈량은 능력이 출중한 사람이 틀림없으나 그가 유비의 사람이니 결국 우리의 적이 될 것이오. 그가 강동에 있을 때 죽여 버려야겠소."

노숙은 뜻밖의 말에 깜짝 놀랐다.

'지금 조조와 싸우러 나가야 할 때에 제갈량이 죽고 나면 승리를 장담할 수 없다.'

노숙은 제갈량이 조조와의 싸움에 꼭 필요하다고 설득해 주유의 마음을 돌려놓았다.

이튿날 주유는 각 장수들로 군대를 편성해 조조와의 싸움을 치밀하게 준비했다. 어느 정도 큰 틀을 마무리 지으니 주유는 다시 제갈량이 걱정이 되었다. 노숙의 의견에 따라 제갈량을 살려두었지만 제갈량이 유비의 군사로 있는 것이 개운하지가 않았다.

'주공의 모사인 제갈근이 제갈량의 형이라고 했지?'

주유는 제갈근을 불렀다.

"동생을 설득해 같이 주공을 모시면 어떻겠소?"

제갈근도 타당하다 여겨 제갈량을 만났다. 그러나 제갈량은 제갈근의 의중을 알고 미리 선수를 쳤다.

"형님께서 우리 주공을 모시면 대의에 합당할 것입니다."

제갈근이 제갈량을 설득하지 못하자 주유는 기회를 보아 제갈량을 죽이기로 마음을 다잡았다.

마침내 주유는 손권에게 인사한 뒤 군사를 나눠 배에 타고 장강 하구로 배를 몰았다. 그리고 어느 곳에 이르러 진을 치고 싸울 태세를 갖췄다.

유비는 강하에서 장강을 내려 보다가 전함들이 진을 치는 것을 보고 크게 기뻐했다.

"공명 군사가 손권을 설득해 군사를 일으켰구나!"

유비는 미축을 주유에게 보내 인사하고, 제갈량을 보내달라고 청했다. 그러자 주유는 제갈량과 함께 계책을 논해야 한다며 유비를 초청했다. 유비가 배를 타고 주유에게 가려 하는데 관우가 따라 나섰다.

"형님 혼자 가셨다가 위험에 처할 수도 있지 않겠습니까?"

유비가 오는 것을 미리 안 주유는 잔치를 마련하는 한편으로 군사들을 숨겨놓았다.

'유비를 죽여 후환을 없애리라.'

제갈량은 주유의 초청을 받고 유비가 왔다는 소식을 듣고 크게 놀랐다.

'주유가 주공을 해하려는 게 분명하다.'

제갈량이 손을 써볼 요량으로 잔치 자리에 가 엿보니 역시 주유의 표정이 예사롭지 않았다. 그런데 유비의 뒤에 관우가 버티고 있는 것이 보였다. 제갈량은 그제야 마음을 놓고 거처로 돌아갔다.

유비를 맞이한 주유는 유비 뒤의 장수에게 눈길이 갔다. 유비는 관우를 소개했다.

"안량, 문추를 베었던 그 관우 장군이시오?"

주유는 그날 유비를 죽일 수 없음을 알았다.

유비는 주유에게 제갈량과 인사하도록 해달라고 청했다. 그러나 주유는 다음에 만나라며 핑계를 댔다. 이때 관우는 이상한 낌새가 있어 유비에게 눈빛을 주었다. 유비는 주유에게 인사하고 관우와 함께 자리를 떴다. 유비가 관우와 함께 돌아가는 길을 제갈량이 지키고 있었다. 유비와 제갈량은 감회에 젖어 인사를 나눴다.

"군사, 고생하시었소."

"고생이라니 가당치 않습니다. 그런데 오늘 주공이 위험에 처했던 것은 알고 계시오?"

유비는 깜짝 놀랐다.

"주유가 주공을 해하려 하였지요. 관우 장군이 없었으면 큰일 날 뻔 했습니다."

유비는 제갈량도 위험하겠다 싶어 함께 돌아가자고 했다.

제갈량은 극구 사양하며 유비를 떠나보냈다. 제갈량은 유비에게 한 가지를 당부했다.

"어느 날에 동남풍이 불거든 조운 장군을 시켜 배를 몰아 저를 기다리게 하십시오.”

유비를 죽이는 데 실패한 주유는 전쟁에 몰입했다. 선봉을 정하고 진을 이끌어 출전을 감행했다.

한편 조조는 손권이 군사를 일으켰다는 소식을 듣고 분노했다. 자신의 예상을 빗나간 결과였다.

‘이번 기회에 유비는 물론 동오까지 끝장내리라.’

조조는 형주 출신으로 수전에 밝은 채모, 장윤을 앞세워 전함을 이끌게 했다. 마침내 조조와 주유 양 진영은 삼강구에서 처음으로 대적했다. 조조군이 수적으로 우세였으나 수전에서는 주유가 이끄는 동오군을 상대할 수 없었다. 조조의 선봉 채모는 많은 희생을 내고 패퇴하고 말았다.

조조는 채모와 장윤을 불러 책임을 물었다. 조조로부터 꾸중을 들은 채모와 장윤은 24개의 수문을 세워 수군을 조련했다.

‘지난 전투에 진 것은 청주 출신의 군사들이 수전을 모르기 때문이다.’

채모와 장윤이 수문을 근거로, 큰 배를 성으로 삼고 작은 배로 큰 배 사이를 왕래하게 하니 비로소 진의 윤곽을 갖추게 되었다. 밤이면 배마다 불을 밝혀 그 불빛이 사방 300리를 물들였다.

조조 진영의 불빛은 주유가 있는 곳에서도 눈으로 확인되었다. 주유는 직접 조조 진영을 정탐했다. 주유가 보니 수군을 쓰는 전략이 예사롭지 않았다.

‘이것은 조조가 할 수 있는 일이 아니다. 누군가 수전을 잘 아는 사람이 있어 조조를 돕는 것이겠지.’

주유는 조조군의 수군 도독을 알아보게 했다. 채모와 장윤이 조조군의 수군 도독이라는 것을 안 주유는 고개를 끄덕였다.

‘채모와 장윤이라면 유표 휘하에서부터 수군을 이끌었던 자들이었으니……’

주유는 계책을 써서 채모와 장윤을 죽이기로 했다.

주유가 정탐을 마치고 돌아가려 할 때 조조군이 알아보고 주유가 탄 배를 쫓아왔다. 주유는 쏜살같이 달아나고 말았다. 동오군이 자신의 진영을 정탐한 것을 안 조조는 사람들을 불러 계책을 논했다.

이 자리에서 장간이라는 사람이 나서서 조조에게 청했다.

"제가 주유와 어릴 적부터 친분이 있으니 제가 주유에게 가 일을 도모해 보겠습니다."

장간이 주유에게 도착하자 주유는 한눈에 장간이 조조가 보낸 사람임을 알아챘다. 다만 속는 척하며 장간에게 군사와 군량을 보여 한껏 세를 과시했다.

장간은 주유를 설득할 기회를 잡을 수 없었다. 주유는 잔치를 베풀어 거나하게 취했다. 마침내 장간과 같은 처소를 잡고 누워 잠이 들어 버렸다.

장간이 가짜 잠을 이루지 못하다 머리를 들어 보니 주유의 탁자 위에 문서들이 놓여 있었다. 호기심이 발동한 장간이 편지를 읽어보니 채모와 장윤이 동오와 내통하는 내용이었다. 사실 이 편지는 주유가 장간을 속이기 위해 만든 가짜 편지였다. 주유는 거짓으로 잠든 체하고 있었다.

장간은 가짜 편지를 훔쳐 조조에게 갔다. 조조는 편지를 보자 의심조차 하지 않고 채모와 장윤을 불러다 목을 베게 했다. 그리고 모개와 우금을 수군 도독으로 삼아 채모와 장윤을 대신하게 했다.

조조는 채모와 장윤의 잘려 나간 목을 한참동안 들여다보다 문득 자신이 속았음을 뒤늦게 눈치챘으나 이미 엎질러진 물이었다.

채모와 장윤이 죽었다는 소식을 전해들은 노숙은 주유에게 축하의 인사를 올렸다. 주유는 사람의 속을 꿰뚫는 제갈량이 자신의 계책까지 알고 있는지 궁금해 노숙을 제갈량에게 보냈다.

제갈량은 주유의 계책은 물론 주유가 노숙을 제갈량에게 보낸 이유까지 알고 있었다. 제갈량은 노숙에게 모든 것을 알고 있다고 밝혔다. 그리고 한 가지 당부를 잊지 않았다.

"제가 알고 있다는 것을 도독께 말씀하지 말아주시오. 도독이 알면 저를 죽이려고 할 것이오."

다시 주유 앞에 선 노숙은 거짓말을 할 수 없었다.
"제갈량이 모든 것을 알고 있더이다."
주유는 속내를 들킨 사람의 언짢은 기분이 되었다.
'이번에는 반드시 제갈량을 저세상 사람으로 만들어주겠다.'
이튿날 주유는 제갈량을 불러 물었다.
"선생, 물 위에서 조조와 싸우는데 어떤 병기가 도움이 되겠소?"
"물론 활과 화살이지요."
"그렇소. 그런데 우리에게는 지금 화살이 부족하오. 선생이 화살 10만 개를 준비해 주셨으면 하오."
"언제까지 만들어 올리면 되겠습니까?"
제갈량은 대수롭지 않게 생각하고 물었다. 그런데 주유는 제갈량을 죽일 계책을 짜고 있었다.
"열흘 안에 만들어주시오."
열흘 안에 화살 10만 개를 만드는 것은 쉬운 일이 아니었다. 제갈량은 알겠다는 듯 태연하게 대답했다.
"열흘이라……. 형세가 급박한데 열흘이면 너무 지체되는 것 아니오? 사흘 안에 화살을 준비하겠소."
주유는 깜짝 놀라면서도 다짐을 받았다.
"사흘이라고 했소?"
"그렇소. 시일을 맞추지 못하면 군령에 따라 벌을 받겠소."
주유는 제갈량이 드디어 자기 무덤을 파는구나 싶었다.
제갈량은 주유와 약속하고 돌아갔으나 화살을 만들 생각이 없어 보였다. 노숙이 걱정이 되어 제갈량을 찾아가니 제갈량은 뜻밖의 부탁을 했다.
"배 20척과 군사 수백 명만 빌려주시오."
노숙은 어렵지 않은 일이라 제갈량에게 선뜻 배와 군사를 빌려주었다.
제갈량은 사흘째가 되는 날 밤이 되어서야 거동을 시작했다. 군사 30명씩

을 배 20척에 타게 하고 배를 서로 잇게 했다. 배 앞에는 짚단이 쌓여 있었다. 마침내 서로 이어진 배 20척이 제갈량의 명에 따라 일제히 장강으로 나섰다.

이날 장강은 안개로 뒤덮여 있었다. 어느덧 배들이 조조의 진영 가까이 다가갔음에도 적의 눈에 띄지 않았다.

제갈량은 약속된 신호를 보냈다.

"공격하라!"

그러자 군사들이 일제히 북을 울리고 고함을 질렀다.

조조는 안개가 자욱해 나가 싸울 생각을 하지 못하고 활을 쏘게 했다. 모개와 우금은 군사들을 시켜 북소리와 함성이 나는 곳을 향해 화살을 날렸다.

어느덧 조조군이 쏘는 화살이 주춤해졌다. 제갈량은 명을 내려 배를 본진으로 돌리게 했다. 배에는 쌓아 둔 짚더미마다 화살이 가득 꽂혀 있었다.

제갈량이 돌아와 화살을 뽑으니 10만 개가 넘었다.

주유는 제갈량의 전과에 그만 고개를 숙이고 말았다. 주유는 제갈량에게 깍듯이 예를 갖추었다. 이날 주유와 제갈량은 술자리를 가지며 전략을 짰다. 주유와 제갈량이 생각하는 바를 말로 꺼내지 않고 손에 써서 비교하니 두 손에 모두 화공이 적혀 있었다. 주유와 제갈량은 만족하며 이날의 논의를 비밀에 붙였다.

한편 제갈량의 술수로 10만 개가 넘는 화살을 모두 잃은 조조는 대책을 세울 수 없었다. 어쨌거나 적을 알아야 대비를 할 수 있을 것이었다.

조조는 죽은 채모의 친척인 채중과 채화를 주유에게 거짓 항복하게 했다. 채모가 억울하게 죽은 것을 알고 있다는 듯 주유는 쉽게 채중과 채화를 받아들였다. 그러나 주유는 그들의 거짓 항복을 눈치채고 결전의 날에 그들을 먼저 죽이겠다고 다짐했다.

그러던 어느 날, 노장 황개가 주유를 찾았다.

"왜 화공을 써서 적을 단번에 물리치지 않으시오?"

주유는 황개의 질문에 제갈량과의 비밀이 탄로가 났는지 걱정이 되었다.

"화공이라니요?"

"내가 생각해 보니 화공만큼 좋은 계책이 없을 것 같소."

주유는 제갈량과 자신만이 알 수 있을 것 같았던 계책을 노장 황개가 생각해낸 데 놀라웠다. 주유는 존경심을 두고 황개와 많은 논의를 했다. 다음 날 주유는 군사들이 보는 앞에서 사소한 일을 트집잡아 황개의 목을 베라고 명했다. 황개도 지지 않고 주유에게 대들었다.

노한 주유는 기어이 황개의 목을 베려 했다. 감녕이 나서서 황개의 목숨을 구하자 주유는 감녕을 먼저 매로 다스렸다. 마침내 모든 장수들이 주유를 설득해 황개는 매 50대를 맞고 풀려났다.

이날 주유가 황개를 모질게 대한 것은 전날 논의에서 이미 이루어진 약조에 의한 것이었다. 스스로 고통을 받는 계책이 아니고서는 눈치 빠른 조조를 속일 수 없을 것이기 때문이었다. 그런데 감택은 이들의 계책을 알아보았다. 집으로 위문을 온 감택에게 황개는 모든 사실을 말해 주었다. 감택은 자신도 역할을 하고자 황개를 대신해 조조에게 갔다.

"모사 황개가 주유의 모진 대우에 화가 나 승상에게 항복하고자 합니다."

감택이 조조에게 주유의 뜻을 전할 때 채중과 채화가 편지를 써서 조조에게 보내왔다. 편지에는 주유가 황개와 감녕을 매질한 내용이 적혀 있었다. 조조는 믿지 않을 수 없었다. 감택을 황개에게 돌려보내 날을 잡아 항복하도록 일렀다.

감택이 조조에게서 돌아와 감녕과 함께 무엇인가를 모의하고 있는데 채중과 채화가 이들에게 다가와 아는 체를 했다.

"두 분은 무슨 말씀을 나누고 계시오? 혹시 조조에게 항복하려는 것이 아니오?"

감녕과 감택이 아니라는 듯 시치미를 떼려고 했다. 채중과 채화는 자신들이 주유에게 거짓 항복한 것을 밝히고 감녕과 감택을 돕겠다고 나섰다.

이날 채중과 채화는 감녕도 항복할 뜻이 있음을 편지로 써서 조조에게 보냈다. 그런데 마침 감택도 어느 날에 황개와 같이 항복하겠다는 편지를 써서 조조에게 보냈다.

한꺼번에 두 장의 편지를 받은 조조는 오히려 미심쩍어졌다. 조조는 돌아가는 내막을 확실히 알아보고자 다시 사람을 보내기로 했다.

지난날 잘못된 정보로 채모를 죽게 했던 장간이 조조 앞에 엎드렸다.

"제게 다시 한 번 승상을 위해 공을 세울 기회를 주십시오."

장간은 주유를 찾아갔다. 주유는 장간을 보자 내심 기뻤다.

'장간을 이용하면 계획대로 일이 진행되리라.'

주유는 편지를 훔쳐낸 일을 탓하며 장간을 서산의 한 암자에 거처하게 했다. 그리고 군사들을 시켜 장간을 감시하게 했다. 장간은 신세가 답답하게 되었다.

그런 어느 날, 장간이 암자 주위로 바람을 쐬는데 글 읽는 소리가 낭랑했다. 장간이 가서 문틈으로 보니 글을 읽는 사람은 눈썹이 짙은데 코는 들창코였고, 얼굴빛이 검은데다 수염이 듬성듬성해 볼품이 없었다. 그러나 외모와 달리 글 읽는 소리에서 그 사람이 예사롭지 않다는 것을 짐작하고도 남음이 있었다.

장간은 그 사람과 통성명을 했다.

"방통이라 합니다. 자는 사원이라고 하오."

일찍이 수경 선생 사마휘가 유비에게 추천했던 복룡, 봉추 가운데 봉추인 방통이었다. 방통은 난을 피해 강동에 와 있었다. 노숙은 방통을 주유에게 추천했다. 그러나 방통은 미처 주유를 만나지 않은 채 서산의 암자에 기거하고 있었다. 주유와 노숙은 이미 장간이 오기 전 방통이 수행할 역할을 일러둔 터였다.

방통의 이름은 장간도 익히 들어 알고 있었다.

"봉추 선생이 아니시오? 선생 같은 고명하신 분이 어찌 이리 누추한 곳에 계십니까?"

"주유가 자기 재주만 믿고 사람을 알아보지 못하니 후일을 기약하고 있소."

이때 장간에게 떠오르는 생각이 있었다.

'나를 대하는 주유의 태도로 보아 주유에게서 어떤 성과를 얻기는 어려울 것이다. 차라리 봉추 선생을 모셔 가면 승상께서도 기뻐하지 않겠는가?'

장간은 조조가 사람을 대하는 것이 남다르다며 방통을 설득했다. 방통은 못이기는 체 장간을 따라 나섰다.

조조는 방통이 자신에게 오자 주유를 물리치기라도 한 것처럼 기뻐했다. 조조는 술상을 마련해 방통과 술을 나눠 마시며 군사의 일을 논했다. 마침 조조에게는 근심거리가 하나 있었다. 물에 익숙하지 않은 군사들이라 배멀미가 심했던 것이었다. 심지어 멀미로 먹지 못하고 병이 나 죽어 나가는 병사도 있었다.

방통은 아무것도 아니라는 듯 조조에게 대책을 말해 주었다.

"배 30척 또는 50척을 하나로 묶고 그 위에 널빤지를 깔면 배가 흔들리지 않거니와 말도 뛰어다닐 수 있을 것이고, 또 어떤 풍랑이 와도 멀미 걱정을 덜게 될 것입니다."

조조는 방통에게 감사하고 즉시 군사들을 동원해 배들을 서로 엮게 했다. 그러나 이것은 연환계라고 하는 작전으로, 화공을 효과적으로 펼치기 위한 방통의 계책이었다.

방통은 자신의 임무를 마치고, 강동으로 돌아갈 방안을 마련했다.

"저는 강동으로 돌아가 주유 밑의 장수들을 설득해 데려오겠습니다. 주유의 횡포가 심해 그를 미워하는 장수들이 많습니다."

조조로서는 방통이 근심을 모두 덜어주니 고마울 뿐이었다.

방통은 조조에게 빨리 군사를 이끌어 주유를 치라고 당부하고 조조와 헤어졌다. 방통이 강동으로 돌아가는 배를 타려고 할 때였다. 누군가가 방통의 어깨를 잡으며 말했다.

"연환계를 쓰고 가는구나. 조조는 속였으되 나는 속이지 못한다."

방통은 화들짝 놀랐다.

'모든 것이 수포로 돌아가는구나!'

방통은 뒤를 돌아보고 더욱 더 놀랐다. 그러나 이번에는 반가움이었다.

"아니, 자네였는가?"

그는 옛 친구 서서였다. 방통은 서서에게 물었다.

"자네가 알고 있는 것을 조조에게 일러줄 것인가?"

서서는 여전히 마음속에 유비를 흠모하고 있었다. 또 조조의 계책으로 어머니가 죽은 후 조조를 위해서는 군사의 일을 꾸미지 않은 서서였다.

"걱정하지 말게. 내가 조조를 원수로 대하는데 그럴 리가 있나? 그런데 이쪽이 불바다가 되면 나도 무사하지 못할 테니 내가 살아나갈 방도나 알려주게."

그제야 방통의 표정이 밝아졌다. 방통은 서서의 걱정이 아무것도 아니라는 듯 나지막하게 대책을 말해 주었다. 서서는 그 말을 듣자 죽다 살아난 것처럼 기뻐했다. 방통은 서서에게 인사한 후 배에 올라타고 강동으로 떠나갔다.

서서는 곧 친한 사람들을 동원해 서량의 마등과 한수가 반란을 일으켰다는 헛소문을 퍼뜨렸다. 이때 서서가 조조에게 나가 청했다.

"제가 승상에게 오고 나서 한 번도 공을 세운 적이 없습니다. 저를 보내주시면 당장 가서 마등과 한수를 물리치고 오겠습니다."

조조는 기뻐하며 서서에게 군사 3천 명을 주어 서량으로 가게 했다. 서서는 앞날을 내다보며 기쁜 마음으로 진영을 나섰다.

서서가 떠나고 며칠 후 방통의 계책대로 조조군의 배들이 모두 이어졌다. 중간의 가장 큰 배에 올라타고 조련을 시켰다. 방통의 말대로 평지와 다름없이 군사들이 움직였다.

조조가 만족을 표하니 정욱이 걱정을 했다.

"군사들이 잘 움직이는 것은 그럴 듯하나 적이 불을 질러 공격하면 큰일이 아닙니까?"

조조는 껄껄 웃었다.

"그 정도 생각을 하지 않았겠소? 지금 때가 북서풍만 있고 동남풍은 불지 않으니 적이 화공을 써서 공격하면 스스로를 공격하는 것이 되오."

사람들은 조조의 지혜에 감탄할 수밖에 없었다.

동남풍에 기인한 조조의 자신감은 주유에게는 치명타일 것이 분명했다. 어느 날, 주유는 조조의 진영을 지켜보았다. 조조군은 전함이 많은데다가 훈련하는 모습에도 절도가 있었다.

'화공이 아니면 어찌 저 군사들과 대적할 수 있을까?'

주유 스스로도 탄복할 만한 작전이 아닐 수 없었다.

그때 조조의 진영에서 한 줄기 바람이 일더니 깃대 하나가 부러지고 말았다. 강물에 파도가 이는가 싶더니 어느덧 주유 진영에도 거세게 바람이 일어 깃발이 주유를 스치듯 펄럭였다.

주유에게 번쩍 하고 떠오르는 글자가 있었다.

'바람'

주유는 갑자기 피를 토하더니 정신을 잃고 쓰러져버렸다.

주유는 거처에서 정신을 차렸으나 병상에 누워 일어나지 못했다. 그러고는 수많은 작전들을 생각하면서 오직 이길 수 있는 길은 '바람' 한 가지라는 생각에 골몰하며 얼굴이 굳어 있었다.

노숙이 보다 못해 제갈량을 찾아갔다. 제갈량은 노숙과 함께 주유의 거처로 갔다. 제갈량은 호기 있게 말했다.

"도독의 병은 제가 고쳐드리겠소."

제갈량이 주유를 보니 마음의 병이 분명했다.

"마음을 안정시키면 나을 병이오."

제갈량은 붓과 종이를 가져오게 해 글을 썼다.

조조를 물리치려면 화공을 써야 하는데,

모든 것이 다 준비되어 있으나 다만 동남풍이 없구나.

제갈량은 종이에 쓴 글을 주유에게 주었다.

제갈량이 자신의 속내를 간파하고 있는 것을 깨닫자 주유는 모든 것을 털어놓는 수밖에 달리 방법이 없었다.

"내 병의 원인을 알고 있으니 치료법도 아시오? 방법이 있으면 알려 주시오."

"제가 재주는 미약하나 비와 바람을 부를 줄 아오. 칠성단을 세워주시면 기도하여 사흘 동안 동남풍이 불도록 하겠소."

주유는 씻은 듯 병이 나아버린 것 같았다.

"사흘까지도 필요 없소. 단 하루만이라도 바람이 불면 될 것이오."

주유는 즉시 부하들을 시켜 단을 쌓게 했다. 제갈량은 목욕재계하고 그 단에 올라가 하늘에 기도를 올리기 시작했다. 주유와 노숙은 즉시 전쟁준비에 들어갔다. 서로 매여 있는 조조군의 배에 불을 붙이는 것은 황개의 몫이었다. 황개는 배 20척을 마련해 배가 불에 잘 탈 수 있도록 준비했다.

감녕과 감택은 날마다 채중과 채화를 불러 잔치를 벌이고 술을 먹게 했다. 채중과 채화는 동오의 사정을 알 수 없게 되었다.

주유가 준비를 모두 마쳤을 때 손권도 후방으로 배를 몰고 와 주유와 교신하며 지원태세를 갖추었다. 드디어 제갈량이 약속한 날이 되어 주유는 군사들에게 출동의 명을 기다리도록 했다. 그러나 밤이 되도록 하늘은 고요하기만 했다.

주유는 제갈량의 능력에 의심이 생겼다.

'어찌 사람이 비와 바람을 부른단 말인가?'

그런 주유를 노숙이 안정시키며 바람을 기다리고 있었다.

어느덧 밤이 깊었는데 군사 하나가 막사로 달려들어 고했다.

"동남풍입니다."

주유와 노숙이 막사 밖으로 나가보니 깃발이 북서쪽으로 향하고 있었다. 주유는 깜짝 놀랐다.

'제갈량의 능력이 사람의 것이 아니구나! 그를 살려두어서는 유비와 함께 화근이 될 것이다.'

주유는 정봉과 서성 두 장수를 불렀다.

"지금 즉시 칠성단으로 가서 제갈량의 목을 베어라."

정봉과 서성은 명을 받들어 칠성단으로 갔다. 그러나 제갈량은 이미 자리에 있지 않았다. 제갈량의 행방을 수소문하니 이미 제갈량이 배를 타고 떠났다는 것이었다. 서성은 배를 타고 속력을 내 제갈량의 뒤를 쫓았다. 한참을 가자 멀리 제갈량이 탄 배가 보였다.

서성은 제갈량을 향해 소리쳤다.

"선생, 거기 서시오. 도독께서 전하는 말씀을 가져왔소."

제갈량이 서성의 뜻을 모를 리 없었다. 크게 웃으며 화답했다.

"도독께는 내가 하구로 갔다가 내일 다시 만나러 간다고 전하시오."

서성은 제갈량을 곧 붙잡을 수 있을 듯싶어 더욱 속도를 냈다.

서성이 제갈량의 배와 근접했다 싶을 때였다. 제갈량이 탄 배에서 장수 하나가 활을 당기며 일어섰다.

"나는 상산의 조운이다. 너를 단번에 쏘아 죽이고 싶으나 양 진영의 우호를 생각해 내 솜씨만 보여주겠다."

조운은 화살을 날려 서성이 탄 배의 돛줄을 끊어버렸다. 돛줄이 끊긴 서성의 배는 더 이상 앞으로 나가지 않았다. 제갈량이 탄 배는 이내 멀리 사라져 버렸다. 정봉과 서성은 주유에게 돌아가 제갈량이 달아난 사실을 보고했다. 주유는 발끈했다.

'언제 조운을 불렀다는 말인가?'

항상 자신보다 한 발 앞서 대책을 세우는 제갈량이었다. 그러나 언제까지 화만 내고 있을 상황이 아니었다. 동남풍이 있는 동안 조조를 물리쳐야 하기 때문이었다.

주유는 먼저 조조에게 사람을 보내 황개가 항복하러 간다는 편지를 전하게 했다. 이어 거짓 항복한 채화를 불러내 목을 벴다. 주유는 떨어져 나간 채화의 목으로 군기에 제사를 지냈다.

주유는 전 함대에 출동 명령을 내렸다. 황개가 이끄는 배 20척이 다른 전함들에 앞서 진영을 이탈해 앞으로 나갔다.

한편 제갈량과 조운이 탄 배는 하구에 닿았다. 유비, 유기, 관우와 장비를 비롯한 장수들, 군사들이 제갈량을 기다리고 있었다.

"군사!"

"주공!"

짧은 인사가 끝나기 무섭게 제갈량은 군사들과 전함들을 챙기고 작전을 지시했다. 조운과 장비에 이어 미축, 미방, 유봉에 이르기까지 세세하게 영을 하달했다. 그런데 어찌된 일인지 제갈량이 관우는 본 듯, 만 듯 하는 것이었다.

관우는 마침내 참지 못하고 제갈량에게 따졌다.

"내가 형님과 의를 맺은 후 한번도 뒤로 물러선 일이 없는데 오늘은 왜 나에게 일을 맡기지 않는 것이오?"

"관우 장군에게는 제일 큰 일을 맡길 것이나 장군이 잘 해낼지 걱정이 되오."

관우의 얼굴이 더욱 굳어졌다.

"이 관우가 못해낼 일이 무엇이오?"

제갈량은 얼굴에 띈 웃음을 거두고 말했다.

"오늘 조조가 싸움에 패하여 화용도로 달아날 것이오. 내가 장군을 화용도로 보내 조조를 잡고자 하나 장군이 조조에게 입었던 은혜를 생각해 놓아줄까 걱정이오."

관우는 부인했다.

"나는 이미 안량, 문추를 베어 빚을 갚았소. 그를 놓아줄 일은 없을 것이오."

"놓아주면 어쩔 것이오?"

"목을 베시오."

관우는 다짐을 하고는 억울하다는 듯 제갈량에게 물었다.

"만일 조조가 화용도로 오지 않으면 어쩌겠소?"

"내 목을 내놓겠소."

관우를 마지막으로 각 장수는 제갈량의 지시에 따라 뿔뿔이 흩어졌다. 제갈량은 유비와 함께 전세를 살피기 위해 나섰다. 이날 저녁, 황개가 보낸 편지를 받은 조조는 황개가 항복해 오기를 기다리고 있었다. 편지에는 여러 척의 군량선에 청룡기를 달고 간다고 씌어 있었다.

조조가 황개가 항복해 오고 있다며 기뻐할 때였다. 정욱은 배들을 바라보다가 의심이 갔다.

"승상, 저 배들을 가까이 오게 하면 안 될 것 같습니다."

"무슨 일이오?"

"편지에 군량선이라 하였으나 배가 전혀 잠기지 않은데다 저렇게 빠르니 수상합니다. 지금 동남풍이 불고 있는데 다른 뜻이라도 품었으면 큰일 아닙니까?"

조조는 깜짝 놀라 군사들을 향해 소리쳤다.

"누가 저 배들을 정지시킬 수 있겠는가?"

문빙이 나섰다.

"제가 해보겠습니다."

문빙은 배 10여 척을 이끌고 황개의 배들 앞으로 가서 외쳤다.

"승상의 명이다. 멈추어라."

그러나 문빙은 날아오는 화살을 맞고 쓰러져버렸다. 그러자 문빙을 따르던 배들이 뱃머리를 돌려 달아나고 말았다.

기세가 오른 황개는 조조의 진영 앞으로 더욱 가까이 다가섰다. 마침내 황개가 신호하자 군사들은 타고 있던 배에 불을 붙이고 미리 준비한 배에 옮겨 탔다.

불이 붙은 배들은 바람을 타고 조조의 진영으로 달려가 불을 옮겨 붙였다. 조조군의 배들은 단단하게 엮여 있어 화공에 속수무책으로 당할 수밖에 없었다. 조조는 장요의 도움을 받아 작은 배를 타고 불 숲을 빠져 나오고 있었다. 이때 황개가 이끄는 군사들은 옮겨 탄 배를 움직여 조조의 진영으로 향했다. 황개는 조조를 보자 칼을 들고 쫓아갔다.

장요가 조조를 구하기 위해 활을 쏘았다. 화살은 황개의 어깨를 관통하고 말았다. 조조와 장요는 이 틈을 타 강기슭에 닿아 육로로 도망칠 수 있었다.

화살을 맞고 강에 떨어진 황개는 한당의 도움으로 목숨을 건졌다.

주유는 불길이 번지자 모든 군사를 일시에 일으켜 조조군을 살육했다. 조조군은 불에 타죽지 않으면 물에 빠져 죽었고, 물에서 헤엄쳐 나왔다가도 주유의 군사들이 쏜 화살에 맞거나 창, 칼에 목이 달아났다. 조조의 수군은 전멸이라 해도 과언이 아니었다. 적벽에서 벌어진 이 전투를 세상 사람들은 적벽대전이라 칭했다.

조조는 간신히 목숨을 구해 북쪽으로 말을 달렸다. 가는 길목마다 주유의 지시를 받은 동오군이 지키고 있었다. 감녕, 여몽, 육손, 태사자의 연이은 공격에 조조는 쫓겨 달아나기 바빴다. 조조는 밤새 말을 달려 오림 서쪽 땅에 도달했다. 조조를 따르는 장수는 장요, 장합, 서황, 허저, 모개 정도였다.

조조는 이곳에서 갑자기 말을 세우더니 패장답지 않게 껄껄 웃었다. 주위의 장수들이 의아해 물었다.

"어찌 웃으십니까?"

"주유와 제갈량의 지략이 모자라 웃는 것이오. 내가 그들이라면 이곳에 군사를 매복시켰을 것인데."

조조의 말이 떨어지자 숲에서 한 떼의 군사들이 뛰어나왔다.

"나는 상산의 조운이다."

조운이 제갈량의 명을 받고 지키고 있다가 조조가 나타나자 공격한 것이었다.

서황과 장합이 조운과 맞서는 사이 조조는 몸을 피했다. 조조가 멀리 사라지자 서황과 장합도 말을 돌려 달아나고 말았다.

조조는 계속 길을 재촉하는데 이전과 허저가 이끄는 1대의 군사를 만나 숨을 돌렸다. 조조 일행이 남이릉을 거쳐 호로곡에 이르렀을 때였다. 조조가 군사들을 정비하며 잠시 쉬다 말고 다시 웃음을 터뜨렸다. 이미 겪은 일이 있어 장수들은 긴장이 되었다. 예상대로 조조가 주유와 제갈량을 비웃고 있는데 이번에도 숨어 있던 군사들이 나타났다.

"나는 연나라의 장수 장비다."

허저와 장요, 서황이 장비와 싸우는 사이 조조는 또 간신히 목숨을 구해 도망칠 수 있었다. 조조가 다시 장수들과 합류해 길을 가는데 좁은 화용도와 큰길로 나뉘는 갈림길이 나왔다. 이때 관우는 화용도에 숨어 제갈량의 지시에 따라 연기를 피우고 있었다. 조조는 연기가 나는 화용도를 택해 들어갔다.

장수들은 조조의 의중을 물었다.

"어찌 연기가 나는 좁은 길을 택해 가십니까?"

"제갈량은 좁은 길에 연기를 피워 우리를 가지 못하게 한 후 큰 길을 지키게 했을 것이오."

장수들은 그럴 듯하여 묵묵히 조조의 뒤를 따랐다.

조조 일행이 화용도로 접어들었다. 화용도의 길이 험하고 군사와 말들이 모두 지쳐 쉬어 가야 하는 지경이 되었다.

조조가 앞서 가더니 말 위에서 또 껄껄 웃었다. 사람들은 조조의 웃음에 기겁했다. 역시나 조조가 주유와 제갈량을 비웃는 것이 끝나기도 전에 이번에는 청룡도를 든 관우가 군사들을 이끌고 조조 앞에 나타났다. 이에 모든 장수들은 죽을상이 되었다.

조조는 도망칠 생각을 하지 않고 관우 앞으로 말을 몰아갔다.

"관우 장군, 우리가 헤어진 지도 오래 되었소. 잘 지내시었소?"

"군사의 명을 받들어 승상을 기다리고 있었습니다."

조조는 관우에게 목숨을 사정했다.

"옛 정을 생각하여 나를 보내주시오."

"제가 지난날 승상의 은혜를 업었으나 이미 안량, 문추를 베어 그 은혜에 보답하였습니다. 오늘은 사사로운 정을 떠나 공무로 대하겠습니다."

조조는 정에 약하고 신의를 중히 여기는 관우의 약점을 예리하게 파고들었다.

"장군, 말이 심하시오. 지난날 나를 떠나갈 때 다섯 관문에서 여섯 장수를 죽인 일을 잊지는 않았겠지요?"

조조의 말에 관우는 인정에 휩싸였다. 더욱이 조조의 뒤에 목숨을 내놓다시피 한 장수들도 한때는 관우와 사이좋게 지냈던 이들이었다.

관우는 조조를 보내주고 말았다. 조조는 얼마 남지 않은 군사를 수습해 가다가 조인의 군사들을 만났다. 조조는 조인에게 뒷수습을 맡기고 무사히 허도로 돌아갔다.

한편 관우는 아무런 성과 없이 유비와 제갈량이 있는 하구로 돌아갔다.

관우는 제갈량 앞에 서서 고개를 숙였다.
아무 말도 하지 않던 관우가 말문을 열었다.
"저는 죽음을 청하러 왔습니다."
분위기가 엄숙해지자 제갈량이 관우를 노려보며 말했다.
"조조가 그 길로 지나가지 않았소?"
"아니오. 조조는 그 길로 지나갔소. 다만 제가 무능력하여 놓쳤소."
제갈량은 속속들이 캐물었다.
"그러면 장수와 군사는 몇이나 잡아왔소?"
"하나도 잡지 못했소."
제갈량은 노한 음성으로 관우를 향해 소리쳤다.
"장군이 옛정을 생각해서 조조를 놓아준 것이 틀림없소. 군령이 준엄한데 어찌 그랬단 말이오?"
제갈량은 군사들에게 명했다.
"적장을 놓아준 관우의 죄는 용서할 수 없다. 당장 데려다 목을 베라."
군사들이 머뭇거리자 제갈량은 군사들을 다그치며 관우를 참형하라 일렀다.
그러자 유비가 제갈량 앞에 가 사정했다.
"지난날 내가 도원에서 관우, 장비와 함께 한날 죽기로 맹세했소. 나의 목숨을 살리려거든 이번 한번 관우를 용서해 주시오. 다음에 공을 세우게 해 오늘의 잘못을 벌충하게 하면 되지 않겠소?"
제갈량은 관우를 한 번 더 크게 꾸짖고 용서했다. 그러나 여기에는 관우가 미처 알지 못한 사실이 숨겨져 있다. 관우가 화용도로 출발하기 전, 제갈량과 유비는 관우가 조조를 만나면 차마 옛정을 외면하지 못해 풀어줄 것이라 짐작했다. 그런데 제갈량이 조조의 운을 보니 아직 수명이 남아 있었다. 어차피 살아남을 조조에게 관우가 빚을 갚도록 제갈량은 관우를 화용도로 보낸 것이었다.

세 개의 비단 주머니

❀ • • • • • • •

적벽대전에서 대승을 거둔 주유는 손권에게 전과를 보고하고 잔치를 베풀어 승리의 기쁨을 나눴다. 주유는 군사를 강 너머로 보내 조조가 힘을 잃은 형주를 차지할 생각이었다. 가장 먼저 차지해야 할 땅은 남군이었다.

형주와 남군은 조조가 떠난 후 조인이 지키고 있었다. 이때 유비가 손건을 주유에게 보내 승리의 예물을 보내왔다. 주유는 손건에게 물었다.

"유 황숙은 지금 어디에 계시오?"

"유강에 계십니다."

주유는 손건의 대답에 놀라며 직접 유비를 만나 예물에 답하겠다는 뜻을 전했다.

'유비가 유강에 있는 것은 남군을 차지하겠다는 속셈 때문이다.'

주유는 노숙과 함께 군사를 거느리고 유강으로 향했다. 주유는 유비를 만나 동오가 남군을 점령하겠다는 뜻을 확실히 했다.

유비는 제갈량과 세운 작전대로 주유의 뜻을 존중했다.

"동오가 남군을 가지는 것은 마땅합니다. 다만 조인이 방어에 만전을 기할 것이니 도독이 남군을 얻지 못할까 걱정입니다."

주유는 승전을 자신했다.

"내가 조인을 이기지 못하면 그때는 공의 뜻대로 남군을 차지해도 좋소."

주유는 유비와 헤어져 돌아오는 즉시 조인과의 싸움에 돌입했다. 주유는 적의 유인에 걸려 화살까지 맞는 고전 끝에 조인을 쫓아내는 데 성공했다.

주유가 조인을 쫓아내고 남군성으로 진입하려는데 이미 조운이 제갈량의 지시로 남군을 차지한 후였다. 유비가 차지한 것은 남군뿐만이 아니었다. 제갈량은 주유가 조인과 싸우고 있는 사이, 구원을 청하는 조인의 거짓 편지를 형주와 양양으로 보냈다. 형주와 양양을 지키던 조홍과 하후돈은 거짓 편지에 속아 조인을 돕기 위해 군사를 이끌고 성을 나왔다. 이틈에 장비와 관우가 형주성과 양양성을 차지해 버렸다.

주유는 화살에 맞은 상처가 심해 시상으로 돌아갔고, 동오의 군사들은 손권을 도와 합비를 치는데 전력을 다했다.

유비는 형주 땅에서 모사 마량, 마속을 얻고, 여세를 몰아 형주 남부의 영릉, 계양, 무릉까지 영역을 넓혔다.

이어 장사 땅에서는 지난날 유비가 형주의 유종에게 갔을 때 그를 위해 성을 열어주려고 했던 장수 위연이 장사 태수 한현의 목을 베어 유비에게 항복했다. 또 관우와 능히 자웅을 겨룰 만한 노장 황충이 유비에게 항복해 전력이 한층 강화되었다. 유비가 승승장구하고 형주로 돌아왔다.

반면 손권은 합비에서 조조군을 이끄는 장요에게 패한 것은 물론, 아끼는 장수 태사자까지 잃고 말았다. 손권은 군사를 남서로 물리고 말았다. 이때 유표의 큰아들 유기가 병사했다. 손권은 조문의 형식을 빌어 노숙을 형주로 보냈다. 노숙은 유비에게 주인이 없어진 형주를 내놓으라고 요구했다.

유비는 자신이 유표와 종친으로 형주를 차지하는 데 명분이 있다면서 형주를 내주지 않았다. 다만 동오로부터 형주를 잠시 빌렸다는 문서를 만들어 노숙에게 주었다. 노숙은 뜻을 이루지 못하고 남서로 돌아가기 전 시상에 있는 주유를 만나 형주의 일을 의논했다. 마침 형주에서 감부인이 죽었다는 소식이 전해졌다.

주유는 노숙에게 계책을 말해 주었다. 손권의 누이동생을 유비에게 시집

보낸다고 속여 유비가 동오로 왔을 때 사로잡는 계략이었다. 유비를 인질로 잡는다면 남은 사람들이 형주와 유비를 맞바꿀 수 있다는 계책이었다.

노숙은 손권에게 가 주유가 말한 계책을 쓰도록 청했다.

손권은 계책이 그럴 듯하여 여범을 형주로 보냈다.

여범은 형주에 있는 유비를 만나 상처를 위로하며 손권의 뜻을 전했다.

"주공께서 유 황숙을 매부로 삼겠다고 하십니다. 유 황숙께서 남서로 가 혼사를 치르면 어떠시겠는지요?"

유비는 손권의 계책임을 알고 꺼려졌다. 단순한 혼사가 아닐 것이라는 생각이 마음에 걸린 것이다. 그러나 제갈량의 의견을 좇아 손권의 제안을 받아들이기로 했다.

마침내 유비가 남서로 가는 날이 되었다. 유비는 조운과 손건을 대동하고 가기로 했다. 제갈량은 조운을 불러 비단 주머니 세 개를 건네주었다.

"주공을 모시다 장군의 힘으로 해결이 어려운 일이 생기거든 이 주머니를 차례로 열어보시오."

유비와 조운, 손건은 5백 명을 거느리고 손권이 주둔하고 있는 남서 땅으로 갔다. 유비는 처음부터 내키지 않는 혼사였기 때문에 마음이 무거웠다. 조운 역시 어느 것부터 해야 할지 막막하기만 했다.

조운은 제갈량이 준 첫 번째 주머니를 열고 쪽지를 읽었다. 조운은 쪽지에 있는 대로 먼저 군사들을 시켜 유비가 손권의 누이와 혼인한다는 사실을 소문내게 했다. 손권은 유비를 인질로 삼을 셈이었기 때문에 혼사를 전혀 알리지 않았다. 그러나 조운이 이끈 군사들이 사람들에게 혼인 사실을 알리자 소문이 삽시간에 퍼져 나갔다.

조운은 또 유비가 예물을 가지고 교국로에게 가 인사하게 했다. 교국로는 소위 대교와 소교의 아버지였으니 죽은 손책과 주유의 장인이었다. 유비는 교국로에게 손권의 누이동생과 혼인하게 되었다고 고했다.

교국로는 유비를 대하고, 유비의 인품에 빠져들었다. 이튿날 교국로는 사돈이 되는 국태부인을 찾았다. 국태부인은 손권 어머니의 여동생으로, 손권의 어머니와 국태부인은 둘 다 손견에게 시집왔다. 손권은 어머니가 죽은 후 국태부인을 어머니로 모시며 깍듯이 대하고 있었다.

교국로는 국태부인에게 경하의 인사를 했다. 그러나 국태부인으로서는 경하를 받을 일이 없었다. 국태부인이 교국로에게 물었다.

"경하라니요?"

"따님을 혼인시키면서 어찌 저에게는 알리지 않으셨소?"

"혼인이라니? 저는 처음 듣는 소리입니다."

국태부인은 깜짝 놀랐다. 사람을 시켜 알아보니 교국로의 말이 사실인 듯했다. 유비가 혼사를 위해 이미 남서에 도착해 있었다. 또 여범과 손건이 오가며 혼사를 준비한 것이 확인되었고, 백성들 사이에서도 소문이 퍼져 있었다. 국태부인은 서운한 마음이 들어 손권을 불러놓고 통곡했다. 손권으로서는 영문을 알 수 없었다.

"어머님, 무슨 일이십니까?"

"너는 나를 어머니라 부르지만 나를 어머니라 여기지 않는 것이 분명하다. 네 어머니가 남기신 유언을 잊었느냐?"

손권이 다시 연유를 물으니 그제야 국태부인은 혼사 이야기를 꺼냈다.

"어찌 어미에게 알리지 않고 혼사를 치를 수가 있다는 말이냐? 더욱이 그 애는 내가 낳은 아이가 아니냐?"

손권은 그제야 영문을 알고 계책임을 알렸다.

"사실은 그것이 아닙니다. 주유가 세운 계책일 뿐입니다. 혼사를 핑계로 삼아 유비를 불러들인 후 인질로 삼을 계획이었습니다. 유비를 잡으면 형주 땅과 바꿀 생각입니다."

사실을 알게 된 국태부인은 주유를 욕했다.

"주유 그놈은 형주 땅 하나를 차지하지 못하고 내 딸을 미끼로 쓴다는 말이냐? 내 딸은 유비와 혼사를 치른다는 소문이 나서 다시는 시집도 가지 못할 것인데 어떻게 할 것이냐?"

옆에서 묵묵히 듣고 있는 교국로가 참견을 했다.

"유 황숙을 인질로 잡으면 형주는 찾을 수 있을 것이나 세상의 비웃음을 살 것입니다. 차라리 유 황숙과 혼사를 치르는 것이 좋을 듯하오."

결국 국태부인이 유비를 만나보고 마음에 드는 사윗감인지 여부를 판단한 후 수순을 밟기로 했다.

이튿날, 손권은 유비를 감로사에 초청해 잔치를 베풀었다. 한편으로는 군사들을 숨겨 국태부인이 유비를 사윗감으로 마음에 들어하지 않으면 즉시 사로잡을 태세를 갖추었다.

국태부인은 손권과 함께 감로사로 가 유비를 만났다. 그런데 유비가 사윗감으로 흡족했다. 국태부인이 유비를 칭송하며 함께 잔치를 즐기는데 군사들이 숨어 있는 것을 눈치챈 조운이 유비에게 넌지시 알렸다.

유비는 갑자기 국태부인 앞에 엎드려 고했다.

"저를 죽이시려거든 지금 죽이시오."

"무슨 일이오?"

유비는 국태부인에게 군사들이 숨어 있다고 알렸다.

국태부인은 손권을 꾸짖었다.

"유공은 내 사위가 될 사람이다. 당장 군사들을 물리거라."

이로써 유비는 무사히 잔치를 마치고 숙소로 돌아갔다.

손건은 혼사가 지체되면 유비에게 위험이 닥칠 것으로 우려했다. 유비는 손건의 의견에 따라 교국로를 찾아가 혼사가 빨리 진행될 수 있도록 사정했다.

"제 목숨을 노리는 사람이 많으니 이곳에 오래 머물러 있기 어려울 듯합니다."

교국로는 국태부인을 찾아가 유비의 뜻을 전했다. 국태부인은 서둘러 길일을 잡아 유비와 손권의 누이동생을 혼인시켰다. 새로 유비의 처가 된 손부인은 여자답지 않은 기개가 있었다. 방에는 여기저기 무기가 놓여 있고, 손수 무예를 즐기고 수행하는 여종들조차 허리에 칼을 차게 했다.

혼사를 치른 날, 유비가 손부인의 방 안에 있는 무기에 놀란 표정을 짓자 손부인은 그제야 무기를 치우게 했다. 유비는 손부인과 첫날밤을 치르고, 손건으로 하여금 형주에 혼인 사실을 전하게 했다.

한편 손권은 유비가 누이와 혼인하자 걱정이 되었다. 유비가 국태부인과 손부인의 사랑을 듬뿍 받고 있으니 목숨을 노리기도 어려웠다.

손권은 유비를 위해 숙소를 치장하고, 좋은 음식과 재물로 유비를 만족시켰다. 유비는 손부인과의 새로운 생활에 시간이 가는 줄 몰랐다. 두 달여가 훌쩍 지나가버렸으나 유비는 형주로 돌아갈 생각을 하지 않았다.

그러나 유비를 보고 있는 조운의 마음은 편치 않았다. 조운은 제갈량이 준 두 번째 주머니를 열었다.

조운은 쪽지를 읽고 유비를 찾았다.

"주공, 큰일입니다."

"장군, 왜 그리 호들갑이시오?"

"조조가 허도에서 군사를 모아 형주로 쳐들어오고 있다고 합니다. 형주로 돌아가셔야 하겠습니다."

유비는 아내와 얘기해 보겠다고 답하고 조운을 물러가게 했다.

손부인과 마주한 유비는 조운의 말을 사실대로 말하지 않고 그저 고향생각이 나는 듯 행동했다. 그러나 손부인은 유비와 조운의 대화내용을 이미 들어 알고 있었다.

손부인은 유비와 함께 형주로 가겠다는 뜻을 밝혔다.

유비가 비로소 형주로 돌아갈 마음을 정했지만 국태부인은 차치하고라도 손권이 유비를 그냥 보내줄 리 만무했다. 마침 정월 초하루가 되었다. 유비와 손부인은 국태부인을 찾아가 인사하고 청했다.

"부모와 조상들의 묘가 모두 탁군에 있습니다. 오늘 강변에 나가 제사를 지내고자 합니다."

제사를 지낸다고 나간 유비와 손부인은 미리 기다리던 조운과 함께 형주를 향해 달아나버렸다.

다음날, 유비가 누이동생과 함께 달아난 것을 뒤늦게 안 손권은 진무와 반장을 보내 뒤를 쫓게 했다. 분이 풀리지 않은 손권은 다시 장흠과 주태를 불러 명했다.

"그들을 붙잡거든 둘 다 목을 베라."

유비 일행이 시상 땅 경계에 이르렀을 때였다. 군사들이 멀리서 유비를 쫓아오고 있었다. 유비가 속도를 내는데 이번에는 앞에서 군사들이 몰려들었다. 서성과 정봉이 이끄는 군사들이었다. 주유는 언젠가 유비가 도망치지 않을까 염려되어 이들로 하여금 길목을 지키게 한 것이었다.

"유비는 거기 서라. 우리는 도독의 명을 받고 너를 기다리고 있었다."

위기에 처한 조운은 제갈량이 준 세 번째 주머니를 열었다.

유비는 제갈량의 쪽지에 쓰인 것을 보고 손부인에게로 갔다. 그리고 자신이 손부인과 결혼한 것이 손권의 계책이었다고 운을 뗐다.

"부인이 나를 돕지 않으면 이 위기에서 벗어날 길이 없소."

손부인은 자신을 미끼로 쓴 손권에게 화가 났다.

"오라버니가 저를 그렇게 하찮게 대했다면 나도 그렇게 하겠습니다. 주공께서는 걱정하지 마세요."

손부인은 수레를 움직이게 하여 서성과 정봉 앞으로 가 그들을 꾸짖었다.

"너희들이 내 앞을 막는 것이냐?"

서성과 정봉은 손부인 앞에 엎드리며 답했다.

"그럴 리가 있겠습니까? 다만 도독의 명에 따르는 것뿐입니다."

손부인은 엄한 표정을 하고 말했다.

"여기 계신 분은 한나라의 황숙이시고, 또한 나의 남편이다. 나는 어머니와 오라버니께 말씀드리고 형주로 가고 있으니 길을 막지 마라."

그 명이 추상같았으나 서성과 정봉은 도독 주유의 명이라 쉽게 물러 설 수 없었다.

"저희는 도독의 명을 거스를 수 없습니다."

그러자 손부인은 노기를 섞어 말했다.

"너희는 주유는 무섭고, 나는 무섭지 않은 것 같구나."

그리고 길을 헤치며 앞으로 나가니 서성과 정봉이 그 앞길을 막지 못했다. 유비는 손부인의 힘을 빌어 순간의 위기를 벗어날 수 있었다.

오래지 않아 진무와 반장이 유비를 쫓다가 서성, 정봉과 마주쳤다. 진무와 반장은 손권의 뜻을 전하고 서성, 정봉과 함께 다시 유비를 쫓았다.

유비 일행은 멀리 가지도 못하고 다시 붙잡힐 위기에 처했다.

손부인은 국태부인의 허락을 받고 떠나는 것임을 분명히 했다. 그러자 장수들은 더 이상 앞을 막지 못했다. 손권이 국태부인에게 효도를 다하는 것을 알고 있기 때문이었다. 유비 일행은 다시 길을 재촉했다.

이번에는 장흠, 주태가 유비를 쫓다가 진무, 반장을 만났다.

손부인이 떠난 것을 안 장흠과 주태는 손권의 뜻을 전했다.

"주공께서는 그들의 목을 베라고 하셨소."

장흠과 주태, 진무와 반장은 다시 유비를 쫓았다.

유비 일행이 시상을 벗어나 유랑포 강가에 닿았을 때, 멀리 장흠과 주태, 진무와 반장이 이끄는 군사들이 흙먼지를 일으키며 밀려왔다.

그때 제갈량이 수십 척의 배를 몰고 와 유비 일행은 간발의 차로 배를 탈 수 있었다. 배를 움직이는 사람들은 형주의 수군들이었다. 쫓아온 군사들이 화살을 날렸으나 이미 배에 미치지 못하는 거리에 있었다.

유비 일행을 실은 배가 형주를 향하여 나가는데 오래지 않아 강을 헤치고 전함들이 몰려왔다. 주유가 황개, 한당과 함께 수군을 이끌고 유비를 잡으러 온 것이었다.

제갈량은 명을 내려 배를 육지에 대게 했다. 육지에 도착한 유비 일행은 배를 버리고 달아났다. 주유도 배를 육지에 대게 하여 유비를 쫓으려 했다. 유비 일행은 그리 멀지 않은 곳에 육안으로도 보이는 위치에 있었다.

주유가 그들을 쫓으라고 명을 내리는 순간이었다. 산에서 북소리가 울리며 한 떼의 군사들이 뛰쳐나왔다. 관우가 이끄는 군사들이었다. 관우가 군사를 이끌고 공격하자 전투까지를 염두에 두지 않았던 주유는 방향을 바꿔 달아나기 바빴다.

이때를 놓치지 않고 황충과 위연이 측면을 에워싸자 주유는 크게 패해 강가로 달아났다. 가까스로 도망쳐 배에 올라 탄 주유는 스스로 화를 참지 못했다. 결국 지난 상처가 아물지 않아 쓰러지고 말았다. 끝내 유비가 무사히 형주로 간 사실을 알게 된 손권도 분노가 일었다. 정보를 도독으로 삼아 형주로 쳐들어가고자 했다.

기운을 차린 주유가 손권에게 편지를 써서 자신이 앞장서 형주를 치겠다는 뜻을 밝혔다. 그러나 장소는 뜻을 달리했다. 조조가 섣불리 군사를 일으키지 않는 것은 유비와 손권이 손을 맞잡았기 때문이었다. 만일 손권과 유비가 싸움을 한다면 조조는 바로 군사를 일으켜 동오를 공격할 것이었다.

고옹이 장소를 이어 말했다.

"조조와 유비는 한때 우호 관계에 있었습니다. 우리가 유비와 싸우게 된다면 조조는 잘되었다 싶어 유비와 동맹을 맺을 수도 있습니다. 유비도 위험에서 벗어날 수 있다면 동맹을 마다하지 않을 것입니다."

손권으로서도 조조와의 싸움이 달갑지 않았다. 고옹에게 의견을 물었다.

"어떻게 해야 하겠소?"

"허도로 사자를 보내 유비를 형주의 목으로 임명하게 하십시오. 그러면 조조는 우리와 유비의 사이가 돈독한 것을 알고 다른 생각을 하지 않을 것이고, 유비도 주공께 고마운 마음을 가질 것입니다. 그런 후에 조조와 유비가 싸울 때를 기다려 형주를 취하시면 될 것입니다."

이미 유비는 유기가 죽은 후 형주의 목을 행사해 오고 있으니 황제의 임명을 받도록 상주하자는 것이었다.

손권은 화흠을 사자로 삼아 허도로 보냈다. 화흠이 허도에 도착했을 때 조조는 동작대의 완성을 보기 위해 업군에 가 있었다.

동작대는 조조가 원소와 그의 아들들을 물리친 후 구리로 만든 참새(봉황이라고도 함)를 발견하고 세운 누대였다. 동작대는 구리로 만든 봉황으로 지붕 위를 장식한 데서 생긴 말로, 가운데를 동작대, 좌우에 거느린 옥룡대, 금봉대가 다리로 연결되어 있었다. 조조는 천하를 평정하고 말년을 동작대에서 지낼 생각이었으므로 동작대의 위세는 황제의 궁궐 못지않았다. 조조는 동작대의 완성에 맞춰 잔치를 열고 활솜씨를 겨루게 했다. 100보 떨어진 곳에 있는 과녁을 활을 쏘아 맞히는 것이었다. 상으로는 비단 전포(무사들이 입는 옷)를 내려 과녁 위의 버들가지에 걸게 했다.

조조의 조카 조휴를 시작으로 문빙, 조홍, 장합이 차례로 과녁을 맞혔다. 이때 하후연이 활을 쏘아 네 개의 화살이 있는 가운데에 화살을 꽂아 넣었다. 하후연이 우쭐해 하고 있을 때 허저는 과녁 위 버들가지를 맞혀 전포를 떨어뜨린 뒤 차지해 버렸다.

조조는 기뻐하며 모든 장수들에게 비단을 내렸다. 화흠은 잔치가 무르익었을 때 업군에 도착했다. 장수 하나가 조조에게 와 고했다.

"동오의 화흠이 유비를 형주의 목으로 삼아달라 상주하기 위해 왔다고 합니다."

유비가 형주를 차지하고 손권의 누이까지 얻었다는 말을 들은 조조는 동작대를 위한 시를 짓다 말고 놀라 들고 있던 붓을 던져 버렸다.

조조의 격분한 행동에 정욱이 사유를 물었다. 조조는 유비가 형주를 차지한 것은 용이 바다에 들어간 것과 같다며 경계하는 뜻을 밝혔다.

정욱은 그런 조조를 안심시켰다.

"승상께서는 화흠이 여기에 온 이유를 아십니까?"

"모르오."

"손권은 유비를 치고 싶으나 승상께서 동오로 쳐들어올까 봐 두려워하고 있습니다. 손권이 화흠을 보낸 뜻은 유비를 안심시키고 승상을 견제하려는 것입니다."

조조에게 손권과 유비의 속사정을 이해시킨 정욱은 후속조치를 고했다.

"동오의 인물은 주유입니다. 승상께서 황제께 상주해 주유와 정보를 각각 남군과 강하의 태수로 삼고, 화흠에게는 높은 벼슬을 주십시오. 그러면 주유는 유비와 싸우려고 들겠지요. 그때 양쪽을 다 도모할 수 있을 것입니다."

조조는 정욱의 말에 무릎을 쳤다.

허도로 돌아온 조조는 황제에게 상주해 주유를 남군 태수로, 정보를 강하 태수로 봉했다. 화흠에게는 높은 벼슬을 주어 허도에 머물게 했다.

남군 태수에 봉해진 주유는 유비와 제갈량에 대한 전의를 불태웠다. 하지만 전쟁을 위해서는 명분을 쌓아야 했다. 주유는 손권으로 하여금 노숙을 유비에게 보내 형주를 반환하라고 요구하게 했다.

손권 역시 형주 땅을 돌려받고 싶은 욕심은 주유 못지않았다. 손권은 노숙을 재차 형주로 보냈다. 노숙은 유비를 만나 형주 반환 문제를 꺼냈다. 그런데 유비는 미리 제갈량과 약속한 대로 울기만 하는 것이었다. 이때 제갈량이 자리에 나와 유비를 대신해 말했다.

"우리 주공께서 형주를 빌린 것은 맞으나 서천 땅을 차지한 후 돌려드리겠다고 했습니다. 그런데 서천 땅 익주의 유장은 우리 주공과 종친이니 주공께서 공격하면 사람들의 비웃음을 살 것입니다. 그렇다고 서천을 차지하지 못한 채 형주를 돌려주려면 주공께서 몸을 둘 곳이 없어집니다. 또 형주를 반환하지 못하면 처가인 동오와의 신의를 저버리는 것이 됩니다. 그러니 주공께서는 어떤 선택도 못하고 계신 것입니다."

노숙은 이번에도 아무런 성과 없이 돌아가고 말았다. 노숙은 돌아가는 도중 시상에서 주유를 만났다. 주유는 계책을 만들어 노숙을 다시 형주로 되돌려 보냈다.

유비를 만난 노숙은 주유에게서 들은 계책을 전했다.

"우리 주공께서는 유 황숙 대신 서천을 치겠다고 하십니다. 서천을 점령하고 나면 유 황숙께 드릴 것이니 그때 형주를 돌려주십시오."

유비는 쾌히 승낙했다. 그리고 노숙에게 손권에 대한 감사의 뜻을 전하게 했다. 주유는 서천으로 가는 척하면서 길목에 있는 형주를 칠 계획이었다. 주유가 형주에 도착하면 유비가 마중을 나갈 것이니 유비를 사로잡기도 수월할 것이었다. 그런데 제갈량은 주유의 계책을 이미 꿰뚫은 상태였다.

제갈량은 유비에게 주유의 속셈을 설명한 뒤 덧붙여 말했다.

"주유는 목숨을 잃거나 적어도 넋이 나갈 것입니다."

노숙은 주유에게 돌아가 유비가 계책에 응한 사실을 알렸다.

주유는 뜻대로 되었다며 기뻐했다. 주유는 손권에게도 계책을 알리고, 직접 군사 5만 명을 이끌고 형주로 향했다.

주유가 이끄는 군사들이 하구 땅에 닿았을 때였다. 미축이 주유를 마중 나와 있었다. 주유는 유비의 소재를 물었다. 미축은 답했다.

"유 황숙과 군사께서는 형주에서 환영 준비를 마치고 기다리고 계십니다."

주유는 계획대로 일이 잘 진행되고 있다고 보고 기쁜 마음으로 형주를 향해 배를 나아가게 했다. 어느덧 형주성에 가까워지자 주유는 군사를 보내 형주성의 동태를 살피게 했다. 그 군사는 돌아와 보고했다.

"형주성에는 흰 기가 두 개 꽂혀 있었고 사람은 보이지 않았습니다."

주유는 무엇인가 잘못된 것을 감지했다. 강가에 배를 대고, 직접 장수들과 3천 명의 군사를 이끌어 형주성으로 갔다. 역시 형주성 주위에는 사람 하나 보이지 않았다. 주유는 군사 하나를 불러 성문을 열게 했다.

명을 받은 군사가 성을 향해 소리쳤다.

"성문을 열어라!"

주유가 왔다고 알리자 성 위에서 군사들이 무기를 들고 나타났다. 뒤이어 모습을 드러낸 조운이 주유에게 말을 건넸다.

"도독께서는 어떻게 오셨습니까?"

"서천을 치러 가는 중에 유 황숙께 인사를 드리려고 하는데 장군은 모르셨소?"

"알고 있습니다. 우리 군사께서 도독의 계책을 미리 알고 내게 성을 굳건히 지키라고 하시었소."

주유가 놀라 말머리를 돌려 성을 떠나려고 하는데 군사 하나가 주유 앞에 와 보고했다.

"적장 관우, 장비, 황충, 위연이 엄청난 군사를 이끌고 사방에서 몰려 오고 있답니다. 그들은 하나같이 주유를 사로잡으라고 외치고 있다고 합니다."

"앗!"

주유는 충격을 받고 외마디 소리를 지르더니 말에서 떨어지고 말았다. 주유는 배로 옮겨져 안정을 취하고 있었다. 이때 군사 하나가 유비와 제갈량이 산에서 술을 마시며 즐기고 있다고 보고했다.

주유는 제갈량에게 속았다는 사실을 깨닫고 자신의 상태도 잊고 분노에 치를 떨었다.

'내 반드시 서천을 점령하고 돌아갈 것이다.'

주유가 속으로 다짐하고 있을 때 손권의 동생 손유가 주유를 지원하기 위해 도착했다.

주유는 손유의 지원을 받자 힘이 나 강을 따라 전진했다. 얼마쯤 갔을 때 정찰 나갔던 군사가 돌아와 보고했다.

"유봉과 관형이 상류의 물길을 끊고 있습니다."

주유가 망연자실하고 있는데 제갈량의 편지가 주유 앞으로 전해졌다. 서천 땅 익주는 지리적으로 험하고 백성들이 똘똘 뭉쳐 쉽게 빼앗기 어려울 것이며, 호시탐탐 복수를 노리는 조조가 주유가 없는 틈을 타 쳐들어오면 강동은 쑥대밭이 될 것이라는 내용이었다.

주유는 편지를 읽고 길게 탄식한 후 손권에게 편지를 썼다. 그리고 장수

들을 불러 유언을 남겼다.

"충성을 다해 나라에 보답하려 했으나 하늘이 나를 버리는구나. 이제 내 명이 다했다. 주공을 잘 섬겨 천하의 일을 도모하라."

주유는 이내 정신을 잃었다. 그리고 잠시 깨어나는가 싶더니 하늘을 향해 원망했다.

"하늘이시여, 왜 주유를 세상에 보내놓고서 또 제갈량을 보내시었소?"

주유는 몇 번이나 이렇게 외치더니 갑자기 피를 토하며 숨을 거두고 말았다. 이때 주유의 나이는 36세였다. 주유가 죽었다는 소식을 접한 손권은 대성통곡하며 슬퍼했다. 주유는 손권에게 남긴 편지에서 자신의 후임으로 노숙을 추천했다.

손권은 주유의 의견을 좇아 노숙을 도독으로 임명했다. 그리고 주유를 후하게 장사지냈다.

⁕ 복룡, 봉추

❀ • • • • • • •

제갈량은 별자리를 보고 주유의 죽음을 짐작했다. 유비가 사람을 보내 알아보게 하니 역시 주유가 죽었다는 것이었다. 제갈량은 주유를 조문하기로 하고 유비의 허락을 받았다. 그리고 조운과 더불어 군사 5백 명을 데리고 조문을 갔다.

제갈량이 도착하자 노숙이 예를 갖춰 맞이했다. 제갈량은 주유의 영전에 제물을 차리게 하고, 직접 제문을 읽으며 조문했다. 제문을 읽는 제갈량의 목소리와 제문 문구마다 주유를 생각하는 제갈량의 슬픈 심정이 녹아 있었다.

천하의 원수 대하듯 제갈량을 바라보던 동오의 사람들은 그제야 주유를 생각하는 제갈량의 진정을 이해하고 원망을 털어 버렸다.

제갈량이 조문을 마치고 돌아오는 배에 올라타려고 할 때였다. 누군가 제갈량의 소매를 잡았다.

"주유를 골탕 먹여 죽여 놓고 문상까지 하러 왔구나! 너는 동오에 인물이 없는 줄 아느냐?"

제갈량이 깜짝 놀라 돌아보니 봉추 선생 방통이 서 있었다.

오랜만에 만나는 반가움에 두 사람은 함께 제갈량의 배에 올라탔다.

여러 가지 이야기 끝에 제갈량은 방통에게 유비의 인품을 소개했다.

"유 황숙은 어질고 덕망이 있는 사람이오. 공이 손권을 만난다 하나 내가 만나본 손권이라는 사람은 공을 중용하지 않을 듯하오. 그때 여의치 않거든 유 황숙을 찾아보시오. 공의 학문을 아낌없이 발휘할 수 있게 될 것이오."

제갈량은 방통이 유비를 찾아갔을 때 자신이 부재중인 경우를 대비해 유비에게 보내는 추천서를 써서 방통에게 주었다.

방통은 제갈량의 추천서를 받아들고 배에서 내렸다.

이윽고 제갈량은 형주로 돌아갔다.

주유의 장례를 마치고 노숙은 손권에게 다시 방통을 추천했다. 지난 적벽대전에서 연환계를 쓰는 데 방통의 도움을 받았기 때문에 손권도 방통을 만나보고 싶었다. 손권의 허락을 받은 노숙이 방통을 손권의 부중으로 데려왔다.

손권이 방통을 보니 여느 사람이 보는 것처럼 그 생김이 볼품이 없었다. 마뜩찮은 마음에 손권은 두어 마디 질문을 던진 후에 방통을 물러가게 했다. 손권은 노숙에게 방통을 곁에 두지 않겠다는 뜻을 밝혔다. 노숙은 손권의 처사를 알 수 없었다.

"주공께서는 방통의 재주를 보셨습니까?"

"볼 만한 게 없더이다. 그리 쓸모가 있는 사람 같지 않소."

"그가 조조를 움직였기 때문에 적벽싸움에서 승리할 수 있었지 않습니까?"

"그때는 조조 스스로 배들을 엮은 것이오. 방통의 재주라 생각하지 않소."

방통을 쓰지 않겠다는 손권의 의사는 확고했다.

노숙은 방통을 만나 손권의 뜻을 전했다.

"내가 다시 방법을 알아볼 테니 조금 더 기다려주시오."

그러나 방통 역시 사람을 보는 손권의 눈에 실망한 터였다.

"나는 조조에게 갈까 합니다."

노숙은 방통의 말에 깜짝 놀랐다.

"안 될 말입니다. 차라리 유 황숙에게 가시오. 그러면 공의 재주를 알아줄 것이오."

방통은 노숙의 말에 웃으며 대꾸했다.

"나도 그럴 참이었소. 조금 전에 한 말은 농담이오."

노숙은 유비에게 보내는 추천서를 써서 방통에게 주었다.

"손씨와 유씨가 손잡고 조조를 물리치도록 공이 애써주시오."

방통은 노숙의 말에 고개를 끄덕였다.

방통은 제갈량과 노숙의 추천서를 가지고 동오를 떠나 형주로 갔다. 이때 제갈량은 지방 순시를 위해 형주를 떠나 있었다. 이미 수경 선생과 서서로부터 봉추의 능력을 들어 알고 있었는지라 유비는 쉽게 방통을 만나주었다. 그러나 유비 역시 손권과 마찬가지로 방통의 얼굴을 보고 실망을 감추지 않았다. 능력을 시험해 보지도 않고 작은 일을 하나 주어 떠나보냈다.

"이곳 형주에는 마땅한 자리가 없습니다. 마침 북동쪽으로 130리 떨어진 뇌양현 현령 자리가 비어 있으니 당분간 그곳에 계시오."

방통은 유비가 자신을 박대하는 것을 알았으나 일단 유비의 제안을 받아들여 뇌양현으로 갔다. 유비에게는 제갈량과 노숙의 추천장도 보여주지 않았다.

방통은 현감으로 부임한 뒤 일은 뒷전이고 술 마시고 즐기는 것이 하루의 일과였다. 이렇게 석 달이 지나니 뇌양현의 소식이 유비에게까지 알려졌다. 유비는 장비를 불러 뇌양현을 감찰하도록 지시했다.

장비는 손건과 더불어 뇌양현으로 갔다. 이들이 도착해 수소문해 보니 이미 유비가 알고 있듯 방통은 술로 하루하루를 보내고 있다는 것이었다. 장비가 도착한 날에도 방통은 전날 먹은 술이 깨지 않아 누워 있다는 보고였다.

장비가 방통을 잡아들여 혼내주겠다고 벼르고 있는데 손건이 장비를 제지했다.

"방통은 재주가 많은 사람이라고 들었소. 먼저 그의 말을 들어보고 벌을 주어도 늦지 않을 것이오."

장비는 방통을 불러내 호통을 쳤다.

"주공께서 당신의 재주를 알아보고자 이곳을 다스리게 했는데, 100일이 지나도록 일은 거들떠보지도 않고 술만 마신다고?"

방통은 웃으며 말했다.

"이까짓 작은 고을의 일이 무어라고 그러시오. 내가 하는 일을 보시오."

방통은 말을 마치고 수하의 관리를 불렀다. 그 관리는 방통의 명을 받아 그 동안 밀린 일의 문서를 방통 앞에 가져다 놓았다. 방통이 한 건 한 건의 사무를 처리하는데 지시는 명쾌하고, 송사는 시비가 정확하였다. 사정이 이러하니 방통의 말에 따르지 않는 사람이 없었고, 백성들은 고개를 끄덕이며 존경하는 눈으로 방통을 보았다.

100여 일 동안 밀린 일이었지만 방통이 일을 시작한 지 반나절이 되지 않아 모두 해소되었다. 방통이 일을 모두 마치자 장비는 방통의 재주에 감탄하며 정중히 사과했다.

"선생을 몰라보고 제가 무례를 범했습니다. 내 돌아가 주공께 잘 말씀드리겠소."

그제야 방통은 노숙의 추천서를 장비에게 내주었다. 장비는 의아해 했다.

"주공께 진작 이것을 내보였으면 선생의 능력을 의심하지 않았을 게 아니겠소?"

"나는 연줄에나 의지하는 그런 사람이 되고 싶지 않았소. 유 황숙이 스스로 내 능력을 인정해 주기를 바랐던 것이오."

장비는 방통에게 정중하게 인사하고 형주로 돌아갔다. 장비를 만나 방통의 재주를 알게 된 유비는 자신의 사람 보는 안목을 탓했다. 노숙의 추천서까지 보고 나니 자신이 방통에게 큰 무례를 범했다는 생각이 더 커졌다.

유비가 방통의 일을 수습하고자 고심하고 있을 때 제갈량이 마침 지방 순시를 마치고 돌아왔다. 제갈량은 방통이 온 것을 알고 있는 듯 유비에게 방통의 소식을 물었다.

유비는 적당히 둘러댔다.

"뇌양현을 맡겼더니 술만 마시고 있다 하오."

이 한 마디에 제갈량은 모든 사태를 짐작했다. 호탕하게 웃으며 말했다.

"방통은 저보다 열 배는 능력이 많은 사람입니다. 큰일을 할 사람에게 작은 고을의 일을 맡겼으니 술만 마시고 일을 하지 않는 것입니다."

유비는 제갈량에게 그간의 사정을 말하고, 장비를 다시 뇌양현으로 보내 방통을 모셔오게 했다.

방통이 돌아오자 유비는 정중하게 사과했다.

"선생의 큰 능력을 미처 알지 못하고 무례를 범하고 말았습니다."

방통은 사과를 받아들이며 제갈량의 추천서를 유비에게 주었다. 유비는 방통의 진가를 확인하게 되자 기쁨을 감추지 못했다.

'수경 선생이 복룡, 봉추 가운데 하나만 얻어도 세상을 도모할 수 있다고 했는데, 나는 복룡, 봉추 모두를 군사로 모시게 되었다. 이제 한나라 황실을 굳건히 일으킬 수 있으리라.'

유비는 방통을 부군사 겸 중랑장으로 삼아 제갈량과 함께 군사를 조련하게 했다. 유비가 방통을 얻어 군사로 삼았다는 소식은 허도의 조조에게까지 전해졌다.

'유비의 세력이 보다 강해지기 전에 그의 세력을 꺾어놓아야 한다.'

유비에 대해 항상 경계심을 가지고 있는 조조는 모사들을 모아 남벌을 논의했다.

순유가 먼저 의견을 개진했다.

"주유가 죽었으니 동오를 먼저 치는 게 합당하오. 그런 후에 유비를 치면 될 것입니다."

그러자 조조는 걱정스런 얼굴을 하고 말했다.

"내가 걱정되는 것은 서량의 마등이오. 우리가 남쪽을 치고자 내려갔을 때 그가 허도로 쳐들어오지 않을까 하는 것이오. 지난 적벽싸움 때도 서량에서 반란이 일어났다는 뜬소문이 돌지 않았소?"

순유는 조조에게 마등에 대한 대책을 말해 주었다. 조조는 순유의 의견에 따라 마등을 정남장군으로 봉해 손권을 치는 선봉으로 삼는다며 허도로 들게 했다. 순유의 계책은 마등이 허도로 들어왔을 때 그를 죽여 버리는 것이었다.

마등은 큰아들 마초를 불렀다. 마등은 마초에게 동승과 모의했던 일을 들려주었다.

"조조를 죽이고, 한나라를 바로 세우려고 했는데 황제의 밀서를 받은 동승은 조조의 손에 죽고 말았다. 유 황숙이 형주를 차지했다고 하여 나도 세력을 키워 유 황숙과 지난 일을 도모하고자 했는데 뜻밖에 조조가 나를 부르는구나."

마등은 허도로 가는 길을 택했다. 마초의 두 동생 마휴와 마철, 그리고 마등의 조카 마대가 5천 명의 군사를 거느리고 마등과 함께 했다. 마등은 마초에게 서량 땅을 당부하고 길을 나섰다.

조조는 장수 황규를 시켜 마등을 마중하게 했다. 마등과 황규는 뜻이 맞아 조조가 마등을 마중할 때 조조를 죽이기로 했다. 그런데 조조가 황규의 계책을 눈치채고 말았다. 조조는 군사를 일으켜 마등을 공격했다.

순식간에 마등의 아들 마철이 화살에 맞아 죽고, 마등과 또 다른 아들 마휴는 사로잡히고 말았다. 조조는 마등 부자와 황규의 목을 참하게 했다. 마등의 조카 마대는 후방에 남았다가 간신히 목숨만 건져 서량으로 달아났다.

마초는 죽은 마등과 의형제 관계인 진서장군 한수와 함께 20만 대군을 이끌어 허도로 진격했다. 마초는 마대와 방덕을 선봉으로 삼아 순식간에 장안성을 점령한 데 이어 조홍과 서황이 지키는 동관마저 손에 넣었다.

방비가 소홀했던 조조는 그제야 직접 대군을 이끌어 마초와 대적했다. 마초는 조조가 생각했던 풋내기 소년이 아니었다. 말에 올라 앉아 있는 모습이 한눈에 보기에도 용장이었다.

조조는 마초의 기세를 누르기 위해 크게 꾸짖었다.

"한나라 명가의 자손이 어찌 반란을 일으켰느냐?"

"이 역적놈아. 너는 황제를 속이고 백성을 기만했으니 그 죄가 크다. 게다가 죄 없는 내 아버지와 동생들을 죽인 원수다."

마초는 짧게 대꾸한 뒤 곧바로 말을 달려 조조에게 향했다. 우금이 나가 마초를 막았으나 상대하지 못하고 달아나고 말았다. 잇달아 나온 장합도 마초에게 쫓겨 달아났고, 뒤를 이어 나온 이통은 끝내 마초의 창에 찔려 죽고 말았다. 이 기세를 몰아 마초가 전 군사들을 호령하니 조조군은 패퇴했다. 조조 역시 군사들 틈에 끼어 달아나는 신세가 되고 말았다. 마초는 마대, 방덕과 함께 조조를 사로잡기 위해 나섰다. 그때 달아나는 군사들 사이로 붉은 전포를 입은 조조가 보였다.

"붉은 전포를 입은 놈이 조조다. 저놈을 잡아라."

조조는 그 소리를 듣고 전포를 벗어 던지고 달아났다. 그러자 마초의 군사들이 다시 소리쳤다.

"수염이 긴 놈이 조조다."

조조는 칼로 자신의 수염을 잘라 버렸다. 그러나 조조의 일거수일투족은 모두 눈에 띄었다.

"조조가 수염을 잘라 버렸다. 수염이 짧은 놈을 쫓아라."

조조는 깃발을 찢어 목에 두르고 정신없이 달아났다.

그러나 마초는 조조를 놓치지 않고 바로 등 뒤까지 쫓아왔다. 조조는 급한 김에 큰 나무 뒤로 가서 몸을 피했다. 마초는 조조를 창으로 찔렀다. 그러나 창에 맞은 것은 나무였다. 마초가 나무에서 창을 뽑는 사이, 조조는 다시 달아날 수 있었다. 그때 조홍이 나와 조조를 대신해 마초와 맞섰다. 한참을 싸우고 있는데 하후연까지 달려들자 마초는 달아나고 말았다.

조조는 정공으로 마초와 싸울 생각을 접었다. 군사를 배에 태우고 위수를 건너 마초의 후방을 공략할 계획을 세웠다. 그러나 조조의 계략이 입소문을 타고 마초에게 전해졌다.

마초는 조조의 대군이 강을 반쯤 건넜을 때를 기다려 조조군의 후방을 기습했다. 기습을 당한 조조의 군사들은 마초가 나타났다는 고함 소리에 놀라 싸울 생각을 하지 못했다. 서로 배에 올라타기 위해 서두를 뿐이었다.

조조는 허저의 도움으로 간신히 배에 올라타고 강을 건너 목숨을 구할 수 있었다. 마초는 한수로부터 조조를 호위하는 장수가 허저라는 사실을 알아냈다. 마초는 강을 건너 조조가 진영을 갖추는 것을 막아야 했다. 조조가 후방에 진을 치면 앞뒤로 적을 상대해야 되는 어려움이 따를 것이었다. 여러 차례 나눠 조조를 공격하니 조조는 쉽게 진영을 갖추지 못했다.

날은 날로 추워졌다. 그러던 어느 날, 조조는 추운 날씨를 이용해 흙을 쌓고 물을 붓게 했다. 흙 위에서 부은 물은 즉시 얼어붙어 하룻밤 만에 토성을 쌓을 수 있었다. 토성을 보고 놀란 마초가 나와 보니 조조가 자랑하듯 토성 밖에 나와 있었다. 마초는 당장 토성을 공격하는 대신 한수에게서 이름을 들은 허저를 보고 싶었다. 마초는 조조에게 물었다.

"네 장수 중에 허저가 있느냐?"

이때 허저는 조조 뒤를 따르고 있었다. 허저가 조조 앞으로 나서며 대답했다.

"내가 허저다."

마초가 보니 허저의 기개가 그야말로 장수였다. 마초는 말을 돌려 그 자리에서 벗어났다. 마초를 만나본 허저는 이튿날 먼저 마초에게 싸움을 걸었다. 마초는 지지 않고 싸움에 응했다. 두 장수가 100합을 싸웠으나 승부가 나지 않았다. 오히려 말이 지칠 지경이었다. 두 사람은 말을 갈아타고 다시 100합을 싸웠으나 역시 승부를 내기가 어려웠다.

두 장수가 죽기 살기로 싸움을 계속하는데 조조는 젊은 마초를 상대하는 허저가 다칠까 염려가 되었다.

조조는 하후연과 조홍을 불렀다.

"가서 허저 장군을 돕도록 하시오."

하후연과 조홍이 허저를 도와 나서니 방덕과 마대가 군사를 총 동원해 달려들었다. 조조군은 다시 패퇴해 토성 뒤로 달아나기 바빴다. 조조군은 다시 많은 희생을 치러야 했다. 이때 서황이 조조 진영의 반대쪽에 진영을 치니 마초가 염려한 대로 앞뒤로 적과 맞서는 형상이 되고 말았다. 거기다 겨울이 깊어지고 있어 원정 나온 마초가 전쟁을 계속하기에는 어려움이 따랐다.

마초는 주위의 의견을 받아들여 조조와 휴전을 맺기로 했다. 마초의 휴전 제의를 받은 조조가 모사 가후를 불러 의견을 구했다. 가후는 계책을 내놓았다.

"일단 휴전을 받아들이고, 마초와 한수를 이간질시키면 차후의 방도가 있을 것입니다."

조조가 휴전에 동의하자 마초와 조조는 군사를 물리기로 했다. 마초는 조조가 휴전에 쉽게 동의하자 어떤 계책이 있지 않을까 의심했다. 그래서 한수와 번갈아 조조의 진영을 살피기로 했다.

한수가 조조의 진영을 살피는 날이 되었다. 조조는 몇몇 군사만 거느리고 무장도 하지 않은 채 나가 한수를 찾았다. 그런 조조를 보자 한수도 무장을 하지 않고 조조를 만났다.

조조는 한수를 만나 선대의 이야기며 과거 장안에서의 일들을 회고했다. 얼마 전까지 마주 싸우다가 휴전을 맺은 사이였지만 조조는 군사와 관계된 것은 입에 담지도 않았다. 조조가 웃음을 섞어가며 말하는데 한수는 조조가 말하는 것에 대답할 뿐이었다.

마초는 조조와 한수가 만났다는 사실을 알고 그 대화내용이 궁금했다. 한수를 찾은 마초가 물었다.

"조조가 무슨 말을 하던가요?"

"별말은 아니었네. 단지 지난날을 되짚는 말만 하고 가더구나."

"군사에 관한 말은 없었습니까?"

"글쎄 말이다. 나도 그런 말을 하지 않을까 싶었는데 그에 관련된 이야기는 없었다."

마초는 한수에게 인사하고 나왔으나 한수에게 개운치 않는 면이 있었다.

'조조가 군사 이야기는 없이 옛 이야기만 하고 갔다고?'

조조는 진영으로 돌아와 한수와 있었던 일을 가후에게 말했다. 가후가 보기에 마초가 의심을 품을 만했으나 확실한 이간책은 될 수 없을 듯했다.

가후는 조조에게 확실한 계책을 전했다.

조조는 가후에게서 계책을 듣고 한수에게 보내는 편지를 한 통 썼다. 그런데 편지 여기 저기 중요한 글자들은 지우거나 고쳐서 썼다. 조조는 편지를 한수에게 보내는 한편, 편지를 보낸 사실을 마초가 알게 했다.

마초는 조조가 한수에게 편지를 보냈다는 말을 듣고 한수를 만났다.

"조조에게서 받았다는 편지를 저도 볼 수 있습니까?"

한수는 마초가 편지를 받은 사실을 알고 있는 것이 의아스러웠다. 그러나 별 것 아니라는 듯 마초에게 편지를 건넸다.

여기 저기 지워지고 고쳐 쓰인 편지를 본 마초는 한수를 의심했다.

"편지가 왜 이렇습니까?"

"받을 때부터 그랬네. 왜 이런 편지를 보냈는지 나도 궁금하구나."

마초는 한수의 말을 믿지 못하고 한수를 추궁했다.

"숙부께서 제게 숨길 일이 있어 지운 것 아닙니까?"

마초는 한수와 조조가 내통하는 것으로 의심하기에 이르렀다.

한수는 기가 막혔으나 마초의 의심을 풀 수밖에 없었다.

"내일 내가 조조를 불러 대화를 나눌 것이니 그때 네가 그를 죽이거라."

이튿날, 한수는 조조의 진영으로 사람을 보내 조조에게 만나자고 청했다. 그러나 기다리던 조조 대신 나온 것은 조홍이었다. 조홍은 한수 앞으로 다가와 말했다.

"어제 승상께서 장군께 말씀하신 것을 잘 부탁한다고 하십니다."

조홍은 말을 마치고 돌아가 버렸다.

마초는 처음부터 끝까지 보고 있다가 한수에 대한 의심이 폭발하고 말았다. 즉시 창을 들고 말을 타고 나가 한수에게 달려들었다. 주위의 장수들이 마초를 말리는 덕에 한수는 몸을 피해 거처로 돌아갈 수 있었다. 마초의 의심을 풀 수 없다고 판단한 한수는 양추를 사자로 보내 조조에게 항복해 버렸다. 가후의 계책이 성공을 거둔 것이었다.

조조는 한수와 더불어 안팎으로 마초를 치기로 했다. 한수가 장수들과 조조를 돕기 위해 계책을 논할 때였다. 마초는 한수를 의심해 진채 안의 대화를 엿듣고 있었다. 마침내 한수와 장수들이 마초를 죽이기 위한 작전을 논하자 마초가 칼을 들고 뛰어 들어갔다.

"이놈들! 나를 죽이겠다고?"

마초는 한수를 향해 칼을 휘둘렀다. 그러나 한수가 팔을 들어 막으니 팔이 잘려 나가고 말았다. 그러자 한수와 함께 있던 다섯 장수가 마초를 향해 덤벼들었다. 마초가 두 장수를 베니 나머지는 달아나버렸다. 그러나 이미 한수는 자리를 뜬 후였다. 그때 한수의 진영에서 불이 붙었다. 그 불을 신호로 삼아 조조의 대군이 밀려왔다. 마초는 마대, 방덕과 함께 조조군에 맞서 싸웠지만 대세는 이미 조조에게 기울어 있었다. 마초는 마대, 방덕과 수십 명의 기병만을 이끌고 달아나는 신세가 되었다.

마초에게 대승을 거둔 조조는 하후연에게 장안을 방어하게 하고 군사를 수습해 허도로 개선했다. 조조의 승전 소식을 들은 헌제는 성밖까지 나와 조조를 맞았다. 조조는 승상 이상의 권위를 인정받게 되었다. 이때 한중을 다스리는 장로는 스스로를 한녕왕이라 칭하고 이웃한 익주를 치기 위해 군사를 일으켰다.

장로는 조조가 마초를 이긴 기세를 몰아 한중을 공격할 것으로 예상했다. 그럼에도 불구하고 한중 땅의 지형이 험하고 군량이 풍부해 조조를 방어할 만하다고 판단했다. 스스로 왕칭을 한 장로는 그 위세를 떨치고자 익주에 눈독을 들인 것이었다.

익주의 유장은 장로가 군사를 일으켰다는 소식을 듣고 장송을 사자로 삼아 조조에게 보내 원군을 청하게 했다.

허도로 간 장송은 조조를 만나 그 사람됨을 살폈다. 장송이 조조를 칭찬하는데 인색하고 오히려 약점을 건드리자 조조는 심기가 불편해졌다. 결국 장송을 매질해 내치게 했다.

조조에게서 뜻을 이루지 못한 장송은 유비를 찾아가기로 했다.

'조조는 인물이 되지 못하니 그에게 나라의 장래를 맡길 수는 없다. 그렇다고 아무런 성과 없이 서천으로 돌아갈 수도 없다. 유비의 사람됨이나 한번 보아야겠다.'

그런데 장송이 허도로 간 사실은 미리 첩자를 통해 제갈량에게 알려져 있었다. 제갈량은 조운을 보내 형주 접경을 지키게 했다.

조운은 장송을 영접해 형주로 돌아오는데 제갈량과 방통을 대동한 유비가 형주성 밖까지 나와 장송을 환대했다. 유비는 며칠 동안 장송을 후하게 대접한 후 다시 성밖까지 나가 장송을 배웅했다. 장송이 유비의 환대를 받고나니 조조와 비교가 되었다. 유비에게 자신이 들고 온 서천 땅의 지도를 주며 천하를 도모하는 첫 단계로 서천을 차지하라고 간했다.

서천으로 돌아간 장송은 평소 우호가 두터운 법정, 맹달과 만나 유비에게 서천을 바칠 것을 모의했다. 그후 유장을 만나 그간의 경과를 보고했다.

"조조는 우리를 돕기는커녕 서천 땅을 집어삼키려 하고 있습니다. 형주의 유 황숙은 성품이 어질고 백성들의 신망이 두터운데다 주공과 마찬가지로 황실의 종친이 되니 그에게 도움을 청하면 서천을 지킬 수 있을 것입니다."

유장은 법정을 시켜 유비에게 구원을 청하게 했다. 법정은 유비를 만나 병력 지원을 청하는 듯했으나 실제로는 유비가 서천을 얻을 수 있도록 돕겠다는 뜻을 전했다.

유비는 서천 땅을 차지하기로 마음을 굳혔다. 마침내 방통을 비롯해 황충, 위연을 장수로 삼아 5만 명의 군사를 거느리고 서천 땅으로 향했다. 형주는 제갈량과 관우, 장비, 조운으로 하여금 물샐 틈 없이 방비하게 했다. 유비가 익주성으로 향하는데 유장은 멀리 부성까지 나와 유비를 영접했다. 방통은 법정과 모의해 일찍 유장을 죽이려고 했으나 유비의 반대가 심해 뜻을 이루지 못했다. 유비는 서천을 점령하는 대신 한중의 장로가 쳐들어오는 길목에 가서 주둔해 버렸다.

유비가 형주를 비웠다는 소식은 동오에도 전해졌다. 손권은 형주를 치기에 앞서 국태부인이 위중하다는 핑계를 대어 손부인과 아두를 형주에서 빼내오게 했다. 그러나 조운과 장비가 길목을 막아 결국 손부인은 아두를 두고 동오로 떠났다.

손권은 유비의 독자인 아두를 형주와 맞바꾸려한 계획이 실패하자 군사를 보내 형주를 치려고 했다. 그러던 차에 조조가 40만 대군을 일으켜 동오를 쳐들어오려고 한다는 보고가 들어왔다. 손권은 형주의 일을 차후로 미룰 수밖에 없었다. 이때 허도에서는 조조 수하의 사람들이 황제에게 청해 조조를 위공으로 봉하도록 하자는 논의가 한창이었다. 위공은 황제가 누리는 권한을 같이 행사하는 높은 자리였다. 그런데 조조의 모사 가운데 으뜸이라 할 만한 순욱이 반대하고 나섰다.

"승상은 한나라를 굳건히 하는 뜻을 잊지 마시오."

조조는 순욱이 괘씸하게 생각되었다. 순욱 역시 더 이상 조조를 적극적으로 도우려 하지 않았다. 조조가 마침내 군사를 일으켜 동오로 향하는 길이었다. 조조를 따라나섰던 순욱은 중간에 병을 핑계 삼아 조조를 따라가지 않았다.

조조는 사람을 시켜 순욱에게 음식을 내렸다. 순욱이 조조가 내린 그릇을 열었는데 안이 비어 있었다.

'이제 내게 줄 것이 없다는 것이겠지?'

조조의 뜻을 짐작한 순욱은 독약을 먹고 스스로 목숨을 끊었다.

조조가 동오를 향해 군사를 일으켰다는 소식을 들은 유비는 누가 승자가 되더라도 다음 차례는 형주가 될 것이라며 걱정했다.

그러자 방통이 유비에게 계책을 내 주었다.

유비는 조조로부터 침공을 당한 손권을 돕겠다는 명분으로 유장에게 군사 4만 명과 군량 10만 섬을 지원해달라고 청했다.

유장은 유비를 경계하는 주위 수하 장수들의 말을 들어 늙고 약한 군사 4천 명과 군량 1만 섬을 유비에게 보냈다.

유비는 유장의 처신에 화가 치밀어 올랐다.

방통이 그 틈을 놓치지 않고 유비에게 추가로 계책을 전했다.

"우리가 형주로 돌아간다고 하면 유장의 장수 양회와 고패가 주공을 배웅할 것입니다. 그때 그 두 장수를 죽이고 먼저 부성 땅을 점령하시오."

유비가 방통의 뜻에 따라 일을 처리하려 하는데 뜻밖의 일이 벌어지고 말았다.

유비가 형주로 돌아가는 줄로 안 장송이 유비에게 뜻을 굽히지 말고 서천을 도모하라고 편지를 썼는데, 그 편지가 잘못되어 유장의 손에 들어간 것이었다.

유장은 장송과 그의 가족들을 잡아들여 죽여 버렸다. 유장은 또 양회와 고패에게 유비를 배웅하는 척하며 유비를 죽이라고 명했다. 그러나 양회와 고패는 미리 준비하고 있던 유비의 군사들에게 붙잡혀 목이 달아나고 말았다. 유비는 그길로 부관을 점령해 버렸다.

한편 동오에서는 장굉이 죽음에 이르러 손권에게 말릉으로 본거지를 이동하라고 유언했다. 손권은 말릉 땅에 성을 쌓는 한편, 조조에 대한 방비를 철저히 했다. 이때 동오로 쳐들어가 손권과 맞선 조조는 손권의 막강한 대응에 부닥쳐 별다른 성과없이 허도로 돌아가고 말았다. 조조는 손권의 기세만 확인했을 뿐이었다.

부관을 점령한 유비의 다음 목표는 익주 성도의 관문이라 할 수 있는 낙성이었다. 유비와 방통이 모든 준비를 마치고 출전하려고 할 때였다. 방통이 타고 있던 말이 몸부림을 하더니 방통을 땅에 떨어뜨리고 말았다. 방통이 항상 타고 다니던 말이었기 때문에 이상하기만 했다.

유비는 자신의 백마를 내주고 스스로 방통의 말에 올라탔다.

“이 말은 잘 훈련되어 있으니 군사에게 해를 끼치지 않을 것이오.”

방통은 자신을 생각하는 유비의 마음에 감동을 받으며 낙성으로 길을 잡았다. 이날 유비와 방통은 큰 길과 작은 길을 서로 나누어 낙성으로 향했다. 유비는 왠지 마음이 내켜 자신이 작은 길로 가려고 했으나 방통 또한 작은 길을 고집했다. 마침내 방통의 고집에 진 유비가 큰 길을 잡았고, 방통은 작은 길을 선택해 갔다.

방통이 위연을 앞세워 낙성으로 가고 있을 때였다. 낙성으로 가는 작은 길의 길목을 적장 장임이 지키고 있었다. 장임은 방통이 타고 있는 백마를 보자 방통을 유비라고 생각했다. 장임은 유비가 가까이 오기를 기다렸다. 방통은 장임이 매복한 곳에 이르러 좋지 않은 기운을 느끼고 주위에 물었다.

“여기가 어디냐?”

“낙봉파라는 곳입니다.”

대답을 들은 방통의 머릿속을 스치는 생각이 있었다.

‘나는 봉추이고, 이곳은 낙봉파라.’

그때 장임의 명에 따라 서천의 군사들이 방통을 향해 일제히 화살을 날렸다. 방통은 화살에 맞아 죽고 말았다. 방통의 나이 36세였다.

마침내 유비와 황충, 위연은 서천 군사들의 기세에 눌려 부관으로 군사를 물리고 말았다. 유비는 그제야 방통의 죽음을 알고 낙봉파를 향해 통곡했다.

유비는 관평을 형주로 보내 제갈량을 서천으로 불러오게 했다.

제갈량은 관우로 하여금 형주를 지키게 하고 장비, 조운으로 하여금 각각 육로와 수로를 통해 낙성을 공격하게 했다. 제갈량 자신도 간옹, 장완을 이끌고 조운의 뒤를 따라 서천으로 향했다.

장비는 낙성으로 가는 길목에 있는 파군에 도착했다. 어렵게 파군 태수 엄안을 사로잡은 장비는 엄안을 후하게 대해 항복을 받았다. 이후 장비는 엄안의 도움을 받아 쉽게 낙성 앞까지 나아갔다. 장비가 먼저 유비를 만나고, 마침내 제갈량과 조운까지 도착해 낙성 공략에 나섰다.

제갈량이 먼저 장임을 유인해내 사로잡은 뒤 목을 베었다. 마침내 낙성 안에서 장익이 유궤를 죽인 뒤 성문을 열고 유비에게 항복했다.

유비는 성도로 진격하는 한편 법정에게 편지를 쓰게 해 유장에게 항복을 권했다. 다급해진 유장은 지금까지 적으로 대하던 한중의 장로에게 사람을 보내 구원을 청했다.

한편 오래 전 조조에게 패해 달아났던 마초는 변방 오랑캐 군사들을 조련해 다시 양주, 기성 땅으로 쳐들어갔다. 그러나 적의 계책에 속은 마초는 처자의 목이 모조리 달아나는 참담한 꼴을 당하고 한중으로 도망치고 말았다. 방덕과 마대만이 마초의 뒤를 따랐다.

장로는 마초를 후대하는 한편 자신의 사위로 삼고자 했다. 그러나 장로 휘하의 양백이 반대해 이뤄지지 못했다. 마초는 이 일로 양백을 미워하게 되었고, 양백도 마초를 경계했다.

이런 차에 서천에서 보낸 사자가 한중으로 와 도움을 청했다.

마초는 서천으로 가기를 자청했다. 장로는 기뻐하며 마초에게 2만 명의 군사를 내주었다. 또 양백에게 군사를 감독하게 하여 마초와 동행하게 했다. 마초의 수족 같은 장수 방덕은 병이 나 한중에 머물렀다.

유비는 면죽을 차지함으로써 성도(청두)를 제외한 대부분의 서천 땅을 점령하고 기세 좋게 성도로 향했다. 이때 마초가 한중의 군사를 이끌고 서천을 돕기 위해 가맹관으로 왔다는 보고가 들어왔다. 유비는 장비를 보내 마초를 상대하게 했다. 그리고 유비 자신도 장비의 뒤를 따랐다.

장비는 위연과 함께 가맹관으로 갔다. 위연이 먼저 양백과 맞붙어 뒤를 쫓는데 마대가 양백을 도와 싸웠다. 마대마저 쫓겨 달아나자 위연은 뒤쫓다가 마대가 쏜 화살에 맞고 말았다. 전세가 바뀌어 위연이 도망치니 마대가 쫓아왔다. 이번에는 장비가 말을 달려나가 마대를 쫓아냈다.

이튿날, 마대로부터 장비의 실력을 들은 마초는 직접 장비에게 싸움을 걸었다. 유비와 장비가 보니 마초의 기세가 하늘을 찌를 듯했다.

마침내 장비가 나가서 마초를 상대하니 100합을 넘게 싸워도 승부가 나지 않았다. 밤이 되어서야 두 맹장은 승부를 가리지 못한 채 싸움을 그쳤다.

마초의 재주를 아까워 한 유비와 제갈량은 계책을 세워 마초를 항복시키기로 했다. 제갈량은 다음날 손건을 한중으로 보냈다. 손건은 장로가 마초를 불러들이면 황제에게 추천해 한녕왕으로 봉하겠다는 유비의 뜻을 전했다. 한편으로는 마초가 유비와 손잡고 조조에게 복수하려고 한다는 소문을 냈다.

장로는 한녕왕 자리에 욕심이 나 마초를 불러들였는데 마초는 싸움에 열중해 한중으로 돌아가려 하지 않았다. 또 마초가 유비와 손잡으려 한다는 소문이 돌고 돌아 장로에게까지 전해졌다. 이로써 마초가 다른 마음을 품었다고 의심하기에 충분했다.

한중의 분위기가 심상치 않은 것을 알게 된 마초는 군사를 수습해 한중으로 돌아가려고 했다. 그런데 마초에 대한 의심을 풀지 않은 장로는 마초가 흑심을 품고 돌아오는 것으로 오해하고 군사를 보내 대치하게 했다.

제갈량은 마초가 난처해진 틈을 타 사람을 보내 항복을 권했다.

"아시겠지만 공의 선친은 지난날 황제의 밀서를 받고 유 황숙과 함께 조조를 치고자 했습니다. 공이 유 황숙에게 가면 선친의 원수를 갚을 수 있음은 물론, 선친이 세운 큰 뜻도 이룰 수가 있을 것입니다."

마초는 양백의 목을 벤 후 유비에게 가 항복했다. 유비는 마초를 보내 성도성을 떨어뜨리도록 했다. 마초가 성도성 근처에 도착하니 유장은 마초가 한중의 구원군을 이끌고 온 것으로 알았다. 그런데 성문 앞에 도착한 마초가 유장에게 항복을 권했다.

유장은 마음을 추스르지 못하고 고민했다. 그러자 간옹이 성으로 들어가 유장을 해칠 뜻이 없다는 유비의 뜻을 전했다. 그리하여 마침내 유장이 성 밖을 나와 항복하니 유비가 성으로 들어감으로써 서천 땅을 평정하게 되었다. 유비는 스스로 익주의 목이 되었다.

유비가 서천 땅을 차지했다는 보고를 받은 손권은 이번에야말로 형주를 되찾겠다고 단단히 마음먹었다. 손권은 장소와 고옹을 불러 대책을 논의했다.

"유비가 서천을 얻으면 형주를 돌려주겠다고 했으니 이번에는 반드시 형주를 돌려받아야 하오."

장소는 손권에게 좋은 계책이 있다며 말해 주었다.

손권은 제갈량의 형인 제갈근의 가족을 모조리 잡아들여 옥에 가두었다. 그리고 형주를 돌려달라는 내용의 편지를 제갈근에게 주어 성도로 가게 했다.

제갈근이 서천 땅으로 떠나기 전, 손권은 은밀히 제갈근을 불렀다.

"이것은 모두 계책이니 서운해 하지 마시오. 내가 그대의 가족들을 잘 돌보고 있겠소. 다만 제갈량에게는 형주를 돌려주지 않으면 가족들의 목숨이 위태롭다고 말하시오."

제갈근은 손권의 계책에 따르기로 하고 길을 나섰다.

제갈량은 형이 찾아오자 반가웠으나 그 속내를 짐작하고도 남음이 있었다. 제갈량은 유비를 만나 제갈근을 대할 방도를 일러주었다. 그리고 형주의 관우에게 사람을 보내 말을 전하게 했다.

제갈근은 제갈량을 보자마자 대성통곡했다. 제갈량이 연유를 물으니 제갈근은 가족들이 옥에 갇혀 있다며 도움을 청했다.

제갈량은 제갈근을 안심시켰다.

"형주를 돌려주지 않아 생긴 일이니 제가 마땅히 형님과 가족들을 도와야 할 것입니다. 걱정 마십시오. 제가 주공을 설득해서 형주를 돌려드리겠습니다."

제갈근은 제갈량과 함께 유비를 만나 손권의 편지를 전했다.

손권의 편지를 읽은 유비는 대뜸 화를 냈다. 유비는 형주를 비운 사이 자신의 아내 손부인이 동오로 간 것을 문제 삼았다. 형주를 돌려주기는커녕 안정이 되면 동오를 공격해야 한다고 화를 냈다.

그러자 제갈량이 유비 앞에 엎드려 간청했다.

"손권이 형님의 가족들을 가두었다고 합니다. 형주를 돌려주지 않으면 그들의 목숨이 온전치 않을 것이니 살펴주시오."

유비는 거듭된 제갈량의 청에 어쩔 수 없다는 듯 말했다.

"내 군사의 가족과 관련된 일이니 형주 땅의 반은 돌려주겠소."

그리고 제갈근을 향해 말했다.

"동오에 장사, 영릉, 계양 세 군을 돌려주겠소. 지금 내 아우 관우가 형주를 관할하고 있으니 그에게 가서 내 뜻을 전하시오. 그런데 관우의 성격이 불같아 나도 통제가 잘 안 되니 공이 잘 말해야 할 것이오."

유비는 관우에게 세 군을 돌려주라고 하는 편지를 써서 제갈근에게 주었다.

제갈근은 유비에게 감사를 표하고 물러나 형주로 떠났다. 형주에 도착한 제갈근은 관우를 만났다. 보란 듯이 유비의 편지를 관우에게 내놓고 세 군을 내주라는 유비의 말을 전했다.

그런데 관우는 유비의 뜻을 따르지 않을 태세였다.

"나는 황숙과 도원결의로 의형제를 맺고 한나라에 충성할 것을 맹세했소. 이 형주 땅은 한나라 땅이기도 한데 어찌 소홀히 내줄 수가 있겠소? 형님 말씀이기는 하나 들어줄 수 없겠소."

제갈근은 사정하는 어조로 말했다.

"실은 제 가족들이 모두 동오에 갇혀 있소. 형주의 일부나마 돌려받지 못하면 그들이 무사하지 못할까 걱정입니다. 제발 헤아려주시오."

그러나 관우는 눈 하나 꿈쩍 하지 않았다. 손권의 계략임을 다 알고 있으니 가족 걱정은 하지 말라는 투였다. 제갈근이 진정임을 주장하며 매달렸으나 관우는 마침내 성을 내며 제갈근을 물러가게 했다. 제갈근은 할 수 없이 다시 성도로 발걸음을 돌렸다. 그런데 제갈량은 자리를 비운 채였다.

제갈근은 유비에게 형주에서 관우와의 일을 말했다.

유비는 어쩔 수 없다는 듯 최후통첩을 했다.

"아우의 성격이 본디 그러니 지금은 나도 어쩔 수 없소. 동오로 가서 잠시 기다려주시오. 내 한중을 도모할 것이니, 관우에게 한중을 맡기고 나서 차차 형주를 돌려줄 방법을 찾아보겠소."

제갈근은 어쩔 수 없이 동오로 돌아가 손권에게 그간의 경위를 고했다. 손권은 제갈근에게 속은 것이 아니냐고 추궁했다. 그러나 제갈근으로서는 정황상 관우를 탓할 수밖에 없었다.

손권은 제갈근의 가족들을 풀어주었다. 그리고 유비와 제갈량의 뜻을 믿어보겠다는 듯 장사, 영릉, 계양으로 관리를 보냈다. 그러나 장사, 영릉, 계양으로 갔던 관리들은 관우에게 쫓겨 동오로 돌아오고 말았다. 그들은 관우에게 목숨을 잃을 뻔했다며 손권에게 하소연했다.

손권은 처음 유비와 제갈량으로부터 약속을 받아온 노숙에게 책임을 물었다. 노숙은 관우를 죽일 계책을 세워 손권에게 주었다.

계책에 따라 손권은 노숙에게 군사를 주어 육구에 주둔하게 했다. 노숙은 술자리를 만들어 관우를 초대했다.

관우는 앞의 사정이 좋지 않았는지라 만반의 준비를 하고 육구로 갔다. 노숙은 관우를 자리에 앉게 하고 예를 갖추었다. 술자리가 무르익자 노숙은 작정하고 말을 꺼냈다.

"지난날 황숙께서는 형주를 동오에게서 빌린 것으로 하고, 서천을 차지하고 나면 형주를 돌려주겠다고 하시었소."

그러자 관우는 술자리에서 말할 내용이 아니라며 화제를 돌리려고 하였다. 그러나 노숙으로서는 그만 둘 일이 아니었다.

"이제 황숙께서 서천을 얻으셨으니 마땅히 형주를 돌려주셔야 합니다. 다행히 세 군이나마 돌려주겠다고 하시는데 장군이 막으시는 게 이해가 되지 않습니다."

노숙의 추궁에 관우가 이리 피하고 저리 피하며 빠져나갔다. 그때 관우를 따라와 곁에서 대기하고 있던 주창이 나서 노숙에게 호통을 쳤다.

"덕이 있는 곳에 땅이 있거늘 어찌 땅을 내놓으라고 하시오?"

그러자 관우가 어느 자리에 나서느냐고 주창을 꾸짖었다. 관우는 주창의 칼을 빼앗고 물러서게 했다. 자리를 떠난 주창은 강가로 가 미리 약속한 대로 붉은 기를 흔들었다. 그러자 대기하고 있던 관평이 선단을 끌고 왔다.

관우는 빼앗은 칼을 들고 짐짓 취한 것처럼 노숙에게 다가가 붙잡았다.

"형주의 일은 다음에 날을 잡아서 논의하기로 합시다. 오늘은 제가 취한 듯하니 이만 돌아가야겠소."

노숙은 관우에 이끌려 함께 강변으로 갔다.

군사들이 관우를 죽이고자 했으나 관우가 노숙을 붙잡고 있어 여의치 않았다. 관우는 주창에게 빼앗은 칼까지 들고 있는 터라 오히려 노숙이 위태로워 보이기까지 했다.

관우는 아무 일도 없었다는 듯 관평이 준비한 배에 올라탔다. 노숙에게 인사한 관우는 형주로 떠나버렸다.

손권은 관우를 죽이려는 계책이 실패하자 더 이상 참기 어려울 정도로 분노했다. 즉시 군사를 일으켜 형주를 빼앗을 기세였다. 그런데 지난번 아무런 성과 없이 돌아갔던 조조가 다시 대군을 일으켰다는 보고가 올라왔다. 손권은 조조를 대비하기에 급해 다시 형주 문제를 미뤄두어야 했다.

조조 한중을 얻다

조조는 이미 몇 해 전에 위공이 되어 그 세력이 황제 못지않았다. 조조 휘하의 사람들은 조조가 왕의 지위를 갖도록 하는 논의에 들어갔다. 이번에는 순욱 못지 않은 모사 순유가 반대하고 나섰다. 조조의 미움을 산 순유 역시 감정을 자제하지 못하고 병이 나 죽고 말았다.

헌제와 복황후는 허울뿐인 자리를 지키고 있는 신세가 스스로 한스러웠다.

그러던 어느 날 황제와 복황후는 복황후의 아버지 복완에게 밀서를 주어 일을 도모하게 했다. 그러나 모든 것이 드러나 조조는 복완은 물론 복황후까지 죽여 버리고 말았다. 조조는 귀인으로 있던 자신의 딸 조절을 황후(헌목황후, 후한의 마지막 황후)로 삼아 그야말로 막강한 권력을 휘둘렀다.

조조는 자신의 위엄을 보다 굳건히 하기 위해 강동 땅을 손에 넣고자 했다. 곧 사람들을 소집해 의논에 들어갔다. 하후돈은 동오와 서천은 쉽게 얻기 어렵다며, 대신 한중을 먼저 치자고 권유했다.

"한중과 서천을 내리 점령하고 나면 동오에 전력을 다할 수 있을 것입니다."

손권의 대비에 아랑곳없이 조조는 군사를 3대로 나누어 한중으로 향하게 했다.

장로에게 조조의 대군이 한중으로 온다는 첩보가 보고되었다. 장로는 동생 장위를 시켜 양평관에서 조조와 맞서게 했다.

조조는 하후연, 장합과 더불어 양평관 전방에 진영을 갖췄다. 두 달여 간 싸움을 피한 조조는 군사를 물리는 척했다. 양평관을 지키던 군사들은 조조가 물러나는 줄 알고 밖으로 나왔다가 앞뒤에서 공격을 당하는 신세가 되었다.

계책을 써서 양평관을 얻은 조조는 남정으로 향했다. 장로는 병이 나 마초를 따라가지 못했던 방덕에게 군사 1만 명을 주어 조조군과 싸우게 했다.

조조는 방덕의 재주를 아꼈다. 장수들을 나가 싸우게 하되 방덕을 지치게 하여 사로잡게 했다. 장합에 이어 하후연, 서황이 나가 방덕과 싸우는 척하다가 돌아와 마침내 허저가 나섰다. 허저는 전력을 다해 방덕과 50합을 싸웠으나 승부가 나지 않았다. 싸움으로는 방덕을 지치게 할 수 있을 것 같지 않았다.

조조는 이튿날 하후돈으로 하여금 방덕과 싸우게 했다. 하후돈이 못이기는 척하고 물러서자 조조는 방덕에게 진지를 내주었다.

'조조도 별 것 아니군!'

방덕은 방심한 채 잔치를 즐겼다. 조조는 그날 밤 대군을 모두 이끌어 방덕이 있는 진지를 공격했다. 예기치 않은 공격에 방덕은 남정으로 달아나고 말았다. 조조는 방덕이 조조 자신과 결탁해 거짓으로 패한 것처럼 소문나게 했다.

장로는 방덕이 하루 만에 빼앗은 진지를 쉽게 내주었다는 것이 이해하기 어려웠다. 그런 차에 방덕이 조조와 결탁했다는 말을 접하게 되었다. 장로는 모든 것을 알겠다는 듯 화를 냈다. 그리고 방덕을 불러 명을 내렸다.

"방덕의 목을 베어라."

주위 사람들이 장로를 말리자 장로는 방덕에게 한 번 더 기회를 주겠다며 공을 세워오라고 명했다. 방덕으로서는 이해할 수 없는 일이었다.

다음날 방덕은 장로의 명을 받고 싸움에 나섰다. 조조는 허저를 보내 방덕과 싸우게 했다. 방덕과 몇 합을 싸우던 허저는 말을 돌려 달아났다.

방덕이 허저를 쫓는데 조조가 멀리 말을 타고 서서 호령했다.

"방덕은 항복하라."

방덕은 조조를 보자 허저를 버리고 조조를 향해 말을 달렸다. 그러나 조조가 있는 방향에 이미 함정이 파여 있었다. 방덕은 함정으로 떨어져 조조에게 사로잡히는 몸이 되고 말았다.

조조는 방덕을 풀어주며 항복을 권했다. 방덕은 장로에게 목이 달아날 뻔한 일을 상기하며 결정을 내렸다.

"항복하리다."

조조는 방덕과 말을 나란히 하여 진영으로 돌아왔다.

이튿날, 조조는 3면에서 돌을 날리며 남정성을 전면 공격했다. 장로는 조조군의 기세를 보고 남정을 포기하기로 했다. 동생 장위를 불러 말했다.

"이곳을 버리고 남산으로 물러나서 파중을 지키는 것이 어떻겠느냐?"

장위도 장로와 같은 생각이었다. 성에 불을 지르고 파중으로 가자고 재촉했다.

장위의 말을 듣고 한참을 생각하던 장로는 마음을 돌렸다.

"나는 원래 나라의 관리가 되어 일하고 싶었으나 일이 잘못되어 이 지경에 이르게 되었다. 이곳에 있는 물건들은 모두 나라의 것이니 불을 질러서는 안 된다."

장로는 물건들을 남겨둔 채 사람들과 빠져나가 파중으로 갔다.

조조는 파중으로 군사를 이끌어 장로에게 항복을 권했다. 그러나 장위는 항복을 거부하며 성을 나가 싸웠다. 허저가 나가 장위를 칼로 찔러 죽여 버렸다.

장로도 성을 나가 조조와 싸우고자 했으나 이미 대세가 한참 기운 후였다. 마침내 장로는 조조 앞에 항복하고 말았다.

조조는 장로가 나라의 재물을 아껴 성을 불태우지 않은 것을 가상히 여졌다. 장로에게 벼슬을 내리고 후대했다.

마침내 한중 전역은 조조의 손에 평정되었다. 조조는 한중에 군사를 두고 군사들을 쉬게 했다.

조조가 한중을 평정하자 인근 서천 땅에도 전운이 감돌았다. 누가 보아도 한중 다음의 수순은 서천이었다. 백성들이 동요하는 가운데 유비는 제갈량을 불러 대책을 물었다. 제갈량은 강하, 장사, 계양 세 군을 동오에 돌려주고 손권으로 하여금 합비를 공격하게 하라고 권했다.

"조조는 손권을 두려워하고 있습니다. 동오가 합비를 치면 조조는 손권을 견제하기 위해 강남으로 내려갈 것입니다."

유비는 이적을 동오로 보내 형주 3군을 반환하게 했다.

말릉으로 가 손권을 만난 이적은 유비의 뜻을 전했다.

"지난번에 형주의 강하, 장사, 계양 세 군을 돌려드리려고 했으나 마침 제갈 군사께서 자리를 비워 돌려드리지 못했습니다. 제가 그 3군을 돌려드리려고 문서를 갖춰 왔습니다."

이적은 손권에게 유비가 전하는 문서를 올리고 말을 이었다.

"저희 주공께서는 남군과 영릉까지 형주의 모든 땅을 돌려드리려고 했으나 그렇게 되면 관우 장군은 돌아갈 곳이 없게 되십니다. 주공께서는 한중을 획득한 후 관우 장군으로 하여금 다스리게 하려고 했으나 한중 땅은 조조의 손에 돌아가고 말았습니다. 차제에 동오가 군사를 일으켜 합비를 공격하면 저희는 한중을 도모할 것입니다. 그래서 한중이 손에 들어오면 그때 형주의 남은 땅을 돌려드리겠습니다."

손권은 이적을 물러가게 한 뒤 모사들을 불러 유비의 제안을 논의했다.

장소는 동오로 하여금 조조를 견제하게 하려는 유비의 뜻을 간파했다. 그럼에도 불구하고 손권에게 군사를 일으키라고 청했다.

"유비의 속내가 그렇다고 해도 합비를 얻을 수 있다면 동오에게 도움이 될 일입니다."

손권은 먼저 노숙을 보내 유비가 약속한 형주의 3군을 돌려받도록 조치했다. 그리고 직접 10만 대군을 일으켜 합비를 향해 출전했다.

주광이 지키고 있는 환성은 합비를 공략하기 위한 1차 관문이었다. 손권은 화주를 점령하고 기세를 몰아 환성을 향해 총공세를 펼쳤다.

감녕이 직접 성에 올라가 주광을 죽이니 환성은 쉽게 손권의 손에 들어가고 말았다. 손권은 잔치를 열고 감녕에게 공을 돌렸다.

자연히 감녕이 분위기를 주도하게 되었다. 그러자 감녕의 손에 아버지 능조를 잃은 능통은 참지 못하고 감녕에게 덤벼들었다. 마침내 손권이 나서서야 능통은 눈물을 흘리며 뒤로 물러섰다.

장요는 손권이 군사를 일으켰다는 보고를 받고 환성으로 말을 달렸다. 그러나 중간에 이미 환성이 손권의 수중에 떨어졌다는 소식을 접하고 합비로 돌아갔다. 장요는 이전, 악진과 함께 합비에서 손권이 오기를 기다렸다.

마침내 손권은 여몽, 감녕을 선봉으로 삼아 합비로 향했다.

먼저 감녕이 악진과 상대하니 악진은 뒤로 물러나고 말았다. 손권은 기세를 몰아 군사를 이끌고 앞으로 나아갔다.

악진의 패퇴는 계책이었다. 손권군을 장요, 이전이 좌우에서 몰아붙였다. 손권은 능통이 장요를 막아 싸우는 사이 간신히 말을 돌려 달아날 수 있었다. 손권은 크게 패해 유수로 물러난 뒤 군사를 수습하는 한편 강남에 사람을 보내 병력을 증원했다.

합비의 사정이 급박해지자 일은 제갈량의 계획대로 되었다. 조조는 하후돈에게 한중을 맡기고 합비로 40만 대군을 움직였다.

조조의 움직임은 손권에게 감지되었다. 장소는 먼 길을 달려온 조조가 지쳐 있을 때 그 기세를 꺾어야 한다고 손권에게 청했다. 손권은 장수들을 불러 모아 누가 자청해서 조조와 맞서겠느냐고 물었다.

"제가 가겠습니다."

능통이었다. 능통은 손권에게 군사 3천 명을 청했다.

그러자 감녕이 나섰다.

"그까짓 일에 군사가 3천 명이나 필요하단 말이오? 주공, 기병 백 명을 내주시면 제가 나가보겠습니다."

능통은 감녕의 말에 분통이 터졌다. 자신을 무시하는 것이 분명한데다가, 그는 다름 아닌 아버지를 죽인 감녕이었기 때문이었다.

두 사람은 곧 싸울 태세였다. 손권은 능통과 감녕을 말리고, 능통에게 3천 명의 군사를 주어 출전하게 했다.

능통이 나가니 장요가 나와 능통과 맞섰다. 능통과 장요가 50합을 넘게 싸웠지만 승부가 나지 않았다. 보다 못한 손권은 능통을 불러들였다.

감녕은 거 보란 듯 손권에게 다시 청했다.

"제게 기병 백 명만 주십시오. 군사들 가운데 하나라도 잃으면 공을 세우지 않은 것으로 하겠습니다."

손권은 감녕의 제안이 썩 마음에 들었다. 쓸 만한 군사 백 명을 골라 감녕에게 내주었다.

감녕은 그날 저녁 군사들을 이끌고 조조의 진영에 기습해 들어갔다. 그러자 어둠 속에 아무런 대비도 없던 조조군은 우왕좌왕하며 어쩔 줄 몰라 했다. 그 틈에 감녕 군사들은 진영 이곳 저곳을 휩쓸었다.

적의 진영이 쑥대밭이 된 후에야 감녕은 여유있게 빠져나왔다. 감녕이 손권에게 약속한 대로 단 한 명의 군사도 잃지 않았다.

손권은 감녕을 보고 천군만마를 보는 듯했다. 손권은 모든 진영에 다 들리도록 감녕을 치켜세웠다.

"조조에게 장요가 있다면 내게는 감녕이 있다."

감녕의 위세를 바라보는 능통의 마음은 타들어갔다. 이튿날 날이 밝자 능통은 재차 출전을 자청했다. 손권은 능통에게 군사 5천 명을 주어 싸우게 했다. 그리고 손권 자신도 군사를 거느리고 능통의 뒤를 받쳤다.

능통이 장요를 향해 돌진하자 장요는 악진을 내보냈다. 능통과 악진이

50합을 넘게 싸웠으나 그 기세가 여전했다.

이를 조조가 지켜보고 있다가 조휴를 불러 넌지시 명을 내렸다. 조휴는 몰래 활시위를 당겨 화살을 날렸다. 그러나 조휴가 날린 화살은 능통을 맞히지 못하고 능통이 탄 말의 무릎에 가서 맞았다. 타고 있던 말이 무릎을 굽히고 쓰러지자 능통도 말에서 떨어지고 말았다.

악진이 이 틈을 놓치지 않고 능통에게 달려들 때였다. 손권 옆에서 싸움을 지켜보던 감녕이 날린 화살이 악진의 얼굴에 맞았다.

악진과 능통은 서둘러 자신의 진영으로 돌아갔다. 능통이 진영으로 돌아오자 손권이 능통에게 물었다.

"활을 쏘아 장군을 구한 것이 누구인지 아는가?"

"모릅니다."

"감녕 장군이네."

능통은 감녕에게 머리를 숙였다.

"목숨을 구해 주셔서 감사합니다."

능통과 감녕은 이후 다시는 싸우지 않게 되었다.

조조는 군사를 다섯으로 나누어 각각 1만 명씩 5만 명의 군사를 이끌고 총 공세에 나섰다.

서성이 조조군의 이전과 싸우고 있을 때였다. 이를 본 손권이 서성을 지원하기 위해 가다가 장요와 서황에게 포위를 당하고 말았다.

주태는 손권을 구해 안전한 강가로 후송한 후 다시 전장에 나가 위험에 처해 있는 서성까지 구해냈다. 이러한 와중에 동습은 파도에 배가 뒤집혀 물에 빠져 죽었고, 진무는 방덕과 싸우다가 칼을 맞아 목이 달아났다.

손권과 군사들이 배에 타고 강으로 나가자 조조는 군사들을 시켜 활을 쏘게 했다. 손권도 이에 맞서 군사들에게 활을 쏘게 했다. 그러나 이내 화살이 모두 소진되고 말았다.

손권이 난감해 하고 있을 때였다. 손권의 뒤쪽에서 손책의 사위 육손이

수군 10만 명을 배에 태우고 나타났다. 육손은 군사들에게 명을 내려 육지를 향해 활을 쏘게 했다. 조조군은 화살을 피해 달아났다. 육손의 군사들은 육지로 올라가 달아나는 조조군의 후미를 쫓았다. 조조군은 대패하고 말았다.

이후 조조와 손권은 한 달이 넘게 유수에서 대치했다. 그러나 어느 한쪽도 승부를 장담하지 못했다.

손권은 장소와 고옹의 의견에 따라 조조에게 사자를 보내 화친할 것을 청했다. 조조도 손권의 뜻에 따르기로 했다.

마침내 손권은 장흠과 주태로 하여금 유수 땅을 지키게 하고 말릉으로 돌아갔다. 조조도 조인과 장요를 시켜 합비 땅을 지키도록 하고 허도로 돌아가고 말았다.

※ 한중왕 유비

⁂ · · · · · · ·

조조가 허도로 돌아오자 그동안 잠자고 있던 논점에 불이 붙었다. 바로 조조를 위왕으로 봉하는 문제였다.

순유가 죽은 후 한동안 조조는 자신이 위왕이 되는 논의를 불편해 했다. 그러나 이미 시간이 많이 흐른 마당에 조조 스스로 위왕이 되기를 꺼려할 이유가 없었다.

문무백관들이 모여 조조를 위왕에 봉하는 문제를 논하는데 서로 앞 다투어 찬동하고 나섰다. 다만 최염이 그 부당함을 말했다. 조조는 최염을 잡아들이게 했다. 최염은 심문을 받다 끝내 맞아 죽고 말았다.

마침내 신하들이 황제에게 조서를 올려 조조는 위왕의 자리에 올랐다. 이때가 216년이다. 조조는 황제와 같이 행세하게 되었다. 업군에 위왕을 위한 궁을 새로 짓는 것은 물론이거니와 장자 조비를 세자로 삼았다.

조조는 동오와 서천의 소식을 알아보게 했다. 동오에서는 노숙이 병이 들어 죽었다는 보고가 올라왔다.

그런데 서천의 소식이 조조를 분노로 치닫게 했다. 유비가 장비와 마초를 보내 한중을 노리고 있다는 것이었다.

조조는 직접 한중으로 달려가 유비를 요절내고 싶었으나 허도의 조짐이 좋지 않았다. 조조는 업군에 머물면서 사태를 주시하는 한편 군사 5만 명을 조홍에게 주어 하후연과 장합이 지키고 있는 한중을 지원하게 했다.

조조의 예감대로 허도에는 황제를 따르는 이들이 성에 불을 지르고 조조에게 모반을 일으켰다. 그러나 조조가 미리 하후돈이 이끄는 군사들을 보내 준비케 했으므로 반란은 쉽게 진압되었다.

조홍이 한중에 도착했을 때 장비는 뇌동과 함께 파서를 지키고 있었다. 조홍은 하판에서 마초와 맞서게 되었다. 조홍은 첫 싸움에서 임기의 목을 베고 승리로 이끌었다. 마초와 오란은 조홍과의 싸움을 피하고 성도의 유비와 제갈량에게 사람을 보내 다음 지시를 기다렸다.

마초가 싸우려 하지 않아 조홍은 하후연과 장합이 있는 남정으로 군사를 물렸다.

그러자 장합은 조홍에게 파서를 지키고 있는 장비와 싸워보겠다는 뜻을 밝혔다. 장비를 어렵게 본 조홍의 거듭된 만류에도 불구하고 장합은 고집을 꺾지 않았다.

조홍은 어쩔 수 없이 장합에게 출전을 허락했다.

장합은 3만 명의 군사를 이끌고 파서로 갔다. 그리고 3만 명의 군사 가운데 반은 진영에 두고, 1만 5천 명의 군사로 장비의 진영을 향해 나아갔다. 장비는 뇌동에게 군사 5천 명을 주어 매복하게 하고 자신은 1만 명의 군사와 함께 장합과 대치했다.

장비와 장합이 맞써 싸우는 사이 뇌동이 이끄는 군사들이 조조군의 후방을 공격했다. 앞뒤에서 공격을 당한 장합은 군사를 수습해 달아나기 바빴다. 장합은 많은 희생을 내고 물러났다. 그리고 진영에서 머물 뿐 나가 싸우려 하지 않았다. 장비와 장합은 달포가 넘게 대치를 지속했다. 그러자 장비는 장합의 진영 앞에서 매일같이 술을 마시기에 이르렀다.

장비가 장합의 진영 앞에서 술로 하루하루를 보낸다는 보고가 유비에게 전해졌다. 유비는 제갈량을 불러 걱정했다. 제갈량은 오히려 장비에게 술을 보내주라고 유비에게 청했다. 이 즈음에 장비는 이미 지략과 계책에도 능한 모습을 보이고 있었다. 제갈량은 그런 장비의 능력을 믿은 것이었다.

유비는 술을 더 보내주는 것이 마땅치 않으면서도 제갈량의 제안인지라 마지못해 그의 의견을 따르기로 했다. 대신 장비에게 가는 일행에 위연을 딸려 보냈다. 장비는 제갈량이 보낸 술을 받아들고 아예 술판을 크게 벌였다. 장비는 군사들을 시켜 씨름까지 하게 했다. 장합이 내려 보는 데서 장비가 왁자지껄하게 판을 벌이자 장합은 부아가 치밀었다.

'나를 이렇게 무시하다니.'

그날, 저녁이 되었는데도 장비는 술자리를 지키고 있었다. 장합은 군사들을 모두 이끌고 진영을 내려갔다. 장합이 앞장서 장비를 향해 말을 달리더니 창을 들어 장비를 찔렀다.

"앗!"

장합이 외마디 소리를 질렀다. 창에 맞고 쓰러진 것은 장비가 아니라 지푸라기 인형이었다. 속은 것을 안 장합이 서둘러 퇴각을 명했지만 이미 장비의 덫에 걸려든 후였다.

"이놈, 장비가 여기 있다."

장비가 어느 새 장합의 앞에 서 있었다. 장합은 수십 합을 버텼지만 장비의 상대가 되지 못하다는 것을 알았다. 끝내 말을 돌려 달아나고 말았다.

장비가 장합을 상대하고 있는 사이, 뇌동과 위연은 장합의 진영을 초토화시켰다. 장비의 대승이었다.

장합은 와구관으로 도망쳐 군사들을 수습했다. 3만 명의 군사는 2만 명으로 줄어 있었다. 장합은 조홍에게 사람을 보내 지원을 청했다.

'내가 그렇게 말렸건만 고집하고 나가더니……'

조홍은 장합을 지원하지 않았다. 장합이 조홍에게 보냈던 군사가 돌아와 말했다.

"장군의 힘으로 싸우라고 하였습니다."

어쩔 수 없이 장합은 군사를 매복하고 다시 싸움에 나섰다. 뇌동이 장합과 맞서 싸우는데 장합은 말을 돌려 돌아가려 했다. 뇌동은 기세 좋게 장합을 쫓았다. 뇌동은 매복한 군사들이 갑작스럽게 나타나 당황하고 있는 사이 장합의 칼에 목이 달아나고 말았다.

장합은 장비에게도 똑같은 계교를 부렸으나 장비는 걸려들지 않았다. 오히려 위연에게 매복한 군사를 쫓아내게 하고 장합을 공격하니 장합이 장비와 싸우지 못하고 달아나는 신세가 되었다.

이때 위연이 산에 불을 지르자 장합의 군사들은 쫓기기를 거듭해 와구관 안으로 들어가 버렸다.

장비는 위연이 와구관 정면을 공격하는 사이 샛길을 통해 와구관의 뒤쪽을 공격했다. 장합은 군사 10여 명만 대동한 채 남정으로 달아나는 신세가 되었다.

조홍은 패배하고 돌아온 장합을 꾸짖었으나 벌을 주는 게 능사는 아니었다. 장합에게 군사 5천 명을 주어 가맹관을 공격하도록 했다.

가맹관은 곽준과 맹달이 지키고 있었다. 장합은 한 번의 실수가 있어 그 각오가 사뭇 달랐다. 곽준은 적의 기세가 만만치 않자 성도에 사람을 보내 지원을 요청했다.

유비는 곽준의 편지를 받고 제갈량과 의논했다. 제갈량은 장비를 불러 막게 하자고 말했다.

그러자 법정이 나서서 파서 또한 가맹관 못지않게 중요한 곳이라며 반대했다.

그러자 제갈량은 장수들이 신통치 않다는 듯 장비 외에 적임자가 없다고 거듭 주장했다.

"군사는 우리를 무시하는 것이오? 내가 가서 장합의 목을 베리다."

황충이었다. 황충은 나이가 이미 70을 바라보고 있었다.

제갈량은 황충의 나이를 탓하며 고개를 저었다. 황충은 활을 부러뜨려 자신의 힘을 과시했다.

제갈량은 황충의 고집을 꺾지 않고 역시 나이가 많은 엄안을 부장으로 삼아 가맹관으로 가게 했다. 그러자 조운이 나이 든 장수를 내보내는 것이 옳지 않다고 불평했다. 제갈량은 조운에게 말했다.

"한중은 백발의 황충과 엄안의 힘으로 얻게 될 것이오."

황충과 엄안이 가맹관에 도착하자 곽준과 맹달도 제갈량의 처사에 고개를 갸우뚱했다. 마침내 백발의 황충이 관을 나가 장합과 대결하니 장합은 황충을 얕보았다.

"늙은 놈이 싸울 수 있겠느냐?"

"나는 늙었는지 몰라도 내 칼은 늙지 않았다."

장합과 황충은 이내 어우러져 싸웠다. 그러나 장합은 생각만큼 쉽게 황충을 대적할 수 없었다. 이때 엄안은 장합의 뒤를 돌아 조조군의 진영을 쳤다. 장합은 앞뒤에서 공격을 받게 되자 퇴로를 열고 달아나기 급급했다.

조홍은 하후돈의 조카 하후상과 위연에게 목이 달아났던 장사 태후 한현의 동생 한호에게 5천 명의 군사를 주어 장합을 구원하게 했다.

하후상과 한호는 황충을 만나 거세게 공격했다. 황충은 계책을 세워 엄안을 떠나보낸 후였다. 혼자서는 감당할 수 없다는 듯 매일같이 뒤로 물러나기만 했다. 장합은 황충의 계략이 의심스러웠으나 한호와 하후상의 뒤를 따랐다. 마침내 황충은 가맹관까지 쫓겨 들어가고 말았다. 황충은 며칠을 대치만 할 뿐 싸우려고 나가지 않았다.

그러던 어느 날 밤, 황충은 5천 명의 군사를 이끌고 관을 나섰다. 방심하고 있던 하후상과 한호는 옷도 제대로 걸치지 못한 채 쫓겨 달아나고 말았다. 황충은 지금까지 물러섰던 만큼 다시 앞으로 나아갔다. 하후상과 한호는 수많은 군량과 말을 황충에게 빼앗기고 말았다.

패퇴한 장합과 한호, 하후상은 미창산과 천탕산이 걱정이 되었다. 조조의 군량은 두 곳에 쌓여 있었다.

하후상이 대책을 내놓았다.

"미창산은 정군산에 계신 하후연 숙부가 지키고 있으니 걱정되지 않소. 천탕산에 있는 하후덕 형님을 도웁시다."

하후덕은 천탕산에 10만 명의 군사를 거느리고 있었다. 장합과 한호, 하후상이 천탕산에 도착해 하후덕을 만났을 때였다. 황충이 어느새 천탕산으로 올라온다는 보고가 들어왔다.

한호가 하후덕에게 3천 명의 군사를 빌려 산을 내려갔으나 한호는 황충의 상대가 되지 못했다. 황충의 한 칼에 한호는 목이 달아나버렸다.

황충은 기세등등하게 산으로 올라갔다. 장합과 하후상이 황충을 막고 있는 사이 황충이 미리 보낸 엄안이 산 뒤쪽에서 불을 내고 조조군을 공격했다. 하후덕이 불을 끄려고 갔을 때 엄안이 그를 기다리고 있었다. 엄안의 칼이 불빛에 번쩍 하고 빛나자 하후덕은 말에서 떨어져 죽고 말았다.

황충과 엄안이 산의 앞뒤를 막아서고 불까지 일자 장합과 하후상은 천탕산을 포기했다. 장합과 하후상은 하후연이 있는 정군산으로 달아났다.

황충과 엄안의 승전 소식은 성도로 전해졌다. 법정은 유비가 한중을 차지할 기회라고 설득했다.

"이제 여건이 무르익었으니 주공께서 대군을 일으켜야 합니다. 한중은 큰 일을 도모하기에 손색이 없는 요새입니다. 지금이 한중을 손에 넣고 조조를 물리칠 절호의 기회입니다."

유비와 제갈량은 법정의 말을 존중했다. 마침내 길일을 잡아 10만 대군을 이끌고 한중으로 향했다. 유비와 제갈량은 가맹관을 지나 진영을 세우고 황충과 엄안을 불러 공을 치하했다.

황충은 정군산으로 가 하후연과 싸워보겠다고 자청했다. 제갈량은 이번에도 짐짓 반대하는 척 하다가 법정을 딸려 보내는 조건으로 허락했다.

제갈량은 따로 조운을 불러 황충을 돕게 했다. 유봉과 맹달에게는 3천 명의 군사를 주고, 산속에 기를 세워 군사 수가 많은 것처럼 보이도록 했다.

한편 장합과 하후상은 정군산의 하후연을 찾아갔다. 하후연은 천탕산까지 빼앗겼다는 보고에 깜짝 놀라 다급하게 사람을 보내 조홍에게 알리게 했다. 조홍은 사태가 심상치 않다고 보고 조조에게 지원을 요청했다.

조조로서도 한중은 빼앗길 수 없는 요충지였다. 직접 40만 명의 대군을 거느리고 남정으로 갔다.

성을 지키는데 만족하고 있던 하후연은 조조가 남정에 도착했다는 소식을 듣자 사기가 충천하였다. 하후상에게 군사 3천 명을 주어 황충을 유인하게 했다. 그러나 황충의 진영에서는 진식이 황충을 대신해 싸움에 나섰다. 하후상은 진식을 사로잡는 데 만족해야 했다.

황충은 법정과 논의한 끝에 군사들을 이끌고 천천히 하후연의 진영으로 나아갔다. 하후연은 황충이 온다는 소식을 접하고 나서 적이 오는 속도가 느린 것에 참을 수가 없었다.

"직접 나가서 싸우는 수밖에."

하후연은 장합의 만류에도 불구하고 하후상을 내보내 황충을 공격하게 했다. 그러나 하후상은 황충과 맞서 싸우기도 전에 황충에게 잡히는 몸이 되었다.

조카가 잡혔다는 말에 하후연은 황충에게 사람을 보냈다.

"저희 장군께서는 하후상 장군을 진식과 교환하자고 하시오."

황충은 그렇게 하자고 했다.

이튿날, 황충과 하후연은 각기 하후상과 진식을 동시에 적의 진영으로 향하게 했다. 그런데 하후상이 자기 진영으로 도착했다 싶었을 때 황충은 화살을 날렸다.

"앗!"

하후상은 화살을 맞고 쓰러졌다.

하후연은 화가 나 황충을 향해 말을 달렸다. 황충도 말을 달려 나갔다. 그런데 갑자기 하후연의 등 뒤에서 징 소리가 울렸다. 하후연은 말머리를 돌려 돌아갔다.

"무슨 일로 징을 울렸느냐?"

"저것을 보십시오. 아무래도 복병인 듯합니다."

하후연이 휘하의 장수가 가리키는 곳을 보니 숲 속 여기 저기 유비군의 깃발이 날렸다. 하후연은 그제야 복병이 있을 듯하여 나가 싸우지 않고 진영을 지키기로 했다.

법정은 황충에게 정군산을 함락시킬 방법을 일러주었다.

황충은 그날 밤 군사를 이끌고 기습해 하후연의 진지가 내려다보이는 정군산 봉우리 하나를 점령했다.

하후연은 산자락 하나를 빼앗겼다는 보고를 받고 발을 굴렀다.

"이제 우리의 일거수일투족을 적들이 보게 되었으니 나가 싸울 수밖에 없다."

장합은 여전히 싸움을 말렸지만 하후연은 막무가내였다. 끝내 하후연은 군사를 이끌고 황충이 빼앗은 산자락으로 가 싸움을 청했다. 그러나 황충은 산을 지킬 뿐 싸울 생각이 없는 듯했다. 이때 법정은 점령한 산봉우리에서 깃발을 휘둘러 하후연 군사들의 움직임을 황충에게 전하고 있었다.

하후연의 군사들은 목소리를 높여 욕하며 싸움을 걸다가 지쳐 휴식을 취했다. 그러자 법정이 약속된 붉은 깃발을 크게 휘둘렀다.

황충은 법정의 깃발을 보자 군사들을 독려해 산을 내려갔다. 가장 선두에 서서 산을 내려간 황충은 주저하지 않고 하후연을 향해 칼을 휘둘렀다. 하후연은 끝내 황충의 칼에 목이 달아나고 말았다. 황충의 군사들은 여세를 몰아 정군산으로 몰려갔다.

장합이 황충을 막아보려 했으나 하후연을 죽인 황충의 군사들은 사기가 드높았다. 장합은 패퇴할 수밖에 없었다.

장합이 달아나는데 한 장수가 앞을 막아섰다.

"나는 상산의 조운이다."

조운에게 막힌 장합은 말머리를 다시 정군산 방향으로 돌려 달아났다.

그러나 정군산은 이미 유봉과 맹달이 차지한 후였다.

장합은 간신히 패잔병을 수습한 뒤 사람을 보내 조조에게 패전소식을 전하게 했다. 조조는 하후연이 죽었다는 보고를 듣고 눈물을 흘리며 망연자실했다.

슬픔에서 깨어나기 무섭게 조조는 우선 장합을 시켜 미창산에 있는 군량을 북산으로 옮기게 했다. 그리고 하후연의 원수를 갚겠다며 20만 명의 대군을 이끌고 한수에 진영을 갖췄다.

제갈량은 황충과 조운에게 조조의 군량을 불태우라고 명을 내렸다. 황충은 장저를 데리고 먼저 군량에 불을 붙이기로 했다. 그러나 북산에 도착해 불을 붙이려고 할 때, 장합이 나타나 제지했다. 서황까지 장합을 돕고 나서자 황충은 포위를 당하고 말았다. 장저 역시 문빙의 군사를 만나 오도 가도 못하는 처지에 놓였다.

조운은 약속한 시간이 되었는데도 황충이 돌아오지 않자 군사를 이끌어 북산으로 갔다. 그리고 거침없이 적진을 누비며 황충과 장저를 구해냈다. 조조도 멀리서 조운의 활약을 보았다.

"저 장수는 누구냐?"

"조운입니다."

조조는 지난날 장판에서 아두를 구하던 조운의 모습을 떠올렸다.

"조운과 섣불리 맞서지 말라고 전하라."

조운이 황충과 장저를 구해 돌아가자 조조는 그제야 조운을 쫓아 나섰다. 조조군이 조운을 쫓아가니 어느새 저녁이었다. 조운은 홀로 인기척이 없는 진영을 지키고 서 있었다. 조조군은 조운이 무섭기도 하거니와 숨겨진 계책이 있을 수 있어 쉽게 조운에게 덤벼들지 못했다.

이때 조운이 허공에 창을 휘둘렀다. 그러자 조운의 뒤에서 무수히 많은 화살이 날아갔다. 갑작스런 기습에 조조군은 밤길을 거슬러 쫓겨 갔다. 조조 역시 쫓기는 신세가 되었다.

조조의 많은 군사들이 한수에 빠져 죽었고, 조조는 남정으로 달아났다. 유봉과 맹달은 힘들이지 않고 조조군의 군량을 불태워버렸다.

조조는 남정에서 군사를 정비해 다시 유비의 진영으로 쳐들어갔다. 그러나 이미 조조는 마음이 급해 있었다. 한수를 등에 지고 진을 친 유비군은 조조군을 무찌르고 남정까지 빼앗아버렸다. 조조는 결국 양평관으로 물러났다.

조조가 양평관에서 전열을 가다듬는 사이 유비는 장비와 위연을 시켜 조조군의 군량을 빼앗게 했다. 조조는 믿을 만한 허저를 시켜 군량을 운반하게 했다. 그러나 허저는 술을 마시고 군량을 운반하러 나섰다가 장비에게 앞길이 막혔다. 술에 취한 허저는 장비의 상대가 되지 못했다. 장비가 창을 휘두르자 허저는 팔에 부상을 입고 목숨만 구해 양평관으로 달아났다.

조조는 유비의 처사에 화가 나 대군을 거느리고 다시 유비의 진영으로 갔다. 조조가 먼저 서황을 내보내 싸움을 걸었다. 유비와 제갈량은 유봉을 불렀다.

"나가서 싸우되 때가 되면 못이기는 체하고 돌아와라."

유봉은 서황과 싸우다가 말머리를 돌려 달아났다. 조조군은 유봉을 쫓았다. 유비는 유봉이 패해 돌아오자 군사를 돌려 달아나기 바빴다.

조조가 유비의 진영 앞까지 기세 좋게 공세를 펼쳤는데 갑자기 북소리와 피리소리가 요란했다. 조조는 계책에 빠진 것이 아닌가 의심했다.

"물러서라."

조조의 명이 떨어지자마자 군사들은 뒤로 돌아 달아나려고 했다. 그러다 같은 편끼리 밟고 밟히는 아수라장이 되고 말았다. 조조군은 양평관까지 물러났다. 유비군은 진을 갖추어 양평관으로 쳐들어갔다. 조조는 양평관까지 버리고 달아나야 했다.

조조가 한참을 달아났는데 장비가 앞을 막아섰다. 뒤에서는 조운이 쫓아왔다. 황충도 조조를 보고 말을 몰아왔다. 조조로서는 달아나는 것만이 최선의 방법이었다. 조조가 다시 달아나는데 앞에서 흙먼지가 일었다. 조조는 눈앞이 캄캄해졌다.

'이제 모든 길이 막혔으니 죽는 수밖에 없구나.'

그런데 조조의 앞에 나타난 것은 조조의 둘째 아들 조창과 그의 군사들이었다. 조창은 조조의 아들 가운데 가장 용맹스러웠다. 조조는 자신감을 회복하고 군사들을 수습했다.

조조는 조창을 앞세워 유비의 진영을 향해 나아갔다. 유비는 유봉과 맹달로 하여금 조조군을 막게 했으나 조창을 당해내기에는 역부족이었다. 그러나 조조에게 조창이 있었으면, 유비에게는 마초가 있었다. 어느새 조조군의 후방에 도착한 마초가 조조군의 진을 흔들어 무력화시켰다. 조조는 조창과 함께 군사를 수습해 달아나고 말았다.

조조가 멀찍이 달아나 진영을 세운 지도 며칠이 지났다. 조조의 저녁상에 닭국이 올랐다. 조조는 닭국 속에 있는 닭갈비를 보며 생각했다.

'계륵이라, 먹기는 귀찮고 버리기에는 아깝구나!'

조조는 닭갈비를 한중에 빗댄 것이었다. 조조는 이때 한중을 버릴 각오를 했다.

이튿날 조조는 군사들을 이끌어 다시 유비와 맞섰다. 유비는 위연을 내보냈다. 위연은 조조를 욕하며 화를 돋구었다. 조조는 방덕을 시켜 위연과 싸우게 했다. 방덕이 위연과 싸우는 사이 마초가 조조군의 후방을 공격했다.

조조는 칼을 빼들고 소리쳤다.

"물러나지 마라. 물러서는 자는 목을 베겠다."

조조의 명에 군사들은 부쩍 힘을 냈다. 위연은 방덕에게 패해 달아나고 말았다. 조조가 마초와의 싸움에 전념하고 있을 때였다.

"역적 조조는 게 섰거라."

위연이 다시 나타났는가 싶더니 활을 당겨 화살을 날렸다. 화살은 조조의 얼굴에 맞았다. 조조는 쓰러지고 말았다. 때를 놓치지 않고 위연이 조조

에게 달려가 목을 베려고 했다. 그때 방덕이 위연을 막아서 조조는 간신히 목숨을 구할 수 있었다. 조조는 화살에 앞니를 두 개나 잃은 채 허도로 돌아가기로 했다.

제갈량은 조조가 돌아가는 길목에 장수들을 보내 끝까지 손실을 입혔다. 이미 기세가 꺾인 조조군은 마냥 달아나기만 했다.

유비는 한중의 여러 고을에 군사들을 보냈다. 조조가 이미 한중을 포기하고 허도로 돌아갔다는 소문이 퍼졌기 때문에 각 고을의 장들은 저항 없이 항복했다.

마침내 유비는 형주에 이어 서천, 한중까지 거느리게 되어 그 세력이 유표에게 의탁했던 때와는 사뭇 달랐다.

이에 유비를 따르던 장수들은 유비를 황제로 추대하고자 했다. 제갈량은 그들의 뜻을 모아 유비에게로 갔다.

"지금 조조가 마음대로 권력을 휘두르니 황제는 있으나마나한 존재가 되고 말았습니다. 주공께서는 그 어진 뜻을 펼쳐 이미 서천과 한중을 차지하셨습니다. 이제 하늘과 백성들의 뜻을 따라 황제의 자리에 오르십시오."

유비는 거절의 뜻을 분명히 했다.

"안 되오. 내가 비록 황실의 종친이나 또한 한나라의 신하일 뿐이오. 내가 황제가 되는 것은 반역이오."

제갈량을 비롯해 장수들이 여러 번 강력하게 권했으나 유비는 뜻을 굽히지 않았다. 그러자 제갈량은 한 발 물러서 한중왕에 오르라고 유비에게 간청했다.

유비는 여러 번 거절의 뜻을 밝혔으나 모사들과 장수들도 고집을 꺾지 않았다. 마침내 유비는 한중왕에 즉위하겠다고 허락했다.

유비는 정성스럽게 쌓아 놓은 단에 올라가 한중왕이 되는 의식을 치렀다. 유비의 아들 아두는 유선이라 이름짓고 세자로 세웠다. 또 제갈량을 군사로 하여 관우, 장비, 조운, 마초, 황충을 5호 대장으로 삼았고, 위연에게는 한중 태수를 맡겼다. 유비는 헌제에게 표문을 올리는 것으로 한중왕이 되는 절차를 마무리했다. 이때가 219년이다.

여몽과 관우의 사투

유비가 한중왕이 되기를 청하는 표문이 허도에 도착하자 사람들은 유비의 위세에 놀라움을 금치 못했다. 위왕 조조는 놀라움에 더해 분노로 얼굴이 일그러졌다.

'탁현 촌에서 돗자리나 짜던 놈이 왕이라니, 이것이 말이 되는가?'

조조는 사람들을 불러놓고 유비에 대해 분노를 표했다.

"내 당장 유비를 치러 갈 것이니 준비를 서두르시오."

그러자 사마의가 조조에게 간했다.

"위왕께서 직접 유비를 치러 가는 것은 안 될 말입니다. 지금 유비와 손권의 사이가 썩 좋은 것은 아닙니다. 손권으로 하여금 형주를 치게 하면 유비는 군사를 움직여 형주로 가게 될 것입니다. 그때 위왕께서는 한중과 서천을 손에 넣으시면 됩니다."

사마의의 자는 중달로 하내군 온현 출신이었다. 일찍이 조조가 승상의 자리에 올랐을 무렵부터 모사로서 두각을 드러내고 있었다.

조조는 사마의의 의견에 만족했다. 즉시 편지를 마련한 후 만총에게 주어 동오로 보냈다. 손권은 조조의 편지를 받고 즉시 사람들을 불러 모았다.

"우리가 형주를 치면 조조가 호응해 함께 유비를 물리치겠다 하오. 어떻게 처신하면 좋겠소?"

모두들 조조와 화친하기를 바랐다. 다만 형주를 지키고 있는 관우는 두려운 상대였다. 제갈근이 손권에게 대책을 아뢰었다.

"관우에게는 아들과 딸이 하나씩 있습니다. 딸이 아직 혼처를 정하지 않았다고 하니 제가 나서서 세자와의 혼인을 주선해 보겠습니다. 관우가 제안에 응하면 함께 조조를 치고, 그렇지 않으면 유비를 치는 것이 마땅할 것입니다."

손권은 제갈근을 형주로 보내 관우의 의견을 타진했다. 관우는 제갈근의 제안을 듣자 버럭 화를 냈다.

"호랑이의 딸을 어찌 개의 아들에게 시집보낼 수 있겠소?"

제갈근은 쫓겨나다시피 하여 동오로 돌아가고 말았다.

제갈근으로부터 관우의 말을 전해들은 손권은 울화가 치밀었다. 즉시 형주를 치러 갈 듯한 분위기가 감돌았다. 그러나 조조의 속셈이 유비를 견제하는 것인 만큼, 손권이 군사를 일으켰을 때 조조가 호응해 줄 것인지 의심이 되었다.

보즐이 손권에게 대책을 내놓았다.

"조조가 먼저 형주를 치면 우리도 군사를 내겠다고 하십시오. 조조가 조인을 보내 형주를 치게 하면 관우는 번성을 빼앗으려 할 것입니다. 그때 우리는 형주를 쳐 손에 넣으면 됩니다."

손권은 조조에게 사람을 보내 의견을 전하게 했다.

그러자 조조는 만총을 번성으로 보내 조인으로 하여금 형주를 공격하게 했다.

조조의 움직임은 첩자에 의해 유비가 있는 서천의 성도까지 전해졌다. 유비는 관우에게 먼저 선수를 쳐 번성을 공격하라 명했다. 관우가 번성으로 향하자 조인도 군사를 이끌고 성을 나가 관우와 맞섰다. 그런데 형주군의 선봉에 선 관평과 요화는 쫓겨 달아나기만 했다. 조인의 군사들은 신이 나서 형주의 군사들을 뒤쫓았다. 한참을 쫓기던 관평과 요화는 갑자기 군사를 돌려 쫓아오는 조인의 군사들을 덮쳤다. 조인의 군사들은 쫓는 데만 마음을 두다 역습을 당하자 속수무책 달아나고 말았다.

관우는 이 틈에 양양성을 빼앗아버렸다. 조인은 관우가 지키고 있는 양양성을 공략할 엄두를 내지 못하고 번성으로 돌아갔다. 조인 휘하의 장수 하후존과 적원이 관우에게 맞서 보았으나 각기 관우와 관평에게 목이 달아나고 말았다.

관우는 여세를 몰아 강을 건너 번성을 에워쌌다. 조인은 어쩔 수 없이 사람을 보내 조조에게 구원을 청했다. 조조는 우금을 대장으로 삼아 북방 출신의 7군을 거느리고 번성을 지원하게 했다. 그리고 장수들을 불러 선봉에 세우는 일을 논했다.

"누가 선봉에 설 것인가?"

그러자 방덕이 스스로 선봉이 되기를 청했다. 조조는 기뻐하며 기꺼이 방덕을 선봉으로 삼았다. 그런데 7군의 장수 하나가 우금을 만나 방덕이 선봉이 되는 것에 불신을 표했다.

"방덕은 마초 휘하의 장수였습니다. 마초는 물론 방덕의 형 방유까지 서천에서 벼슬을 하고 있으니 방덕을 선봉으로 삼는 것은 위험한 일입니다."

우금이 그럴 듯하여 조조에게 말하자 조조도 방덕을 선봉으로 세운 것이 꺼림칙했다. 조조는 방덕을 선봉으로 삼은 것을 취소했다.

방덕은 조조 앞에 나아가 엎드렸다.

"제가 항복한 후로 위왕의 두터운 은혜를 입었기로, 이제 그 은혜에 보답하고자 하였는데 어찌 저를 의심하십니까? 제가 지난날 어질지 못한 형수를 죽인 뒤로 형과의 의가 끊어져 버렸습니다. 또 마초는 이미 다른 주인을 섬기고 있으니 이제 그와의 관계도 끝이 났다 할 것입니다. 제가 다른 뜻을 품을 이유가 없으니 살펴주시오."

조조는 방덕을 일으켜 세우고 그의 충심을 받아들였다.

선봉으로 쌍무에 나서게 된 방덕은 목수를 시켜 관을 짜게 했다. 방덕은 전장에 나가기에 앞서 아내를 불러 아들 방상을 부탁하는 유언을 남겼다. 그리고 도착한 관을 들고 비장한 각오로 출전했다.

"내가 관우를 죽이면 그의 시체를 이 관에 넣어 위왕께 바칠 것이다. 그러나 그를 죽이지 못하면 내가 이 관에 들어가게 될 것이다."

방덕의 부하들도 결연히 방덕의 뜻을 받아들였다. 죽기를 각오한 군사들의 사기는 높기만 했다.

방덕이 선봉이 되어 관을 들고 온다는 보고를 받은 관우는 직접 방덕의 목을 베겠다고 나섰다. 그러자 관평이 관우를 말리며 대신 나가 싸우기를 청했다.

관평이 나가 방덕과 싸웠으나 30합을 싸워도 승부를 내지 못했다. 번성에서 조인과 대치하고 있던 관우는 관평이 승부를 내지 못했다는 보고를 받았다.

관우는 번성을 요화에게 맡기고 관평이 있는 곳에 도착했다. 그리고 즉시 청룡도를 들고 말에 올라 방덕에게 싸움을 걸었다. 방덕이 싸움에 응해 두 장수가 100합을 싸웠으나 승부를 가르지 못했다. 양 진영에서는 관우와 방덕이 다칠 것을 염려해 징을 쳐 불러들였다.

관우와 방덕은 상대의 실력을 인정했다.

'방덕은 나와 맞설 만한 재주를 갖고 있다.'

'소문대로 관우는 대단한 사람이다.'

두 장수는 상대를 알게 되자 오히려 전의를 불태웠다.

이튿날 날이 새기 무섭게 관우가 나가 방덕에게 싸움을 걸었다. 방덕도 기다렸다는 듯 말을 달려 관우에게 달려들었다.

서로 어우러져 50합을 싸웠을 때였다. 방덕은 말머리를 돌려 달아났다. 관우는 놓치지 않겠다는 듯 방덕을 뒤쫓았다. 관평은 방덕에게 계책이 있을 듯하여 관우의 뒤를 쫓았다.

역시나 방덕은 달아나다 말고 뒤돌아 관우를 향해 활을 쏘았다. 활시위를 벗어난 화살은 관우의 팔꿈치를 맞혔다.

관우 뒤를 따르던 관평이 관우를 부축하는 사이 방덕은 칼을 들고 관우를 향해 돌진했다. 관우로서는 실로 위험한 상황이었다. 그때 방덕의 뒤에서 징소리가 울렸다. 방덕은 무슨 일인가 싶어 돌아가고 말았다.

진영으로 돌아간 방덕은 우금에게 물었다.

"무슨 일이오? 관우를 다 잡았다 싶었는데 왜 징을 울린 것이오?"

사실 우금은 방덕이 관우를 죽이면 큰 공을 방덕에게 빼앗길까 봐 겁이나 징을 치게 해 불러들였던 것이었다.

우금의 흑심까지 미처 꿰뚫지 못한 방덕은 다음 기회를 기다리며 아쉬움을 달래야 했다.

관우는 진영으로 돌아가 화살을 뽑아냈다. 다행이 상처는 그리 깊지 않았다. 관우가 방덕과의 일전을 벼르고 있는데 다른 장수들이 몸을 살피라며 관우를 말렸다.

관우가 싸움에 응하지 않자 방덕은 우금과 다른 전술을 논했다.

"제가 7군을 한꺼번에 이끌어 가서 저들을 쫓아버리겠습니다."

우금은 고심했다.

'번성이 곤경에서 벗어나면 그 공이 방덕에게 돌아갈 것이다.'

우금은 조조 핑계를 대고 방덕의 청을 허락하지 않았다.

"위왕께서는 관우와 섣불리 맞서지 말라고 하시었소. 다른 방법을 세울 것이니 물러가 계시오."

우금은 7군을 번성 북쪽으로 옮기게 하고, 방덕의 군사들을 진영의 뒤쪽에 배치했다. 방덕이 공을 세우는 것을 아예 차단해 버린 것이었다.

화살에 맞은 상처가 아문 관우는 방덕과의 일전을 준비하고 있었다. 그때 우금이 군사들을 번성 북쪽으로 옮겼다는 보고가 올라왔다. 관우는 직접 산에 올라 우금의 진영을 살폈다. 우금의 진영은 증구천 골짜기에 있었는데 옆에 양강이 흐르고 있는 지대였다.

관우는 얼굴에 웃음을 머금고 산을 내려오며 말했다.

“이제 우금은 나에게 잡히는 신세가 되었다.”

관우가 이렇게 말했을 뿐 자세한 설명을 하지 않아 주위 사람들은 의아해 했다.

그로부터 얼마 후, 며칠 동안 가을비가 쏟아졌다. 관우는 배와 뗏목을 준비하게 했다. 관평이 관우의 명에 수긍이 가지 않아 물었다.

“적은 육지에 있는데 어찌 배와 뗏목을 준비하게 하십니까?”

“저들은 중구천 골짜기에 진을 치고 있다. 이제 양강의 물이 불어나면 번성과 중구천 계곡의 군사들은 모두 물고기 신세가 될 것이다.”

관우는 군사들을 시켜 양강 여러 곳에 둑을 쌓게 했다. 이제 뗏목과 배에 올라 안전을 확보한 후 양강에 쌓은 둑을 터뜨리고자 하는 것이었다.

이때 우금의 진영에서도 한 장수가 수공을 경계하는 의견을 우금에게 말했다. 그러나 우금은 그럴 리 없다며 오히려 의견을 말한 장수를 꾸짖었다.

그날 밤이었다. 관우의 예상대로 마침내 양강의 둑이 터지고 번성과 중구천은 물바다를 이루었다. 많은 군사들과 말이 물에 쓸려 떠내려갔다. 우금과 방덕은 간신히 물살을 헤치고 각각 높은 곳으로 몸을 피했다. 그러나 사방이 온통 물인지라 꼼짝없이 갇힌 신세가 되었다.

관우가 배를 타고 우금이 있는 곳으로 가자 우금은 항복하고 말았다.

관우는 다시 방덕이 있는 곳으로 배를 젓게 했다. 방덕은 우금과 달리 항복하지 않고 끝까지 맞서 싸웠다. 그러다 형주군의 배를 빼앗아 달아나려 했으나 주창의 배가 달려들어 방덕을 물에 빠뜨렸다. 방덕은 끝내 주창에게 사로잡히고 말았다.

항복한 우금은 관우에게 목숨을 구걸했다. 관우는 우금을 형주의 옥에 가두게 했다. 방덕은 끝까지 관우에게 항복하지 않았다. 관우는 결국 방덕의 목을 베게 했다. 그리고 방덕을 후히 장사지내주게 했다.

관우는 배와 뗏목에 나눠 탄 군사들을 곁현 땅으로 보내 멀리서 번성을 포위했다.

번성 안에서는 물이 차고 성 여기저기가 무너져 내렸다. 백성들이 돌과 흙을 날라 성을 보수하고 있는 가운데 조인은 배를 마련해 성을 빠져나갈 방도를 모색하고 있었다.

만총이 그런 조인에게 충고했다.

"이런 물은 오래 가지 않습니다. 열흘이 지나지 않아 물은 빠질 것이오. 장군은 이 성을 굳게 지켜야 하오."

조인은 만총에게 머리를 숙여 절하고 성을 지키겠다는 각오를 새롭게 했다. 즉시 활을 든 군사들을 성 위로 보내 사방을 경계하고, 백성들을 독려해 성을 튼튼히 했다.

만총의 생각대로 열흘이 지나지 않아 성에서 물이 빠져나갔다. 관우는 물이 빠진 번성을 에워싸고 직접 항복을 권했다. 조인은 군사들에게 명해 관우를 향해 활을 쏘게 했다. 관우는 팔에 화살을 맞고 말에서 떨어지고 말았다.

관평은 관우를 구해 진영으로 돌아갔다. 급히 화살을 빼냈으나 화살에 있는 독 때문에 관우는 팔이 부어서 쓸 수가 없었다.

관평이 의원을 수소문한 끝에 천하의 명의 화타가 강동에서 배를 타고 관우의 진영을 찾아왔다. 화타가 관우의 팔을 보니 이미 뼛속까지 독이 침투해 치료가 어려운 지경이었다.

화타가 머뭇거리자 관우가 심상치 않음을 알고 물었다.

"치료 방법이 있소?"

화타가 주저하며 말했다.

"치료는 할 수 있으나 장군께서 견딜 수 있으실까 걱정입니다."

관우가 방법을 물었다. 화타는 칼로 살을 째어 독이 퍼진 뼈를 긁어내고 살을 들어내야 한다고 처방했다. 화타는 고통스러워할 관우를 위해 팔을 기둥에 묶고 얼굴을 가리고자 했다.

그러자 관우는 웃으며 말했다.

“팔을 묶을 필요는 없을 것 같소. 선생이 치료하는 동안 나는 바둑이나 한 판 두겠소.”

관우는 미량을 불러 바둑을 두자고 청하고, 팔을 뻗어 화타에게 맡겼다. 화타는 칼을 들어 관우의 살을 찢었다. 이내 검붉은 피가 쏟아져 내렸다. 화타는 뼈를 긁어내고 살을 파냈다. 주위의 사람들이 얼굴을 찡그리는데 관우는 얼굴 표정 하나 바꾸지 않고 바둑만 두고 있을 뿐이었다. 마침내 화타는 관우의 상처를 꿰매고 소독한 후 약을 발랐다. 화타가 붕대 감는 것까지 마치자 관우가 팔을 휘저으며 말했다.

“이제 팔이 전처럼 움직이는구나. 선생은 참으로 명의이시오.”

천하의 화타도 관우에게 화답했다.

“지금까지 많은 일을 겪었지만 장군 같은 이는 처음이오.”

화타는 관우에게 100일 동안 팔을 아끼고 화를 내지 말라고 지시했다. 관우가 주는 돈은 정중히 물리쳤다.

“장군을 존경해 치료해드린 것 뿐이오.”

화타는 강을 거슬러 돌아갔다.

우금이 항복하고 방덕이 죽었다는 보고를 접한 조조는 싸우려는 생각에 앞서 겁이 났다. 조조는 모사들과 장수들을 불러 논했다.

“관우가 허도로 쳐들어오면 큰일이오. 도읍을 옮겨야 하겠소.”

그러자 사마의가 조조 앞에 나섰다.

“전에 말씀드린 바대로 손권에게 형주를 치라고 하십시오. 강남 땅을 모두 주겠다고 하면 응할 것입니다.”

조조는 사마의의 말을 듣고 도읍을 옮기겠다는 생각을 바꾸었다. 사자를 동오로 보내 손권에게 편지를 전하게 하는 한편 추가로 군사를 일으킬 일을 논했다.

서황이 자신있게 나섰다.

"제가 관우의 목을 베어 오겠습니다."

조조는 기뻐하며 서황과 여건에게 5만 명의 군사를 주어 형주로 가게 했다.

"양륙파에 도착하면 진을 치고 있다가 동오의 군사가 형주를 치면 그에 호응하여 군사를 쓰오."

한편 조조의 편지를 받은 손권은 기꺼이 그 제안에 응했다. 육구에 있던 여몽도 급작스럽게 와 군사를 일으켜야 할 당위성을 고했다.

마침내 손권은 형주를 되찾겠다는 뜻을 굳혔다.

여몽은 병을 핑계삼아 자신의 자리를 육손에게 물려주었다. 이는 관우의 경계를 늦추기 위한 것이었다.

육손은 편지와 예물을 관우에게 보내 인사하고 공을 높여 칭송했다. 육손은 손책의 사위였으나 아직까지 그 이름을 크게 떨치지 못한 인물이었다.

관우는 육손의 등장에 형주의 방어를 안심하고 군사 대부분을 번성 공략에 투입했다.

분위기가 무르익자 손권은 여몽을 대도독으로 삼아 형주를 공략하게 했다. 그리고 조조에게 사람을 보내 군사를 움직이게 했다.

여몽은 군사들을 상인으로 위장시킨 뒤 형주의 봉수대를 지키는 군사들을 매수했다. 형주의 군사들은 여몽의 배가 닿도록 허락했다. 그러자 여몽의 군사들이 대거 몰려나와 봉수대의 군사들을 사로잡아버렸다.

여몽은 사로잡은 형주의 군사들로 하여금 성문을 열게 했다. 같은 편 군사들이 문을 열라고 외치자 형주성 안에서는 의심없이 문을 열어주었다. 여몽은 형주성을 쉽게 손에 넣었다. 손권도 여몽을 따라 형주에 입성했다.

손권의 명을 받은 우번이 친분을 앞세워 설득하자 공안 땅을 지키던 부사인도 항복해 버렸다. 손권은 부사인을 남군 땅으로 보내 미방의 항복을 받아내게 했다. 형주의 대세가 동오에게 넘어간 후라 미방도 여몽에게 항복하고 말았다.

손권의 사자로부터 편지를 받은 조조는 서황에게 사람을 보내 번성을 구하라고 명했다. 그리고 조조 자신도 서황이 진을 치고 있는 양륙파로 나아갔다.

서황은 서상과 여건에게 군사를 주어 언성에 있는 관평과 싸우게 했다. 그리고 서황 자신은 뒷길로 돌아 언성의 후방으로 갔다.

관평이 서상과 여건에 맞서 싸우는데 언성 안에서 불길이 일었다. 관평은 불길한 예감에 서둘러 언성을 향해 말을 달렸다. 그때 서황이 말을 타고 관평의 앞길을 막았다. 관평은 이미 언성을 빼앗겼음을 알고 요화가 있는 사총 땅으로 달아났다. 서황도 군사를 이끌어 사총 땅으로 가 진을 쳤다.

관평과 요화가 서황의 진영을 보니 허술한 면이 있었다. 두 장수는 밤이 되자 서황의 진영을 급습했다. 그러나 서황의 진영에는 개미새끼 하나 얼씬거리지 않았다.

"진영으로 돌아가라!"

관평이 계략에 빠진 것을 알고 명을 내렸으나 이미 서황의 군사들이 양쪽에서 들이치고 있었다. 관평과 요화는 사총 땅을 버리고 관우가 있는 본진으로 향했다.

관우가 관평과 요화로부터 패퇴의 변을 듣고 있을 때였다. 군사 하나가 관우 앞에 나아가 보고했다.

"서황이 군사를 이끌고 쳐들어오고 있습니다."

관우는 청룡도를 든 채 말을 타고 진영을 나섰다. 관우가 조조에게 항복했을 때 친분이 있었던 관계로 관우와 서황은 먼저 인사를 나누었다. 예를 갖춘 인사가 끝나자 서황이 군사들에게 명을 내렸다.

"관우의 목을 베라!"

서황은 도끼를 들고 앞장서 관우를 향해 돌진했다. 서황은 원래 관우의 상대가 되지 못했으나 관우는 화살에 맞은 상처가 아직 아물지 않아 청룡도를 제대로 쓰지 못했다. 관우가 염려된 관평이 징을 쳐 관우를 불러들였다.

관우가 말을 돌려 진으로 향할 때였다. 번성에 있던 조인의 군사들이 서황의 지원에 힘을 얻어 성문을 열고 쏟아져 나왔다. 앞뒤로 적을 만난 형주의 군대는 우왕좌왕 갈피를 잡지 못했다.

관우는 상황이 여의치 않자 형주로 말을 달렸다. 그러나 중간에 들려오는 보고들은 관우를 참담하게 했다. 형주는 여몽의 꾀임에 넘어가 빼앗겼고, 공안과 남군을 지키던 부사인과 미방은 동오에 항복했다는 것이었다.

관우는 성도로 마량과 이적을 보내 유비에게 구원을 청하게 하고, 자신은 형주를 되찾기 위해 말을 달렸다. 그러나 동오군의 방어에 막혀 형주로 가는 것은 불가능했다. 관우는 사자를 여몽에게 보내 화친을 깬 책임을 물었다.

한편 형주를 점령한 여몽은 관우를 따라 전장에 나간 형주군사들의 가족을 동오군사의 가족처럼 따뜻이 대우했다. 형주군사의 가족들은 여몽의 은혜에 진심으로 감사해 했다. 이런 가운데 여몽을 꾸짖기 위해 관우가 보낸 사자가 형주에 도착했다. 여몽은 관우를 대신에 사자에게 변명했다.

"내가 형주를 점령한 것은 우리 주공의 뜻이니 관우 장군에게 잘 전해 주시오."

여몽은 사자를 위해 성대하게 잔치를 베푼 후 묵어가게 했다. 그날 형주군사들의 가족들이 사자를 찾아와 군사들의 안부를 묻고 자신들의 소식을 말해 주었다. 그런데 그들은 너나 할 것 없이 여몽의 보살핌으로 잘 살고 있다는 말을 전하게 했다.

사자는 관우에게 돌아가 여몽의 말을 전했다. 사자가 관우의 처소에서 나오자 군사들이 너도나도 달려들어 형주와 가족들의 소식을 물었다. 사자는 가족들이 여몽의 덕으로 잘 살고 있다고 전했다.

관우는 사자를 보낸 데 아무런 성과가 없자 직접 군사들을 이끌고 형주를 치고자 했다. 그러나 사자를 통해 가족들의 소식을 들은 군사들은 좀처럼 싸울 생각을 하지 않았다. 동오의 군사들과 맞서 싸울 때마다 관우의 군사들은 썰물처럼 도망쳐 나갔다. 게다가 형주의 백성들이 산 위에 올라 군사들을 향해 이름을 불러대며 오열하자 관우의 군사들의 동요는 더욱 커졌다.

어쩔 수 없이 관우는 얼마 남지 않은 군사들을 거느리고 관평, 요화와 함께 맥성으로 갔다. 그곳에서 서천의 원병을 기다려보자는 계산이었다.

동오의 군사들은 어느새 맥성을 포위하고 곧 함락시킬 기세였다. 관우는 우선 요화를 가까운 상용으로 보내 유봉과 맹달에게 구원을 청하게 했다. 포위를 뚫고 가까스로 맥성을 빠져나간 요화는 상용으로 가 유봉과 맹달에게 관우를 구해달라고 사정했다. 그러나 유봉은 유비의 양자가 될 때부터 탐탁하지 않아 하던 관우를 구해주려고 하지 않았다. 맹달 역시 유봉을 부추겨 관우를 돕지 못하게 했다. 성과를 얻지 못한 요화는 원병을 청하기 위해 서천으로 말을 달렸다.

맥성에 있던 관우는 사면초가였다. 동오의 군사들이 성을 에워싸고 있는데 어느 곳에서도 원병이 온다는 소식은 들을 수가 없었다. 관우는 서천으로 가기로 결정했다. 관평과 함께 북문을 열고 맥성을 나섰다.

여몽은 관우가 달아날 수 있도록 일부러 북문을 막지 않았다. 그리고 관우가 갈 만한 길목에 군사들을 매복시켰다.

관우는 쏜살같이 말을 달렸으나 길마다 매복한 군사들이 관우를 기다렸다. 동오군은 관우를 막는 척하다가는 놓아주고 뒤에 남은 군사들만 공격했다.

밤을 새워 결석 땅에 이르니 관우를 따르는 군사는 10여 기에 불과했다. 이때 복병들이 관우가 탄 말을 넘어뜨렸다. 결국 관우는 마충에게 사로잡히고 말았다. 관우를 구하기 위해 나섰던 관평 역시 주연과 반장에게 포위되어 사로잡혔다.

날이 밝자 관우와 관평은 손권 앞에 불려 나갔다. 손권은 관우에게 항복을 권했다.

"나는 장군을 흠모해 혼인으로 화친하고자 했거늘, 오늘날 일이 이렇게 되었구려. 이제라도 늦지 않았으니 항복하시오."

"나는 한나라의 장수다. 어찌 역적에게 항복할 수 있겠는가? 어서 죽여라."

손권은 관우의 기개를 아껴 살려둘 심산으로 부하들의 의견을 물었다. 그러나 부하들은 조조에게 항복해 있던 관우가 조조의 장수들을 베며 끝내 돌아간 바 있어 의구심을 표했다. 마침내 손권은 명을 내렸다.

"저들 부자를 끌어내 참하라."

이때 관우의 나이 58세였다.

관우가 죽자 손권은 적토마를 관우를 사로잡은 마충에게 주었다. 적토마는 며칠 동안 풀 한 포기 먹지 않더니 끝내 주인을 따라 죽었다.

동오군은 잘린 관우의 목을 들고 맥성으로 가 항복을 권했다. 맥성을 지키던 왕보와 주창은 스스로 목숨을 끊었다. 장수를 잃은 군사들은 스스로 성문을 열었다. 결국 관우가 지키던 마지막 성인 맥성마저 동오의 손에 들어가고 말았다.

한편 지난날 관우가 조조에게서 벗어날 때 사수관에서 관우를 구해 주었던 승려 보정은 당양현 옥천산의 암자에 기거하고 있었다.

어느 날 밤, 보정이 정좌하고 있는데 하늘에서 큰 소리가 들려왔다.

"내 머리를 돌려 달라."

보정이 머리를 들어 보니 관우가 두 장수와 함께 구름 위에 올라 있었다. 보정이 관우를 알아보자 관우가 보정에게 하소연했다.

"나는 이미 죽은 몸으로, 바른 길로 가도록 인도해 주시오."

보정은 관우를 타일렀다.

"장군이 머리를 돌려 달라 하나, 장군이 목을 벤 안량과 문추, 그리고 다섯 관문에서 죽인 여섯 장수의 머리는 누구에게 돌려 달라 해야겠소?"

관우의 혼백은 깨달음을 얻었는지 보정에게 인사한 후 사라졌다.

관우는 이후로 종종 옥천산에 나타나 사람들을 어려움에서 구해 주었다. 이에 사람들은 산에 관우의 사당을 짓고 제사를 지내주었다.

동오의 손권은 관우를 물리치고 형주, 양양을 몽땅 차지하자 큰 잔치를 베풀었다. 전쟁 승리의 일등공신은 여몽이었다. 손권은 여몽에게 술을 따라주며 공을 치하했다.

여몽이 술잔을 받아 들고 마시려 하는 순간이었다. 여몽이 갑자기 술잔을 내던지더니 손권의 멱살을 잡고 소리쳤다.

"네 이놈 손권아, 나를 알아보겠느냐?"

사람들이 깜짝 놀라 여몽을 손권에게서 떼어놓았다. 여몽은 손권의 자리로 올라가 손권을 꾸짖었다.

"내가 살아서는 너를 죽이지 못했으니 이제 죽어서 여몽이라도 데려가야겠다. 잘 보아라. 나는 한수정후 관우다."

말을 마친 여몽은 바닥에 쓰러져 피를 토하고 죽었다. 손권은 여몽을 후하게 장사지내주었으나 관우를 생각하면 마음이 편치 못했다. 그런 가운데 건업에 있던 장소가 돌아왔다.

관우로 인해 노심초사하는 손권에게 장소가 말했다.

"무엇보다 관우가 죽은 것을 알게 된 유비가 관우의 복수를 하겠다며 쳐들어온다면 걱정이 아닐 수 없습니다. 유비는 관우, 장비와 도원에서 형제의 의를 맺고 한날한시에 죽기를 맹세한 사이입니다. 게다가 유비가 조조와 손잡고 우리 동오를 공격한다면 막을 길이 없게 됩니다."

손권이 씁쓸한 표정을 짓는데 장소가 계책을 내놓았다.

"먼저 관우의 머리를 조조에게 갖다 주게 하시오. 그리고 유비에게는 조조가 시켜 관우의 목을 벤 것으로 둘러대십시오. 그러면 유비는 조조에게 원한을 갖게 될 것입니다."

손권은 장소의 말을 따르기로 했다. 관우의 머리를 나무상자에 담게 한 후 사자를 시켜 조조에게 보냈다. 조조는 동오의 사자가 관우의 머리를 가지고 왔다는 보고를 받고 기쁨을 감추지 못했다. 사마의가 그런 조조를 일깨웠다.

"동오에서 관우의 머리를 보내온 것은 동오의 재앙을 우리에게 돌리려는 것이오. 관우를 죽인 데 대한 유비의 원한을 우리 위에게 씌우려는 것입니다."

사마의는 향나무로 관우의 몸의 모습을 깎게 하고 관우의 머리를 함께 묻어주라고 했다.

조조는 사마의의 말에 수긍하고 동오의 사자를 불러들였다. 사자가 나무상자를 바치자 조조는 관우의 머리를 들여다보았다. 관우의 얼굴은 살아 있을 때와 크게 다르지 않았다. 조조는 살아 있는 관우에게 인사하듯 말했다.

"관우 장군, 잘 지내시었소?"

그러자 관우가 입을 벌리고 눈을 부릅떴다. 조조는 놀라 기절하고 말았다. 조조가 깨어나자 동오의 사자가 그제야 여몽의 일을 조조에게 말해 주었다.

조조는 사마의가 말한 대로 향나무를 가져오게 하여 관우 몸의 모습으로 깎게 하고 머리를 붙여 친히 제사를 지내주었다. 그리고 관우에게 형왕(형주의 왕)의 지위를 내렸다.

❋ 한은 역사의 뒤안길로

※ · · · · · · ·

관우는 이미 명을 다했건만 지원을 요청하기 위해 떠났던 마량과 이적, 그리고 요화는 서천 땅을 밟지도 못한 상황이었다.

유비와 제갈량은 이미 오래 전에 관우가 양양을 취한 이후 번성까지 에워싸고 공격하고 있다는 보고를 받고 형주의 일은 잊어버린 듯하고 있었다.

그러던 어느 날 밤이었다. 유비는 몸살이 난 듯 몸이 떨리고 추워 잠을 이루지 못했다. 유비가 잠깐 잠이 들었나 싶을 때 한 줄기 찬바람이 불더니 한 사람이 들어와 등불 아래 섰다. 유비가 누구냐고 물었으나 그 사람은 아무 말 없이 서 있기만 했다. 유비가 자세히 보니 관우가 아닌가?

유비는 반가운 한편으로 걱정이 되었다.

"아니 형주에 있을 아우가 소식도 없이 이 밤에 웬일인가? 무슨 일이 있는가?"

관우가 울며 유비에게 청했다.

"부디 군사를 일으키어 이 아우의 한을 풀어주시오."

말을 마친 관우는 멀리 사라져 갔다. 유비는 애타게 관우를 불렀으나 어느새 관우는 바람처럼 사라지고 말았다. 유비가 문득 정신을 차리니 꿈이었다. 그러나 관우의 기억은 꿈인지 생시인지 모르게 선명하기만 했다.

유비는 제갈량을 불러 꿈 이야기를 했다. 제갈량은 이미 지난 밤 별자리를 본데다 형주에서 들려오는 소문까지 들은 뒤라 관우의 죽음을 짐작하고 있었다. 그러나 차마 유비에게는 사실을 알리지 못하고 거짓 꿈해몽을 하며 둘러댈 뿐이었다. 그제야 마량과 이적이 서천에 도착해 형주의 사정을 유비에게 보고했다.

"관우 장군은 이미 형주를 잃고 번성에서도 여의치 않아 구원을 청하라고 저희를 보냈습니다. 지금은 어떻게 되었을지……."

유비는 탄식했다. 그때 마치 약속한 것처럼 요화가 도착했다. 요화는 유비 앞에 엎드려 마냥 통곡했다.

"무슨 일인가?"

"관우 장군이 군사를 다 잃다시피 하고 맥성으로 들어갔습니다."

요화는 유봉과 맹달에게 구원을 요청했으나 들어주지 않았던 사실을 낱낱이 유비에게 보고했다.

유비는 무너지는 듯했다.

"내 아우 관우가 이대로 죽는다는 말이냐?"

제갈량이 유비를 위로했다.

"이 제갈량이 군사를 이끌고 가서 관우 장군을 구해오겠습니다."

그야말로 말뿐인, 다분히 유비를 안심시키기 위한 제갈량의 대응이었다. 유비는 한 가닥 기대를 가지고 출전 준비를 기다렸다. 그러나 기대는 오래가지 못했다. 그날 다른 군사 하나가 유비 앞에 엎드려 고했다.

"관우 장군 부자가 맥성을 벗어나 서천으로 향하다가 그만 동오의 군사에게 붙잡혔습니다. 그리고 끝내 참수되고 말았습니다."

유비는 말이 끝나기가 무섭게 정신을 잃고 쓰러졌다. 유비가 정신을 차렸는가 싶더니 관우의 아들 관흥을 보더니 또다시 정신을 놓아버렸다. 정신이 돌아온 유비는 동오에 대한 원한을 곱씹었다.

"내 결코 동오와 한 하늘을 이고 있지 않겠다."

유비는 당장 군사를 일으켜 동오와 싸울 태세였다. 제갈량을 비롯해 주위 사람들이 유비를 말렸다.

"관우 장군의 초상부터 치러야 합니다."

"군사를 일으키는 것은 때를 기다려야 합니다."

유비는 군사의 일을 뒤로 미뤄두고 직접 남문 밖으로 나가 관우의 제사를 지냈다.

한편 조조는 관우를 묻어주고 제사지낸 후 밤잠을 이루지 못하는 일이 잦아졌다. 잠이 들라 치면 관우의 얼굴이 보이는 것이었다. 조조가 사람들에게 고통을 호소하며 대책을 물었다. 사람들은 낙양궁의 전각들이 낡아 요사스런 것들이 많은 탓이라며 전각을 새로 지으라고 권했다.

조조는 낙양에서도 유명한 목수를 불러 새 전각을 짓게 했다. 목수가 설계를 내어 조조에게 보여주었다. 조조는 설계가 그럴 듯하여 물었다.

"대들보로 쓸 재목은 있느냐?"

"낙양성 밖 약용사라는 사당 옆에 큰 배나무가 있습니다. 그 나무라면 대들보로 쓸 수 있을 것입니다."

조조는 사람들을 시켜 목수가 말한 배나무를 베어 오게 했다. 그러나 나무를 베러 간 사람들은 빈손으로 돌아왔다. 나무가 톱으로 썰리지도 도끼로 찍히지도 않는다는 것이었다. 조조는 믿어지지 않아 직접 약용사 사당으로 갔다. 조조가 일꾼들에게 나무를 베라고 명했을 때 몇몇 마을 사람들이 조조 앞으로 나아갔다.

"이 나무는 수백 년 된 신령한 나무이니 베고 나서 뒤탈이 있을까 두렵습니다."

조조는 어리석은 소리라며 꾸짖고 직접 칼을 빼들어 내리쳤다. 그런데 나무에서는 핏물이 뿜어져 나오는 것이었다. 온 몸에 피를 뒤집어 쓴 조조는 크게 놀라 궁으로 돌아가고 말았다.

그날 밤이었다. 조조가 잠이 들었는데 머리를 풀어헤친 사람이 조조 앞에 나타났다. 자신을 배나무 신이라고 칭한 그 사람은 조조를 역적이라 부르며 칼을 들어 조조의 목을 내리쳤다. 조조는 비명을 지르며 잠에서 깨어났다. 꿈이었지만 기분이 좋을 수 없었다. 게다가 그날 이후로 조조는 머리가 깨지는 고통에 시달려야 했다.

많은 명의가 동원되었지만 조조의 두통은 고쳐지지 않았다. 보다 못한 화흠은 조조에게 화타를 소개했다.

"화타는 못 고치는 병이 없다고 합니다."

화흠이 소문으로 들은 화타의 의술을 소개하자 조조도 화타가 한 번 보고 싶었다. 수소문 끝에 화타가 조조를 치료하러 왔다.

조조를 진맥한 화타는 진단을 내렸다.

"이 병은 일반적인 두통이 아닙니다. 그 원인은 머리 속에 있는 바람입니다."

"어떻게 치료해야 하는가?"

"마취약을 드시고 주무시면, 제가 도끼로 머리를 열어 바람을 없앨 것입니다."

도끼로 머리를 가른다는 말에 조조는 대경실색했다.

"네가 나를 죽이려는 것이 아니냐?"

화타는 지난날 관우의 팔을 갈라 뼈를 긁어내 치료한 것을 예로 들어 놀란 조조를 진정시키려고 했다. 그러나 조조의 의심은 사라지지 않았다. 이미 오래 전에 길평도 자신에게 약을 먹여 죽이려고 하지 않았던가?

"저놈을 옥에 가두고 바른 말을 하게 하라."

결국 화타는 고문에 못이겨 옥사하고 말았다.

그런 가운데 조조의 병세는 날로 심해졌다. 어느 날부터인가는 꿈에 자신이 죽인 사람들이 귀신이 되어 나타났다.

명이 다했음을 안 조조는 조홍을 비롯해 가까운 사람들을 불러 후사를 말했다.

"맏아들 비가 그 그릇이 크고 경계할 줄 아니 내 뒤를 이을 만하오. 그대들은 부디 비를 잘 도와주오."

조조는 후세에 자신의 무덤이 파헤쳐질 것을 우려해 72개의 거짓 무덤을 만들라고 유언했다. 마침내 조조가 숨을 거두니 그의 나이 66세였다.

조조가 죽자 조비가 뒤를 이어 위왕에 올랐다. 조비는 조조에게 무왕이라는 시호를 내리고 업군 땅에 장사지냈다.

조조의 둘째 아들 조창은 조조를 문상하고 자신의 군사를 조비에게 내준 후 조비의 명에 따라 장안으로 돌아갔다. 반면 넷째 아들 조웅은 조비가 문상하러 오지 않은 죄를 묻자 스스로 목을 메어 죽었다. 셋째 아들 조식은 재주가 많아 조조의 생전에 가장 많은 사랑을 받은 자식이었다. 조비가 조식에게 사자를 보내 문상을 오지 않았다는 죄를 묻자 조식은 술에 취한 채 사자를 때리고 끝내는 쫓아냈다. 조비는 허저를 시켜 술에 취해 있는 조식을 잡아들였다. 조식은 쫓겨나다시피 지방으로 내려갔다.

조비가 형제들의 일을 처리하고 왕위를 든든히 하고 있을 때, 성도에서는 유비가 유봉과 맹달의 일을 마무리짓고자 했다. 유봉과 맹달이 방조함으로써 관우를 죽음에 이르게 한 죄를 물으려 한 것이었다.

유비는 제갈량의 의견을 좇아 유봉과 맹달을 떼어놓기로 했다. 우선 유봉의 벼슬을 높여 면죽을 지키게 했다. 그러자 성도의 분위기를 간파한 맹달은 허도로 가 조비에게 항복해 버렸다.

유비와 제갈량은 유봉을 시켜 맹달을 잡아오게 했다. 유봉과 맹달이 싸우게 해 둘 중 하나만이라도 놓치지 않고 벌을 주겠다는 뜻이었다.

유봉은 5만 명의 군사를 이끌고 양양성을 공격하며 맹달을 내달라 소리쳤다. 맹달은 조비에게 유봉의 항복을 받아내겠다고 청했다. 맹달은 편지를 보내 성도의 유비와 제갈량의 속내를 전하며 유봉에게 항복하라고 권했다. 유봉은 편지를 가져온 사자를 죽여 다시는 부화뇌동하지 않겠다는 뜻을 보였다.

맹달은 어쩔 수 없이 유봉과의 싸움에 나섰다. 맹달은 유봉과 수합을 겨루다 말머리를 돌려 달아났다. 유봉은 기세 등등하게 맹달을 쫓았다. 그러나 맹달이 달아난 것은 계책이었다. 하후상과 서황이 군사를 이끌어 양쪽에서 유봉을 압박했고 맹달이 다시 돌아서 유봉을 공격했다. 유봉이 버티지 못하고 상용으로 뒤돌아갔으나 상용성은 물론 상용성과 이웃한 방릉성마저 이미 위에 항복한 후였다.

유봉은 어쩔 수 없이 성도로 말을 달려 유비 앞에 엎드렸다. 유봉을 대하는 유비의 태도는 냉랭하기만 했다. 유봉이 맹달의 핑계를 대어 관우의 일을 변명하려고 했으나 유비는 유봉을 용서하지 않았다.

"저놈을 끌어내 목을 베라."

유봉은 끝내 목숨을 잃고 말았다.

유비는 유봉이 맹달이 보낸 사자의 목을 베며 의를 보였다는 말을 나중에야 듣고 크게 후회했다.

한편 조비는 위왕에 오른 뒤 조조보다 더욱 헌제를 핍박했다. 마침내 조비를 따르는 이들이 헌제에게 몰려가 양위를 강요했다. 헌제는 며칠을 견디다 못해 조비에게 황제를 양위하는 조서를 내렸다. 조비가 기뻐하며 조서와 옥새를 받으려 하는데 사마의는 사양하는 예를 보이라고 간했다. 조비는 사양하는 척하며 옥새를 반환했으나 결국에는 황제가 직접 옥새를 바치는 모양새로 황제의 자리를 빼앗았다.

조비는 국호를 대위라 하고, 조조를 태조 무황제로 높였다. 또 헌제를 산양공으로 낮춰 궁을 떠나게 했다는 소문이 돌았다. 이로써 한 고조 유방이 천하를 통일하고 세운 제국은 400년 역사를 뒤로 한 채 멸망하고 말았다.

조비는 낙양 천도를 위해 새로운 궁을 짓게 했다. 관리들의 직제를 개편하고 등용방법도 새롭게 했다.

폐위되어 쫓겨난 황제가 살해당했다는 소문은 성도에도 전해졌다. 유비는 통곡하며 헌제의 제사를 모셨다.

제갈량은 중신들의 뜻을 모아 유비에게 제위에 오르라고 청했다.

"조비가 비록 제위에 올랐다 하나 황제의 권위를 침탈한 것일 뿐입니다. 황실의 종친이신 한중왕께서 마땅히 제위에 오르셔야 합니다."

유비는 받아들이지 않았다. 제갈량을 비롯해 많은 대신들이 수일 동안 청했으나 고집을 꺾을 것 같지 않았다.

하는 수 없이 제갈량은 병을 핑계삼아 집안에 칩거했다.

그러자 유비가 제갈량의 부중을 찾아 위문했다. 유비는 제갈량과 독대한 자리에서 속내를 털어놓았다.

"내가 무서워하는 것은 사람들의 눈이오."

제위에 오르겠다는 뜻으로 받아들인 제갈량은 벌떡 일어나 병풍을 밀어 넘어뜨렸다. 병풍 뒤에는 중신들이 유비의 뜻을 기다리고 있었다.

제갈량이 선언하듯 말했다.

"한중왕께서 허락하시었소. 길일을 잡아 예를 치러야 할 것이오."

마침내 유비는 높은 대 위에 올라 제사를 지내고 옥새를 받아 황제에 올랐다. 이때가 221년이다.

촉한(촉)의 황제 유비는 오황후(촉한의 장수 오의의 누이로, 유모의 아내가 되었다가 미망인이 된 후 유비와 재혼하고 유비의 즉위와 동시에 황후가 됨)를 황후로 높였고, 장자 유선을 태자로 삼았다. 또 오황후 사이에서 얻은 두 아들(유영, 유리)을 왕으로 봉했다. 제갈량은 승상에 올랐고, 태부 허정은 사도가 되었다.

원수는 갚았으나

❀ • • • • • • •

제위에 오른 유비는 먼저 그간 미루었던 군사의 일을 끄집어냈다.

"이제 동오를 쳐 관우의 원수를 갚겠소."

조운이 유비 앞에 나서 반대했다.

"역적은 조조와 조비이지 손권이 아닙니다. 위를 치는 것은 공적인 것이요, 오를 치는 것은 사적인 것이니 헤아려 주시오."

중신들의 뜻이 조운과 같았으나 유비는 완고했다. 반드시 동오를 공략하겠다며 군사를 모으게 했다.

한편 낭중에 있는 장비 역시 유비 못지않게 관우의 죽음을 슬퍼하고 있었다. 장비는 하루하루가 그야말로 눈물바람이었다. 휘하의 장수들이 보다 못해 술을 권하며 장비의 슬픔을 달랬다.

그런데 술에 취하면 사람을 때리는 장비의 술버릇은 여전했다. 성 안에는 장비에 대해 두려움을 느끼는 군사들이 늘어갔다.

그런 어느 날, 유비가 장비의 벼슬을 높여주기 위해 사자를 보내왔다. 사자는 장비에게 성도의 일을 알려주다가 오를 치는 것보다 위를 치는 것이 명분이 있다고 주장하는 신하들의 분위기를 전했다. 장비는 직접 선봉으로 나가 관우의 원한을 갚겠다며 사자를 따라 성도로 향했다.

유비는 군사를 소집하는 데 그치지 않고 직접 군사들을 조련했다.

"내 직접 너희들을 이끌고 동오로 갈 것이다."

신하들은 황제가 명분 없는 전쟁에 나서는 것이 마땅치 않았다. 제갈량이 대신들을 이끌고 가서 유비에게 간청했다.

"황제께서 위를 쳐 역적을 없애려 한다면 직접 군사를 이끌어도 괜찮다 하겠으나, 동오를 쳐 사사로이 원한을 갚으려 하신다면 재주 있는 장수 하나를 부리면 족할 것입니다."

유비는 진지하게 제갈량의 청을 숙고했다. 그때 장비가 왔다는 보고가 들어왔다. 유비는 장비를 불러들였다. 유비와 장비가 만나자 관우의 죽음이 새삼스럽게 느껴졌다. 장비가 엎드려 통곡하자 유비도 끝내 울음을 터뜨렸다.

장비가 성도에 나타남으로써 동오를 치겠다는 유비의 결심은 돌이킬 수 없게 되었다. 유비는 장비가 먼저 출전하면 대군을 이끌어 지원하기로 약조했다.

장비가 낭중으로 돌아가자 유비는 장수들을 불렀다.

"동오로 갈 것이다. 군사들을 정비하라."

신하들은 끝까지 출전의 부당함을 간했다. 그러나 유비가 끝내 고집을 꺾지 않으니 따를 수밖에 없었다. 마침내 유비는 군사를 일으켰다.

낭중으로 돌아간 장비는 마음이 조급해졌다. 사흘 안으로 흰 기를 만들고 흰 갑옷을 구해 입으라고 명을 내렸다. 관우의 원한을 갚는 일이라 하나 사흘 내로 하기에는 벅찬 일이었다.

장비 휘하의 범강과 장달은 장비의 영채로 가 사정했다.

"장군께서 명을 내린 까닭은 알고 있으나 사흘 내로 준비하기에는 촉박합니다. 말미를 더 주셔야 하겠습니다."

오직 빠른 출전에만 심혈을 기울이던 장비는 범강과 장달이 명을 거역하는 것으로 생각하고 매로 다스리게 했다.

범강과 장달은 억울한 마음이 되었다. 더욱이 매를 맞은 것으로 끝날 일이 아닐 것 같았다. 사흘 안에 군사들의 깃발과 갑옷이 준비되지 않으면 목이 달아날 수도 있다고 생각하자 대책이 시급했다. 장비는 술만 마시면 사소한 잘못을 저지른 군사일지라도 마구 때려 죽이기도 했던 터였다.

"차라리 장비를 죽이는 것이 어떤가?"

마음이 통한 범강과 장달은 그날 밤 장비를 죽이기로 했다. 마침 장비는 술에 취해 깊은 잠에 빠져 있었다. 범강과 장달은 누가 먼저랄 것도 없이 단도로 장비의 배를 찔렀다. 장비는 짧게 신음하고 명을 달리했다. 그때 장비의 나이 55세였다.

범강과 장달은 장비의 목을 베어 동오로 달아나버렸다.

대군을 이끌고 동오를 향해 군사를 움직이던 유비는 그날 밤 하늘에서 큰 별 하나가 떨어지는 것을 보았다. 기이하게 생각한 유비는 사람을 제갈량에게 보내 큰일의 전조인지를 묻게 했다. 제갈량은 사흘 안에 장수 하나를 잃을 테니 군사를 멈추고 기다리라고 대답해 사람을 돌려보냈다. 유비가 기다린 지 사흘째 되던 날 낭중에서 사람이 왔다는 보고가 들어왔다.

'그렇다면 장비가?'

유비는 불길한 느낌으로 낭중에서 온 사람을 불러들였다. 유비가 받은 편지에는 짐작대로 장비가 죽었다는 내용이 들어 있었다. 유비는 애타게 울부짖다가 정신을 잃고 말았다.

이튿날 장비의 큰아들 장포가 유비를 찾아왔다. 유비는 앞에 엎드려 통곡하는 장포를 보자 장비가 생각나 눈물을 흘렸다. 유비는 장포를 선봉으로 세워 장비의 원수를 갚도록 하겠다고 기회를 주었다. 그때 관우의 아들 관흥이 유비에게 나아가 간청했다.

"선봉은 제가 맡겠습니다."

장포가 이미 정해진 일이라며 물러서지 않자 서로 선봉을 다투게 되었다. 유비는 무예 실력으로 선봉을 세우겠다고 말하고 활솜씨를 겨루게 했다. 장포가 먼저 정해진 과녁을 맞추자 관흥은 날아가는 기러기를 맞추었다. 그러자 장포는 장비가 쓰던 창을 들고 말에 올라탔다. 관흥 또한 창을 들고 말에 탔다.

장포와 관흥이 맞서 싸우려는 순간 유비가 두 사람을 제지했다.

"그만두지 못하겠느냐?"

장포와 관흥은 유비의 말에 놀라 창을 던지고 무릎을 꿇었다.

유비는 아버지들이 형제의 의를 맺었으니 아들들 또한 형제라고 훈계를 했다. 이에 나이가 한 살 많은 장포가 형이 되어 관흥과 형제의 예를 올렸다. 유비는 장포도, 관흥도 아닌 오반을 선봉으로 세우고 70만 대군을 이끌고 동오로 진격했다.

손권은 관우의 복수를 위해 유비가 이끄는 촉의 대군이 몰려오자 그 기세에 놀라움을 금치 못했다.

'어느새 유비가 저렇게 강해졌단 말인가? 마주 싸워서는 손실이 이만저만이 아니겠구나!'

손권은 제갈근을 유비에게 보내 형주를 반환하겠다는 뜻을 전하게 했다. 제갈근은 유비에게 형주를 반환할 테니 동오와 힘을 합쳐 역적인 위와 조비를 치자고 설득했다. 그러나 유비는 냉담했다.

"동생 관우의 원수를 갚지 않고 어찌 돌아갈 수 있겠는가? 너의 목을 벨 것이나 제갈 군사의 얼굴을 보아 살려줄 것이니 썩 물러가거라."

제갈근으로부터 유비의 반응을 전해들은 손권은 조비에게 구원을 청하기로 했다. 조비를 황제로 깎듯이 대하는 편지를 써서 조자를 위로 보냈다.

조자는 조비에게 손권의 편지를 전하고, 촉의 위협으로부터 동오를 구해 달라고 청했다.

조비는 자신을 황제로 받드는 손권을 오왕으로 봉했으나, 군사를 보내 지원하지는 않았다.

"오와 촉이 서로 싸우면 반드시 한쪽이 멸하리라. 그때 나머지 하나를 치면 세상이 이 조비의 발 밑에 엎드리게 될 것이다."

조비의 도움을 받지 못한 손권은 어쩔 수 없이 유비와 맞서 싸워야 했다. 손환과 주연에게 군사를 주어 촉군의 선봉을 제지하게 했다. 그러나 손환은 의도에서 장포와 관흥에게 대패하고 이릉으로 달아났다. 선봉에 선 손환이 패퇴하자 수군을 이끌던 주연도 배를 돌려 물러났다.

손권은 촉의 기세가 예상 밖으로 큰 데 놀라 비로소 대군을 조직했다. 한당을 대장으로, 주태, 반장, 능통이 10만 명의 군사를 거느리고 촉군에 맞서 방어하자, 노장 황충이 장포, 관흥과 함께 공략에 나섰다. 첫날 싸움에서 선봉에 선 오의 반장은 죽은 관우의 청룡도를 들고 나가 황충과 세를 겨뤘다. 그러나 반장은 수합 만에 황충에게 패해 달아나고 말았다.

노익장을 과시한 황충은 이튿날 다시 반장을 직접 상대했다. 이번에도 반장은 상대가 되지 못하고 달아났다. 황충은 달아나는 반장을 쫓아 적진 깊숙이 들어갔다. 그러나 오군은 이를 예상하고 매복하고 있었다. 결국 황충은 마충이 쏜 화살에 맞고 말았다.

장포와 관흥이 서둘러 적진을 헤치고 황충을 구해냈다. 황충은 진영으로 돌아왔으나 이미 몸이 늙어 그 기력이 전과 같지 않았다. 황충은 끝내 유비가 보는 앞에서 생을 마감했다. 그의 나이 75세였다.

유비는 전군을 8개로 나눠 육군과 수군이 한꺼번에 오를 향해 진격했다. 장포와 관흥이 앞서 싸우니 한당과 주태는 속수무책 달아날 뿐이었다. 그 와중에 손권이 아끼는 장수 감녕도 유비 휘하의 오랑캐 장수 사마가 쏜 화살에 맞아 죽고 말았다.

승기를 잡은 유비는 효정 땅으로 나아갔다. 유비는 큰 저항 없이 효정까지 손에 넣었다. 적들이 물러날 때 관흥은 관우의 청룡도를 들고 있는 반장을 보자 피가 끓어 반장을 뒤쫓았다. 그러나 반장은 산 속으로 달아나 숨어버렸다. 이미 밤이 깊어 있었다. 관흥은 반장을 쫓아 산 속까지 들어갔다가 길을 잃었다. 산 속에 집이 한 채 있어 관흥은 그곳에서 밥을 얻어먹고 날이 밝기를 기다리기로 했다.

관흥이 밥을 먹고 주인에게 감사를 표하고 있을 때였다. 밖에서 인기척이 났다. 주인이 나가보니 역시 길을 잃고 헤매던 반장이 하루 묵어 가기를 청하는 것이었다. 이때 관흥이 나가 반장의 목을 베었다. 관흥은 아버지 관우의 청룡도를 되찾고, 반장의 머리를 말에 매단 채 효정에 있는 유비에게 돌아갔다.

"네가 드디어 아비의 원수를 갚았구나!"

유비는 관흥을 칭찬하고, 잔치를 베풀어 위로했다.

그러나 관흥은 마음이 무거웠다. 관우를 사로잡은 마충이며, 관우를 배신하고 동오에 항복했던 미방과 부사인이 새파랗게 살아 있지 않은가?

한편 옛 형주의 군사들은 유비가 대군을 이끌고 쳐들어오자 뒤늦게 항복을 후회했다. 그들은 오의 형세가 곤궁해 살아나갈 방법을 찾아야 했다.

"우리가 항복한 것은 미방과 부사인이 먼저 항복해서 그런 것이니 그들의 목을 베어 바치면 용서받을 것이네."

옛 형주의 군사들의 모의는 미방과 부사인에게 감지되었다. 미방과 부사인은 진퇴양난이었다. 촉과 맞서 싸우자니 부하들의 손에 죽을 것이요, 가만히 있으면 유비가 그들을 살려두지 않을 것이었다. 미방이 부사인에게 제의했다.

"우리가 항복한 것은 어쩔 수 없어서였지 않소? 마충을 황제에게 바치면 목숨은 건질 수 있을 것이오."

미방과 부사인은 밤을 이용해 잠들어 있는 마충의 목을 베어 효정으로 갔다. 그리고 유비에게 엎드려 용서를 빌었다. 유비는 미방과 부사인을 보자 크게 분노했다.

"너희들을 살려두면 내 저승에 가서 어찌 얼굴을 들고 관우를 볼 수 있겠느냐?"

유비는 칼을 뽑아 미방과 부사인의 목을 베고, 마충의 머리를 더해 관우에게 제사지냈다. 제사를 마치자 장포가 유비 앞에 엎드려 목메어 울었다.

"제 아비의 원수는 언제나 갚을 수 있겠습니까?"

유비는 장포를 위로하며 오를 정벌할 뜻을 굳건히 했다.

손권은 사정이 여의치 않자 장비의 머리를 향나무 상자에 담고, 장비를 죽인 범강과 장달을 포박해 유비에게 보냈다. 장포가 범강과 장달의 목을 베어 제사지냄으로써 장비의 넋을 위로했다.

그런데 유비는 끝까지 오를 정복하겠다는 뜻을 밝혔다. 신하들이 말렸으나 유비는 고집을 꺾지 않았다.

"진정 원수는 손권이다. 그를 죽여 아우들의 한을 풀어주겠다."

장비의 목을 들고 유비에게 갔던 사신은 손권에게 유비 진영의 분위기를 보고했다. 손권은 난감해 했다.

대책을 논의하는 자리에서 감택이 육손을 손권에게 천거했다. 여몽을 도와 형주를 되찾게 한 육손이 아니었던가! 손권은 무릎을 치며 육손을 중용하겠다는 뜻을 밝혔다. 그러나 젊은데다 육손을 시기한 신하들의 반대가 거셌다.

"육손은 어리고, 또한 문관으로 재주가 부족하니 군사들이 복종하지 않을까 두렵습니다."

그러자 감택은 거듭 육손을 천거했다.

"제 가족을 걸고 말씀드리오니, 육손을 쓰지 않으면 동오가 위험에서 벗어나기 어려울 것입니다."

손권은 마침내 형주에 있던 육손을 불러들여 대도독으로 삼고, 자신이 차던 칼을 내주어 위엄을 세우게 했다.

육손은 명을 받들어 효정의 전장으로 나갔다. 그러나 전장에서 한당과 주태 역시 육손을 시기하고, 무시하기는 마찬가지였다.

주태가 육손의 능력을 떠보기 위해 나섰다.

"지금 손환 장군이 이릉성에 갇혀 포위되어 있는데 어떻게 하면 구할 수 있겠습니까?"

"손환 장군은 능력이 출중해 성을 잘 지킬 것이니 그대로 두어도 될 것이오."
육손이 별다른 대책을 내놓지 않자 장수며 군사들이 마음속으로 더욱 육손을 무시했다. 더욱이 육손은 나가 싸우자는 장수들의 뜻을 물리쳤다.
"저들은 이미 여러 성을 점령해 기세가 등등하니 요지를 굳게 지키고 나가서 싸우지 마라!"
장수들은 육손이 겁이 많다며 더욱 무시하게 되었다. 한편 유비는 육손이 대도독이 되었다는 보고를 받고 모사들을 소집해 물었다.
"육손이 어떤 사람이오?"
마량이 육손에 대해 아는 대로 설명했다. 형주의 일이 나오자 유비는 육손에게도 책임을 물었다.
"그놈 때문에 동생 관우가 목숨을 잃었구려. 내 그놈을 사로잡아야겠소. 어서 군사를 전진시키시오."
이때 마량이 반대하고 나섰다.
"육손은 재주가 주유에 못지않으니 서둘러서는 안 됩니다."
그러나 유비는 마량의 말을 듣지 않고 직접 전장으로 나가 군사들을 독려했다. 유비의 군사들이 눈앞에 있음에도 육손은 진지를 굳게 지킬 뿐 나가 싸우지 못하게 했다.
때는 여름이라 해는 뜨겁고, 더위가 기승을 부렸다.
유비는 지친 군사들을 물이 가까운 숲으로 이끌어 진을 치게 함으로써 오랜 대치에 준비했다. 그리고 오반에게 군사 1만 명을 주고 선봉으로 세워 오군의 진영 앞을 지키게 했다. 군사 8천 명은 따로 산기슭에 매복시켜 자신의 명에 따르게 했다. 오군이 선봉을 공격하면 선봉이 짐짓 물러나고 매복한 군사들로 하여금 공격하게 하려는 것이었다.
마량이 군사를 움직이는 유비에게 말했다.
"승상에게 진지가 잘 되었는지 물어보겠습니다."

유비는 마량을 제갈량에게 보냈다.

촉 진영의 변화는 오군에게도 감지되었다. 육손과 한당, 주태가 보니 선봉에 선 오반의 진영은 허술하기 짝이 없었다. 오반이 오군을 유인하기 위해 일부러 그런 것이었음을 눈치채지 못한 주태가 육손에게 나가 싸우겠다고 청했다.

육손이 유비가 매복해 있는 산을 가리키며 주태를 제지시켰다.

"저 산에 살기가 있으니 복병이 있는 듯하고, 저들의 진지가 허술한 것은 일부러 패해 우리를 유인하기 위한 것이오."

그러나 장수들은 육손이 겁을 내는 것이라고 짐작했다.

이튿날이 되자 촉군들은 오군의 진영 앞으로 나가 욕을 하고 비웃으며 화를 돋구었다. 보다 못한 서성과 정봉이 나가 싸우려고 했다. 육손은 장수들을 말리며 말했다.

"사흘 안에 저들이 물러 갈 것이니 그렇게 알고 기다리시오."

그로부터 사흘째가 되자 유비는 계책이 실패한 것을 아고 오반을 물러나게 했다. 그리고 산기슭에 매복하고 있던 군사들을 이끌고 본영으로 합류했다.

오반이 물러나고 유비의 군사들이 산기슭에서 나오는 것을 본 동오의 군사들은 간담이 서늘해졌다. 그제야 장수들은 육손의 지략에 고개를 숙였다. 육손은 열흘 이내에 촉군을 물리치겠다고 장수들에게 자신했다.

한편 촉과 오의 싸움을 유심히 지켜보는 이가 있었으니, 바로 위의 황제 조비였다. 유비가 매복을 풀자 첩자가 낙양으로 가 조비에게 유비의 동태를 알렸다. 조비는 크게 웃으며 신하들에게 말했다.

"이제 유비가 패할 일만 남았소. 앞으로 열흘 이내에 유비가 육손에게 패했다는 소식을 들을 수 있을 것이오."

이어 조인을 비롯한 장수들에게 군사를 주어 때가 되면 오를 공격하라고 명했다.

"육손이 이기면 오군이 촉으로 쳐들어갈 것이니, 오는 비게 될 것이오. 그때 오를 돕는 척 군사를 내어 오를 차지할 것이오."

신하들은 조인의 지략에 혀를 내둘렀다. 이 무렵, 마량은 성도에 도착해 유비 진영의 그림을 제갈량에게 내보였다. 제갈량은 탄식했다.

"이제 크게 졌구나!"

마량은 깜짝 놀라 제갈량에게 이유를 물었다.

"숲에 진을 쳤으니 적들이 화공을 하면 견딜 수가 없을 것이오. 황제께 가서 진을 고치라 아뢰시오."

"제가 가기도 전에 이미 대세가 결정되면 어떻게 하리까?"

"황제께서 패하시면 백제성으로 피하게 하오. 내가 어복포에 10만 명의 군사를 매복시켜 놓았소."

마량은 어복포에 수차례 가보았던 터였다.

"제가 이미 여러 번 가보았으나 어복포에는 군사 하나 없었습니다."

"나중에 보면 알게 될 것이오."

역시나 마량이 유비에게 가기 전에 육손은 일을 서둘렀다.

"이제 드디어 촉군을 물러나게 할 때가 온 것 같소. 내가 적의 진채 가운데 하나를 빼앗을 생각인데 누가 나서겠소?"

한당, 주태, 능통이 저마다 나섰다.

"제가 가보겠습니다."

육손은 장수들의 면면을 살피더니 말석에 있는 순우단을 보고 명했다.

"군사 5천 명을 줄 테니 오늘 밤 안으로 적의 진채 하나를 빼앗으시오."

쟁쟁한 장수들을 제치고 선택된 순우단이 준비를 위해 자리를 떴다. 육손의 처사에 장수들이 내심 불쾌했다.

이때 육손은 서성과 정봉을 불러 말했다.

"순우단이 패해 돌아오거든 뒤를 지키다가 구해 주시오."

순우단은 밤이 되자 군사를 이끌고 나가 촉군의 진채 하나를 급습했다.

그러나 촉군은 방어가 잘 되어 있었다. 장수 부동이 순우단을 공격하니 순우단이 견디지 못하고 달아났다. 순우단이 많은 군사를 잃고 쫓겨오는데, 기다리고 있던 서성과 정봉이 쫓아오는 촉군을 물리치고 순우단을 구했다. 순우단은 육손에게 가 벌받기를 청했다. 육손은 의미심장하게 말했다.

"장군의 탓이 아니오."

장수들은 순우단의 패퇴에 촉군의 경계가 삼엄함을 알고 걱정했다.

그러나 육손은 오히려 껄껄 웃었다.

"제갈량이 없으니 내 계책은 성공할 것이오."

육손은 이튿날 한당, 주태에게 계책을 알려주며 유비의 진영을 공격하라고 지시했다. 또 주연에게는 강을 타고 어느 곳에 가서 기다리라고 일렀다. 밤이 되자 오의 군사들은 무리를 지어 산을 타고 넘었다. 촉의 군사 하나가 이것을 보고 유비에게 보고했다. 유비는 지난 밤 순우단의 기습을 잘 막아낸 터라 크게 걱정하지 않았다.

그로부터 얼마 후, 유비 진영의 왼쪽, 오른쪽에서 번갈아 불길이 일었다. 불길은 숲에 있는 유비의 진영 여기저기로 사정없이 번져나갔다. 촉의 군사들이 우왕좌왕하고 있을 때 동오의 군사들이 총공세를 폈다. 촉의 군사들은 싸울 생각을 하지 못하고 달아나기 바빴다.

유비도 불길을 피해 말을 타고 달아났다. 오래지 않아 서성과 정봉이 유비의 뒤를 쫓았다. 유비가 오의 군사들에게 포위되었다 싶을 때였다. 어디선가 장포가 나타나 오의 군사들을 뚫고 유비를 구해냈다.

장포가 유비를 마안산으로 피신시켰다. 산에 올라가 보니 세상이 온통 불바다로, 군사들이 무수히 죽어 넘어지고 시체는 강을 막을 지경이었다. 이때 관흥이 유비 앞에 도착해 청했다.

"사태가 여의치 않으니 황제께서는 백제성으로 피하시는 게 좋을 듯합니다."

장포와 관흥의 호위하에 유비는 마안산을 내려와 백제성으로 향했다. 부동은 일행의 뒤에서 오군을 경계했다.

그런데 얼마 가지 못해 미리 대기하고 있던 주연의 군사들이 유비 일행을 덮쳤다. 뒤에서는 육손이 이끄는 오의 대군이 유비를 쫓고 있었다.

장포와 관흥이 주연의 군사들을 막아보았으나 수의 열세가 너무 컸다. 유비는 꼼짝없이 죽는 듯했다. 이때 한 떼의 군사들이 나타나더니 말에 탄 장수가 한 칼에 주연의 목을 베어버렸다. 힘이 난 군사들은 주연의 군사들을 사정없이 베고 찔러 유비를 구해냈다. 유비가 깜짝 놀라 장수를 보니 조운이었다.

조운은 유비를 백제성으로 피신시켰다. 이때 유비를 따르는 군사는 수백 명에 불과했다. 유비는 간신히 목숨을 구했으나, 다른 장수들은 동오군의 기세 오른 공격에 속수무책이었다. 유비의 뒤를 지키던 부동은 뒤쫓아온 동오군의 창칼에 찔려 죽었고, 장수 정기도 포위를 당하자 스스로 목숨을 끊었다. 이릉성에서 손환과 대치하던 장남은 성 안팎에서 협공을 당해 풍습과 함께 장렬히 전사했다. 감녕을 죽인 오랑캐 장수 사마가도 주태의 손에 죽고 말았다. 장남과 함께 이릉성을 지키던 오반만이 다행히 조운을 만나 목숨을 건졌다.

오 땅 전역에 촉군을 이겼다는 소식이 전해졌다. 이와 함께 유비가 전장에서 죽었다는 소문이 돌았다. 이 소문은 오에 머물고 있던 손부인에게도 알려졌다. 손부인은 장강으로 가 서쪽을 바라보고 통곡하다가 강물에 몸을 던져 죽었다.

대승을 거둔 육손은 공세를 늦추지 않고 달아나는 촉병을 뒤쫓게 했다. 육손이 어복포를 눈앞에 두고 있을 때였다. 육손이 보니 앞쪽에 살기가 오르고 있었다. 육손은 매복을 염려하여 군사들을 멈추게 하고 정찰을 보냈다. 그러나 정찰을 갔다 온 군사는 아무것도 없다고 보고했다. 다만 돌무더기가 여기저기 쌓여 있다는 것이었다.

의아하게 생각한 육손은 지역 백성 몇을 불러오게 했다.

"저곳에 돌무더기뿐인데 어찌 살기가 느껴지오?"

한 사람이 육손에게 답했다.

"한때 제갈량이 이곳 어복포에 와 있었는데, 그가 서천으로 돌아갈 때 군사들을 시켜 돌무더기를 쌓게 했습니다. 그런데 그후로 그곳에서 연기 같은 것이 피어나곤 합니다."

육손이 그제야 제갈량의 계책이라며 안심하고 돌무더기를 향해 나아갔다. 그런데 돌무더기들이 진의 형상을 갖추고 있었다.

육손은 호기심이 나 돌무더기 안으로 들어갔다.

'아무것도 아닌 것을!'

육손이 대수롭지 않게 둘러보고 돌무더기를 벗어나려고 할 때였다. 갑자기 바람이 불더니 모래와 돌이 날렸다. 그러더니 돌이 솟고 흙이 쌓여 벽을 이루고, 강물 소리가 북소리 울리는 듯했다.

육손은 크게 놀라 빠져나가려고 했으나 길을 찾을 수 없었다. 이때 한 노인이 나타났다.

"이곳을 나가고 싶으면 나를 따르시오."

노인은 앞서 걸어갔다. 육손은 뒤처질세라 서둘러 노인의 뒤를 따랐다. 육손은 쉽게 진을 빠져나갈 수 있었다.

육손은 노인에게 감사를 표했다. 그리고 정중히 물었다.

"노인장은 뉘시오?"

"나는 제갈량의 장인 황승언이오. 이것은 팔진도라 하니 10만 명의 군사와 견줄 수 있소. 내 사위가 서천으로 돌아가면서 나중에 오의 장수가 진에 들어가면 구해 주지 말라고 했는데, 젊은 장수가 들어가니 안타까워 살려 준 것이오."

육손은 황승언에게 크게 절하고 진영으로 돌아갔다. 육손은 제갈량이 무서워졌다.

'제갈량을 와룡이라 하더니, 그야말로 누운 용이구나. 내가 어찌 그를 당

하겠는가?'

육손은 군사를 돌리라고 명했다. 그러자 장수들이 고작 돌무더기 때문에 물러나는 것은 부당하다고 주장했다. 육손이 장수들에게 말했다.

"지금 돌아가는 것은 돌무더기 때문이 아니오. 우리가 촉군을 뒤쫓는 것을 알면 반드시 조비가 쳐들어올 것이니 방비를 서둘러야 하오."

군사를 되돌린 지 하루가 지나자 그의 말대로 조비가 세 곳으로 나눠 군사를 일으켰다는 보고가 들어왔다. 조비는 오가 촉을 이겼다는 소식을 듣고 신하들을 불러 의견을 구했다.

"이제 내가 생각한 대로 오를 치려고 하는데 어떻소?"

그러자 가후와 유엽이 오군이 촉군을 이겨 사기가 높고, 육손이 이미 준비를 해두었을 것이라며 출병에 반대했다. 그때 오를 정탐한 내용이 올라왔다. 조인, 조휴, 조진이 이끄는 군사들에 맞서 주환, 여범, 제갈근이 대비하고 있다는 것이었다.

주위의 반대를 무릅쓰고 조비는 군사를 이끌고 낙양을 떠나 조인의 진영으로 향했다. 그리고 3군에게 동오로의 진격을 명했다.

마침내 싸움에 나선 조인은 상조를 앞세워 동오를 공격했다. 그러나 주환의 칼에 상조의 목이 달아나자 위군들은 달아나기 급급했다. 조비와 조인은 크게 패퇴해 군사를 수습했다.

조비가 대책을 모색하고 있을 때 조휴와 조진도 여범, 제갈근에게 패했다는 보고가 들어왔다. 3개로 나눈 군사가 하나같이 패하자 조비도 별다른 수가 없었다. 군사를 이끌고 낙양으로 귀환해 버렸다.

한편 유비는 백제성에서 군사를 수습했으나 성도로 돌아갈 엄두가 나지 않았다. 제갈량을 볼 면목도 없었다.

'내가 신하들의 말을 듣지 않고 전쟁을 고집해 일이 이 지경에 이르렀구나.'

유비는 백제성에 있는 거처를 영안구이라 칭하고 그곳에 기거하기로 했다. 그러다 병이 들고 말았다. 명이 다한 것을 안 유비는 성도로 사람을 보내 제갈량을 불러오게 했다. 제갈량은 태자 유선에게 성도를 맡기고 백제성으로 향했다.

제갈량이 도착하자 유비는 제갈량에게 태자 유선을 부탁했다. 그리고 두 아들 유영과 유리에게 태자와 더불어 제갈량을 아버지처럼 섬기라고 당부했다. 유비는 조운에게도 태자를 잘 보살펴주기를 부탁하고 마침내 숨을 거두었다. 유비의 나이 63세였다.

제갈량과 신하들은 유비의 관을 수습해 성도로 돌아갔다. 제갈량은 유선을 황제에 즉위시켰다.

17세에 황제에 오른 유선은 유비를 장사지내고 유비에게 소열황제의 시호를 바치고 오황후를 황태후로 높였다. 또 감부인에게 소열황후의 시호를, 미부인에게 황후의 칭호를 바쳤다. 유선은 제갈량을 무향후로 봉하고 익주의 목을 겸하게 했다.

촉을 도모하는 조비

❀ • • • • • • •

"유비가 죽었으니 촉은 내 손에 들어온 것이나 다름없다."

유비의 죽음을 전해들은 조비는 촉을 얻을 절호의 기회가 왔다며 군사를 일으키고자 했다. 주도면밀한 가후가 조비에게 간했다.

"유비가 죽었으나 제갈량이 유비의 뒤를 이은 유선을 돕고 있으니 군사를 일으키는 일은 신중하셔야 합니다."

이때 나서는 사람이 있었다.

"지금 촉을 치지 않으면 다시 이런 기회를 얻기는 어려울 것입니다."

그는 사마의였다. 조조는 사마의의 능력을 인정했음에도 그의 충심을 의심해 크게 중용하지 않았었다. 조조가 없는 지금 사마의는 조비에게 자신의 지략을 드러내고 있는 것이었다.

"좋은 계책이 있는가?"

"다섯 개의 대군을 일으켜 촉을 사방에서 공격해야 합니다."

조비가 다섯 개 대군에 대해 물으니, 사마의가 구체적으로 답했다.

그것은 오랑캐 선비국왕 가비능이 서평관을 치는 것이 첫째요, 남쪽 오랑캐인 남만왕 맹획이 서천 남쪽을 공략하는 것이 둘째요, 오왕 손권이 부성을 취하는 것이 셋째요, 상용 땅에 있는 맹달이 한중 땅을 치는 것이 넷째요, 조진이 서천을 치는 것이 다섯째였다.

사마의의 대답에 크게 만족한 조비는 더 이상 기다릴 것이 없었다. 즉시 조진에게 대도독을 맡기고, 10만 명의 군사를 주어 서천의 양평관으로 향하게 했다. 또 네 명의 사신을 각각 선비국, 남만, 오, 상용으로 보내 촉을 치는 데 호응하게 했다.

한편 촉의 유선은 죽은 장비의 딸을 황후로 맞아들이고 정사를 살폈다. 그러나 유선이 정사를 보는 것은 제갈량에게 처신할 방도를 묻는 것이 전부라 할 수 있었다. 이런 와중에 조비가 5개의 대군으로 촉을 공격하려 한다는 보고가 유선에게 전해졌다. 유선은 크게 놀라 제갈량을 찾았다. 그러나 제갈량은 황제인 유선의 부름에도 병을 핑계삼아 등청하지 않았다. 그렇게 며칠이 지나자 유선은 결국 참지 못하고 직접 제갈량의 집으로 찾아갔다. 신하들은 그 결과가 궁금해 유선의 뒤를 따랐다. 유선이 신하들을 뒤로 하고 제갈량의 집안에 들어섰을 때, 제갈량은 정원 연못에서 한가로이 물고기를 보고 있었다.

"승상은 병이 다 나으셨소?"

유선이 묻자 제갈량은 깜짝 놀라며 엎드렸다.

"제가 위의 움직임에 대책을 세우느라 정신이 없어 황제께서 오신 것도 알지 못하였습니다."

제갈량은 유선을 높은 자리에 앉게 했다.

유선은 위의 소식을 들은 지 이미 여러 날이 지난지라 다급하게 제갈량의 방책을 물었다.

제갈량은 유선에게 말했다.

"이미 제가 위의 움직임에 방도를 세워두었습니다. 제가 등청하지 않은 것은 제가 생각한 방책이 입을 타고 떠돌아 적에게 알려질까 두려워해서입니다."

유선이 안심한 표정을 짓자 제갈량은 위에 대응할 방도를 아뢰었다.

선비국왕 가비능이 서평관을 칠 것에 대비해서는 이미 마초에게 사람을 보내 서평관을 지키게 했다. 마초는 아버지 마등을 비롯해 조상들이 대대로 서천 사람이라 일찍이 변방의 부족들과 교류가 있었으며, 오랑캐들은 마초를 큰 장수로 알았다. 마초가 서평관을 지키면 선비국은 크게 염려하지 않아도 될 것이었다. 또 위연으로 하여금 군사를 많은 것처럼 위장시켜 남만 맹획이 서천 남쪽을 공격할 것에 대비하게 했다.

촉의 장수였다가 관우가 죽은 책임을 물을까 두려워 위에 항복한 맹달은 이엄과 절친한 사이였다. 제갈량은 백제성을 떠나올 때 이엄으로 하여금 성을 지키게 해둔 터였다. 조비가 맹달을 부추긴다 하여도 맹달은 병을 핑계삼아 출병을 피할 것이었다.

위의 대도독 조진이 쳐들어온다는 양평관은 조운을 시켜 지키게 했다. 양평관은 지세가 험해 조운이 선불리 나가 싸우지 않으면 지키기에 어려움이 없을 것이었다. 또 장포와 관흥이 이들 네 접전지를 후방에서 지원하기로 했으니 큰 불상사는 없을 것이었다. 제갈량은 끝으로 오에 대한 대책을 말했다.

"마지막으로 오는 우리가 이미 대책을 세워 놓은 네 접전지가 위에 유리하게 전개되어야 비로소 군사를 움직일 것입니다. 우리가 만전을 기해 대책을 세웠으니 단독으로 쳐들어오기가 쉽지는 않을 것입니다. 또 지난번에 조비가 군사를 셋으로 나눠 오를 공격하려 했으니 손권은 조비에게 앙금이 있을 것입니다. 이때 사람을 손권에게 보내 화친하면 될 것인데, 누구를 보낼지 마땅한 사람이 없어 고심 중일 뿐입니다."

실제로 조비로부터 오왕으로 봉해진 손권은 유비가 백제성으로 패퇴하고 조비가 오를 공격하자 위와 동맹을 끊고, 독자적인 연호를 쓰는 오를 건국한 상태였다.

유선은 거침없는 제갈량의 대답에 탄복했다.

"승상의 말을 들으니 내가 공연한 걱정을 한 것 같소."

유선은 만족한 표정으로 제갈량의 배웅을 받으며 집을 나섰다. 밖에 기다리고 있던 신하들은 유선의 표정을 보자 제갈량에게 좋은 방책이 있음을 눈치챌 수 있었다.

이때 신하들 가운데 제갈량의 눈에 띄는 사람이 있었다. 호부상서 등지였다. 제갈량은 등지를 불러들여 그의 식견을 시험했다.

"촉이 천하를 통일하려면 위와 오 가운데 먼저 어느 나라를 쳐야 하겠소?"

"역적의 나라 위를 쳐 없애야 하나 지금 그 세력이 크니 섣불리 공격할 수 없습니다. 오와 화친을 맺고 후일을 기약하는 것이 상책일 것입니다."

제갈량은 무릎을 쳤다. 자신과 뜻이 같음을 확인한 것이었다.

이튿날 제갈량은 유선에게 등지를 사신으로 추천해 오로 떠나게 했다. 한편 오왕 손권에게 위의 사신이 당도했다. 위와 오가 힘을 합쳐 촉을 치자는 사신의 말에 손권은 육손을 불러들였다. 육손은 이때 형주의 목이 되어 오군을 통솔하고 있었다. 손권 앞에 마주한 육손은 방도를 일러주었다.

"위의 말을 들어주는 척하면서 상황을 보아야 합니다. 먼저 군사를 동원한 뒤 다른 네 갈래의 군사들이 어떻게 하는지 향배를 주시해야 할 것입니다."

손권은 육손의 말이 옳다고 여기고, 위의 사신을 불러들여 곧 군사를 일으키겠다고 말해 돌려보냈다. 손권은 다른 곳의 사정을 알아보게 했다. 오래지 않아 곳곳의 소식이 보고되어졌다.

선비국은 서평관을 공격하려다 마초를 보고는 싸움도 하지 않고 물러나 버렸고, 남만 역시 위연의 기세에 눌려 성과 없이 돌아가 버렸다는 것이었다. 또 맹달은 서천으로 향하다 말고 병이 들었으며, 조비가 대도독으로 삼은 조진마저 조운의 방비에 양평관을 뚫지 못하고 돌아갔다고 했다. 일은 제갈량의 생각대로 되어가고 있었다. 이때 촉의 사신 등지가 오에 도착했다. 장소는 등지의 목적을 짐작하고 등지를 겁주라며 손권에게 방법을 아뢰었다.

손권은 장소의 말대로 가마솥에 기름을 끓여 준비하고 등지를 불러들였다. 등지가 손권 앞에 나아가니 기름이 끓는 가마솥 주위로 무사들이 무기를 든 채 등지를 노려보고 있었다. 등지는 손권에게 절하지 않고 약식으로 인사했다.

그러자 손권이 호령했다.

"너는 왕인 나를 보고도 엎드려 절하지 않는구나."

등지는 의기양양하게 대답했다.

"나는 큰 나라의 사신이니 조그만 나라의 왕에게 절하지 않는 것이 법도에 맞습니다."

그러자 손권이 대노해 소리쳤다.

"너는 나를 속여 수작을 부리기 위해 온 것이 아니냐? 여봐라, 저놈을 당장 가마솥에 넣어라."

등지는 웃으며 손권을 나무랐다.

"오나라에는 어진 사람이 많다고 하더니 실상은 속 좁은 사람들만 있구려. 한낱 서생도 오와 촉을 위해 죽기를 마다 않고 왔건만 가마솥에 기름을 끓이고 무사들을 배치하니 이게 무슨 짓이오?"

손권은 등지의 사리가 분명한 꾸중에 스스로 부끄러워졌다. 무사들을 물리게 한 후 등지를 사신으로 정중히 대했다.

"선생의 고견을 듣고 싶소."

등지는 비로소 손권에게 자신이 온 목적을 드러냈다.

"오왕께서는 우리 촉과 싸울 생각이시오, 화친할 요량이시오?"

"나는 촉과 화친하고 싶으나, 촉의 주인이 아직 어리니 끝까지 화친이 지속될지 의문이오."

등지는 촉의 의사결정이 제갈량의 손에 달려 있음을 환기시켰다.

"오왕은 큰 영웅이시고, 촉의 제갈 승상 또한 영웅이시오. 또 촉은 산세가 험하고, 오는 강을 건너야 도모할 수 있으니 두 나라가 다 요새라 할 수 있소. 두 나라가 손을 잡으면 가히 천하를 얻을 수 있을 것입니다. 그런데 오왕께서 큰 흐름을 읽지 못하고 위를 따르면 조비는 무리한 요구를 할 것이고, 마침내는 군사를 일으켜 오를 손에 넣으려 할 것입니다."

손권이 위와 제휴를 고려할 때마다 의심하던 문제를 등지가 마치 속을 들여다보기라도 한 듯 짚어냈다.

손권은 마침내 촉과 화친하기로 마음을 굳혔다. 등지가 촉으로 돌아가는 길에 손권은 중랑장 장온을 사신으로 딸려 보냈다. 유선과 제갈량은 장온에게 잔치를 베풀고 후대해 돌려보내니 촉과 오는 협력하는 사이가 되었다.

오와 촉이 화친을 맺었다는 소식을 들은 조비는 단단히 화가 났다.

"저들이 화친을 맺은 것은 위를 치기 위함이다. 내 당장 오를 쳐 후환을 없앨 것이오."

조비는 장강을 건너기 위해 2천 명을 태울 수 있는 배 10척을 만들게 하고, 전함 3천 척을 마련했다.

가을이 되어 마침내 조비는 30만 대군을 이끌고 오로 향했다.

손권은 생각보다 발 빠른 조비의 움직임에 움찔했다. 손권은 명을 내렸다.

"촉의 제갈량에게 지원을 청하고, 육손을 불러들여라."

곧 오의 사신이 촉을 향해 떠났다. 신하들은 형주를 방어하고 있는 육손의 임무가 막중하다며 육손을 불러들이는 데 반대했다.

이때 서성이 손권 앞에 나섰다.

"제가 위군을 물리쳐 보겠습니다."

손권은 기뻐하며 서성을 도독으로 삼았다. 서성은 회남 땅에서 경계를 늦추지 않고 조비의 군사가 오기를 기다렸다. 그러자 손환의 종형제가 되는 손소가 서성에게 청했다.

"내가 광릉 땅을 잘 아니 3천 명의 군사로 강을 건너 조비의 세력을 꺾어 놓겠소."

서성은 손소의 청을 들어주지 않았다. 손소가 강을 건너겠다고 거듭 고집을 부리자 마침내 서성은 지휘권을 훼손한다며 손소를 참하려 했다. 그러나 손권의 제지로 손소는 간신히 목숨을 구했다.

서성의 처분을 따르지 못한 손소는 그날 밤으로 3천 명의 군사를 이끌고 강을 건넜다. 서성은 자신의 말을 따르지 않는 태도만은 미웠으나 손소를 살리고 싶었다. 정봉에게 3천 명의 군사를 주어 손소를 돕게 했다.

이때 조비는 광릉 땅에 이르러 배에 올라타고 오의 진영을 살피고자 하였다. 그러나 급조된 위의 수군은 배를 다루는 데 능숙하지 못했다.

조비는 배가 흔들리고 물이 올라오자 뭍으로 올라갔다.

이때 한 장수가 달려와 보고했다.

"조운이 양평관을 나와 장안으로 향하고 있다고 합니다."

설상가상이었다. 조비는 선택의 여지가 없어 명을 내렸다.

"군사를 돌려라."

이때 손소가 이끄는 군사들이 돌아서는 위군의 뒤를 공격했다. 조비가 군사들과 함께 달아나는데 정봉까지 가세하자 위군은 속수무책이었다. 조비는 큰 손실을 안고 허도로 돌아갔다. 전장에서 화살에 맞은 백전노장 장요는 허도로 돌아와 끝내 숨을 거두었다.

오에서는 손권이 대승을 거둔 손소와 정봉에게 큰 상을 내렸다.

❋ 남만 정벌

⁂ · · · · · · ·

제갈량은 양평관을 떠나 장안으로 향하고 있던 조운을 성도로 돌아오게 했다. 양평관의 방어는 마초에게 맡겼다.

이즈음 중국 남쪽의 오랑캐 남만왕 맹획이 10만 명의 군사를 일으켜 약탈을 일삼는 가운데, 건녕 태수 옹개가 맹획과 함께 난을 일으킬 조짐을 보이고 있었다. 제갈량은 조운, 위연과 더불어 직접 남만을 정복할 계획을 세웠다.

준비를 마친 제갈량은 유선에게 출병을 청했다.

"남만의 오랑캐들이 황제께 충성하지 않으니 제가 가서 근심을 덜고 오겠습니다."

유선은 제갈량이 없는 틈을 타 위나 오가 침범하지 않을까 걱정했다. 제갈량은 오와 화친을 맺은 지 오래지 않았고, 위는 오에게 크게 패해 기세가 꺾였다며 유선을 안심시켰다. 유선은 마지못해 출병을 허락했다.

제갈량은 그날로 조운과 위연을 대장으로, 왕평과 장익을 부장으로 삼아 50만 대군을 일으켰다.

촉군이 익주를 지나는데 행방을 알 수 없었던 관우의 셋째 아들 관색이 제갈량을 찾아왔다. 관색은 형주를 오에 빼앗기고 관우가 붙잡힐 무렵 부상을 입어 숨어 지내면서 낫기를 기다렸다가 완쾌되어 제갈량을 찾은 것이었다. 제갈량은 관색을 선봉으로 삼아 길을 재촉했다.

이때 건녕 태수 옹개는 장가 태수 주포와 월정 태수 고정의 항복을 받은 후 끝까지 항복하지 않는 영창을 함락시키기 위해 대치하고 있었다. 옹개는 제갈량이 대군을 이끌고 몰려온다는 보고를 받고 주포, 고정과 함께 세 갈래로 군사를 나눠 촉군을 향해 나아갔다.

제갈량은 사로잡은 고정의 장수와 군사들을 수차례 살려 보내며 고정에게 항복하라고 설득했다. 고정은 옹개의 목을 베어 제갈량에게 항복했다. 지금까지 고정에게 관대하기만 했던 제갈량이 갑자기 엄한 표정이 되었다.

"저놈이 거짓 항복했으니 당장 끌어내 참하라."

고정이 억울함을 하소연하자 제갈량은 주포의 목을 베어 오면 진심을 믿어주겠다며 고정을 풀어주었다. 마침내 고정이 주포의 목을 베어 옴으로써 제갈량은 큰 손실 없이 옹개의 반란을 진압하게 되었다.

제갈량이 고정에게 익주 태수를 맡기자, 지금까지 위태롭게 영창 땅을 지키던 왕항이 제갈량을 영접했다. 왕항은 성을 지키는 데 공이 컸다며 여개를 제갈량에게 추천했다. 제갈량은 남만 정벌의 뜻을 밝히고 여개의 의견을 구했다. 여개는 지도 한 장을 꺼내어 제갈량에게 바쳤다.

"이미 오래 전부터 남만 사람들이 반란을 일으킬 조짐이 있어 준비한 것입니다."

제갈량은 지도를 보자 이미 승리를 거머쥔 듯했다. 여개로 하여금 길을 앞서게 해 남만 땅으로 진격을 서둘렀다.

이때 성도의 유선이 마속을 보내 제갈량과 군사들을 독려했다. 마속은 제갈량에게 남만 오랑캐들이 배반을 잘한다고 주의를 당부했다. 제갈량은 마속의 지략이 뛰어남을 알고 그를 진중에 머무르게 했다.

남만왕 맹획은 금환삼결, 동도나, 아회남을 세 방향으로 나눠 보내 제갈량의 기세를 꺾으라고 명했다. 각 장수가 이끄는 군사는 5만 명에 달했다. 남만의 군사들이 세 갈래로 밀려들자 제갈량은 왕평과 마충에게 군사를 주어 좌우의 적을 치게 했다. 또 장의와 장익에게는 가운데의 적을 물리치도록 했다. 제갈량의 지시를 물끄러미 바라보고 있던 조운과 위연은 뒤로 밀린 탓에 불만스런 얼굴이 되었다.

제갈량이 두 사람의 화를 돋구기라도 하듯 말했다.

"두 장군은 이곳 지리를 잘 모르는데 혹여 적의 계책에 걸리면 우리 군의 사기가 떨어질까 염려가 되오. 뒤에서 젊은 장수들을 지원해 주시오."

제갈량의 앞을 물러난 조운과 위연은 서로 불만을 토로했다.

"장군과 내가 선봉이거늘 젊은 장수들에게 공을 빼앗기게 되었으니 창피한 일이오."

"차라리 승상이 모르게 앞서 나갑시다. 다행이 이곳 사람 하나라도 잡으면 길을 잡을 수 있을 게 아니겠소?"

"좋은 생각입니다."

뜻이 맞은 조운과 위연은 진영을 벗어나 적진으로 갔다. 마침 남만 군사 몇 명이 이들의 눈앞에 들어왔다. 조운과 위연은 각기 남만 군사들을 사로잡아 진영으로 돌아왔다. 사로잡힌 남만의 군사들을 잘 대해 주니 남만의 지리며, 진지의 형세까지 쉽게 알아낼 수 있었다.

조운과 위연은 밤을 이용해 군사 5천 명으로 금환삼결의 진영을 급습했다. 조운은 혼란을 틈타 어렵지 않게 금환삼결의 목을 베었다. 금환삼결의 군사들이 뿔뿔이 흩어지자 조운은 아회남의 진영으로, 위연은 동도나의 진영으로 각기 나뉘어 쳐들어갔다.

조운이 아회남의 진영을 급습할 때 제갈량의 지시를 받은 마충이 때마침 공격에 나섰다. 앞뒤로 공격을 받은 아회남은 몸을 피해 달아났다. 동도나 역시 위연과 왕평의 군사들에게 협공을 당해 도망쳐버렸다.

대승을 거둔 조운과 위연, 왕평과 마충은 제갈량 앞에 가서 전과를 보고했다.

제갈량이 물었다.

“적의 진영을 모두 부수었다니 세 장수는 어찌 되었소?”

조운이 금환삼결의 머리를 바치며 말했다.

“아쉽게도 동도나와 아회남은 놓치고 말았습니다.”

제갈량이 껄껄 웃었다.

“내가 이미 그들을 사로잡았소.”

그러자 장의와 장익이 각각 동도나와 아회남을 끌고 들어왔다.

제갈량은 여개가 준 지도를 참고해 이미 적진을 파악하고 있었다. 일부러 조운과 위연을 부추겨 적의 진영을 급습하게 하고, 뒤로는 장의와 장익을 보내 적의 퇴로를 막아 동도나와 아회남을 사로잡은 것이었다.

장수들은 제갈량의 지략에 놀라움을 금치 못했다. 제갈량은 동도나와 아회남의 결박을 풀어주고 음식을 베풀고 난 후 훈계했다.

“너희들을 살려줄 것이니 다시는 이곳을 넘보지 말라.”

두 장수는 제갈량에게 감사하고 진영을 벗어났다. 제갈량은 때를 놓치지 않고 장수들에게 남만왕 맹획을 사로잡을 계책을 주고, 각각의 임무를 맡겼다.

맹획은 세 갈래 군사가 모두 패했다는 보고를 받자 직접 군사를 이끌고 촉군의 진영으로 향했다. 맹획이 훑어보니 촉의 진영이 대수롭지 않았다. 맹획은 장수 망아장을 시켜 촉의 진영을 공격하게 했다.

왕평과 관삭이 나가 망아장을 막았으나 수합 만에 말을 돌려 달아났다. 기세가 오른 맹획은 왕평과 관삭을 쫓아 진영 깊숙이 들어갔다. 이때 장의와 장익이 맹획의 퇴로를 막고, 쫓기던 왕평과 관삭이 뒤로 돌아 맹획을 공격했다. 맹획은 포위를 뚫고 금대산 방향으로 달아났다. 오래지 않아 조운이 나타나더니 얼마 남지 않은 맹획의 군사들을 닥치는 대로 베고 찔렀다. 맹획은 간신히 살아남아 산 속으로 달아났다. 그러나 제갈량의 명을 받아 매복하고 있던 위연이 나타나자 맹획은 꼼짝없이 잡히는 몸이 되었다.

진영에 있던 제갈량은 사로잡은 남만의 군사들에게 먹을 것을 주어 돌려

보냈다. 남만의 군사들이 제갈량에게 감사하고 물러나자 마침내 맹획이 제갈량 앞에 끌려왔다.

제갈량은 맹획에게 항복을 권했다.

"이제 나에게 사로잡혔으니 항복만이 살 길이다."

맹획은 항복할 뜻이 없다면서 대꾸했다.

"내가 운이 없어 너에게 잡혔는데 어찌 항복하겠느냐?"

제갈량은 맹획이 마음속으로 진심으로 항복하도록 할 참이었다. 이미 마속이 오랑캐들의 습성을 말한 바 있듯 거짓으로 항복을 받아봐야 뒤탈이 있을 것이었다.

"내 너를 풀어줄까 한다."

"나를 놓아준다면 다시 너를 공격할 것이다. 그러나 다시 내가 사로잡힌다면 그때는 진정으로 항복하겠다."

제갈량의 손에서 풀려난 맹획은 전열을 정비한 후 노수 강물을 의지해 진영을 갖추었다. 나름대로 방비가 확실해지자 맹획은 기고만장해져 촉군이 더위에 스스로 지치기를 기다렸다.

제갈량은 유선의 명을 받고 군사들을 위로하기 위해 온 마대에게 계책을 주었다. 마대는 한밤중에 노수를 건너 남만의 군량을 빼앗아버렸다.

맹획은 망아장에게 군사를 주어 군량을 되찾아오게 하고, 동도나로 하여금 마대가 노수를 건너지 못하도록 지키게 했다.

맹획이 믿었던 망아장은 마대의 단칼에 목이 달아나고 말았다. 장수를 잃은 남만의 군사들이 달아나자 마대는 노수로 향했다.

노수를 지키고 있던 동도나에게 마대는 제갈량이 살려주었던 일을 환기시켰다. 동도나는 부끄러워 싸움을 피하고 돌아갔다.

맹획은 싸워보지도 않고 돌아온 동도나를 매로 다스리게 했다.

동도나는 제갈량의 은혜를 입어 살아난 사람들과 뜻을 합쳐 술에 취해 있는 맹획을 묶어 노수 건너로 보냈다.

제갈량은 다시 사로잡혀온 맹획에게 말했다.

"다시 사로잡히면 항복하겠다고 했으니 이번에는 항복할 것이냐?"

"너에게 사로잡힌 것이 아닌데 어찌 항복하겠느냐?"

제갈량은 맹획을 다시 풀어주었다. 맹획은 다시 붙들리면 항복하겠다고 거듭 다짐했다.

맹획은 진영으로 돌아가자 먼저 동도나와 아회남을 베어버렸다. 그리고 동생 맹우와 100여 명의 군사들에게 선물을 들려 제갈량에게 보냈다.

제갈량 앞에 도착한 맹우가 말했다.

"승상께서 형을 살려주신 은혜에 보답하고자 선물을 가지고 왔습니다."

제갈량은 맹우에게 잔치를 베풀어주었다.

맹획은 맹우가 제갈량의 진채에 들어가는 것에 성공했다는 보고를 받고 군사를 끌고 노수를 건넜다. 맹우와 안팎에서 협공하려는 것이었다. 맹획이 아무런 제지도 받지 않고 맹우가 있는 진채에 들어가 보니 맹우와 군사들이 술에 곯아 떨어져 있었다. 제갈량이 맹획의 계책을 알아채고 술에 잠이 드는 약을 섞은 것이었다.

맹획은 속은 것을 알고 군사를 물렸으나 사방에서 촉군이 에워쌌다. 맹획은 배를 타고 노수를 건너려고 했으나 남만 군사로 위장한 촉의 군사들에게 사로잡히고 말았다.

"내 동생이 오지 않고 차라리 내가 왔으면 반드시 이겼을 것이나 운이 없어 나까지 잡힌 것이다."

세 번째 사로잡힌 맹획은 끝내 승복하지 않았다. 제갈량은 다시 맹획을 놓아주었다. 대신 맹획이 점령하고 있던 노수 건너 땅을 모조리 빼앗아 조운과 위연, 그리고 마대에게 지키게 했다.

맹획은 본거지 동천으로 물러났다.

맹획은 남만의 여러 추장에게 재물을 주어 다시 군사를 모으니 그 수가 수십만 명에 이르렀다. 제갈량이 군사를 이끌고 맹획을 추격했다. 촉군은 서이하를 건너 물을 뒤로하고 진영을 갖추었다. 이윽고 맹획이 군사를 이끌고 싸움을 걸어왔다. 제갈량은 진영을 굳게 지킬 뿐 나가 싸우지 못하게 했다.

제갈량은 진채에 등불을 걸어 군사들이 있는 듯 위장하고 군사를 물려 서이하를 건넜다. 맹획은 촉에 위급한 일이 있어 제갈량이 물러나는 것으로 판단하고 군사를 이끌어 서이하로 갔다. 그런데 물러난 줄 알았던 촉군은 강 건너에 위엄있게 진을 치고 있었다. 맹획은 강을 건너기 위해 뗏목을 준비시켰다. 그런데 제갈량은 군사들을 우회시켜 맹획의 뒤를 공격하게 했다.

기습에 놀란 남만의 군사들은 달아나기 바빴다. 맹획도 달아나다가 조운과 마대의 공격을 받아 따르던 군사들을 거의 잃고 말았다. 맹획이 달아나다가 어느 산중에 이르렀을 때였다. 앞에 제갈량이 탄 수레가 보였다. 마침 적은 수의 군사들만이 수레를 호위하고 있었다. 맹획은 군사들에게 명을 내렸다.

"저자를 쳐라. 살려두지 마라."

맹획도 군사들과 함께 제갈량에게 달려들었다. 그런데 갑자기 말과 몸이 허공에 뜨는 느낌이었다. 제갈량의 수레 앞에 함정이 놓여 있었던 것이었다. 맹획과 군사들은 함정에서 기어 나오다가 위연에게 사로잡혔다.

제갈량은 맹획을 보고 무겁게 명을 내렸다.

"저자를 참하라."

맹획은 저항했다.

"나를 한 번 더 살려주면 다음에는 네 번의 수모를 갚겠다. 대신 한 번 더 사로잡히면 내 땅을 모두 바치고 항복하겠다."

애초에 맹획을 죽일 마음이 없었던 제갈량은 맹획을 풀어주게 했다.

맹획과 동생 맹우는 직접 제갈량과 싸워 보아야 승산이 없음을 깨닫고 독룡동에 은신해 제갈량이 물러날 때를 기다리기로 했다. 독룡동은 타사대왕의 땅이었다.

독룡동으로 들어가는 길은 하나뿐인데, 물을 마시면 크게 해를 당하는

네 개의 독천이 곳곳에 자리 잡고 있었다. 아천은 말을 하지 못하고 수일 후에 죽고, 유천은 목에 더운 기가 없어져 몸이 물러 죽고, 흑천은 물에 닿기만 해도 손발이 검게 변해 죽으며, 멸천은 마치 끓는 물과 같이 뼈에서 살이 떨어져 나가게 했다.

제갈량이 군사를 이끌고 독룡동으로 향하는 길로 들어섰는데 군사들이 첫 번째 닿은 아천에서 물을 마셨다. 오래지 않아 군사들은 목에 무엇이 걸린 듯 말을 하지 못하는 것이었다. 제갈량은 그 샘물이 독천임을 알고 고민에 빠졌다. 그러던 중 산 중 개울 뒤로 세워진 집 한 채를 보게 되었다. 제갈량은 들어가서 주인을 만났다. 집주인은 제갈량에게 독룡동 독천에 대해 주의를 주고, 독룡동으로 들어가는 방법을 알려주었다.

"독룡동 주변은 뱀과 전갈이 있고 버드나무 꽃이 떨어지니 샘의 물을 먹을 수 없습니다. 마땅히 새로 샘을 파서 그 물을 마셔야 위험을 피할 수 있습니다."

집주인은 또 집 뒤의 약천을 알려주며 아천의 물을 마신 군사들에게 그 물을 먹게 했다. 군사들이 약천의 물을 마시자 목에 걸린 것을 토해내며 이내 말을 되찾았다.

집주인은 이어 군사들에게 약초를 나누어주었다.

"이 잎을 입에 물고 있으면 풍토병에 걸리지 않습니다."

제갈량은 집주인에게 깊이 감사하고 이름을 물었다. 그러자 뜻밖의 대답이 돌아왔다.

"맹획의 형 맹절이라 합니다."

맹절은 맹획의 망동에 대해 제갈량에게 사죄했다.

제갈량은 맹절의 말에 따라 땅을 파서 샘을 만들었다. 역시 그 물은 아무런 해를 끼치지 않았다. 마침내 촉군은 독룡동에 이르러 진영을 갖추었다.

맹획과 타사대왕은 놀라 까무러칠 뻔했다. 죽음의 샘물을 헤치고 제갈량이 찾아온 것이 믿기지 않는 것이었다. 맹획과 타사대왕이 촉군에 맞서 싸울 준비를 하고 있는데 이웃한 은야동의 양봉이 3만 명의 원군을 이끌고 독룡동에 도착했다. 맹획과 독룡동의 군사들은 사기를 되찾았다.

맹획과 타사대왕은 그날 잔치를 열어 양봉을 환대했다. 양봉은 술자리에서 다섯 아들을 자랑하며 맹획과 맹우에게 술을 따르게 했다. 맹획과 맹우가 술을 받아 마시려고 할 때였다.

"저놈들을 잡아라."

양봉의 말이 떨어지기 무섭게 양봉의 아들들이 맹획과 맹우를 사로잡았다. 슬쩍 달아나려던 타사대왕도 끝내 사로잡히고 말았다.

양봉은 제갈량에게 가 사로잡은 장수들을 바치고 말했다.

"제 집안이 모두 지난날 승상의 은혜를 입어 살아났기에 이들을 잡아 바치고자 합니다."

제갈량은 양봉에게 큰 상을 내렸다.

제갈량은 맹획에게 물었다.

"네가 독천이 있는 사지로 나를 끌어들였으나 이렇게 살아 너를 사로잡았으니 이것은 하늘의 뜻이다. 이제 내게 항복하여라."

"내가 항복하면 자손 대대로 수치가 될 것이다."

제갈량은 맹획을 다시 풀어주며 다음에 사로잡히면 집안을 멸하겠다고 꾸짖었다. 제갈량은 맹우와 타사대왕도 풀어주게 했다.

맹획은 고향 은갱동으로 갔다. 그리고 종족들을 모아놓고 제갈량을 물리칠 계책을 논의했다. 맹획의 처남인 대래동주가 말했다.

"제갈량을 물리칠 사람이 있습니다."

대래동주가 추천한 사람은 팔납동의 주인 목록대왕이었다. 대래동주에 따르면, 그는 코끼리를 타고 바람과 비를 부를 수 있으며, 맹수들과 뱀, 전갈을 다루는 재주가 있다는 것이었다.

맹획은 대래동주를 팔납동으로 보내 목록대왕을 불러오게 했다.

한편 제갈량은 은갱동으로 가다가 삼강성에서 저항에 부닥쳤다. 제갈량이 10만 명의 군사에게 명해 밤중으로 흙을 쌓게 하니 흙이 금새 성 높이만큼 쌓였다. 군사들이 흙을 타고 성을 넘어가자 남만 군사들은 싸워보지도 못하고 사로잡히거나 달아났다. 삼강성을 지키던 타사대왕은 이때 목숨을 잃었다.

제갈량이 은갱동 입구에 도달했을 때 팔납동주 목록대왕도 맹획의 진영에 도착했다. 이윽고 목록대왕은 호랑이, 표범, 늑대 등 사나운 맹수들을 이끌고 촉군과 대치했다.

조운과 위연이 목록대왕의 위용에 놀라워하고 있을 때 목록대왕이 주문을 외웠다. 그러자 바람과 함께 맹수들이 촉군을 향해 돌진했다. 맹수들의 날카로운 이빨과 발톱에 촉군은 미처 준비할 겨를도 없이 달아났다. 맹획이 이끄는 남만의 군사들은 달아나는 촉군을 뒤쫓아 대승을 거두었다. 조운과 위연이 목록대왕의 술책을 보고하자 제갈량은 고개를 끄덕였다.

"내 맹수를 쓰는 술법을 들은 적이 있어 이미 그 준비를 마쳤소."

제갈량은 군사들에게 붉은 칠을 한 수레 열 대를 가져오게 했다.

이튿날 제갈량은 직접 군사를 이끌고 은갱동으로 나아갔다. 맹획은 목록대왕과 함께 진영 앞으로 나섰다. 멀리 촉군의 진영에서 제갈량을 본 맹획이 목록대왕에게 일렀다.

"저자가 제갈량이오. 저자를 잡으면 이 싸움은 이긴 것이나 다름없소."

목록대왕은 전날과 마찬가지로 주문을 외웠다. 이내 바람이 일고 맹수들이 촉군을 향해 달려들었다. 그때 제갈량이 부채를 휘저었다. 그러자 바람의 방향이 바뀌었다. 제갈량은 전날 준비한 붉은 수레에서 나무를 깎아 만든 짐승들을 끄집어냈다. 나무로 만든 짐승들은 그 크기가 맹수들에 비해 무척 클 뿐더러 입에서는 불을 내뿜었다.

촉군을 향해 달려들던 맹수들은 가짜 짐승들에 놀라 뒤로 돌아 달아났다. 급기야 놀란 맹수들이 남만의 군사들을 물어뜯는 일이 벌어졌다. 제갈량이 이 틈을 타고 군사를 몰아 적진으로 돌진했다. 결국 목록대왕은 목숨을 잃었고, 맹획은 은갱동을 버리고 달아나버렸다.

이튿날이 되자 맹획의 처남 대래동주가 맹획을 잡아 제갈량에게 바쳤다.

"제가 맹획에게 항복하기를 주장했으나 말을 듣지 않아 이렇게 잡아 왔습니다. 승상께서 저의 항복을 받아주십시오."

대래동주가 말을 마치자 제갈량이 갑자기 손을 들어 지시를 내렸다. 그러자 장의와 마충이 이끄는 군사들이 대래동주와 그의 군사들을 잡아 포박했다. 남만 군사들의 몸을 뒤지자 저마다 비수를 숨기고 있었다.

맹획은 억울하다는 듯 제갈량에게 말했다.

"이번에는 내가 걸어 들어온 것이니 네게 항복할 수 없다. 내가 일곱 번째 사로잡히면 그때는 진정으로 항복할 것이다."

제갈량은 맹획을 풀어주게 했다.

맹획과 그의 처남 대래동주는 오과국의 왕 올돌골을 찾아갔다. 올돌골은 밥 대신 살아 있는 뱀과 맹수들을 먹는 사람이었다. 올돌골의 몸에는 비늘이 돋아 화살에도 뚫리지 않는다는 소문이 돌아 있었다.

올돌골은 등갑군이라는 군사를 거느리고 있었다. 등갑군이 입은 등나무 갑옷은 반년 동안 기름에 담갔다가 꺼내기를 여러 번 해서 만들어졌다. 그렇게 만든 갑옷을 입으면 물에 가라앉지도 젖지도 않고, 칼과 화살이 박히지 않아 적들에게 두려움의 대상이 되었다.

제갈량은 맹획을 쫓아 오과국으로 향했다. 첫 싸움에서 위연이 도화수를 건너온 오과국의 군대와 맞섰다. 소문대로 등갑군의 갑옷은 칼로 베고 창을 찔러도 뚫리지 않았다. 위연은 크게 패해 진영으로 복귀했다. 정상적인 싸움이 어려운 것을 깨달은 제갈량은 높은 산을 올라 지세를 살폈다. 산 아래쪽에 뱀처럼 꼬불꼬불한 골짜기가 제갈량의 눈에 들어왔다. 알아보니 반사곡이라는 골짜기로, 삼강성으로 통해 있다는 것이었다.

제갈량은 마대에게 검은 칠을 한 수레 열 대를 주고 계책을 알려주었다. 나머지 장수들에게도 각각의 임무가 주어졌다.

위연이 곳곳에 진채를 세우니 남만의 군사들이 도화수를 건너 쳐들어 왔다. 위연은 맞서 싸우다가 진채를 버리고 달아났다.

"제갈량은 계책을 쓰니 쫓아가지 마시오."

맹획이 소리치자 올돌골은 쫓기를 멈추었다.

그날 이후로 15일간 위연은 여러 개의 진채를 빼앗기며 물러서기만 했다. 올돌골과 맹획은 그제야 기세가 등등해져 총공세를 펼쳤다. 위연은 반사곡에 이르자 끝내 달아나 버렸다. 반사곡은 풀과 나무가 없어 남만군은 매복이 없음을 기뻐하며 앞으로 나아갔다. 남만군의 앞에 검은 칠을 한 수레 열 대가 놓여 있었다.

"저놈들이 달아나는데 바빠 군량까지 버리고 달아났구나."

올돌골은 한껏 고조되어 있었다. 이때 산 위에서 바위들이 구르며 출입구를 막아버렸다. 또 촉군이 버리고 간 수레에서는 불길이 일었다.

올돌골은 깜짝 놀라 달아날 곳을 찾는데 이번에는 산 위에서 횃불이 날아들었다. 그러자 땅속에 묻어두었던 화약이 터지면서 등갑군의 갑옷에 불이 옮겨 붙었다. 등갑군은 모두 타죽고 말았다.

제갈량은 항복한 남만의 군사들을 맹획에게 보내 거짓 항복을 하게 했다.

"올돌골이 반사곡에서 촉군을 물리쳤기에 왕을 도우러 왔습니다."

맹획은 서둘러 반사곡으로 갔다가 마대에게 사로잡히고 말았다. 제갈량은 잡혀온 맹획을 또 풀어주고 심지어 잔치를 베풀어 후대했다.

제갈량이 자신의 마음을 꿰뚫고 있음을 알게 된 맹획은 진심으로 눈물을 흘리며 제갈량에게 항복했다. 제갈량은 맹획에게 남만을 다스리게 하고 지금까지 빼앗은 땅을 돌려주었다.

이로써 제갈량은 남만을 평정하고 성도로 개선했다.

출사표를 올리다

제갈량이 남만을 평정한 이듬해 위의 황제 조비는 병이 들어 40세의 이른 나이에 숨을 거두었다. 15세의 어린 나이에 황제에 오른 조예는 조비에게 문황제의 시호를 올렸다. 이때 옹주와 양주를 지키는 사람이 없어 사마의가 서량 땅 일대를 지키겠다고 자청했다. 조예는 사마의를 제독으로 임명하고 옹주와 양주의 군권을 주어 서량으로 떠나보냈다.

작전 능력이 탁월한 사마의가 서량의 군사를 통솔하게 되었다는 소식에 제갈량은 노심초사했다.

"사마의가 군사들을 조련하면 촉에 근심거리가 될 것이오. 자리를 잡기 전에 우리가 먼저 그를 치는 것이 어떨까 하오."

마속이 제갈량에게 간했다.

"사마의에 대한 조예의 믿음이 깊지 않으니 이간계를 쓰면 조예가 사마의를 죽이게 될 것입니다."

"좋은 방법이 있는가?"

마속이 제갈량에게 방법을 전하자 제갈량은 군사들을 위장시켜 군으로 보냈다.

오래지 않아 업군성 담벽에 새 황제를 옹립하겠다는 사마의의 방문이 붙었다. 또 업군 땅에는 사마의가 난을 일으키려 한다는 소문이 돌았다.

방문을 전해 받은 조예는 분노로 치를 떨었다.

"선제께서 사마의에게 군사의 일을 부탁했거늘 이럴 수가 있는가?"

마속의 생각대로 위의 공론은 사마의에게 이롭지 못했다. 태위 화흠은 일찍이 조조가 '사마의는 역모를 품을 것이니 그에게 병권을 맡기지 마라'고 한 것을 상기시켰다. 다른 대신들도 사마의가 큰 뜻을 품고 있다며 사마의를 죽여야 한다고 뜻을 같이했다.

다만 대장군 조진은 오나 촉의 이간계일 수 있다며 사마의의 뜻을 알아본 이후에 사마의를 잡아도 늦지 않다고 간했다.

조예는 직접 군사를 거느리고 안읍 땅으로 행차했다. 사마의는 황제의 행차를 영접하기 위해 안읍 땅으로 향했다. 이때 사마의는 잘 훈련시킨 군사들을 보이기 위해 수만 명의 군사를 대동했다.

조예와 신하들은 사마의가 군사들을 이끌고 오는 것이 반역의 뜻이 있기 때문이라고 의심했다. 사마의가 조예 앞에 도착해 인사를 올리자 조예가 꾸짖었다.

"너는 어찌하여 딴 뜻을 품었느냐?"

"천부당만부당한 말씀이시오. 이는 오와 촉의 이간계가 틀림없으니 통촉하소서."

사마의의 호소에도 아랑곳없이 조예는 이미 사마의에 대한 믿음을 버린 후였다.

조예는 사마의의 벼슬을 빼앗고 고향으로 보냈다. 사마의가 다스리고 있던 서량은 조휴에게 맡겼다.

이 소식을 들은 제갈량은 흡족해 했다. 이튿날로 유선에게 출전하겠다는 뜻을 아뢰는 출사표를 올렸다. 선제 유비의 뜻을 받들어 역적의 나라 위를 치겠다는 내용이었다.

제갈량은 능력이 탁월한 대신들과 장수들을 선정해 조정의 일과 방어를 맡겼다. 그리고 자신은 평북대도독이 되고, 장수들에게는 각 군을 맡겨 출전 준비에 나섰다. 그런데 출전 명단에 백전노장 조운이 빠져 있었다. 마침내 제갈량이 30만 대군을 이끌고 위를 향해 출전하는데 조운이 제갈량의 앞을 가로막았다.

"내가 비록 늙었으나 아직 젊은 장수들도 당할 자가 없는데 어찌 나는 빼고 가려고 하시오?"

제갈량이 조운을 설득했다.

"이제 장군의 연세가 많으니 혹여 일이 잘못되면 장군의 명예에 흠이 갈뿐더러 군의 사기마저 떨어질까 염려가 됩니다."

이때 조운의 나이는 이미 70세였다. 그러나 조운은 끝내 출전을 고집하니 제갈량은 어쩔 수 없이 조운을 등지와 함께 선봉으로 삼았다.

위에서는 조예가 하후연의 아들 하후무를 대도독으로 삼아 20만 대군으로 제갈량의 공격을 막게 했다. 하후무가 선봉으로 세운 한덕의 군사와 촉의 선봉 조운의 군사는 봉명산에서 맞닥뜨렸다.

한덕에게는 하나같이 재주가 출중한 네 아들이 있었다. 한덕은 큰아들을 내보내 조운과 싸우게 했으나 수합 만에 목숨을 내놓았다. 둘째가 형의 원수를 갚겠다고 나섰으나 조운의 상대가 되지 못하고 간신히 대적할 뿐이었다. 이에 셋째와 넷째가 연달아 나와 조운에게 달려들었다. 그러나 셋이 힘을 합쳐 공격했음에도 조운을 이기지 못했다. 넷째가 조운의 창에 떨어지고 이어 셋째가 조운의 화살에 맞아 목숨을 잃고 말았다. 조운은 나이가 믿어지지 않을 정도의 빠른 몸놀림으로 한덕의 둘째 아들을 휘감아 진영으로 끌고 가버렸다.

전세를 전해들은 하후무는 본진 군사들을 이끌고 와서 한덕을 지원했다. 한덕은 아들들의 원수를 갚겠다며 조운에게 싸움을 걸었다. 그러나 한덕 역시 수합 만에 조운의 창에 찔리는 신세가 되었다. 조운의 기세에 놀란 하후무는 군사를 돌려 촉군과 멀리 떨어진 곳에 진영을 갖추었다.

이튿날 조운은 등지와 함께 위의 진영을 공격했다. 위에서는 반수가 나와 조운을 상대했다. 조운은 제대로 싸워보지도 않고 달아나는 반수를 뒤쫓아 위군 진영 깊숙이 들어갔다. 그때 갑자기 양쪽에서 동희와 설칙이 각각 3만 명의 군사를 이끌고 조운을 포위했다. 조운은 밤이 될 때까지 싸웠으나 포위를 뚫지 못하고 죽음을 각오했다.

그때였다. 함성 소리가 울리더니 포위의 한쪽이 뚫리고 장포가 나타났다.

"승상께서 장군을 도우라고 해서 왔습니다."

장포의 손에는 설칙의 머리가 쥐어져 있었다. 조운과 장포가 위군을 헤치고 나오는데 또 함성소리가 들렸다. 조운 앞에 나타난 관흥은 손에 동희의 머리를 쥐고 있었다. 관흥 역시 조운을 걱정한 제갈량이 보낸 온 것이었다.

조운과 장포, 관흥, 그리고 등지가 힘을 합쳐 적진을 공략하니 위군은 속수무책으로 달아나기에 급급했다. 하후무는 군사를 이끌고 남안성으로 패퇴했다.

제갈량은 하후무가 구원을 요청하는 가짜 편지를 써서 안정 태수 최량을 꾀어내 사로잡았다. 제갈량은 최량에게 잔치를 베풀고 후대해 항복하게 한 후 그를 설득했다.

"남안 태수 양릉을 설득해 항복하게 해보시겠소?"

최량이 응하고 남안성으로 들어갔으나 양릉을 만나자 생각을 고쳐먹었다. 최량은 양릉과 짜고 제갈량을 불러들여 사로잡을 계획을 세웠다. 최량은 성을 나와 제갈량에게 보고했다.

"왕릉이 항복하기로 했습니다. 오늘 밤 성문을 열 것입니다."

제갈량은 사로잡은 안정의 군사들을 최량에게 주고 먼저 성으로 들어가게 했다. 장포와 관흥은 군사 속에 섞여 최량을 따르게 했다.

최량은 성에 들어서면 장포와 관흥을 먼저 죽일 생각으로 순순히 제갈량의 뜻에 따랐다. 그러나 성에 들어간 관흥이 순식간에 마중 나온 왕릉을 죽여 버렸고, 장포는 달아나려는 최량을 잡아 죽였다.

촉군은 순식간에 성을 함락시켰고, 달아나던 하후무는 왕평에게 사로잡히고 말았다. 촉군은 여세를 몰아 천수군으로 진격했다. 안정 태수 최량과 달리 천수 태수 마준에게는 중랑장 강유가 있어 하후무를 도우라는 제갈량의 속임수에 넘어가지 않았다. 오히려 남안성으로 지원군을 보내는 척 성을 나왔다가 조운이 성을 빼앗으려 하자 돌아가서 촉군의 후방을 공격했다. 조운은 앞에서 강유가, 뒤에서 마준이 공격하니 전세가 불리해져 본영으로 달아나야 했다.

제갈량은 조운이 돌아오자 깜짝 놀랐다. 지금까지 자신의 계책을 꿰뚫어 본 사람이 많지 않았기 때문이었다.

"나의 계책을 알아차린 게 누구란 말인가?"

한 사람이 제갈량에게 답했다.

"기현 사람 강유일 것입니다."

제갈량이 소상히 물으니 강유는 지략이 높은데다 무예가 출중하며, 특히 어머니에게 효성이 깊어 사람들의 존경을 받고 있다는 것이었다. 제갈량이 알아보니 강유의 어머니는 기현에 머물고 있었다. 제갈량은 위연에게 군사를 주고 작전을 지시했다.

위연이 기성을 공격했다는 소문이 천수성에 전해졌다. 강유는 마준에게 사정해 군사를 얻어 기성을 보호하기 위해 나섰다. 위연은 제갈량이 시킨 대로 강유가 쉽게 기성에 들어가도록 했다. 그러고는 성을 포위해 강유를 가두는 형국이 되었다.

제갈량은 조운에게 천수군에서 식량이 가장 넉넉하다는 상규 땅을 점령하도록 했다. 그리고 잡아두었던 하후무를 설득해 기성에 있는 강유를 항복시키게 했다. 촉의 진영을 하루빨리 벗어나고 싶었던 하후무는 제갈량의 뜻에 따르겠다며 기성으로 향했다.

하후무가 기성 가까이 도착했다 싶었을 때 백성들이 허둥지둥 달려가는 것이 보였다. 하후무가 그들 가운데 한 사람에게 물었다.

"무슨 일이 있는 것이냐?"

"기성에 있는 강유가 제갈량에게 항복하자 촉군이 기성에서 노략질을 하고 있습니다. 저희들은 촉군을 피해 천수로 가고 있습니다."

하후무는 말머리를 돌려 천수성으로 갔다. 마준은 하후무를 정중히 영접했다. 하후무는 마준에게 강유가 제갈량에게 항복했다고 전했다.

그날 밤, 제갈량은 강유를 닮은 군사를 선별해 천수성을 치게 했다. 이로써 마준은 강유가 항복했다는 말을 믿게 되었다.

시간이 지나자 강유가 지키는 기성은 식량부족 사태를 맞게 되었다. 강유는 식량을 구하기 위해 군사를 이끌고 성을 나와 촉군의 진영을 습격했다. 그 틈을 놓치지 않고 위연이 기성을 점령해 버렸다.

기성을 빼앗긴 강유는 말을 달려 천수성으로 갔다. 그런데 강유가 천수성에 이르러 성문을 열라고 외치자 성 위에서 화살이 빗발쳤다. 상규에서도 강유는 화살세례를 받고 쫓겨났다.

강유는 힘이 빠져 돌아섰다. 한참을 가는데 길목을 지키고 있던 관흥이 강유를 공격했다. 강유는 말을 돌려 달아났다. 그러자 제갈량이 수레에 타고 강유를 가로막았다.

"강유는 항복하라."

강유는 결국 제갈량에게 항복했다. 제갈량은 크게 기뻐하며 말했다.

"어진 사람을 찾아 내가 알고 있는 것을 전하려고 하였으나 마땅한 사람이 없더니 이제 강유를 만나 그 뜻을 이루게 되었다."

강유는 제갈량에게 감사했다. 제갈량은 강유와 더불어 천수성을 빼앗을 계책을 논의했다.

성 안의 장수 양서와 윤상은 강유와 친분이 있었다. 강유는 자신에게 호응해 성문을 열라는 편지를 화살에 매달아 성으로 날려 보냈다. 편지는 윤상과 양서에게 가지 못하고 마준의 손에 들어갔다. 마준과 하후무는 윤상과 양서가 강유와 내통할까 두려워 그들을 죽여 후환을 없애기로 했다.

윤상은 강유의 편지가 마준에게 들어갔다는 소식을 전해듣고 양서를 찾았다. 뜻이 통한 두 사람은 그날 밤 성문을 열고 촉군을 맞아들였다. 하후무와 마준은 성을 버리고 달아나고 말았다. 양서가 상규를 지키고 있는 동생 양규를 설득하여 제갈량에게 항복시킴으로써 안정, 남안에 이어 천수군까지 촉의 영토에 편입되었다.

제갈량이 3군의 일을 마무리하고 기산으로 나아갔다. 촉군은 위수에 이르러 진영을 갖추었다.

위제 조예는 조진을 대도독, 곽회를 부도독으로 삼아 20만 대군으로 촉군에 대응하게 했다. 사도로 있던 왕랑이 군사가 되어 조진을 도왔다. 왕랑은 이때 76세의 고령이었다.

위군이 위수를 건너 촉군과 대치하게 되자 왕랑은 제갈량을 설득해 항복하라고 했다. 그러자 제갈량이 왕랑을 꾸짖었다.

"네가 한 황실의 은혜를 입어 벼슬길에 나아가게 되었는데 어찌 역적을 돕고 있느냐? 네가 죽어 무슨 낯으로 스물네 분의 황제를 볼 수 있겠느냐? 여러 말 말고 당장 물러가라."

그러자 왕랑은 가슴을 얻어맞은 듯 얼굴이 빨개지더니 말에서 떨어져 죽고 말았다. 조진은 왕랑의 초상을 치르겠다며 군사를 물렸다. 제갈량도 군사를 물려 대치를 풀었다.

조진은 제갈량이 왕랑의 초상을 틈타 밤을 이용해 기습할 것이라고 짐작했다. 조준과 주찬에게 군사를 주고 명했다.

"촉의 군사들이 우리 진영을 기습할 때를 놓치지 말고 비어 있는 촉의 진영을 점령하라."

조준과 주찬이 군사를 거느리고 떠나자 조진과 곽회는 촉군의 기습에 대비했다.

제갈량은 조진의 움직임을 예측해 역이용하기로 했다. 밤이 되자 제갈량의 명을 받은 조운과 위연이 군사를 이끌고 진영을 나섰다. 조준은 예상대로 되었다며 촉의 영채로 쳐들어갔다. 그런데 영채 안에는 개미 새끼 하나

얼씬거리지 않았다.

"앗, 속았다. 달아나라."

조준이 영채를 빠져나가려 할 때였다. 주찬이 군사를 이끌어 영채로 들어섰다. 밤중이라 영채 안은 깜깜했다. 조준은 주찬의 군사들을 촉군으로 오인하고 공격하게 했다. 주찬 역시 갑작스런 공격에 맞서 싸우게 했다. 위군은 서로 싸우다가 많은 사상자를 내고서야 서로를 알아보았다. 조준과 주찬은 기가 막혔다. 군사를 돌려 돌아가는 수밖에 없었다. 그때 왕평, 마대, 장익, 장의가 이끄는 촉의 군사들이 돌아가는 위군의 후방을 덮쳤다. 조준과 주찬은 달아나기 바쁜데, 위연이 이끄는 군사들을 만나니 혼비백산했다.

조준과 주찬이 간신히 살아남은 위군을 수습해 진영으로 돌아왔다. 촉군의 기습을 기다리던 조진과 곽회의 위군들은 조준과 주찬의 군사들을 촉의 군사로 오인하고 서둘러 공격했다.

'아! 이미 본영을 빼앗겼구나!'

조준과 주찬도 촉군이 공격하는 것으로 알고 맞서 싸웠다. 이때 위연과 장포, 관흥이 군사를 이끌고 와 사방에서 위군을 공격했다. 위군은 그제야 자중지란에 빠진 것을 알았으나 때는 한참 지나 있었다. 위군은 정신을 차리지 못하고 달아날 뿐이었다.

조진과 곽회는 한참을 달아나 군사를 수습한 뒤 변방의 서강국에 원군을 청했다. 조조 이래로 위와 수교했던 서강이었다. 서강의 왕 철리길은 승상 아단과 원수 월길에게 25만 명의 군사를 주어 위를 돕게 했다.

서강 군사들은 철로 만든 수레를 빈틈없이 연결해 진을 갖추니 수레 자체가 성이 되었다. 장포와 관흥, 마대가 군사를 이끌고 공략해 보았으나 수레로 이어 붙인 성이 견고할 뿐만 아니라 서강 군사들의 무예 또한 출중했다. 촉군은 싸워보지도 못하고 손실을 입은 채 뒤로 물러났다. 관흥은 포위되어 목숨을 잃을 지경에 이르렀으나 장포의 도움으로 간신히 벗어날 수 있었다.

제갈량은 강유와 함께 직접 서강군의 진영을 살폈다. 강유는 제갈량에게 적의 진을 깨뜨릴 계책을 아뢰었다. 그리하여 강유가 서강군과 맞서 싸우다가 달아나자 서강군을 이끄는 아단과 월길이 수레를 연결한 채로 진을 이끌어 강유를 쫓았다. 강유는 영채를 지나 사라졌다.

아단과 월길도 빈 영채를 지났다. 영채 뒤로 산이 있어 서강군은 산을 향해 돌진했다. 그런데 갑자기 땅이 움푹 꺼지고 수레들이 함정 속으로 빠져들었다. 서로 연결된 수레들은 줄을 지어 처박혔다. 그때 관흥과 장포가 서강군의 후방을 공격했다. 강유, 마대, 장익도 가세했다.

결국 월길은 관흥의 창에 찔려 죽었고, 아단은 마대에게 사로잡혀 제갈량에게 끌려갔다. 제갈량은 아단에게 사로잡은 서강군을 돌려주고 후대하여 서강국으로 돌려보냈다. 제갈량은 대승을 거두었으나 서둘러 군사를 물리게 했다.

조진과 곽회에게 제갈량이 물러난다는 보고가 올라왔다. 곽회는 기뻐했다.

"서강군이 와서 촉군이 달아나는 것이오."

조진은 조준과 주찬에게 군사를 나누어주고 물러나는 촉군의 뒤를 공격하게 했다. 그러나 물러나는 줄 알았던 촉군은 역공세를 취했다. 조준은 위연의 칼에 목이 달아났고, 주찬도 관흥의 창에 찔려 죽었다. 촉군은 기세를 타고 위군을 몰아붙였다. 조진과 곽회는 영채까지 빼앗긴 채 물러나야만 했다. 조진은 마침내 낙양으로 사람을 보내 원군을 청했다.

위제 조예는 잇따른 패전소식에 얼굴이 어두워졌다. 태부 종요가 조예 앞에 나서 말했다.

"사마의를 불러 쓰시면 제갈량이 물러갈 것입니다."

조예는 왕성에 머물고 있는 사마의를 평서도독으로 삼고 군사를 일으켜 장안으로 향하게 했다. 또한 조예 자신도 직접 장안으로 출발했다.

조예와 사마의는 장안에서 만나 그간의 앙금을 털어냈다. 조예는 신비와 손예에게 5만 명의 군사를 주어 조진을 지원하게 했다. 사마의는 장합을 선봉으로 20만 대군을 이끌고 장안을 떠나 가정으로 향했다. 가정 땅은 촉군의 보급로가 되는 요충지였다.

기산에서 군사 하나가 제갈량의 진채에 들어와 보고했다.

"사마의가 복직되어 20만 대군을 거느리고 장안을 나섰다고 합니다."

제갈량은 탄식했다. 이간계를 써 사마의를 쫓아버렸기 때문에 감행한 출사가 아니었던가?

"사마의는 틀림없이 가정 땅을 차지하려 할 것이오. 누가 가서 사마의를 막을 수 있겠소?"

마속이 앞에 나섰다.

"제가 가겠습니다."

제갈량은 마속이 든든했으나 한편 걱정이 되었다.

"가정을 지키지 못하면 우리 대군이 다 위험에 처하게 되오. 실수가 있어서는 안 되오."

"제가 실수하면 목을 내놓겠습니다."

제갈량은 2만 5천 명의 군사를 마속에게 주고 매사에 신중한 왕평을 부장으로 딸려 가정으로 향하게 했다. 또 고상과 위연을 보내 가정에서 있을 만일의 사태에 대비하게 했다. 그리고 제갈량 자신은 강유와 함께 미성을 치기 위해 기산 땅을 나섰다.

마속이 가정 땅에 이르러 지세를 보니 산골짜기라 대군이 지나가기가 수월치 않아 보였다. 마속은 제갈량의 거듭된 당부를 잊은 듯 길목의 방비에 소홀했다. 그리고 외딴 산 위에 진을 치려고 했다. 왕평이 마속을 훈계했다.

"마땅히 길목에 진을 쳐야 위군의 이동을 막을 수 있소. 저 산 위에 진을 치면 위의 대군이 왔을 때 포위되기 십상이오."

마속은 왕평의 말을 들으려고 하지 않았다.

"높은 곳에 진을 치면 적의 움직임을 보고 싸울 수 있으니 그야말로 요새가 될 것이오."

마속을 설득시키지 못한 왕평은 군사 5천 명을 떼어내 따로 진영을 갖추고, 일대의 지도를 그려 제갈량에게 보냈다.

사마의에게는 사마사와 사마소라는 두 아들이 있었다. 사마의는 둘째 아들 사마소에게 가정의 상황을 엿보게 했다.

"마속이라는 장수가 산 위에 진을 치고 있습니다."

사마의는 사마소의 보고에 희색이 만연했다.

"산 위에 진을 쳤다면 우리가 이긴 것이다."

사마의는 군사를 이끌고 가 마속이 있는 산을 포위하고 물길을 끊었다. 마속이 공격을 명했으나 위군은 지금까지 상대하던 군사들과 달리 강하게 대응했다. 촉군은 내려가는 길을 뚫지 못하고 산 위로 쫓겨 올라갔다. 기어이 밥을 짓지 못하고 물을 마시지 못한 촉의 군사들은 속속 위군에 투항했다.

사마의는 마침내 산에 불을 질렀다. 마속은 간신히 길을 열어 산을 빠져나갔다.

한편 제갈량은 왕평이 보내온 지도를 보고 탄식했다.

"이제 가정 땅을 잃을 것이니 이대로 끝이 났구나."

역시나 오래지 않아 가정 땅을 빼앗겼다는 보고가 들어왔다. 제갈량은 회군 준비를 서둘렀다. 제갈량은 모든 장수들을 불러 모아 안전하게 돌아갈 방도를 일러주고, 자신은 군사 5천 명을 거느리고 서성으로 들어갔다. 제갈량이 거느린 군사의 반은 군량을 싣고 먼저 길을 나섰다. 이때 보고가 들어왔다.

"사마의가 15만 대군을 이끌고 서성으로 향하고 있습니다."

남은 군사들의 얼굴은 흙빛이 되었다. 제갈량이 군사들을 진정시키고 명을 내렸다.

"너희들은 백성으로 가장하고 성문을 활짝 연 후 길을 쓸어라. 적이 가까이 오더라도 동요하지 말고 하던 일을 계속하라."

군사들이 명에 따르자 제갈량은 하얀 옷을 입고 성 위로 올라가 거문고를 탔다. 그 모습을 본 사마의는 군사를 물리게 했다. 의아해 하는 장수들에게 사마의가 말했다.

"제갈량이 성문을 열고 거문고를 타니 반드시 계책이 있을 것이다."

위군이 물러가자 제갈량은 크게 웃었다.

"사마의는 역시 내가 위험한 일을 하지 않는다는 것을 알고 있구나. 나라면 사마의처럼 물러나지 않았을 것이야."

제갈량은 남은 군사들과 더불어 한중 땅으로 길을 잡았다.

사마의가 한참을 물러나는데 장포와 관흥이 후방을 공격했다. 사마의는 제갈량에게 계책이 있었음을 확신하며 서둘러 달아났다.

촉군이 한중 땅으로 철수했다는 보고를 받은 사마의는 다시 서성을 찾았다. 제갈량에게 남은 군사가 수천 명에 불과했다는 백성들의 말에 사마의는 대경실색했다.

'제갈량의 지략은 따를 수가 없구나!'

조예와 사마의는 요충지의 경계를 강화시키고 낙양으로 돌아갔다.

한편 한중에 도착한 제갈량은 마속과 왕평의 죄를 물었다. 왕평은 마속이 고집스럽게 자신의 말에 따르지 않았음을 보고했다. 마속은 스스로 몸을 묶어 제갈량 앞에 엎드려 벌 받기를 청했다. 제갈량은 군령을 세우기 위해 명을 내렸다.

"마속을 참하라."

마침내 마속의 목을 베었다는 보고가 들어오자 제갈량은 눈물을 흘렸다. 제갈량이 자식처럼 아끼던 마속이었다.

제갈량은 직접 마속을 장사지냈다. 제갈량은 이후 한중에 머물면서 군사를 조련하며 때가 오기를 기다렸다.

한편 오나라의 파양 태수 주방이 위의 조휴에게 오를 칠 계책을 세워 항복하겠다는 뜻을 전해왔다. 사마의와 가규는 조휴를 도와 오의 환성, 양성, 강릉으로 진격해 들어갔다. 하지만 주방은 위의 조휴를 끌어들이기 위한 계책이었다. 육손은 원수가 되어 70만 대군을 이끌고 세 방면을 막아섰다. 조휴는 주방을 앞세워 나아가다 석정 땅에 이르러 서성을 선봉으로 하는 오의 대군에게 공격을 받았다. 조휴는 비로소 주방에게 속은 것을 알았으나 이미 늦어 속수무책이었다. 조휴는 가규의 도움으로 간신히 목숨을 구해 달아났다. 사마의도 군사를 돌려 돌아가고 말았다. 조휴는 끝내 화병이 나 죽고 말았다.

오왕 손권은 촉에 사신을 보내 위의 기세가 꺾인 것을 알렸다.

제갈량이 기뻐하며 촉제 유선에게 출사표를 올리고 위로 쳐들어가려고 할 때였다. 조운이 병이 들어 끝내 세상을 떠나고 말았다.

유선은 크게 통곡했다.

"장판 싸움에서 그의 용맹이 아니었으면 살아남지 못했을 것이다."

유선은 조운에게 순평후의 시호를 내리고, 사당을 지어 사철 제사지내게 했다.

마침내 제갈량은 30만 대군을 이끌고 위의 진창성으로 향했다. 제갈량은 위연으로 하여금 성을 공격하게 했다. 그러나 성을 지키는 위의 장수 학소의 방비가 뛰어나 공격이 먹혀들지 않았다. 제갈량은 직접 전술을 세워 공격했으나 20여 일이 지나도록 성을 점령하지 못했다.

이때 조예는 조진을 대도독으로 삼고 왕쌍을 선봉을 삼아 15만 명의 군사를 진창으로 향하게 했다. 왕쌍은 제갈량이 보낸 사웅과 공기를 연이어 베어 죽이고 기세 등등하게 진창으로 접근했다.

제갈량과 강유는 진창의 일을 후로 미루고 기산으로 향했다. 위연에게는 왕쌍이 기산으로 쫓아오지 못하게 하는 임무를 맡겼다. 원래 위의 장수였던 강유가 거짓으로 조진에게 내통할 뜻을 밝히자 조진은 비요에게 5만 명의 군사를 주어 응하게 했다. 비요는 계책에 걸려 끝내 스스로 목숨을 끊었다. 비요가 이끌고 갔던 군사들은 모두 촉에 항복했다.

사마의는 조진에게 굳건히 방어만 할 뿐 나가 싸우는 일이 없도록 명했다. 진창성을 점령하지 못한 촉군에게 군량이 넉넉하지 못할 것을 짐작하고 지구전을 펴려는 것이었다.

제갈량은 어쩔 수 없이 명을 내려 한중으로 군사를 돌리게 했다. 그리고 왕쌍과 대치하고 있는 위연에게도 사람을 보내 물러나게 했다.

왕쌍이 보니 위연이 군사들을 돌리고 있었다. 왕쌍은 군사들을 이끌어 촉군을 뒤쫓았다. 그때 자신의 진채 방향에서 불길이 일었다.

'계책에 걸렸구나!'

왕쌍은 서둘러 진채로 말머리를 돌렸다. 왕쌍이 어느 곳에 이르렀을 때였다.

"위연이 여기 있다."

불을 놓고 왕쌍을 기다리고 있던 위연이 돌아오는 왕쌍을 칼로 베어버렸다. 위연은 장수를 잃은 위의 군사들을 쫓아버리고 한중으로 돌아갔다.

해가 바뀌어 오왕 손권은 스스로 오나라 황제에 올랐다. 손권은 아버지 손견에게 무열황제의 시호를 올리고, 어머니 국태부인을 무열황후로 봉했다. 또 손책에게 장사환왕의 시호를 올리고 아들 손등을 태자로 삼았다.

촉제 유선은 제갈량의 청에 따라 손권에게 예물을 보내고, 힘을 합쳐 위를 치자고 제안했다. 손권은 호기라고 생각해 육손으로 하여금 군사를 조련하게 했다. 이때 진창성의 학소는 중병이 들었다. 제갈량은 때를 놓치지 않고 위연과 강유에게 성을 공격하게 했다. 정작 제갈량은 장포, 관흥과 함께 위연, 강유에 앞서 진창성을 빼앗았다. 학소가 병들어 혼란한 틈을 타 첩자가 불을 지르고 성문을 열어준 것이었다.

위연과 강유는 그 길로 군사를 이끌어 산관을 점령했다. 병들어 있던 학소를 대신하기 위해 진창성으로 향하던 장합은 산관에서 위연의 공격에 크게 패하고 달아났다.

촉군은 마침내 기산에 도착했다. 제갈량은 생각했다.

'위는 미성과 옹성을 공격해 올 것으로 짐작하고 대비할 것이다.'

제갈량은 강유와 왕평을 시켜 무도와 음평을 점령하게 했다.

위에서는 사마의가 대장군이 되어 장합을 선봉으로 10만 명의 군사를 이끌고 위수 주변에 진을 쳤다. 사마의는 곽회와 손예를 보내 무도와 음평을 지원하게 했다. 이미 무도와 음평이 적의 수중에 들어간 것을 몰랐던 곽회와 손예는 도중에 촉군에게 기습을 당해 크게 패하고 돌아갔다. 이때 장비의 아들 장포는 계곡에서 떨어져 큰 상처를 입었다.

장합이 제갈량에게 거듭 크게 패한 후 사마의는 한 달이 넘게 싸움을 회피했다. 제갈량은 여러 번에 걸쳐 군사를 뒤로 물렸다. 참지 못한 장합은 군사를 거느리고 싸움에 나섰다. 사마의는 장합을 앞서 가게 하고 뒤에서 돕기로 했다.

양 진영에 싸움이 붙어 촉군이 장합을 몰아세우자 사마의가 날랜 기병을 거느리고 지원에 나섰다. 강유와 요화는 제갈량이 알려준 계책에 따라 길을 나누어 위군의 영채를 향해 나아갔다. 사마의는 제갈량의 계책에 걸렸다며 군사를 돌려 돌아가 영채를 방어했다. 촉군은 사마의의 지원이 없는 장합의 위군을 사정없이 공격해 대승을 거두었다.

제갈량이 군사를 정비해 다음 싸움을 준비하고 있을 때였다. 부상을 입었던 장포가 세상을 떴다. 제갈량은 애통해 하다 병이 들었다.

"돌아가야겠다."

제갈량은 군사들을 한중에 머물게 하고, 자신은 성도로 돌아갔다.

이듬해 조진이 위제 조예에게 촉을 치겠다고 청했다. 이미 세 차례 제갈량의 공격을 받아 자존심이 구겨진 조예는 크게 기뻐했다. 조예는 조진을 대도독, 사마의를 부도독으로 삼아 40만 대군으로 촉으로 향하게 했다.

제갈량은 병에서 회복되어 한중에 머물다가 위군의 움직임을 전해 들었다. 그런데 천문을 보니 한 달 동안 비가 내릴 기세였다. 제갈량은 큰 비를 대비해 군량과 말먹이를 준비하고 위군의 움직임에 동요하지 않도록 했다.

조진과 사마의가 진창에 도착했을 때 사마의도 천문을 보고 비가 내릴 것을 짐작했다. 그런데 진창성은 폐허가 되어 있었다. 비를 피할 곳이 마땅치 않았다. 사마의가 수소문해 알아보니 한 백성이 답했다.

"전날 촉군이 물러나면서 제갈량이 성에 불을 지르게 했습니다."

마침내 비가 오기 시작하더니 한 달을 지속해 내렸다. 위군은 비를 피할 곳이 마땅치 않아 큰 고통을 당했다. 마침내 조진과 사마의는 군사를 이끌고 돌아가기로 했다. 조예도 신하들의 의견을 들어 군사들을 물리라고 명을 내렸다.

사마의는 촉군의 추격을 염려해 후방에 매복을 세우고 천천히 군사를 물렸다. 제갈량은 때맞추어 군사를 둘로 나눠 기곡과 사곡을 거쳐 기산에서 합류하게 했다.

사마의는 제갈량의 움직임을 예상하고 조진에게 청했다.

"비가 그치면 제갈량이 기곡과 사곡을 거쳐 기산으로 갈 것이오. 기곡과 사곡에 군사를 주둔해야 합니다."

제갈량은 군사들을 보내놓고 마음이 놓이지 않았다. 등지를 보내 기곡으로 향하고 있는 위연, 장의, 진식, 두경의 군사들을 멈추게 했다.

그런데 진식이 제갈량의 명을 어기고 5천 명의 군사를 이끌어 기곡으로 나아갔다. 진식은 매복해 있던 사마의의 군사들에게 급습을 당해 군사 태반을 잃고 말았다. 위연과 나머지 촉군들이 구원에 나서 진식은 간신히 목숨을 구할 수 있었다.

반면 사곡에서는 거꾸로 조진이 방심하고 있었다. 멀리 촉군이 오고 있다는 정탐병의 말을 들은 조진은 부장 진량을 보내 촉군의 진영을 파악하게 했다. 진량은 멀리까지 나가 보았으나 적의 움직임을 찾을 수 없었다. 그때 오반과 오의, 관흥과 요화가 이끄는 군사들이 사방에서 일시에 쏟아져 나왔다. 진량은 요화의 칼에 목이 달아나고 위의 5천 명의 군사들은 모두 사로잡혔다.

"저들의 옷으로 갈아 입어라."

위군으로 변장한 5천 명의 촉군들은 조진의 진영으로 들어가 방심하고 있는 군사들을 무수히 베고 찔렀다. 달아나던 조진은 사마의의 도움을 받아 가까스로 목숨을 구했다. 그러나 연이은 패배가 병이 되어 끝내 조진은

진중에서 병사하고 말았다.

제갈량은 기곡에서 명을 따르지 않고 패배를 자초한 진식의 죄를 물어 참하게 했다. 그리고 전군을 이끌어 위수 주변에 진을 쳤다. 사마의도 군사들을 이끌고 나와 촉군에 맞서 진을 쳤다.

제갈량은 사마의에 맞서 그간 연마했던 팔괘진을 쳤다. 사마의는 장수 대능, 장호, 악침에게 팔괘진의 5개 사문과 3개 생문을 알려주고 진을 깨뜨리라고 명을 내렸다. 세 장수는 각기 30명의 군사를 이끌고 생문으로 들어갔다. 그러나 진 안에 들어가니 방향을 분간할 수 없게 되었다. 결국 진이 좁혀지고 진에 들어간 위군들은 모두 사로잡히고 말았다. 제갈량은 사로잡은 군사들의 갑옷을 벗겨 돌려보냈다.

사마의는 제갈량의 처사에 화가 치밀어 군사를 몰아 제갈량의 진으로 진격했다. 그때 관흥과 강유가 좌우를 협공하니 사마의는 포위를 뚫고 달아나야 하는 신세가 되었다.

대승을 거둔 촉군 진영으로 이엄의 명을 받은 구안이 영안성으로부터 군량을 운반해 왔다. 그런데 예정보다 열흘이 늦었다. 제갈량은 구안을 매로 다스리게 했다. 구안은 원한을 품고 위군에 항복했다. 사마의는 잘 되었다 싶어 구안에게 명을 내렸다.

"너는 성도로 가 제갈량이 반란을 일으켰다는 소문을 내라. 그래야 네가 항복한 진심을 믿을 수 있겠다."

구안은 사마의의 명에 따라 성도로 가 거짓 소문을 냈다. 제갈량은 의심이 생긴 유선의 부름을 받고 돌아가야 했다.

성도로 돌아간 제갈량은 자신을 의심하도록 유선을 부추긴 관리들을 잡아죽였다. 정작 일을 일으킨 구안은 위로 돌아간 뒤였다.

제갈량은 군사를 조련하는 데 힘쓰며 다시 북벌 준비에 들어갔다. 이듬해 제갈량은 기산에 나아가 노성을 기반으로 군량을 확보하는 데 주력했다.

사마의는 장합을 선봉으로 삼아 기산으로 향했다. 손예가 이끄는 옹주와 양주의 20만 명의 위군도 노성 밖에 도착해 진영을 갖출 태세였다.

제갈량은 먼 길을 나선 손예의 군사들이 지쳐 있음을 간파하고 서둘러 공격하니 대승을 거두었다.

이때 영안성의 이엄이 제갈량에게 편지를 보내왔다. 오와 위가 화친을 맺을 조짐이 있다는 것이었다. 제갈량은 아쉬움을 뒤로하고 군사를 물렸다. 장합이 회군하는 촉의 군사들을 뒤쫓았다. 위연과 관흥이 번갈아 장합을 상대하는 듯하다가 달아나니 장합은 죽기 살기로 뒤를 쫓았다. 장합은 밤이 깊어 목문도에 이르렀다. 갑자기 바위가 굴러 앞과 뒤의 길이 막히더니 화살이 빗발치듯 날아왔다. 장합은 온몸에 화살을 맞고 목숨을 잃었다.

성도로 돌아온 제갈량은 이엄이 보낸 편지의 진위를 알아보게 했다.

"이엄이 승상에게 보낼 군량을 마련하지 못해 거짓을 알린 것입니다."

유선과 제갈량은 이엄의 죄를 물어 참하려 했으나 신하들이 만류했다. 이엄은 선제 유비가 유선을 부탁한 중신 가운데 하나였기 때문이었다. 유선은 이엄의 벼슬을 빼앗는 것으로 일을 마무리지었다.

❋ 공명과 중달의 결전

ꕥ • • • • • • •

제갈량은 북벌 준비에 3년을 공들였다. 마침내 유선에게 출사를 고하는데 태사 초주가 제갈량을 말렸다.

"내가 천문을 보니 북쪽의 기운이 왕성하오. 승상은 지금 때가 아니니 군사를 일으켜서는 아니되오."

제갈량은 선제 유비의 유업을 달성하는 데 목숨을 걸 것이라며 출전을 강행했다. 제갈량이 한중에 나아가 마지막으로 군사를 정비하는데 관흥이 병사했다고 알려왔다. 제갈량으로서는 큰 손실이 아닐 수 없었다. 제갈량은 며칠 동안 슬픔에서 깨어나지 못했다.

시간이 지나 제갈량은 34만 명의 군사를 이끌고 기산으로 향했다. 사마의는 하후연의 네 아들 하후패, 하후위, 하후혜, 하후화를 앞세워 40만 대군으로 위수 주변에 진영을 갖추었다. 손예와 곽회는 북쪽 벌판을 지켜 제갈량이 농서로 통하는 길을 끊지 못하게 했다.

제갈량은 북쪽 벌판을 공격하는 척하다가 위수 주변에 있는 위군의 본영을 공격할 계책을 세웠다. 사마의는 제갈량의 속셈을 눈치채고 적재적소에 군사를 매복시켰다. 사마의 자신은 북쪽 벌판을 지원하는 한편, 두 아들 사마사와 사마소로 하여금 본진을 방어하게 했다.

사마의의 준비가 철저했으므로 촉군은 위수 주변과 북쪽 벌판에서 모두 대패하고 말았다. 제갈량은 북벌에 나선 이래 가장 큰 손실을 입고 망연자실했다. 제갈량은 오제 손권에게 사신을 보내 오와 촉이 협력해 위를 치자고 제안했다.

"내 진작 위를 치려고 준비하고 있었소."

손권은 직접 30만 대군을 이끌고 신성, 양양, 광릉으로 나아가겠다고 약속했다.

이때 기산 땅 촉의 진영에는 위의 장수 정문이 항복해 왔다. 그때 위의 진낭이 정문과 싸우겠다고 싸움을 걸어왔다. 제갈량이 정문을 내보내니 진낭의 목이 떨어졌다. 정문이 돌아오자 제갈량이 노한 표정으로 명을 내렸다.

"저놈의 목을 참하여라"

제갈량은 목이 달아난 장수가 진낭이 아님을 알고 정문의 거짓 항복을 눈치챈 것이었다. 정문은 제갈량에게 거짓 항복한 사실을 고백하고 용서를 빌었다. 제갈량은 정문으로 하여금 사마의와 내통하는 편지를 쓰게 했다.

사마의는 그날 밤 진낭에게 1만 명의 군사를 주어 촉의 진영을 기습하게 했다. 그리고 자신은 뒤에서 진낭을 돕기 위해 대기했다.

진낭이 군사를 이끌어 촉의 진채에 들어서니 텅 비어 있었다. 진낭은 속았음을 알고 군사를 돌리려고 했으나 양쪽에서 촉군이 나타나 에워쌌다. 진낭과 군사들은 날아오는 화살을 피하지 못하고 몰살을 당했다. 사마의 역시 촉군에게 포위되었다가 간신히 목숨을 구해 빠져나갔다.

이후 사마의는 제갈량과의 싸움을 피했다.

제갈량은 위수 주변의 지리를 파악하기 위해 나섰다가 호로병 모양의 골짜기를 발견했다. 제갈량은 1천 명의 군사들을 그 골짜기에 들여보내 나무로 말과 소를 만들게 했다. 마침내 말과 소가 만들어지자 제갈량은 그것들을 수레 삼아 편리하게 군량을 운반하게 했다.

사마의는 나무 소와 말을 보고 제갈량의 능력에 감탄하며 몇 마리를 빼앗아오라고 지시했다. 장호와 악침이 촉장 고상으로부터 몇 마리를 빼앗아

오자 사마의는 그것을 모방해 2천 마리를 만들었다. 그것으로 군량을 운반하자 편리하기 이를 데 없었다.

고상은 제갈량 앞에 나아가 나무 소와 말 몇 마리를 빼앗겼다며 용서를 빌었다. 그런데 제갈량은 껄껄 웃었다.

"빼앗아 가도록 일부러 내버려 둔 것이니 걱정하지 마오."

며칠 후 위군은 나무 소와 말을 이용해 군량을 대거 운반했다. 제갈량은 왕평에게 군사를 주고 군량을 운반하는 위군을 급습하게 했다. 촉군은 위군의 나무 소와 말을 가로채 순식간에 많은 군량을 확보했다.

한편 사마의는 북쪽 벌판의 군사들이 공격을 당했다는 보고를 받고 급히 지원에 나섰다. 그때 갑자기 장익과 요화가 좌우에서 나타나 사마의가 거느린 군사들을 공격했다. 사마의는 단신으로 요화에게 쫓겨 산으로 달아났다. 요화는 사마의의 황금 투구를 빼앗아 진영으로 돌아갔다. 사마의가 큰 손실에 난감해 하고 있을 때 황제의 칙사가 도착했다.

"오군이 세 갈래로 쳐들어왔으니 대도독은 오군이 물러날 때까지 지금의 형세를 유지하고 나가 싸우지 말라는 명이시오."

이후 사마의는 꼼짝 하지 않고 진채를 지켰다. 제갈량은 마대를 불러 계책을 알려주었다. 마대는 호로병 모양의 골짜기에 화약을 잔뜩 묻었다. 그리고 위군이 올 것에 대비해 군사들과 함께 매복해 숨었다.

이때 제갈량의 명을 받은 고상은 몇십 마리의 나무 소와 말을 끌고 군량을 운반했다. 5천 명의 군사를 이끌고 먹잇감을 찾던 하후혜와 하후화가 고상을 공격했다. 고상은 싸울 생각도 하지 않고 달아나 버렸다. 고상은 이후 여러 번에 걸쳐 군량을 빼앗겼다. 그러던 중 하후혜와 하후화는 촉군 100여 명을 사로잡아 이것저것 물어보았다. 촉의 군사들은 하나같이 말했다.

"제갈 승상께서는 호로병 골짜기에 군량 운반하는 일을 하고 계시오."

사마의는 기뻐하며 장수들에게 기산의 촉 진영을 공격하게 했다. 촉의 군사들이 모두 본영으로 옮겨가 방어에 나서자 사마의는 두 아들 사마사와 사마소를 데리고 호로병 골짜기로 들어갔다. 군량을 모두 불태워 촉군을 돌아가게 할 심산이었다.

'역시 군량을 지키던 군사들이 모두 본영으로 갔구나!'

사마의는 군량을 확인하기 위해 들춰보았다. 그런데 군량인 듯하던 무더기는 모두 풀더미일 뿐이었다. 사마의는 두 아들을 재촉했다.

"속았다! 어서 이곳을 빠져나가자."

그때 마대가 이끄는 군사들이 사방에서 횃불을 던졌다. 횃불은 풀더미에 옮겨 붙고, 땅에 묻어둔 화약을 터뜨렸다.

사마의는 두 아들을 감싸 안고 통곡했다.

"우리가 여기서 죽는구나."

이때 갑자기 하늘에 먹구름이 끼더니 소나기가 내렸다. 불은 삽시간에 꺼져버렸다. 사마의는 서둘러 계곡을 빠져나갔다. 그러나 촉군은 이미 위수 남쪽 위군의 본영을 점령한 뒤였다. 사마의는 위수 북쪽으로 군사를 이동해 다시 진영을 갖추었다. 장수들이 다시 나가 싸우겠다는 소리를 하지 못하도록 추상같은 명을 내렸음은 물론이었다.

사마의를 꼼짝 못하는 사지로 몰아넣은 줄 알았던 제갈량은 탄식을 금치 못했다.

"일은 사람이 계획했으되, 그것을 이루는 것은 하늘이구나!"

제갈량은 기산을 떠나 위수 남서쪽 오장원에 진영을 갖추었다. 사마의는 촉군이 오장원에 주둔하자 무슨 이유에서인지 기쁨을 감추지 못했다. 사마의는 싸움에 응하지 않고 몇 달을 보냈다.

제갈량은 이때 스스로 심신이 지쳐 있음을 깨닫고 있었다. 그때 성도에서 사자가 왔다. 사자는 오군이 위군과 싸우다가 패하자 돌아갔다는 소식을 전했다.

제갈량은 충격을 받고 쓰러졌다. 제갈량은 곧 깨어났으나 그날 이후로 병이 도졌다. 그날 밤, 제갈량이 하늘을 보는데 자신의 별빛이 흐려져 있었다. 제갈량은 강유를 불러 말했다.

"내 명이 다한 것 같다."

강유는 깜짝 놀랐으나 제갈량의 재주가 뛰어나 살아날 방도를 마련할 것이라 여겼다.

그로부터 며칠이 지나자 제갈량은 다시 강유를 불렀다.

"내가 죽을 때가 되었으니 너에게 나의 지식을 주고자 한다."

제갈량은 24권의 책을 강유에게 주었다. 강유는 제갈량이 죽음 앞에 이른 것을 알고 오열했다.

제갈량은 마대를 불러 귓속말로 무엇을 일렀다. 이어 양의가 들어오자 비단 주머니 한 개를 건넸다.

"내가 죽으면 위연이 배반하는 날이 있을 것이다. 그때 이 주머니를 열어 보아라."

제갈량은 유선에게 전할 편지를 쓰고, 양의에게 자신의 사후 사마의의 공격에 대처해 돌아갈 방법을 일러주었다. 제갈량은 밖으로 나가게 해달라고 하더니 이미 희미해진 자신의 별을 바라보았다. 그리고 진채 안으로 들어가서 흐릿한 정신으로 자신의 후계를 밝혔다.

"내 뒤는 장완으로 잇게 하고, 그 이후에는 비의로……."

제갈량은 마침내 숨을 거두었다. 그의 나이 54세였다.

강유와 양의는 제갈량의 유언대로 초상을 알리지 않았다. 다만 위연에게 상서 비의를 보내 위의 군사들을 막게 하고 군사를 조금씩 물러나게 했다.

비의는 위연을 만나 제갈량의 죽음을 알리고 물러나는 군사의 후방을 끊으라는 명을 전했다. 위연은 비의에게 제갈량의 자리를 누가 물려받았느냐고 물었다. 비의가 대답했다.

"승상은 뒷일을 양의에게 맡겼소."

위연은 코웃음을 치고 말했다.

"양의는 승상의 유해를 모시고 돌아가 장사를 치르라고 하시오. 나는 여기서 사마의와 끝장을 볼 것이오."

제갈량의 뜻에 따르지 않을 것을 분명히 한 것이었다.

비의가 물러나자 곁에서 듣고 있던 마대가 위연에게 말했다.

"나도 장군과 뜻을 같이 하겠소."

비의는 위연의 속마음을 알자 양의에게 가 정황을 알렸다. 양의는 강유로 하여금 후방을 방비하게 하여 군사를 물렸다.

한편 사마의는 별자리를 보는데 늘상 지켜보던 별 하나가 빛이 없어지더니 오장원 촉의 진영으로 떨어졌다. 사마의는 자신도 모르게 소리쳤다.

"공명이 죽었구나."

사마의는 기쁘면서도 제갈량의 능력이 출중하니 별자리마저 바꾸지 않을까 염려가 되었다. 사마의는 하후패에게 오장원을 염탐하게 했다.

하후패는 돌아와 촉군이 모두 물러났다고 보고했다.

사마의는 제갈량이 죽었음을 확신하고 직접 군사를 이끌어 촉군을 뒤쫓았다. 사마의는 어느 산에 이르러 촉군을 따라잡을 수 있었다. 그때 촉군이 함성을 지르며 공격에 나섰다. 그런데 촉군 진영의 수레 위에 제갈량이 버티고 앉아 있는 것이 아닌가?

"공명이다."

위의 군사들은 혼비백산했다. 사마의도 놀라기는 마찬가지라 급히 명을 내렸다.

"계책에 빠졌다. 어서 물러나라."

강유가 이끄는 촉군들이 달아나는 위군을 마구 무찔렀다. 사마의는 몇십리를 물러나 전열을 가다듬었으나 놀란 가슴은 진정되지 않았다.

며칠이 지나자 백성들로부터 자세한 내막을 알 수 있었다.

"제갈량이 죽은 것이 확실합니다.

"수레 위에 앉아 있던 것은 제갈량이 살아있을 때 깎아 놓은 나무인형이었답니다."

사마의는 탄식했다.

"죽은 공명이 산 중달을 물리쳤구나!"

사마의는 군사들을 거느리고 낙양으로 돌아갔다.

한편 양의와 강유는 적의 추격에서 벗어나자 제갈량의 죽음을 알리고 상복으로 갈아입었다. 그때 위연의 군사들이 앞을 가로막았다. 양의와 강유는 하평으로 하여금 위연을 막게 하고 뒷길을 이용해 남정성으로 들어갔다. 위연은 마대와 함께 남정성까지 쫓아가 소리쳤다.

"역적 양의는 항복하라."

그야말로 적반하장 격이었다.

양의는 제갈량의 계책을 알아보기 위해 비단 주머니를 열었다. 그리고 쪽지의 지시대로 위연에게 소리쳤다.

"승상께서 생전에 너는 반골의 기질이 있다고 하셨는데, 그 말이 옳았구나. '누가 감히 나를 죽이겠느냐?' 하고 외칠 수 있겠느냐? 그럼 순순히 한중 땅을 네게 넘기겠다."

위연은 가소롭다는 듯 외쳤다.

"그게 무엇이 어려운 일이겠느냐? 누가 감히 나를 죽이겠느냐?"

그러자 위연의 등 뒤에서 응답이 있었다.

"내가 너를 죽이겠다."

마대가 칼을 뽑아드니 위연은 목이 달아나고 말았다. 사람들은 비로소 제갈량이 죽기 전에 마대에게 귓속말로 말한 것을 알 수 있었다.

마침내 양의와 강유는 제갈량의 유해를 모시고 성도에 도착했다. 유선은 통곡하며 죽은 제갈량을 맞이했다. 문무백관들과 백성들도 대성통곡했다.

유선은 직접 정군산에 가 제갈량을 장사지내고 충무후의 시호를 내렸다. 또 면양 땅에 사당을 지어 사철 제사를 지내게 했다.

유선은 제갈량의 유언에 따라 장완을 승상으로 삼는 한편, 비의를 상서령으로 삼아 장완을 돕게 했다. 오의와 강유에게는 군사의 일을 통솔하게 했다.

위제 조예는 사마의를 태위로 삼아 군사 통솔권을 주고 낙양으로 보냈다.

삼국통일

⌘ • • • • • • •

위제 조예는 제갈량이 죽은 후 촉의 침입이 없어 근심이 사라지니 궁전을 짓고 사치하는 데 몰두했다. 마침내는 곽부인이 좋다는 이유만으로 모황후를 죽이고 곽부인을 황후로 추대하는 어처구니없는 일까지 벌어졌다.

이런 가운데 요동의 공손연이 스스로를 연왕이라 칭하며 15만 명의 군사로 난을 일으켰다. 요동 태수로 있던 공손연이 손권의 사자를 죽여 조예에게 바친 공으로 낙랑공으로 봉해진 후였다.

조예는 크게 놀라 사마의로 하여금 반란을 진압하게 했다. 사마의는 양평성을 포위하고 공손연을 압박했다. 공손연은 끝내 달아나다 붙잡히고 말았다. 사마의는 공손연과 아들 공손수의 목을 베고 요동을 평정했다.

그해 조예는 병이 들더니 이듬해 병이 위중해졌다. 조예는 사마의에게 그의 아들 조방을 부탁하고 숨을 거두었다. 이때 조예의 나이가 36세였으며, 조방은 고작 8세였다.

이때 위의 권력은 조예가 죽음을 앞두고 대장군으로 삼아 정사를 맡긴 조상이 잡고 있었다. 조상은 조진의 아들이었다. 조상과 사마의는 조방을 황제로 옹립하고 조예에게 명제의 시호를 바쳤다. 곽황후는 곽태후로 봉해졌다.

조상은 사마의에게 일일이 물어 정사를 처리했으나 날이 가면서 안하무인이 되었다. 또 사마의를 시기하는 사람들이 조상에게 사마의의 야심을 경계하게 했다. 조상은 사마의를 태부로 삼고 사마의가 가지고 있던 병권을 회수했다. 사마의는 병을 핑계대고 두 아들과 함께 고향으로 돌아가 버렸다. 조상은 더욱 기고만장해 사치를 일삼고 황제의 권위를 침탈했다.

어느 날 조상이 권력을 나눠가진 그의 형제들과 황제 조방을 대동하고 성을 떠나 사냥에 나섰다.

사마의는 두 아들과 자신을 따르는 장수들을 앞세워 궁을 점령하고 곽태후를 설득했다.

"조상이 선제의 뜻을 저버리고 황제를 무시하니 그 죄를 물어야 합니다."

곽태후는 사마의의 뜻을 따를 뿐이었다.

사마의는 조상에게 사람을 보냈다.

"태부께서는 장군의 병권만 회수하겠다는 뜻을 전하라 하셨습니다."

조상은 사마의에게 대적하지 못하고 병권을 넘긴 채 낙양으로 돌아갔다. 사마의가 성밖으로 나가 환제 조방의 어가를 호위해 들어오니 정권이 사마의에게 넘어갔다. 사마의는 조상 형제와 그를 따르던 일당을 잡아들여 처형했다.

사마의는 승상의 자리에 올랐으나 조상의 세력으로 옹주에 살아 있는 하후패가 걱정이 되었다. 사마의는 하후패를 불러들이니 하후패는 촉의 강유에게 항복해 버렸다.

강유는 하후패의 항복에 기세가 등등해져 대신들의 반대를 무릅쓰고 북벌에 나섰다. 그러나 수적 열세에 부딪쳐 손실만 입고 촉으로 돌아갔다.

사마의는 정권을 잡은 지 2년 만에 병이 깊어 유명을 달리했다. 사마사와 사마소 형제는 대장군과 표기장군이 되어 권력을 행사했다.

한편 오에서는 오제 손권의 아들 손등이 죽고 손화가 뒤를 이어 태자에 올랐다. 그러나 손화는 모함을 당해 폐위를 당한 뒤 화병이 나 죽고 말았다. 손권은 일곱째 손량을 태자로 삼았다.

손권은 병이 들어 태부 제갈각에게 손량을 부탁하고 71세의 나이로 숨을 거두었다. 황제에 오른 손량은 손권에게 대황제의 시호를 올렸다.

사마사와 사마소는 오의 변화를 틈타 군사를 일으켰다. 오의 제갈각은 촉의 강유와 연대해 위와 맞섰다. 사마사는 뜻을 이루지 못했으나 오와 촉은 큰 소실을 입었다. 이때 손견의 동생 손준은 제갈각을 죽이고 승상이 되어 오의 권력을 잡았다.

위제 조방은 사마사의 횡포에 분노해 밀서를 써서 장황후의 아버지 장집에게 주었다가 끝내 발각되었다. 장황후는 끌려 나가 교살되고 말았다. 사마사는 조방을 폐하고 조비의 손자 조모를 황제로 옹립했다.

이듬해 관구검과 문흠은 사마사가 조방을 폐한 데 명분을 찾아 난을 일으켰다. 이때 사마사는 병색이 있었으나 난을 진압하기 위해 직접 나섰다.

"내가 나서지 않으면 이길 수 없다."

사마사는 제갈탄과 등애를 앞세워 난을 진압했다. 그러나 사마사는 병이 깊어져 동생 사마소에게 대장군을 물려주고 생을 마감했다.

사마소가 황위를 탈취할 뜻이 있음을 알게 된 제갈탄은 사마소의 움직임에 앞서 난을 일으키고 오와 연대했다. 손준으로부터 권력을 물려받은 손침이 7만 명의 군사를 보냈으나 결국 위군에 항복해 버렸다. 제갈탄은 수춘성에서 항거했으나 그 세력이 꺾여 목이 달아나는 신세가 되었다.

그해 오제 손량은 손침의 난폭함이 도를 더해가자 측근들로 하여금 손침을 죽일 계획을 세웠다. 그러나 손침이 먼저 움직임을 간파하고 오히려 손량을 폐했다. 그리고 손권의 여섯 째 아들 손휴를 황제로 추대했다.

황제에 오른 손휴는 손침의 오만함을 다스리고자 정봉, 장포와 의논했다. 마침내 손침 형제는 손휴의 명에 목이 달아나고 이미 죽은 손준까지 무덤에서 파헤쳐져 참형을 당했다.

이듬해에는 위에서 황위가 무시되는 일이 일어났다. 압제를 견디지 못한 조모는 사마소를 죽이겠다며 칼을 들고 나섰다가 사마소를 따르는 선제의 창에 찔려 죽고 말았다. 사마소는 조우(조조와 환부인 사이에서 태어난 아들)의 아들 조환을 황제로 옹립했다. 이때 사마소는 승상이 되었다.

촉의 강유는 유비와 제갈량의 유업을 받들어 위에 변고가 있을 때마다 기회를 노려 쳐들어갔으나 번번이 실패하고 돌아왔다. 위군은 명장 등애가 버티고 있을 뿐더러 촉 내부에서는 환관 황호가 유선의 시야를 흐려 강유를 애써 돕지 않았다.

마침내 강유는 제갈량이 죽은 후 여덟 번째 북벌에 나섰다. 촉군은 조양 땅으로 나아갔으나 등애의 계책에 빠진 하후패는 화살에 맞아 죽고 말았다. 이때 황호가 유선에게 청했다.

"강유는 여러 번 싸움에 나섰으나 성과를 거두지 못했으니 이제 다른 사람에게 소임을 맡겨야 합니다."

유선은 강유를 소환하고 황호가 추천한 염우에게 군권을 주었다.

강유는 시골로 가 농사를 지으며 후일을 기약했다.

강유가 일선에서 물러나자 사마소는 종회와 등애에게 군사를 주어 촉으로 쳐들어가게 했다. 강유가 없는 촉은 별다른 저항 없이 속속 성을 내주었다. 유선은 환관 황호의 꾀임에 빠져 적이 눈앞에 이르도록 수수방관했다. 위군이 성도에 근접하자 제갈량의 아들 제갈첨이 남은 7만 명의 군사를 모아 최후의 저항을 했으나 위군의 세력에 비할 바가 아니었다. 제갈첨 부자는 싸움에 패하고 죽음을 맞았다.

마침내 광록대부 초주가 유선에게 청했다.

"황제께서 오에 항복하시면 위가 오를 굴복시켰을 때 또 한 번 항복해야 합니다. 차라리 위에 항복하시오."

유선은 성문을 열고 나가 등애에게 항복했다. 검각에서 저항하던 강유 또한 유선의 칙명을 받아들여 종회에게 항복했다.

종회는 은밀히 사마소에게 대항할 마음을 품었고, 강유도 촉나라를 부흥시키려는 마음에 종회를 부추겼다. 이때 등애가 오나라를 정벌하자는 내용을 사마소에게 올렸으나 사마소가 달가워 하지 않았다. 종회가 이를 이용하여 역모를 꾀하였다.

그러나 결국 등애는 역적의 누명을 쓰고, 종회는 강유의 계책으로 역모를 일으키려다 모두 죽고 말았다. 종회의 역모가 실패함으로써 촉의 재건이 불가능해지자 강유는 스스로 목숨을 끊었다.

환관 황호는 나라를 문란시킨 죄를 물어 사마소에 의해 처형당했다.

촉을 항복시킨 공으로 사마소는 진왕에 봉해졌다. 사마소의 큰아들 사마염은 세자로 책봉되었다. 이듬해 사마소는 황제의 자리를 빼앗고자 했다. 그러나 병이 들어 뜻을 이루지 못하고 죽으니 사마염이 사마소의 뒤를 이어 진왕에 올랐다.

사마염은 수선대를 쌓고 결국 조환에게 옥새를 바치게 했다. 사마씨가 나라를 세우니 나라 이름은 대진이라 했다. 그리고 사마의에게 선제, 사마사에게 경제, 사마소에게 문제의 시호를 바쳤다.

한편 위에서 사마염이 진왕에 올랐을 때, 오에서는 손휴가 병이 들어 죽고 말았다. 이때 태자 손완의 나이가 어려 손권의 셋째 아들인 손화의 아들 손호가 황제에 올랐다. 손호는 아버지 손화에게 문항제의 시호를 올리고, 친어머니를 하태후로 높였다.

손호는 사치가 심한데다 성질이 난폭해 바른 말 하는 신하들이 차례로 그의 곁을 떠났다. 진과 대등한 군사력으로 오를 방어하던 진동장군 육항이 손호의 미움을 사 쫓겨나자 오는 국력이 쇠약해졌다.

진제 사마염은 두예를 대도독으로 삼아 왕준을 앞세워 오를 도모했다. 오 역시 촉과 마찬가지로 제대로 싸워보지도 못하고 속속 성을 내주었다. 마침내 건업 땅의 석수성이 열리자 손호도 버티지 못하고 항복하고 말았다.

이로써 위, 촉, 오 삼국의 역사는 위를 이어받은 사마씨의 진에 의해 통일되었다. 이때가 280년이다.

| 삼국지 연표 |

184년	황건적의 난 발생 / 유비, 관우 · 장비와 도원결의
189년	후한 영제 승하, 소제 즉위 / 십상시의 난, 대장군 하진 암살
	원소 십상시 토벌 / 동탁 낙양 입성해 헌제 옹립
190년	원소를 맹주로 반동탁 동맹군 편성 / 동탁 낙양에서 장안으로 천도
191년	원소 기주 획득
192년	손견 유표와의 전투에서 전사
	여포 동탁 살해 / 이각 · 곽사 정권 획득 / 조조 황건적의 잔당으로 청주병 조직
194년	조조 서주의 도겸을 공격 / 유비 도겸 지원 / 도겸 병사하고 유비 서주의 목이 됨
195년	여포 조조에게 대패하고 유비에게 의탁
196년	헌제 낙양으로 귀환 / 조조 수도를 허도(허창)로 옮기고 대장군이 됨
	여포 유비를 배신, 유비 서주 빼앗기고 조조에게 의탁
197년	원술 스스로를 황제라 칭함
198년	조조 원술 토벌 나섬 / 여포 조조와의 하비 전투에서 처형당함
199년	원소 공손찬 죽이고 하북 점령 / 유비 허도 탈출 / 원술 전사
200년	조조 암살모의 발각되어 동승 무리 처형 / 조조 유비 토벌 나섬
	관우 조조에게 항복 / 조조 원소군과 싸워 관우가 안량, 문추 전사시킴
	관우 조조 곁을 떠남 / 손책 죽고 손권에게 후사 맡김
	조조 관도대전에서 원소군에게 승리
201년	유비 조조에게 대패하고, 형주의 유표에게 의탁
202년	원소 병사, 원상 뒤를 이음
204년	조조 원상 이기고 기주 평정 / 원상 도주하고 원담이 군사를 차지함
205년	조조 원담 죽이고 청주 평정
207년	조조 오환 제압, 원씨 멸망 / 유비 삼고초려로 제갈량을 군사로 삼음
208년	조조 한의 승상이 됨 / 유표 병사, 유종 뒤를 이었으나 조조에게 항복
	유비 장판에서 조조군에 패함 / 유비 손권과 동맹, 적벽대전에서 조조군에 승리
	조조 허도로 귀환 / 유비 형주 남부의 4군 획득
209년	유비 형주의 목이 됨 / 유비 손권의 누이동생을 아내로 맞음
210년	조조 동작대를 완성 / 주유 죽고 노숙 뒤를 이음
211년	유비 방통을 군사로 삼음 / 유비 익주의 목 유장의 청으로 익주에 들어감
212년	조조의 모사 순욱 자결 / 유비 촉의 요충지대 점령
213년	조조 위공이 됨 / 유비 성도 진격 / 방통 낙봉파에서 전사
214년	마초 유비의 부하가 됨 / 유비 익주의 목이 됨
	유비 형주 반환을 둘러싸고 손권과 대치
215년	조조의 딸이 황후가 됨 / 조조 장로를 이기고 한중을 평정
	유비 형주 3군을 손권에게 분할 / 손권 합비에서 조조군에 패함
216년	조조 위왕이 됨
217년	조비 위의 세자가 됨
219년	노숙 병사, 여몽 대도독이 됨 / 유비군의 황충 정군산에서 하후연을 죽임
	유비 한중을 평정하고 한중왕이 됨 / 조조 손권과 동맹
	관우 양양을 빼앗고 번성 공격 / 손권 맥성에서 관우, 관평 참수
	손권 형주 점령 / 여몽 병사

220년 조조 병사, 조비 왕이 됨 / 조비 황제에 오름, 후한 멸망
조비 낙양 천도 / 관리등용제도 구품관인법 제정
221년 유비 촉한을 건국, 스스로를 황제라 칭함
제갈량 촉의 승상이 됨 / 유비 손권 토벌군 일으킴
장비 부하 범강, 장달에게 암살당함 / 손권 위와 제휴, 오왕에 봉해짐
222년 유비 오 정벌에 나섬 / 유비 이릉전투에서 육손에게 패배, 백제성에 주둔
손권 독자적인 연호로 오를 건국, 3국 정립
223년 유비 병사, 유선 뒤를 이음
224년 촉 오와 동맹 / 조비 오 공격하다 패퇴
225년 제갈량 남만 평정
226년 조비(문제) 병사, 조예(명제) 뒤를 이름
227년 제갈량 출사표를 올림 / 제갈량 남안 · 천수 · 안정 3군 평정
228년 제갈량 1차 북벌, 기산으로 진출 / 마속 사마의에게 패해 참형
오의 육손, 석정에서 위의 조휴에게 대승 / 촉의 조운 병사
제갈량 2차 북벌, 진창 포위
229년 손권 스스로를 황제라 칭함 / 제갈량 3차 북벌, 무도 · 음평 2군 평정
230년 위의 조진, 사마의 한중 침공, 악천후로 철수 / 제갈량 4차 북벌
231년 제갈량 5차 북벌
234년 제갈량 6차 북벌 / 제갈량 오장원에서 진중 병사
237년 공손연 스스로를 연왕이라 칭함
238년 위의 사마의 공손연 토벌
239년 조예 병사, 조방 뒤를 이음
위의 사마의 태부가 됨 / 촉의 장완 대사마가 됨
244년 오의 육손 승상이 됨 / 오의 육손 병사
245년 촉의 장완 병사
249년 위의 사마의 승상이 되어 정권 잡음
251년 사마의 병사, 사마사 뒤를 이음
252년 손권 병사, 손량 뒤를 이음
254년 사마사 조방 폐하고 조모 옹립
255년 사마사 관구검의 반란 평정 / 사마사 병사, 사마소 뒤를 이음
257년 위의 제갈탄 반란
258년 사마소 제갈탄의 반란 평정 / 손량 폐위, 손권의 아들 손휴 뒤를 이음
260년 사마소 조모 살해, 조환 옹립
263년 유선 위에 항복, 촉한 멸망
264년 사마소 진왕이 됨 / 손휴 병사, 손호 뒤를 이음
265년 사마소 병사, 사마염이 뒤를 이음
사마염 조환의 선양을 받아 진 건국, 위 멸망
271년 유선 사망
280년 손호 진에 항복, 오 멸망 / 진 천하통일 이룩